जियरा

नयनराज पाण्डे

FP

फाइनप्रिन्ट बुक्स
फाइनप्रिन्ट प्रा. लि.
कर्पोरेट तथा सम्पादकीय कार्यालय
विशाल बस्ती "क", विशालनगर, काठमाडौं
पोस्ट बक्स : १९०४१
फोन : +९७७-१-४५४३२६३, ४४२१६४१
इमेल : fineprintbooks@fineprint.com.np
वेबसाइट : www.fineprint.com.np

फाइनप्रिन्टद्वारा प्रथम पटक प्रकाशित, चैत २०७७

81 80 79 4 3 2

ISBN: 978-9937-746-89-2

मुद्रण : नुटेक प्रिन्ट सर्भिसेज - इन्डिया

JIYARA BY NAYANRAJ PANDEY

विषयसूची

जनानी

एक

"दुर्गालालले बडा खपसुरत जनानी ल्यायो । नखलऊ (लखनऊ)बाट । बिहाव गरेर ।"

टोलभरि हल्ला फैलियो । सबै चकित थिए । किनभने टोलवासीका लागि यो हुनै नसक्ने कुरा भएको थियो ।

एकदमै कमजोर थियो दुर्गालाल । वर्षमा नौ महिना त बिरामी नै भइरहन्थ्यो । छातीका करङ देखिन्थे । उचाइ साढे पाँच फुटको थियो । तर वजन ४०-४५ किलोभन्दा बढ्ता थिएन । सानोतिनो हावाहुरीले पनि उडाउला जस्तो । आँखा कुवा जस्ता थिए । मान्छे हुने प्रयासमा अलिकति मासु र छाला धारण गरेको अस्थिपञ्जर मात्र थियो ऊ । छिमेकी भन्थे, "दुर्गालाल त सलाईको काँटी जस्तै भइसक्यो ।"

ऊ कुनै कामधाम पनि गर्दैनथ्यो । बाउ रघुलालले यति कमाइदिएका थिए कि उसलाई कमाउने आवश्यकता पनि थिएन । हाम्रै टोलमा मात्र रघुलालका तीन ओटा घर थिए । दुइटा घर भाडामा थिए । आफू बसेको घरको भुइँतलामा किराना दोकान थियो, जुन उनले पैसा कमाउनभन्दा पनि समय बिताउन खोलेका थिए । दोकानमा उनी प्रायः दिउँसो बस्थे । बिहानबेलुका अरू कामदार बस्थे ।

रोगी दुर्गालाल एक घण्टा पनि उभिएर बस्न सक्दैनथ्यो । कुर्सीमा पनि धेरै बेर बस्न सक्दैनथ्यो । एकछिन उभियो कि थाकिहाल्थ्यो र खाटमा पल्टिहाल्नुपर्थ्यो । त्यसैले ऊ पसलमा हुँदैनथ्यो । ऊ यताउता पनि हिँड्दैनथ्यो । आफ्नो घर वरिपरिको सयपचास गजको दूरीभित्रै ऊ सीमित थियो । त्योभन्दा पर पुग्ने भनेको अस्पताल थियो । अस्पताल नै उसको दोस्रो घर भएको थियो । खानाभन्दा बढ्ता औषधि खान्थ्यो ।

यस्तोले बिहे गऱ्यो भन्दा सबै जिल्ल पर्नु स्वाभाविक थियो । चुगलीबाजहरूले कुरा काट्ने मौका पाएका थिए । उनीहरू भन्थे, "रघुलालले पैसाको बलबुतामा नखलऊबाट किनेर ल्याएको हो, आफ्नो छोरो दुर्गालालको लागि जनानी । नत्र बिहाव नै गरेको भए टोलका कसैलाई बरियाँती किन लगेन ? यो शादी होइन, खरिदफरोख्त हो । किनबेच हो ।"

के पैसामै किनिएकी थिइन् त दुर्गालालकी जनानी ?

दुई

रासनकार्डमा उनको नाम दमयन्ती भनेर उल्लेख छ । सबैले बोलाउने नाम चाहिँ जमेन्ती हो । लखनऊको अलिगन्जमा हो, उनको घर । त्यहाँको हनुमान मन्दिर नजिकै । टोलमा उनको परिवार मात्र हिन्दू थियो, बाँकी सबै मुसलमान । टोलकै आफताब भन्ने केटासित उनको प्रेम भयो ।

आफताबको परिवार बुनकर थियो । पहिलापहिला हथकरघामा लुगा बुन्थे उनीहरू । पछि बत्तीबाट चल्ने पावरलुम आएपछि उनीहरूले हथकरघा त्यागे । लखनऊमा धेरै ठाउँमा उनीहरूको आफ्नै पावरलुम थियो । सयौं बुनकरहरूलाई रोजगारी दिएका थिए । अलिगन्जको त्यस टोलमा सबैभन्दा धनीमानी मानिन्थ्यो, आफताबको परिवार । आफताब असाध्यै भलादमी थिए । आइएससी पढ्दै गरेका उनले आफ्नो पारिवारिक

पेसामा बाबु र दाजुहरूलाई सघाउँथे पनि । आइएससी सकेर एमबिबिएस गर्ने उनको चाहना थियो ।

जमेन्तीका परिवारले उनीहरूको बिहे आफताबसित गरिदिने कल्पना पनि गर्न सक्दैनथे । उनीहरू भने एकअर्कालाई अथाह प्रेम गर्थे । जमेन्तीलाई धर्म परिवर्तन गर्न लगाएर ऊसँग निकाह गर्ने कुरामा आफताबले भने जसोतसो आफ्नो परिवारलाई राजी बनाएका थिए । तर जमेन्तीको परिवारले भने आफताबसितको प्रेम सम्बन्ध थाहा पाएका दिनदेखि जमेन्तीलाई घरमै कैद गरेर राख्न थालेका थिए । एक दिन मौका मिलाएर जमेन्ती घरबाट भागिन् । धर्म परिवर्तन गरेर नफिसा बनिन् र आफताबसित निकाह गरिन् । जमेन्तीको परिवारलाई ठूलो चोट लाग्यो, जुन समयसँगै भरिनुपर्ने । भरिएन ।

निकाहको केही दिनपछि एउटा हल्ला फैलियो ।

"आफताबको परिवारले गाई काटेर खायो ।"

हल्लाले लखनऊ ततायो । भाजपा र आरएसएसका कार्यकर्ता क्रुद्ध भए । वास्तवमा यो जमेन्तीका बाबु र दाजुहरूले फैलाएको नियोजित हल्ला थियो । प्रदेशमा हिन्दूवादी पार्टीको सरकार थियो । त्यसैले हिन्दूवादीहरूको रवाफै बेग्लै थियो । मुसलमानहरूलाई पाकिस्तान धपाउनुपर्छ भन्ने असहिष्णु सोचले समाजभित्रको भाइचारालाई खलबल्याउन थालेको निकै भइसकेको थियो । यस्तोमा गौहत्या ठूलो मुद्दा बनिहाल्यो ।

सायद भीडको आफ्नै कानुन र न्यायव्यवस्था हुन्छ । त्यही भीडले आफताबहरूमाथि गोकुशीको आरोप लगायो । भीडले नै नभएका चस्मदिद गवाहहरू जुटायो र भीडले नै फैसला गऱ्यो ।

एक दिन घर नजिकैको मस्जिदबाट नमाज पढेर फर्केका बेला आरएसएसका कार्यकर्ताको विशाल भीडले आफताबलाई समात्यो । आफताबले आफू निर्दोष भएको याचना गरिरहेका थिए । भीडले उनको आवाज सुन्नै चाहेन । पिटीपिटी माऱ्यो, आफताबलाई । त्यो भीडमा जमेन्तीका बाबु र दाजुहरू पनि सामेल थिए ।

पोस्टमार्टमका लागि अस्पताल लगिएको आफताबको लासलाई अँगालेर रोइरहेकी नफिसालाई उनका दाजुहरूले समाते र घिच्याउँदै घरमा ल्याए । उनको बुर्का च्यातेर फालिदिए । गलाबाट ताबिज पनि थुतेर फालिदिए । उनी नफिसाबाट फेरि जमेन्ती बन्न विवश भइन् ।

त्यही बेला छोरा दुर्गालाललाई उपचार गराउन लखनऊ पुगेका थिए, रघुलाल । रघुलाल र जमेन्तीका बाबुबीच त्यहीँ परिचय भयो । जमेन्तीका परिवारलाई जसरी भए पनि कुनै हिन्दू केटासित छोरीलाई भिडाइदिनु थियो । त्यसैले जमेन्तीका पिताले रघुलाललाई प्रशस्त दाइजो दिने लोभ देखाए । बेकामे छोराकै कारण लाखौं आम्दानी हुने भएपछि रघुलालले जमेन्तीका पिताको प्रस्ताव नमान्ने कुरै भएन ।

आफताबको हत्या भएदेखि ढुङ्गा जस्तै भएकी जमेन्तीका आँखाले बोल्न छाडेका थिए । नत्र ती कति वाचाल र कति चरबाँक (चञ्चल) थिए । उनका ओठले धेरै बोल्नै पर्दैनथ्यो । धेरै कुरा उनका आँखैले अभिव्यक्त गरिदिन्थे ।

"जमेन्ती, तेरो आँखा किन यसरी मौन भएको ?" भनेर कसैले यति प्रश्न सोधिदिएको भए पनि हुन्थ्यो । तर कसैले सोधेन ।

सारा पीडा चुपचाप सहने लाचार र प्रतिक्रियाहीन भएकी थिइन् । त्यसैले उनले "मेरो बिहे दुर्गालालसित किन गरिदिन लाग्यौ" भनेर पनि प्रश्न गरिनन् । विरोध पनि गरिनन् । बाबुआमा र दाजुभाइहरूले जसोजसो भने, उनले त्यसैत्यसै गरिन् । बिदाइका बेला जमेन्तीसित उनकी आमाले भनिन्, "हाम्रो गुन मान् कि हामीले आफताबलाई जस्तै तँलाई मार्न सकेनौं । बडो मुस्किलले तेरो लागि यो केटा भेट्यौं । यसैसित जैसनतैसन जीवन बिताउनू । अब भुलेर पनि नैहर नआउनू । भन्ठान्नू बप्पामहतारी, भैयाभाभी सबै मरिसके । हामी पनि तँ मरिसकिस् भन्ने सोच्छौं । यसपालि इलाहाबादको कुम्भमा डुबकी लगाएर तेरो सद्गत गर्छौं ।"

आमाले यसो भन्दा पनि रोइनन् जमेन्ती । चुपचाप सुनिन् र अन्त्यमा यति मात्र भनिन्, "हुन्छ अम्मा, म अब आउँदिनँ यहाँ ।"

यसरी जमेन्ती घरबाट बिदा भइन् । उनको बिदाइमा कोही रोएन ।

यसरी जडैया बुखारको उपचार गर्न गएको दुर्गालालले जनानी लिएर फर्कियो । पाँच फुटभन्दा केही अग्ली । साठी किलो हाराहारीको वजन । कसिलो देह । बेदाग अनुहार । सलक्क परेका हातखुट्टा । समाजले स्थापित गरेका सुन्दरताको मानकमा जेमन्ती अब्बल ठहर्थिन् । यस्ती खपसुरत जनानी ल्याएकोमा टोलमा मरन्च्याँसे दुर्गालालको खुब चर्चा हुने नै भयो ।

तीन

सुहागरातका लागि पलङ त सजाइयो । तर त्यसमा बसेर दुर्गालाल र जमेन्तीबीच मायाप्रीतिको सामान्य बातचित पनि भएन । दुर्गालाल अझै जडैया बुखारले ग्रस्त थियो र उसलाई प्रचण्ड गर्मीमा पनि बाक्लो कम्बल ओढेर सुत्नुपर्थ्यो ।

केही दिनमै दुर्गालालको जडैया बुखार त निको भयो । तुरून्तै उसलाई अकडबाईले समात्यो । बाथरोगले उसका हाड दुख्न थाले । जोर्नीहरू अकडिन थाले । अकडबाईको दबाई चल्दै थियो, दमको रोग थपिइहाल्यो । त्यसपछि टिबी पनि भयो । अनि लखनऊबाट जनानी ल्याएर घरभित्र पसेको दुर्गालाल कहिल्यै पनि घरबाहिर देखापरेन । बाह्रै मास, चौसठ घडी नै घर घुसड्डु भएको भयै भयो । उसै त पहिलेदेखिको मरियल परानी, अब त झन् हाडछालाको कमजोर ढाँचा मात्र शेष रहेर किसानहरूले खेतबारी चराचुरूङ्गीलाई झुक्याउन राखेको झुक्का जस्तै भएको थियो ऊ । अलि पछि त बोल्न पनि नसक्ने गरी ऊ असक्त भइसकेको थियो ।

जमेन्ती घरबाट प्रायः निस्कन्नथिन् । बस्, सोमबारको दिन बिहानै उनी हरियो साडी, हरियो पोते र हरियै चुराहरू लगाएर नजिकैको शिव मन्दिरसम्म जान्थिन् । हरियो साडी उनलाई खुब सुहाउँथ्यो । उनी दुर्गालाल जस्तो बेकामे र निर्बलकी जनानी भनेर कसलाई थाहा

थिएन ? यसै पनि *कमजोर की लुगाई, सारे गाँव की भौजाई* भन्ने कहावत प्रसिद्ध थियो । त्यसैले उनी आउने र जाने बाटो ढुकेर बस्ने टोलका बलियाबाङ्गा ठिटा र अधेड मर्दहरू उनलाई आसक्त आँखाले हेर्थे । उनीहरूको हेराइमा "दुर्गालालले तिमीलाई शारीरिक सुख दिन नसके पनि किन निराश हुन्छ्यौ जमेन्ती, हामी छौं नि" भन्ने खालको फोहोरी भाव उत्ताउलो पाराले सलबलाइरहेको हुन्थ्यो । जमेन्ती यी सबै कुराबाट निरपेक्ष थिइन् । उनलाई आफू हिँड्ने बाटोमा कसले, कहाँ, कुन मोडमा उभिएर कस्तो खालको शब्दबाण प्रहार गर्छ भन्ने थाहै हुँदैनथ्यो । थाहा भए पनि मतलबै हुँदैनथ्यो । उनी चुपचाप भुइँतिर हेरेर शिवालयसम्म पुग्थिन् । उसरी नै घर फर्किन्थिन् र फेरि एक साता घरभित्रै आफूलाई कैदी बनाएर राख्थिन् । यसबीच इलाहाबादमा कुम्भ नुहाउन गएका सासूससुरा सङ्गममा डुबेर मरेपछि त्यो घर मरघट जस्तो भएको थियो । दुकान पनि बन्द भयो । सासूससुराको असामयिक मृत्युसँगै अर्को त्यस्तै खबर पनि कताकताबाट जमेन्तीसम्म आइपुगेको थियो । त्यही कुम्भमै उनका अम्मा र बप्पा पनि डुबेर मरेका थिए ।

टोलका केहीले आपसमा खासखुस गरे, "पञ्चक परेकोले चार जनाको ज्यान एकै पटक गयो । शान्तिस्वस्ति गरिएन भने पाँचौं ज्यान पनि जान्छ ।"

घरभित्र अब दुर्गालाल र जमेन्ती नामका दुई प्राणी मात्र बाँकी थिए । दुर्गालाल बोल्न पनि नसक्ने गरी अशक्त भइसकेको थियो । आफताब मरेको दिनदेखि नै जमेन्तीको बोल्नुपर्ने सबै कुराहरू सकिएका थिए । त्यसैले त्यो घरमा मसानघाटको जस्तो मौनता व्याप्त थियो ।

जमेन्ती बिहे गरेर आएदेखि भोकै बसिनन् । रूवाबासी पनि गरिनन् । कसैसित झैझगडा र मारामार पनि गरिनन् । कसैसित कुनै गुनासो पनि गरिनन् । बस्, आगो बाल्थिन्, भात र रोटी पकाउँथिन्, खुवाउँथिन्, खान्थिन्, भाँडा माझ्थिन् । दुर्गालालका लुगा धोइदिन्थिन् । उसलाई समयसमयमा औषधि खुवाइदिन्थिन् । उसको टट्टी सफा

गरिदिन्थिन् । उसको कमजोर कायामा मालिस गरिदिन्थिन् । उसका तकियाका खोल र तन्ना फेरिदिन्थिन् । जेजे गर्थिन्, चुपचाप गर्थिन् । लाचार दुर्गालाल जमेन्तीप्रति आभार प्रकट गर्न चाहन्थ्यो । आफूले गर्दा उनको जीवन बर्बाद भएकोमा माफी माग्न चाहन्थ्यो । तर ऊ बोल्न सक्दैनथ्यो । ऊ आफ्नो मनको भाव आँखाले अभिव्यक्त गर्न खोज्थ्यो । जमेन्ती उसको इनार जस्तो आँखाभित्र पस्न सक्दिनथिन् र इनारबाट उनले बुझ्ने कुनै आवाज आउँदैनथ्यो ।

भयानक मौनता व्याप्त थियो, त्यो घरमा । त्यो मौनतामा जमेन्तीका पाउंजुका हल्का छनछन पनि डरलाग्दो किसिमले प्रतिध्वनित हुन्थ्यो र उनैलाई नै तर्साउँथ्यो । त्यसैले उनले पाउजु लगाउनै छाडिदिएकी थिइन् ।

चार

एक दिन जमेन्ती बाटोमा देखिइन् । सोमबार मात्र एकछिन बाटोमा देखिने जमेन्ती आइतबार नै कसरी देखापरिन् भनेर सबैलाई जिज्ञासा भयो । सबै मर्दहरू हतारहतार रमिता हेर्न घरबाट निस्किए । सधैं शान्त र चुपचाप देखिने जमेन्ती जगल्टा फिँजाएर उग्रचण्डी जस्ती भएकी थिइन् । क्रोधले अनुहार लाललाल भएको थियो । उनी बीच चोकमा दुई हातले घुँडाघुँडासम्म साडी उचालेर चिच्याउँदै थिइन्, "आओ भतारहरू ! पकड मलाई । निबुआ जस्तै निचोर मलाई । भोग गर मलाई । आफ्नो सारा मर्दानगी मभित्र घुसेडिदेऊ ।"

त्यो दिन बजारभरि यसै भन्दै हिँडिन् उनी । आधा रातसम्म पनि उनी यसरी नै भौंतारिइन् । यो क्रम एक हप्तासम्मै चल्यो । सबैले भने, "जमेन्ती पगलाई गई ।"

एक हप्तापछि अचानक उनको "पगलाउने" क्रम रोकियो । जमेन्ती सडकमा देखापरिनन् । सबै चकित भए । योभन्दा चकित पार्ने त अर्को कुरा थियो । एक हप्तासम्म पगलाएकी जमेन्ती फेरि सोमबारको दिन पहिले जस्तै चुपचाप र शान्त भएकी थिइन् । पहिले जस्तै हरियो चुरा,

हरियो टीका, हरियो पोते र हरियो साडी लगाएर चुपचाप कसैतिर नहेरी उनी शिव मन्दिर गइन् र त्यहाँबाट फर्केर दुर्गालालको सेवामा लागिन् ।

सबैले ठाने, "डायनसायन लागेर मुडी फिऱ्यो होला जमेन्तीको । त्यसैले केही दिन बौलाई र आफैं ठीक भई ।"

एक हप्तापछि उसरी नै बौलाइन् जमेन्ती । उसरी नै अश्लील फलाक्दै बजारबजार हिँडिन् । आइतबार रातिसम्म यही क्रम चल्यो र फेरि सोमबारको दिन जस्ताको तस्तै भइन् । यसरी बेलाबेलामा के हुन्थ्यो कुन्नि जमेन्तीलाई ! एक हप्ता बौलाउँथिन्, अर्को हप्ता ठीक हुन्थिन् । बौलाउँदा सम्हाल्नै नसकिने उग्र हुन्थिन् र ठीक हुँदा भने असाध्यै शान्त र चुपचाप ।

उनी बौलाएका बेलाका अनेक किस्साहरू टोलमा प्रचलित भए ।

"जमेन्तीले मलाई बीचबजारमा समाती । तानेर एउटा सुनसान कोलियामा लगी । पूरै नङ्गा भएर ममाथि चढी र आधा घण्टासम्म घचकघचक भयो । म त पसिनाले बेहाल भएँ । बडा मजेदार माल रहिछ जमेन्ती ।"

कुरा सत्य या असत्य जे भए पनि केही दिनमै जमेन्तीलाई भोगें भन्ने मर्दजातहरू भने अनेक निस्किए । यसरी सधैं शान्त र चुपचाप देखिने जमेन्ती अब लुकीलुकी व्यभिचार गर्ने चुपछिनालका रूपमा चर्चित हुन थालिन् ।

समाजमा अब जमेन्तीको दुई किसिमको व्यक्तित्व स्थापित भएको थियो । एउटा चुपछिनाल र अर्को शान्त शिवभक्तिनी ।

दुर्गालालले भने उनका दुवै व्यक्तित्वलाई देख्ने या बुझ्ने मौकै पाएन । ऊ ओछ्यानमै मऱ्यो । सोमबारकै दिन ।

जमेन्ती त्यो दिन भने ठीकठाक थिइन् । पगलाएकी थिइनन् । बिहानै शिव मन्दिर गएर आएकी थिइन् र टीका लगाइदिने क्रममा आफ्ना पतिदेव मरिसकेको थाहा पाएकी थिइन् । उनी फेरि मन्दिर गइन् र केही जोगीहरूलाई बोलाएर ल्याइन् । जोगीहरूले नै दुर्गालालको लास बोके र मरघटमा लगेर अन्तिम संस्कार गरिदिए ।

उनी रोइनन्, त्यो दिन । बरू एक हप्तासम्म उनी घरबाटै निस्किनन् । सोमबारको दिन पनि निस्किनन् । उनी बौलाएको हेर्न चाहने उत्सुक जमात निराश भयो ।

एक दिन जमेन्ती आफ्नै घरको ऐनाअगाडि उभिइन् । ऐनाभित्रकी जमेन्तीले ऐनाअगाडिकी जमेन्तीसित सोधिन्, "कुम्भको बेला सङ्गममा आफ्ना बाबुआमा, सासूससुरालाई एकसाथ डुबाएर कसरी मारिस् ?"

"शिव मन्दिर गएका बेला एक जना कनफट्टा जोगीसित भेट भयो । मैले उसलाई आफ्नो दुःखदर्द बताएँ । उसले अफिम खुवाएर भोग्यो मलाई । पछि उसैले इलाहाबादबाट आएको एउटा गोताखोरसित भेट गरायो । सङ्गममा डुबकी लगाउनेहरूलाई नदीभित्रै गायब पार्ने र लास खोजिदिने बहानामा मर्नेवालाको परिवारसित मोटो रकम असुल गर्ने धन्धा रहेछ त्यसको," ऐनाबाहिरकी जमेन्तीले जवाफ दिइन् ।

"किन यस्तो गरेकी तैँले ? तँलाई आफ्नो बाबुआमा, सासूससुराको अलिकति पनि माया लागेन ?"

"मेरा लागि त आमाबाबु उहिल्यै मरिसकेका थिए । म पनि उनीहरूका लागि मरिसकेकी थिएँ । म त यहाँ दुर्गालालकी जनानी भएर हैन, लास भएर आएकी थिएँ । न लासलाई कसैले माया गर्छ, न लासलाई कसैको माया लाग्छ ।"

ऐनाबाहिरकी जमेन्तीको जवाफ सुनेर ऐनाभित्रकी जमेन्ती चुप लागिन् र ऐनाबाट हराइन् ।

पाँच

कति दिनपछि मृतक दुर्गालालको घरको ढोका खुल्यो । सबका आँखा ढोकामा केन्द्रित भए । दर्शकहरू जमेन्ती त्यो ढोकाबाट शान्त शिवभक्तिनी भएर निस्कन्छिन् कि उग्र पगली भएर निस्कन्छिन् भनेर हेर्न उत्सुक थिए । उनीहरू सबैलाई जिल्ल पार्दै त्यो दिन ढोकाबाट कालो बुर्का लगाएकी एक स्त्री निस्केर बजारतिर लागिन् । त्यहाँ उनले केही सौदाहरू किनिन् र फेरि उही बाटो फर्किन थालिन् । उसरी नै

शान्त र चुपचाप । मस्जिदबाट अजानको आवाज आइरहेको थियो । उनले बाटैमा ठिङ्ग उभिएर बाटो छेउको मस्जिदको गुम्बदतिर भावुक भएर हेर्दै अनुहारबाट बुर्का हटाइन् । उनलाई लाग्यो, मस्जिदभित्र उनको कोही आफन्त अल्लाहको इबादतमा व्यस्त छ । नमाजका लागि मस्जिदभित्र पस्न लागेका एक जना वृद्धले उनीसित सोधे, "बिटिया, तिमी को हौ ? मैले पहिला कहिल्यै पनि तिमीलाई यहाँ देखेको थिइनँ ।"

उनले फेरि बुर्काले अनुहार छोप्दै भनिन्, "म आफताबकी जनानी हुँ । नफिसा ।"

त्यसपछि कहिल्यै पनि बौलाइनन् नफिसा ।

सर्पदंश

एक

आहा, कति राम्री कस्तूरी !

मृतक हक्का पहलमानलाई माटी दिन जैपुन गाउँ गएका बेला भोलाले फेरि देखेको थियो कस्तूरीलाई । त्यो दिन गाउँ दुःखमा डुबेको थियो । उजाड भएको गाउँभरि हल्ला फैलिएको थियो, "चुनावमा लालबाबुलाई भोट नदिएको निहुँमा उनका मान्छेहरूले नै सिङ्गै जैपुन गाउँमा आगो लगाइदिएका हुन् ।"

त्यो दिन गाउँको आकाशमा सपेराहरूका जलेका घरका धूवाँ र वायुमण्डलमा घरभित्र डढेका साँपहरूको गन्ध व्याप्त भएको थियो । आँसु पनि खुब बगेको थियो, त्यो दिन जैपुन गाउँमा । तर आँसुबाट न धूवाँ उड्छ, न आँसुको कुनै गन्ध हुन्छ । गरिबहरूको आँसुले हल्ला पनि गर्न सक्दैन । त्यसैले जैपुन गाउँको दुःख त्यही गाउँभित्र सीमित रह्यो । साँझतिर चिन्तामणि पौडेल भने आएका थिए, राहतस्वरूप १० कार्टोन चाउचाउ र १२ किलो चिउरा बोकेर । उनले पनि हक्का पहलमानलाई माटी दिएका थिए । माटी दिइसकेपछि उनले लालबाबु महतोको आलोचना गर्दै भने, "चुनावमा हारजित त भैरहन्छ । प्रजातन्त्तरको सुन्दरता नै यही हो । लालबाबुले यसलाई निजी दुस्मनी बनाउनुहुँदैनथ्यो । मधेसीहरूलाई मधेसीले नै दुःख दिनु त निकै खराब कुरा हो । बेकारमा हक्का पहलमानको हत्या भयो ।"

दुई

हक्का पहलमान जैपुन गाउँका सपेराहरूका मुखिया थिए । उनी झन्डै छ फुट अग्ला थिए । ५० वर्षको उमेरमा पनि उनको शरीरको रौनक कम भएको थिएन । छाती चौडा थियो । पाखुरा बटारिएका थिए । तिघ्रा सखुवाका खाँबो जस्ता थिए । बाक्ला आँखीभौं र परक्क बटारिएर कन्चटका रौंसित जोडिएका मोटा जुँगाले उनको व्यक्तित्व बाहुबली जस्तो देखिन्थ्यो । उनको शिरमा सधैं पगडी हुन्थ्यो । कानमा चाँदीका मोटामोटा कुण्डल, घाँटीमा मुगाको माला, नाडीमा स्टिलको कडा र पाउमा माथितिर घुमेको तीखो चुच्चो भएको जुत्ता । गलामा सधैं रातो तहमत बेरेर हिंड्थे उनी । त्यसैले त सपेराहरूमाझ उनको बेग्लै रवाफ थियो । हक्का पहलमानसित २३ ओटा साँप थिए । केही दिनअघि मात्र उनले लहानको जङ्गलबाट दुई ओटा किङ कोब्रा समातेर ल्याएका थिए । उनको घरभित्रका टोकरीमा अजगर, कटैल र डोमनी जस्ता दर्जनौं साँप पनि थिए ।

"मसित तीन ओटा त दूधनाग नै छन् । अनि एउटा चित्तकोडिया र एउटा दुईमुखे साँप पनि छ । अस्ति भर्खर हरकुलाई सात सयमा एउटा धामन र एउटा जलेबिया साँप बेचिदिएँ । लेखुवालाई पनि मैले नै तीन ओटा कोब्रा बेचेको थिएँ । सालेहरू, कति दिन जङ्गलजङ्गल चहार्छन् । तर पाँचसात ओटा साँप पनि समात्न सक्दैनन् । हाम्रो गाउँका सारा सपेराहरू पनियाइ गएका छन् । यिनीहरूमा बरकत बाँकी छैन । यिनीहरूले साँप नचाएर न आफ्नो ज्यान पाल्न सक्छन्, न परिवारको । सबै मेरै भर पर्छन् । मैले सबै सपेराहरूको गिरहस्थी चलाउने थोरै न ठेका लिएको छु ? तैपनि आफ्नै बिरादरीका हुन् । माया लाग्छ । गरिखाऊन् ।"

आफ्नो मृत्युको तीन दिनअघि मात्र भनेका थिए, हक्का पहलमानले । वास्तवमा उनी नभएको भए जैपुन गाउँका धेरैजसो घरमा साँप हुने थिएन । अनि कसरी नचाउँथे तिनीहरूले साँप ? कसरी पाल्थे, यहाँका सपेराहरूले आफ्नो र परिवारको पेट ?

"साला, असली साँप त हाम्रै पेटभित्र कुण्डली मारेर बसेको छ । त्यसैले जिनगीभरि रूवाउँछ र नचाइरहन्छ हामीलाई ।"

त्यस दिन कति जायज कुरा गरेका थिए, हक्का पहलमानले !

इलाकाभरि हक्का पहलमान भनेपछि नचिन्ने कोही थिएन । उनले बजाएको बिन नसुन्ने कमै थिए । डफली पनि कति मज्जाले बजाउँथे ! सपेराहरू नै भन्थे, "हक्काले जस्तो बिन र डफली बजाउन त हामीले अर्को जनम लिनुपर्छ ।"

कतिका लागि हक्का पहलमान रहस्यमय पनि थिए । हक्कालाई नदेखे पनि उनको चर्चा सुनेका टाढाटाढाका मान्छेहरूले भन्थे, "उनको घरमा मणिवाला इच्छाधारी नागिन पनि छ । रातिराति त्यो नागिनले आफ्नो मणि निकाल्छे र मान्छेको रूप धारण गरेर त्यही मणिको उज्यालोमा नृत्य गर्छे । हक्का पहलमानले त्यो इच्छाधारी नागिनलाई आफ्नै हातले दूध पिलाउँछन् । त्यसैले हक्का पहलमान कहिल्यै पनि मर्दैनन् । उनले इच्छाधारी नागिनबाट अमर हुने वरदान पाएका छन् ।"

हक्का पहलमानकी जहान उहिल्यै मरिसकेकी थिइन् । दुई छोरा उमेरदार भइसकेका थिए । पोहोर मात्र उनीहरू आआफ्नो झोलामा बन्डी, लुङ्गी र तहमत पोको पारेर कोठाबाट बाहिर आगँनमा आएर चिलिम तानिरहेका हक्कालाई भनेका थिए, "बप्पा, अब हामी साँप नचाएर बस्दैनौं । यो पेसाले अब हाम्रो जिन्दगी चल्दैन । बरू इन्डिया गएर दिहाडी मजदुरी या कुलीगिरी गरेर खान्छौं ।"

घरबाट निस्कन लागेका छोराहरूको अघिल्तिर उभिएर हक्का पहलमानले भनेका थिए, "आफ्नो पुरखनगत पेसा छाडेर अर्काको भारी बोक्न जाने तिमीहरू मर्द होइनौ । म अब तिमीहरूको अपसगुनी चेहरा हेर्दिनँ । म मरें भने मलाई माटी दिन पनि नआउनू तिमीहरू ।"

हक्का पहलमानका छोराहरू बिहार हुँदै झारखण्डतिर लागे । त्यसपछि फर्केर पनि जैपुन आएनन् । हक्काले पनि कहिल्यै तिनीहरूलाई सम्झिएनन् ।

तीन

नेताहरूलाई हक्का पहलमानबारे थाहा थियो । हक्का पहलमानलाई हातमा लिन सकियो भने जैपुन गाउँ र वरिपरि बस्ने सपेराहरूको सात सय भोट खर्लप्प आफ्नो पक्षमा पार्न सकिन्थ्यो । त्यसैले पूर्वसांसद चिन्तामणि पौडेलले हक्का पहलमानलाई आफ्नो घरैमा बोलाएर भनेका थिए, "भन् हक्का, कति पैसा चाहिन्छ तँलाई ? तैंले जति माग्छस् दिन्छु । तर तेरो बिरादरीको सात सय भोट मेरो नाममा हाल्न लगाउनुपर्छ ।"

हक्का पहलमान निकै बेर बोल्न सकेका थिएनन् । पैसाको कुराले उनी अलमलमा परेका थिए । उनले मनमा अनेकअनेक तरहका हिसाबकिताब गरे । बन्डलका बन्डल रूपैयाँको कल्पना गरे । तर कल्पनामै रूपैयाँका ती बन्डल कालाकाला नागमा परिणत भए । ती नागहरू उनको शरीरमा चढे । साँपसित अलिकति पनि नडराउने हक्का पहलमान आफ्नै कल्पनामा आएका ती साँपहरूसित भने डराए । कल्पनाका ती विषालु काला नागहरूले हक्का पहलमानलाई डसे । चिटचिट पसिना आयो उनलाई । उनले काँधमा झुन्ड्याएको रातो तहमतले निधार, कन्चट र घाँटीको पसिना पुछेर भने, "नेताजी, धेरै नगदीको हामीलाई के काम ? बस्, पलिवारको पेट भर्न पाए काफी हुन्छ मलाई ।"

"तैपनि सात सय भोटको कुरा हो । तँलाई पैसा नचाहिए पनि तेरो बिरादरीका अरू सपेराहरूलाई त चाहिएला नि ।"

"उसो भए एउटा काम गर्नुस्, हजुर । जैपुन गाउँमा सपेराहरूका एक सौ बत्तीस घर छन् । सबै गरिब छन् । सपेराको घरमा कम्तीमा १० ओटा साँप भएन भने त्यो केको सपेरा ? के नचाउँछ उसले ? कसरी पेट पाल्छ उसले ? उनीहरू सबलाई १०-१० ओटा साँप दिलाइदिनुस्, हजुर । सात सौ भोटको वचन म दिन्छु ।"

त्यसपछि चिन्तामणिले इन्डियातिरका जङ्गली जनावरको तस्करी गर्नेहरूसित सम्पर्क गरे र १५ दिनमा सपेराहरूको बस्तीमा १५ सय

साँप बाँडे । हक्का पहलमानले पनि आफ्नो वचन पूरा गरे । इलाकाका सबै सपेराहरूको भोट चिन्तामणिको एकलौटी भयो । फेरि सांसद भए, चिन्तामणि ।

त्यसपछि भने लालबाबु महतो हक्का पहलमानका पक्का दुस्मन भए । छ सय भोटले चुनाव हारेका थिए उनले । त्यसैले सपेराहरूको भोटकै कारण नै उनले पराजय भोग्नुपरेको हो भन्ने कुरामा उनी विश्वस्त थिए । नराम्ररी बिच्किँदै उनले भने, "सालाहरू पहाडियाको चक्करमा परे ।"

यसरी सिङ्गै सपेरा बस्ती लालबाबुको कोपभाजनको सिकार भयो । जैपुन गाउँका सबै घर जलेर सखाप भए ।

त्यो रात हक्का पहलमान घरभित्रै सुतेका थिए । कसले आगो लगायो भन्ने पत्तै पाएनन् उनले । निद्रा खुल्दा उनको फुसको घर आधा जलिसकेको थियो । उनी खटियाबाट जुरूक्क उठे । भित्तामा ठडिएको काठको खाँबोको टुप्पोतिर एउटा सानो टोड्को थियो । त्यही टोड्कामा उनले आफ्नी एक मात्र छोरीको बिहेका लागि भनेर स्वर्गवासी जहानका चाँदीका गरगहना लुकाएर राखेका थिए । ती गहनाहरू झिक्नेतर्फ उनी लागेनन् । सोचे, "गहनाभन्दा त साँपहरू जरूरी छन् । यिनै साँप नचाएर म फेरि गरगहना जोड्न सक्छु ।"

उनी कोठाको दक्षिणी कुनातिर गए र साँपका टोकरीहरू उठाउन थाले । तर भ्याएनन् उनले । दनदनी बलिरहेको खरको छप्पर ग्वाम्मै उनीमाथि खस्यो । उनी बलिरहेका खाँबाहरूमा च्यापिए । उठ्नै सकेनन् ।

टोकरीभित्र साँपहरू छटपटाइरहेका थिए । हक्का पहलमानको होस अझै हराएको थिएन । तर चिच्याउन सकेनन् । भित्तामा झुन्डिएका बिन र डफली जलेको पनि देखे उनले । त्यति बेला उनको बलियो शरीर पनि काम लागेन । बस् उनले आफ्ना दुई हात जसोतसो चलाएर टोकरीहरूको ढक्कन खोलिदिए र मनमनै बर्बराए, "अब यिनै साँपहरूले बदला लिनेछन् ।"

टोकरीबाट छुटेका केही साँप मूल ढोकाको चरबाट बेतोडले बाहिर निस्किए । केही भने आगोमै डढे र केही झोपडीका दुलाहरूभित्रै हराए ।

चार

उनै मृतक हक्का पहलमानकी छोरी त हो नि कस्तूरी ! भोलाले कस्तूरीलाई पहिलोपल्ट देख्नेबित्तिकै मनमनै कसम खाएको थियो, "नागराज वासुकिको कसम ! शादी गरें भने कस्तूरीसितै गर्छु । आहा, कति खपसुरत छे, कस्तूरी !"

हक्कालाई माटी दिएर फर्कंदै गर्दा बाटोमा भोलाले आफ्नो साथी डबलुलाई पनि कस्तूरीबारे बतायो । उसलाई आफ्नो कसम पनि सुनायो । डबलु जिल्ल पऱ्यो र भन्यो, "कसको कुरा गरेको तैंले ?"

"कस्तूरीको ।"

"को कस्तूरी ?"

"हक्का पहलमानकी छोरी ।"

"कहाँ देखिस् तैंले कस्तूरीलाई ?"

"हक्का पहलमानको घरको आँगनमा खाट थियो नि । हो, अघि त्यही खाटमा अडेस लाएर रोइरहेकी थिई ।"

"चिन्छस् तँ कस्तूरीलाई ?"

"पहिला पनि एक चोटि देखेको थिएँ । आज पनि देखें ।"

तहमतले पसिना पुछ्यो डबलुले र रहस्यमय किसिमले भोलातिर हेऱ्यो ।

"हक्का पहलमानको त छोरी नै छैन ।"

तर यो कुरा किन किन भोलालाई भनेन डबलुले । उसले चुप लागेर भोलाको कुरा सुनिरह्यो ।

पाँच

सात सय भोटको कुरा गर्न चिन्तामणिको घरमा आएका बेला हक्का पहलमानसित उसकी छोरी कस्तूरी पनि आएकी थिई । चिन्तामणिको

घरमा कसैले कस्तूरीलाई वास्ता गरेको थिएन । सायद ऊ वास्ता गर्नुपर्ने ठानिएकी थिइन । लुगा त सुकिलै लगाएकी थिई कस्तूरीले । तर ती किमती थिएनन् । उसका लुगाहरू शरीरको शोभाका लागि थिएनन्, शरीर ढाक्नका लागि थिए ।

भोलाले पहिलोपल्ट कस्तूरीलाई त्यहीँ देखेको थियो । त्यो बेला नै उसलाई कस्तूरी राम्री लागेकी थिई । औधि राम्री । ऊ हेरेको हेर्‍यै भएको थियो । "हक्का त कालो थियो । उसकी छोरी कस्तूरी कसरी यति गोरी भएकी ?" ऊ जिल्ल परेको थियो ।

अरूलाई थाहै छैन यो कुरा । तर भोलालाई थाहा छ– जति बेला सात सय भोटका लागि चिन्तामणिले हक्का पहलमानसित अनुरोध गरेपछि उनी पूरै अलमलमा परेका थिए, त्यति बेला कस्तूरीले नै हक्काको कानमा केही सल्लाह दिएकी थिई । त्यसपछि मात्र हक्काले भनेका थिए, "जैपुन गाउँका हरेक गरिब सपेराहरूलाई १०-१० ओटा साँप दिलाइदिनुस् हजुर । सात सौ भोटको वचन म दिन्छु ।"

कस्तूरीका आँखा असाध्यै चञ्चल थिए । ओठ हरदम कुनै मीठो गीत सुनाउनका लागि मानौं तम्तयार थिए । उसको समग्र व्यक्तित्वबाट अद्‌भुत सुन्दरता प्रस्फुटित भइरहेको थियो ।

त्यो रात सपनामा भोलाले साँपैसाँपको बीचमा खेलिरहेकी कस्तूरीलाई देखेको थियो । कस्तूरीले सपनामै ऊसित सोधेकी थिई, "रे भोला, शादी गर्छस् मसित ?"

भोला सपना देखेकै भोलिपल्टै हक्का पहलमानको घरमा पुगेको थियो । हक्काको चरण स्पर्श गरेको थियो र भनेको थियो, "पहलमान, म कस्तूरीसित बिहाव गर्छु ।"

हक्का पहलमान भोलाको प्रस्तावले चकित भए । केही बेर चुपचाप घोत्लिए र त्यसपछि घरभित्र पसे । एकछिनमै उनी हातमा पातलो दरी लिएर बाहिर आए । दरी खटियामा ओछ्याए । भोलालाई आफूसँगै खटियामा बसाले र सोधे, "तँ पनि सपेरा होस् ?"

"हो, गाउँ कटाराको सपेरा हुँ । रामदीनको छोरो हुँ ।"

त्यति बेलै हातमा साँपको पेटारा र बिन लिएर कस्तूरी घरभित्रबाट आँगनमा आई र कर्के आँखाले झुलुक्क भोलातिर हेरी। भोला कस्तूरीको मुस्कान देखेर फेरि मुग्ध भयो। हक्काले कस्तूरीले ल्याएको बिन र पेटारा भोलालाई दिँदै भने, "ल, बजा बिन र साँप नचाएर देखा। अनि विचार गर्छु, तँ कस्तूरीसित शादी गर्न लायक छस् कि छैनस्। साँप पनि नचाउन नजान्नेलाई म आफ्नी छोरी कहाँ दिन्छु र ?"

सुकेको लौकाको तुम्बीमा बाँसुरीका जस्ता दुइटा लामाछोटा जिवाला गाँसिएको एकदमै बुट्टेदार बिन थियो त्यो। हक्काले त्यो बिनको महिमा बताए, "यो हाम्रो खानदानी बिन हो। भन्छन्, परापूर्वकालमा जब नागराज वासुकि र उनका दुस्मन राजा जनमेजयबीच लडाइँ सुरू भयो, नागराजले यही बिन बजाएर सारा नागहरूलाई लडाइँका लागि आह्वान गरेका थिए।"

हक्काले पेटारा जमिनमा राखेर ढक्कन खोलिदिए। कालो न कालो कोब्रा फणा फैलाएर जुरूक्क उभियो।

सपेराकै सन्तान त थियो, भोला। साँपसित उसलाई केको डर ? बिन बजाउन उसलाई केको महाभारत ?

भोलाले बिन बजाएर कोब्रालाई आधा घण्टासम्म नचाइरह्यो। कस्तूरीले पनि ढोकाको आडमा उभिएर भोलाले बिन बजाएको सुनिरही।

"बिन बजाउँदाबजाउँदै मैले बिस्तारै कस्तूरीतिर पनि हेरिरहेको थिएँ। बिनको धुनसँगै कस्तूरीको शिर पनि मन्दमन्द हल्लिरहेको थियो। हक्का पहलवान त कति मुग्ध थियो कति !"

हो, डबलुसित ठीक भनेको हो भोलाले। त्यति बेला भोलाले बजाएको बिनको धुन सुनेर हक्का पहलमान जिल्ल परेका थिए। भोलाको बिन रोकिएपछि हक्काले भनेका थिए, "तैंले राम्ररी बिन बजाउँदो रहेछस्। यति भएपछि मलाई पक्का भयो, तँ भोकै मर्दैनस्। तैंले मेरी छोरीलाई पाल्न सक्छस्। अहिले त मसित पैसाको सार्टेज छ। एक महिनामा मसित अलिकति साँपको जहर जम्मा हुन्छ। जग्गु

दलालले २० हजारमा किन्छु भनेको छ । उसले त्यो जहर काठमान्डूको कुनै दबाई कम्पनीलाई बेच्छ रे । शादीमा म तँलाई २१ ओटा साँप दाइजो दिन्छु । कस्तूरीकी आमाको चाँदीको अलिकति गहना पनि जोगाएर राखेको छु मैले । त्यो पनि दिउँला । अब जग्गुबाट रकम मेरो हातमा पऱ्यो भने एक दिन महुरत हेरेर म कस्तूरीको शादी तँसित गरिदिन्छु ।"

भोलाले चुपचाप हिँडिरहेको डबलुलाई यी सबै वृत्तान्त सुनायो । यावत् कुरा सुनिसकेको डबलुले फेरि पनि भोलालाई भनेन, "हक्का पहलमानले झूट बोलेको थियो ।"

किनभने डबलुलाई थाहा छ, धेरै वर्षअघि गाउँमा बाढीपछि फैलिएको हैजा लागेर हक्का पहलमानकी जहान र नाबालक छोरी एकै दिन मरेका थिए । हक्काकी जहान र छोरीको लास डबलुका बाबुले आफ्नै आँखाले देखेका थिए । डबलु त्यति बेला सानै थियो । तर उसलाई बाबुले भनेको याद छ, "कोठाभित्रै थियो, महतारी र बिटियाको लास । हक्काले रूँदै बिन बजाएर मृतकहरूलाई श्रद्धाञ्जलि दिइरहेका थिए । वरिपरि २३ ओटा टोकरीका ढक्कन खुला थिए र त्यसबाट सबै साँपहरू एकएक फिटसम्म उभिएर, फणा फैलाएर हल्लिरहेका थिए । यस्तो लाग्थ्यो कि, साँपहरूले पनि हक्काकी जनानी र बिटियाको मिरतुमा श्रद्धाञ्जलि दिइरहेछन् ।"

डबलुका बाबुले नै एक दिन भनेका थिए, "एक रात जब म लोटा लिएर शौचको लागि हक्काको घरको बगलैबाट जाँदै थिएँ, मैले हक्काको घरभित्रबाट छमाछम पाउजु बजिरहेको सुनेको थिएँ । बिनको आवाज पनि आइरहेको थियो । म हौलेसित हक्काको घरमा गएँ र दरबाजाको छेदबाट भित्र हेरें । भित्र लालटिन हैन, नागमणि टल्किरहेको थियो । त्यति अन्धकारमा पनि कोठा चकाचौंध बलेको थियो । नागमणिको उज्यालोमा हक्का बिन बजाइरहेको थियो । त्यो त्यही नागराज वासुकिको बिन थियो, जुन बिन बजाएर वासुकिले साँपहरूलाई राजा जनमेजयविरूद्ध लडाइँमा भाग लिन आह्वान

गरेका थिए । हक्काले बजाएको बिनको धुनमा एउटी खपसुरत इच्छाधारी नागिन छमछम नाचिरहेकी थिई ।"

यति भनिसकेपछि बाउले उसको कानमा खुसुक्क भनेका थिए, "कसैलाई नभन्नू ! सब मैले आफ्नै आँखबाट देखेको हुँ । इच्छाधारी नागिनको चेहरा हुबहु हक्का पहलमानकी मरिसकेकी उसकी बिटियाकै माफिक थियो ।"

हक्काका बारेमा यसरी नै अनेकअनेक किस्सा तयार भएका थिए । केही किस्सा समाजमा प्रचलित थिए, केही घरघरभित्र सीमित थिए । तर हरेक किस्सा रोचक र रोमाञ्चक थिए ।

छ

भोलाका आमाबाबु ऊ सानै छँदा नै मरिसकेका थिए । गाउँघरमा कसैले वास्ता नगरेपछि ऊ लहानतिर लागेको थियो । एउटा होटलमा भाँडा माझ्ने काम पाएपछि उतैउतै रमाउँदै धेरै वर्ष बिताएको थियो । अलिक उमेरदार हुँदै गएपछि उसले होटलमा खाना खान आउने ड्राइभरहरूको सङ्गत गऱ्यो र लोकल जिपमा खलासीको काम गर्न थाल्यो ।

केही महिनामै खलासीको कामबाट पनि मिच्छियो ऊ । उसको शरीर खाइलाग्दो थियो । त्यही शरीर नै काम लाग्यो । ऊ गाउँ फर्किएर आयो र चिन्तामणिको अङ्गरक्षक भयो । जहाँजहाँ चिन्तामणि जान्थे, खल्तीमा कट्टुवा पिस्तोल राखेर ऊ पछिपछि हिँड्थ्यो । चिन्तामणिले अह्राएको जे पनि गर्थ्यो । गएको चुनावमा उसैले कट्टा चलाएर बुथ क्याप्चर गरेर चिन्तामणिका लागि एकछापे लगाएको थियो । त्यही बुथको रिजल्टले सारा चुनाव परिणाम प्रभावित भयो । त्यति बेला पनि लालबाबु पराजित भएका थिए ।

भोलालाई आफ्नो वंशबारे धेरै कुरा थाहा थिएन । तर बाबु रामदीनले मर्नुभन्दा केही दिनअघि उसलाई काखमा राखेर भनेको आधाउधि अझै याद थियो । उनले भनेका थिए, "हामी सपेरा मात्र

होइनौं । वीर सिपाहीका सन्तान हौं । सन् १८५७ को गदरमा हाम्रा पुर्खाहरूले पनि अङ्ग्रेजहरूलाई सहयोग गरेका थिए । उनीहरूले दुस्मनको किल्लामा साँप लगेर छाडिदिन्थे । साँपले टोकेरै थुप्रै दुस्मनहरू मरेका थिए । नेपालका राजा जङ्गबहादुरले हामीलाई बहुत सनेह गर्थे । पछि त हाम्रो गाउँ नै नेपालमा गाभियो ।"

उसका बाबु कहिलेकाहीँ आफ्नो चरम गरिबीबाट आजित हुन्थे र लामो सुस्केरा हालेर भोलासित भन्थे, "साला, हामी सब हरामी हौं । राजा महाराजाहरूले अलिकति मिठाई चटाइदिन्छन् र हामी कुत्ता भैजान्छौं ।"

मर्ने बेलामा पनि भोलालाई छेउमा राखेर सुस्तरी फतफताएका थिए रामदीन, "असली कहानी सबलाई कहाँ थाहा हुन्छ र ? साँपले टोकाएर सिपाहीहरूको हत्या गरिएको घटना दुनियाँले थाहा नपाओस् भनेर अङ्ग्रेजहरूले सन् ५७ को गदरमा सामेल सबै सपेराहरूको जुबान काटिदिएका थिए । हाम्रा पुर्खाहरूको जुबान काटिंदा चुँ पनि बोलेन जङ्गबहादुरले । किन बोल्थ्यो ? अब उसलाई सपेराहरूको जरूरत थिएन ।"

उति बेला भोलाले बाबुका कुरा राम्ररी बुझेकै थिएन । अहिले पनि कहाँ बुझेको छ र !

शरीरले त कठोर होला जस्तो लाग्थ्यो भोला । तर कुशलतापूर्वक बिन बजाएको देखेर हक्का पहलमानले भनेका थिए, "तँ पनि मै जस्तो रैछस् । बाहिरबाट हेर्दा गरम, भित्रबाट नरम । सफा र नरम मनको मान्छेले मात्र यति मीठो बिन बजाउन सक्छ ।"

हक्काले यसो भन्दा ढोकाको आडमा उभिएकी कस्तूरी पनि मुसुमुसु हाँसिरहेकी थिई ।

यो तीन दिनअघिको कुरा त हो नि । तर तीन दिनमै हक्का मरिहाल्लान् र उनको डढेको लासलाई आफ्नै आँखाले हेर्नुपर्ला भन्ने कहाँ चिताएको थियो र भोलाले ? माटी दिने बेलामा हक्का पहलमानको लास हेरिरहँदा उसका कानमा बाउ रामदीनको आवाज

गुन्जिरहेको थियो, "यस्तो लाग्छ कैलेकाहीँ कि सब गरिबहरूलाई एक ठाउँमा जम्मा गरूँ र सबैलाई मन्तरवन्तर गरेर विषधर साँप बनाइदिऊँ । हाम्रो काँधमा पाउ धरेर राजनीति गर्ने सब नेतालोग मरिजाऊन् सर्पदंशले । तब सबलाई थाहा हुन्छ कि गरिब आदमी साँप भएपछि कति हरामी हुन्छ ।"

सात

हक्कालाई माटी दिएर आएको भोलिपल्ट कस्तूरी फेरि सपनामा आई र भनी, "भोला, मलाई बिहे गर्न आउँदैनस् अब ?"

सपनाबाट ब्युँझिएको निकै बेरसम्म भोलाको मन भारी भइरह्यो । उसले भोलि नै कस्तूरीलाई भेट्ने निश्चय गऱ्यो ।

भोला कस्तूरीकहाँ पुग्दा ऊ जलेका घरका बाँकी काठका खाँबाहरू जोडजाड गरेर फेरि ओत लाग्ने ठाउँ बनाउँदै थिई । भोलालाई देखेर ऊ खुसी भई । भोला कस्तूरीको एकदमै नजिक पुग्यो र भन्यो, "कस्तूरी म तँलाई प्यार गर्छु । तँसित भोलि नै शादी गर्छु ।"

"मेरो बाउलाई कसले मारेको तँलाई थाहा छ, भोला ?" उसले सोधी ।

"लालबाबु महतोले मारेको हो," उसलाई जे थाहा थियो, त्यही भन्यो ।

"हैन, चिन्तामणिले मारेको हो ।"

पहिरो गयो भोलाको चेतनामा । उसको अस्तित्व जगबाटै हल्लियो । उसका धमनीमा बगिरहेका रगतहरू एकछिन रोकिए र त्यसपछि बौलाएको खहरे झैं अनेकअनेक बाँध भत्काउँदै फेरि बग्न थाले ।

"चिन्तामणिलाई हक्का पहलमानसित भएको इच्छाधारी नागिन चाहिएको थियो । त्यो पाएपछि उसले सधैंका लागि सपेराहरूलाई आफ्नो दास बनाउन सक्थ्यो । उसलाई पछिपछिको चुनाव पनि जित्नु थियो । सधैं लालबाबु महतोलाई हराउनु थियो र सधैंको लागि हामीमाथि शासन गर्नु थियो । उसलाई चुनाव जित्ने नशा

लागिसकेको थियो । सारा खेला, सारा षड्यन्त्र उसैको हो । उसैले जानाजान यो केसमा लालबाबुको नाम मुछेको हो ।"

यति भनिसकेपछि कस्तूरीले भोलालाई भनी, "मसित बिहे गर्ने हो भने तैंले चिन्तामणिलाई मार्नुपर्छ ।"

भोलाले सर्त मान्यो । त्यो रात भोला कस्तूरीकै थोत्रो घरमा बस्यो ।

राति डबलु कस्तूरीकै घरको छेउबाट लोटा लिएर शौचका लागि जाँदै थियो । उसले कस्तूरीको घरबाट छमछम पाउजुको आवाज आइरहेको सुन्यो । उसले ढोकाको चरबाट चियायो र देख्यो, खोपीमा बत्ती हैन, नागमणि टल्किरहेको छ । मणिकै उज्यालोमा भोला नागराज वासुकिको पालाको बिन बजाइरहेछ र कस्तूरी छमछम नाचिरहेकी छ ।

आठ

गाउँबाट भोला एकाएक गायब भयो । चिन्तामणिले जताततै खोजी गरे । भोला कतै फेला परेन । डबलुले उनलाई जानकारी दियो, "इच्छाधारी नागिनको प्रेममा परेर भोला पनि विषधर नागमा परिणत भैसक्यो, हजुर ।"

आफ्नो विश्वासिलो अङ्गरक्षक नै साँप बनेको कुरा थाहा पाएर आत्तिए चिन्तामणि । आफू अब असुरक्षित भएको अनुभव गरे । हतारहतार उनले पण्डितहरू बोलाए र सर्पयज्ञ आयोजना गरे । ठीक त्यस्तै यज्ञ, जुन परापूर्वकालमा राजा परीक्षित्‌ले सर्पदंशबाट जोगिनका लागि आयोजना गरेका थिए । चिन्तामणिलाई विश्वास थियो, यज्ञपछि उनलाई कहिल्यै पनि सर्पदंशको भय हुनेछैन । न भोलाले डस्न सक्नेछ उनलाई, न कस्तूरीले । उनी हरेकपल्टको चुनाव निर्बाध जितिरहनेछन् र हारिरहनेछन् सधैं लालबाबु महतो ।

मर्ने बेलामा हक्का पहलमानले भनेका थिए, "हरेक गरिब तक्षक नाग हो । जति यज्ञ गरे पनि आखिर राजा परीक्षित्‌लाई त तक्षकले नै डसेर मारेको थियो ।"

सर्पयज्ञ जारी थियो । चिन्तामणि पौडेलले आफ्नो घरको बार्दलीबाट देखे, युगौंदेखि उनले हेपेका र दबाएका भोला, कस्तूरी र अरू हजारौं गरिब सपेराहरू अब साँपमा परिणत भएका छन् र आउँदै छन् उनकै घरतिर ।

करिब एक घण्टापछि चिन्तामणि बार्दलीमै मृत फेला परे । चिकित्सकले मृत्युको कारणमा लेखे– सर्पदंश ।

मैलो कमिजको एकालाप

"हाम्रा सम्माननीय प्रधानमन्त्री श्री दलबहादुर एकाएक बेपत्ता हुनुभयो ।"

सहरमा हल्ला फैलियो र त्यो "हल्ला" खबर बनेर फैलिँदैफैलिँदै सीमान्त गाउँको मेरो मुकामसम्म पनि आइपुग्यो । मुलुक र मुलुकवासी कसैले पनि त्यो खबरमाथि विश्वास गरेन । मलाई पनि विश्वास भएन । तर अन्ततः त्यो खबर सत्य साबित भयो । प्रधानमन्त्री साँच्चिकै हराएका रहेछन् । खबरमा भनिएअनुसार अघिल्लो मध्यरातमा केही कागजातमा हस्ताक्षर गरेर उनी सुतेका थिए । बिहान भने उनी आफ्नो ओछ्यानमै थिएनन् । उनी आफ्नो कार्यालयमा पनि फेला परेनन्; महल जस्तो सरकारी निवासमा पनि । उनको चस्मा उनकै कार्यालयको टेबलमै फेला पऱ्यो । उनको मोबाइल उनले प्रयोग गर्ने बाथरूममा भेटियो । र नाडी घडी उनकै कार्यालयको ड्रयरमा । उनका जुत्ता निवासको ढोकैमा फेला परे । ज्योतिषीहरूले हातमा लगाउन दिएका मुगा, रूबी र नीलमका औंठी उनको बेडरूमकै साइड टेबलमा भेटिए । उनले लगाउने गरेको नक्कली दाँत पनि त्यही टेबलमै फेला पऱ्यो । उनको कलम, सिगार केस र ह्विस्की राख्ने हिप फ्लास्क पनि उनको शयनकक्षमै फेलापरे । तर प्रधानमन्त्री कतै भेटिएनन् । मुलुकले प्रश्न गर्न थाल्यो, "प्रधानमन्त्री हुन् कि तोरीको गोदाममा हराएको आलपिन ?"

केही महिनाअघि प्रधानमन्त्रीले मुटुको एउटा भल्भ पनि फेरेका थिए । सजीव तन्तुको साटो पाषाण (कार्बन)बाट बनेको र उनको मन जस्तै कालो त्यो निर्जीव भल्भ टेबलमा एकनासले टिकटिक गरिरहेको थियो । के कसैले प्रधानमन्त्रीको हत्या गरेर उनको मुटुबाट भल्भ झिकेर थपक्क कुर्सीमा राखिदिएको थियो ? या बेपत्ता हुनुअघि प्रधानमन्त्री आफैंले आफ्नो मुटु खोतलेर भल्भ झिकेर त्यहाँ राखेका थिए ?

दुवै कुरा कहालीलाग्दा थिए । तर सबैभन्दा कहालीलाग्दो कुरा त उनी गायब हुनु नै थियो । त्यो पनि बिनासूचना । कुनै उपप्रधानमन्त्रीलाई कार्यकारी अख्तियारीसमेत नदिई ।

हजारौं सुराकी परिचालित भए । तर कसैले पनि प्रधानमन्त्रीबारे कुनै सुराक फेला पार्न सकेन । मुलुकको गुप्तचर संयन्त्र पूरै मजाक साबित भयो ।

तर मुलुकलाई थाहा नभएको कुरा मलाई थाहा छ । म प्रधानमन्त्री कहाँ बेपत्ता भए भन्ने कुराको पूरा जानकार छु । म उनका बारेमा तपाईंलाई पूरै सूचना दिन सक्छु । तर त्यसभन्दा पहिले तपाईंले मेरो यो एकालाप ध्यानपूर्वक पढ्नुपर्छ ।

मेरो सर्त यही हो– मलाई पढ्नुस् । मलाई बुझ्नुस् । र हराएका प्रधानमन्त्रीलाई फेला पार्नुस् ।

***

मानिस सामाजिक प्राणी हो । यो कुरा प्राथमिक कक्षादेखि नै तपाईंहरूले पढ्दै आउनुभएको हो । तपाईंका मातापिताले पनि यही पढ्नुभयो । तपाईंका सन्तति पनि यही घोक्दै छन् । विद्वान्हरूले आजपर्यन्त यही पढाइरहेका छन् । पढाइरहेका पनि के भन्नु, रटाइरहेका छन् । के उनीहरूलाई मानिस असामाजिक भइदेलान् भन्ने शङ्का छ ? कतै उनीहरूलाई मानिस सामाजिक प्राणी हो भन्ने कुरामै संशय त छैन ?

मलाई भने संशय छ ।

मलाई संशय भएर के हुन्छ ? यो असामाजिक संसारमा मेरो सोच र संवेदनाको के अर्थ ? म किलोमा झुन्डिएको मैलो न मैलो कमिज न हुँ । मेरो अस्तित्व के ?, मेरो हैसियत के ?, मेरा बाहुलाका कुहिनाहरूमा प्वाल परेका छन् । कलरमा मयलको थुप्रो छ । मबाट हरदम पसिनाको अमिलो गन्ध आइरहन्छ । मैले आफ्नो वास्तविक रङ र स्वरूप गुमाइसकेको छु । मलाई तपाईं जति जीर्ण र मैलो कल्पना गर्नुहुन्छ, मेरो यो एकालाप पढ्न तपाईंलाई त्यति नै मज्जा आउनेछ । म ग्यारेन्टी गर्छु, मेरो एकालापले तपाईंलाई त्यति नै मज्जा दिनेछ, जति मज्जा तपाईंहरूलाई कफी खाँदै गरिब पात्रका कथा पढ्दा आउने गर्छ ।

आउनुस्, कथाको मज्जा लिनुस् र एकान्तमा बौद्धिक मैथुन गर्नुस् ।

***

मेरो एकालापको सुरूवात म केही थान प्रश्नबाट गर्न चाहन्छु ।

के तपाईंलाई आफ्नो प्रधानमन्त्रीले कुन ब्रान्डको लुगा लगाउनुहुन्छ भन्ने थाहा छ ? थाहा हुन पनि सक्छ । किनभने प्रधानमन्त्री सुत्ने पलङ, उनका जुत्ता र घडीहरूको मूल्य बेलाबेला समाचार बन्ने गरेका छन् । तर मेरो यो प्रश्नको जवाफ भने तपाईंलाई पक्कै थाहा छैन– जब प्रधानमन्त्रीका लुगा पुराना हुन्छन्, ती लुगा कहाँ जान्छन् ?

एकाधबाहेक हामीले त्यस्ता कुनै महान् प्रधानमन्त्री पाएका छैनौं, जसका पोसाक सङ्ग्रहालयमा सुरक्षित गर्न लायक हुन्छन् । त्यसैले मेरो लुगासम्बन्धी यो प्रश्नले तपाईंको दिमाग (यदि कतै बन्धकी राख्नुभएको छैन या त्यसमा ताल्चा लगाउनुभएको छैन भने) एकछिनका लागि भए पनि रन्थनिएको हुनुपर्छ ।

हुनेखानेहरूले आफ्ना लुगा पुराना भएपछि घरेलु कामदार या तिनका आफन्तलाई दिने गर्छन् । केहीले बाढीपहिरोका बेला सुकुमबासी या मुसहर आदि बस्तीका गरिबलाई दान दिन्छन् । प्रधानमन्त्रीले

आफ्ना पुराना लुगा त्यसरी दान दिन्छन्, दिन्नन् ? प्रधानमन्त्रीले लगाउने कमिज, पाइन्ट, गन्जी या कट्टुको नियति के हुन्छ ? उनको मोजाको भविष्य के हुन्छ ? जाडोमा उनले लगाउने पन्जा पुरानो भएपछि कता जान्छ ? उनका पुराना टोपी, टाई र मफलर अहिले कहाँ छन् ? उनले स्नान गरिसकेपछि प्रयोग गर्ने टावेल या उनले पसिना या नाक पुछ्ने हाते रूमाल अहिले कुन हालतमा कहाँ छन् ? के यी प्रश्न कहिल्यै तपाईंको दिमागमा उम्रिएका छन् ? पक्कै छैनन् । अब सोच्न थाल्नुस् । किनभने मेरो जस्तै कथा ती पाइन्ट, गन्जी, कट्टु या रूमालहरूको पनि हुन सक्छ । तिनका पनि खुसी र व्यथा हुन सक्छन् । तिनले पनि कतै कसैलाई मैले जस्तै आफ्नो कहानी या एकालाप सुनाइरहेका हुन सक्छन् ।

***

हुनेखानेहरू एउटै लुगा धेरै पटक लगाइरहँदैनन् । केही समय लगाएर अर्को किनिहाल्छन् । अझ प्रधानमन्त्रीले त झन् नयाँनयाँ लुगा लगाउनुपर्छ । उनको लुगाका लागि त राज्यले बजेट नै छुट्याएको हुन्छ । त्यही बजेटबाट प्रधानमन्त्रीका सहयोगीहरूले हतारहतार कुनै सानदार मलको महँगो पसलबाट मलाई किनेर ल्याएका थिए । प्रधानमन्त्रीका लागि भनेपछि मेरो वास्तविक मूल्यमा साहुले थप मूल्य जोड्यो । प्रधानमन्त्रीका सहयोगीले त्यसमा आफ्नो कमिसन थपे । यसरी म अझ मूल्यवान् र विशेष कमिज भएर प्रधानमन्त्री निवासमा छिरेको थिएँ ।

मेरा केही महिना आराममा बिते । मलाई न गर्मी भयो, न जाडो । न मैले कहिल्यै पसिनाले निथ्रुक्क हुनुपर्‍यो । म त्यसैत्यसै फुरूङ्ङ थिएँ । झन् फुरूङ्ङ त म प्रधानमन्त्रीका हरेक कदममा प्रत्यक्षदर्शी हुन पाएकोमा थिएँ । सत्ता टिकाउने उनका षड्यन्त्र, आसेपासेलाई फाइदा हुने गरिएका उनका तोक, आफन्तलाई ठेक्कापट्टा दिलाउने मनसायले गरिएका आदेश, माफियाहरूसित गरेका लेनदेन र वार्तालाप, देश र जनतासित गरेका उनका कपटपूर्ण वाचा सबैमा म सामेल थिएँ ।

त्यही बेला देशमा फैलिएको थियो, एउटा अज्ञात रोग । कतिले देवता रिसाएकाले त्यो रोग फैलिएको हो भन्थे । कतिले त्यो रोगलाई मान्छेसित प्रकृतिले लिइरहेको प्रतिशोध ठान्थे । रोगका कारण र निवारणबारे वैज्ञानिकहरू अलमलमा थिए । बुद्धिजीवीहरू रोगमा राजनीति, अर्थशास्त्र र समाजशास्त्र मिसमास पारेर टेलिभिजनका पर्दामा बहस गर्न थालेका थिए ।

घाम उदाउँथ्यो । बत्ती पनि बल्थ्यो । तर पनि त्यो अँध्यारो समय थियो । मान्छेका मनभित्रका उज्याला निभेका थिए । देश पूरै मौन थियो । मान्छेसितै डराइरहेका थिए मान्छेहरू । आफन्तसितै सशङ्कित भइरहेका थिए मान्छेहरू । रोकिएका थिए, सुख र आनन्दका वार्तालापहरू । बन्द थिए, मित्रहरूबीचका ठट्टा, प्रेमी र प्रेमिकाहरूबीचको भेटघाट । मान्छेहरूले लिन छाडेका थिए, आमाबाबुको आशीर्वाद । चुम्बनहरू हराएका थिए । स्पर्शहरू वर्जित थिए । प्रजनन अङ्गहरूमा धमाधम ताल्चा लाग्न थालेका थिए । मान्छेहरू अज्ञात रोगको भयले आत्तिएका थिए । ऐनामा आफ्नै प्रतिबिम्बसित पनि तर्सिन थालेका थिए मान्छे । मान्छेका यात्राशील पाइलाहरू घरको सङ्घारभित्र रोकिएका थिए । उनीहरू आफूलाई माया गर्नेहरूलाई नै घरमा प्रवेश निषेध गरिरहेका थिए । उनीहरूलाई हावामा शत्रुहरू ओहोरदोहोर गरिरहेको आभास भइरहेको थियो । आफूले टेक्ने जमिन र हेर्ने आकाशप्रति उनीहरू सशङ्कित थिए । उनीहरू सृष्टिको सर्वाधिक दुःखी प्राणी साबित भएका थिए ।

यस्तोमा एक दिन कुनै सहयोगीले प्रधानमन्त्रीलाई भनिदियो, "यो रोग पोसाकबाट पनि सर्छ । त्यसैले यो बेला पुराना पोसाकहरूको प्रयोग उपयुक्त छैन ।"

मलाई तत्काल प्रधानमन्त्रीले आफ्नो शरीरबाट उतारे । गन्जी, कट्टु र मोजा पनि फुकाले । सहयोगीले पन्जा लगाएको हातले हामीलाई बडो उपेक्षापूर्वक एउटा पोलथिनको झोलामा कोच्यो । अर्को सहयोगीले प्रधानमन्त्री निवासको फोहोर थुपार्ने ठाउँमा राखिदियो ।

अर्को दिन नगरपालिकाको गाडी आयो । एउटाले हामीलाई कन्टेनरमा थन्क्यायो । हामी सबै आत्तियौं । आफ्नो समयको सबैभन्दा शक्तिशाली मानिसको सुगन्धित वदनबाट एकाएक उत्रिएर एउटा भयावह फोहोर संसारमा प्रवेश गर्नुपर्दा म दुःखी भइसकेको थिएँ । डम्पिङ साइटमै पुगेपछि त मेरो होसै हरायो ।

होस खुल्दा म मधेसको एक गरिब मजदुरको शरीरमा थिएँ ।

देशबाट अज्ञात रोगको भय हटिसकेको थियो । तर प्रधानमन्त्री साविककै महलमा विराजमान थिए । र नयाँ कमिजमा ठाँटिएर माफियाका नाइकेहरूसित नयाँ ठेक्कापट्टाको कमिसन तय गरिरहेका थिए । उनी उसैगरी जनघाती निर्णयहरूमा तोक लगाइरहेका थिए । उसैगरी दमनका आदेश दिइरहेका थिए र उसैगरी जनताको मजाक उडाइरहेका थिए ।

म भने यतिन्जेलसम्म मैलो न मैलो भइसकेको थिएँ । ठाउँठाउँमा उध्रिइसकेको थिएँ । मैले आफ्नो वास्तविक पहिचान गुमाइसकेको थिएँ । तर पहिचानको बहसको वातावरण कुण्ठित भइरहेको समयमा मैले मेरो पहिचानको मुद्दा उठोस् भन्ने कामना पनि राखिनँ । बस्, मैले सोच्न थालें, राजधानीको आलिसान महलमा विराजमान प्रधानमन्त्रीको शरीरबाट उत्रिएर म टाढाको मधेसको एउटा गरिब श्रमिकको शरीरमा कसरी बस्न आइपुगें । उसले कहाँ पायो मलाई ? मैले प्रधानमन्त्रीको सुकोमल देहदेखि गरिबको जीर्ण शरीरसम्मको यात्रा कसरी तय गरें ? जवाफ थिएन ।

तर मैले अनुमान लगाएँ ।

सम्भवतः डम्पिङ साइटमा फोहोर उधिन्ने केटाकेटीले मलाई फेला पारे । यसो नियाले । तिनीहरूको पातलो शरीरमा म फिट हुने कुरै भएन । उनीहरूले मलाई धोइपखाली गरे र कमिजको खाँचो परेको अर्को कुनै गरिबलाई आधा किलो चामलको मूल्यमा बेचिदिए । पाएको पैसाले केहीले चुरोट खाए, केहीले चाउचाउ । सम्भवतः केही दिन त्यो गरिबले मलाई लगायो पनि । तर उसको शरीरमा

ब्रान्डेड कमिज देखेर कुनै कलेजनिरको चिया पसलमा चिया खाँदै गरेका केही विद्यार्थी भाइबहिनीहरूले उसलाई उल्लिबिल्ली पारे । अपमानबोधका कारण उसले डेरामा पुगेर मलाई फुकाल्यो । साँझ धोइपखाली गरेर अर्को दिन उसले मलाई काठमाडौंको न्युरोडको सेकेन्ड ह्यान्ड लुगाहरूलाई नयाँ बनाएर बेच्ने एउटा साहुलाई सुम्पियो । त्यसपछि म केही दिन उसकै फुटपाथ पसलमा लुगाहरूको डङ्गुरमा यताउता भइरहें । एक दिन एक जना सरकारी कर्मचारी सपरिवार न्युरोडमा किनमेलमा आए । उनीहरूले नजिकैको ब्रान्डेड पसलबाट आफू, श्रीमती र छोराछोरीका लागि महँगा लुगा किने । तर उनको घरमा एक वृद्ध पिता पनि थिए । त्यो दिन बाबुको मुख हेर्ने दिन पनि थियो । उनले मलाई रोजे र घर पुगेर पितालाई लगाइदिएर फोटो पनि खिचे । उनले साँझसम्म सामाजिक सञ्जालमा त्यो फोटोबारे आएका प्रतिक्रियाका हिसाबकिताब गर्दै बसे ।

सम्भवतः त्यहीताका मधेसमा बाढी आयो र हजारौं गरिब बेघर भए । उनीहरूसित खाने कुरा भएन । लगाउने लुगा पनि भएन । वृद्ध पितालाई दया लाग्यो र उनले मलाई लुगा सङ्कलन गर्न आएको एक टोलीलाई सुम्पिदिए । यतिन्जेल म बेहोसीमै थिएँ । होसमा आउँदा भने म बाढीपीडित एक गरिब श्रमिकको शरीरमा थिएँ ।

केही दिनपछि बाढीप्रभावित क्षेत्रको निरीक्षण गर्न हेलिकप्टर चढेर प्रधानमन्त्री आए । उनले बाढीपीडितहरूलाई चिउरा, चाउचाउ र चियापत्तीका प्याकेट पनि बाँडे । बाँड्दाबाँड्दै अचानक प्रधानमन्त्री जिल्ल परे र ठाउँको ठाउँ रोकिए । होइन, उनी गरिबहरूलाई देखेर जिल्ल परेका थिएनन् । किनभने गरिबीसित उनी परिचित छन् । उनी जस्ता पात्रहरूकै कारण देशमा गरिबी संस्थागत भएको भन्ने विषयमा उनी जानकार थिए । उनी स्तब्ध त मलाई देखेर भएका थिए । किनभने कुनै बेला उनैले पहिरिएको कमिज एउटा नयाँ देहसहित ठिङ्ग उनका सामु उभिएको थियो ।

जसरी गरिब एउटा प्रश्न हो, जसरी भोको मान्छेको आँखा एउटा प्रश्न हो, त्यसरी नै मैलो कमिज पनि एउटा खतरनाक प्रश्न हो । सम्भवतः प्रधानमन्त्री त्यही प्रश्नसित आत्तिएका थिए । म मैलो भएकाले प्रधानमन्त्रीले मलाई अँगालो हाल्न सकेनन् । मप्रति आत्मीयता प्रकट गर्न पनि सकेनन् ।

***

लामै समयसम्म प्रधानमन्त्री बिरामी भए भन्ने कुरा मुलुकसँगै मैले पनि थाहा पाएँ । उनी ज्वरोमै बर्बराउन थालेका थिए रे । सम्भवतः उनी बेलाबेला मलाई सम्झन्थे र झनै आत्तिन्थे । उनले अरू कसैलाई आफ्नो समस्या बताउन पनि सकेका थिएनन् । कुनै बेला उनैले सगर्व धारण गरेको उनकै कमिज अहिले एउटा गरिब र भोको मान्छेको शरीरमा टाँस्सिएको थियो । यो त उनकै लागि पनि लज्जाको विषय थियो । त्यस्तो विषय अरूलाई भनेर कसरी सार्वजनिक गर्नु ? त्यही कारणले उनको रोग झन्झन् बल्झिएको हुनुपर्छ । उनी झन्झन् कमजोर बन्दै गएको हुनुपर्छ ।

तर यति नै कारणले उनी हराइहाल्नुपर्ने त थिएन । अचम्मको कुरा त के भने, उच्च सुरक्षा सतर्कता अपनाइने उनको सरकारी महलमा उनी बेपत्ता भएको कसैले चालै पाएन । तर यसो भनिहाल्न पनि मिल्दैन । उनी सुटुक्क गेटबाट निस्कँदा एउटा भुस्याहा कुकुरले त उनलाई देखेकै थियो । तर कसैले उसको बयान लिएन । नत्र कुकुरले भन्ने थियो, "प्रधानमन्त्री पूरै नाङ्गो त हुनहुन्थेन । उहाँले कट्टु लगाउनु भएको थियो । उहाँको खुट्टामा मोजा पनि थियो । शरीरमा कमिज पो थिएन, शिरमा टोपी त थियो । उहाँको गलामा मफलर पनि थियो र हातमा पन्जा पनि । गेटबाट निस्केको केहीबेरसम्म त मैले उहाँको शरीर पनि देखेकै हुँ । तर केही क्षणमै सडकमा उहाँको शरीर हरायो र उहाँको टोपी, मफलर, कट्टु र मोजा मात्र हिँडिरहेको थियो ।"

***

एक दिन मलाई धारण गरिरहेको शरीरले एउटा दलदलमा केही चलायमान वस्तु भास्सिँदै गरेको देख्यो । उसले दलदलबाट त्यो वस्तु निकाल्यो । हेर्दा मान्छेकै जस्तो आकृति त देखिन्थ्यो । तर त्यो आकृतिभित्र मान्छे थिएन । बस्, माथि टोपी थियो, घाँटीमा मफलर थियो, अलिक तल कट्टु र अझै तल मोजा ।

उसले हिलो र मैलोमा लटपटिएको त्यो आकृतिलाई घरसम्म ल्याउन आवश्यक ठानेन । किनभने त्यो देह र आत्माबिनाको आकृति थियो । तर मलाई धारण गरेको त्यो मनुवा दयालु थियो । उसले आफ्नो कछाड फुकाल्यो र त्यसैले त्यो मैलो अनि अमूर्त आकृतिलाई छोपिदियो । त्यो उसले मानव जस्तै देखिने आकृतिका लागि गर्न सक्ने सबैभन्दा उच्च सम्मान थियो ।

यो सबै दृश्य मैले देखेकै हुँ । कुनै बेला म उनको देहसित अभ्यस्त थिएँ । त्यसैले त्यो आकृति प्रधानमन्त्रीकै हो भन्ने पनि मलाई थाहा थियो । तर म कमिज न हुँ । कमिजले कसरी बोल्छ ? कमिजले के बोल्छ ? त्यसमाथि मैलो न मैलो कमिज । मैलो मान्छेको कुरा नपत्याउने समाजमा मैलो कमिजको कुरा झन् कसले पत्याउने ?

***

अचानक हराएका प्रधानमन्त्री उसरी नै अचानक फेरि प्रधानमन्त्री निवासमा देखापरे । उनको शरीरभरि हिलो लागेको थियो । उनको हुलिया देखेर सबै चकित भए । सहयोगीहरूले उनलाई फेरि नयाँ टोपी, नयाँ मफलर, नयाँ गन्जी, नयाँ कमिज, नयाँ कट्टु र नयाँ पाइन्ट लगाइदिए । चिकित्सकहरूले फेरि उनको मुटुमा भल्भ राखिदिए । निर्जीव देखिएका प्रधानमन्त्री फेरि चलायमान देखिए । सिंहदरबारमा एक प्रेस कन्फ्रेन्स गरेर हराएका प्रधानमन्त्रीलाई सार्वजनिक गरियो ।

राति प्रधानमन्त्री निवासमा आतिसबाजी गरियो ।

त्यो हर्षोल्लास रातभर मात्र कायम रह्यो ।

बिहान भने फेरि अर्को अप्रिय खबर सार्वजनिक भइहाल्यो, "प्रधानमन्त्री आफ्नै निवासमा मैलो न मैलो कछाडमा झुन्डिएको अवस्थामा फेला पर्नुभयो ।"

पोस्टमार्टम रिपोर्ट आयो । रिपोर्टमा लेखिएको थियो, "प्रधानमन्त्रीको आकृतिभित्र उहाँको देह नै थिएन । आत्मा पनि थिएन ।"

पूरै राज्यसंयन्त्र कछाडका मालिकको खोजीमा लाग्यो । अन्ततः मलाई धारण गरेको देह गिरफ्तार भयो । न्यायालयले उसलाई मृत्युदण्डको घोषणा गऱ्यो । कछाड नभएकाले उसको तल्लो अङ्ग नग्न अवस्थामा थियो । उसले आफूलाई झुन्ड्याउन आएकाहरूसित भन्यो, "जब म तल नाङ्गै छु भने माथि किन ढाक्ने मैले ?"

त्यसैले आफूले शूलीमा झुन्डिनुअघि मभित्रको गरिब देहले मलाई आफूबाट अलग्यायो र नजिकैको किलोमा झुन्ड्याइदियो ।

म झुन्डिएको किलोबाट पूरै मुलुक देखिन्छ । मुलुकको पूरै राजनीति पनि देखिन्छ । प्रधानमन्त्रीका नयाँ पोसाक पनि देखिन्छन् । नयाँ पोसाकका प्रधानमन्त्री पनि देखिन्छन् । मैले नदेखेको र नबुझेको एउटै कुरा छ– प्रधानमन्त्रीका पुराना पोसाकहरू कहाँ गायब हुन्छन् ?

कबै अर्घ्यालो नथाप्नू !

एक

गाउँमा श्री ३ जङ्गबहादुर आए र आदेश जारी गरे, "हे नयाँ मुलुकका रैतीहरू, अब उप्रान्त तिमीहरू हाम्रा अधीन भयाका छौ । इमानदार भईकन मुलुकको नियमकानुन, रीतिथितिको पालना गर्नू ! सधैं हाम्रो आदेश पालन गर्नू ! कबै अर्घ्यालो नथाप्नू ! बाठो भएर कुनै तकसीर नगर्नू ! जो येस बन्देजमा रहैन सो पातकी होला ।"

"गाउँले जङ्गबहादुरको भाषा बुझेन । तर उनको डरले गाउँ युगौंदेखि "बन्देज"मा बस्यो । इमानदार भएर मुलुकको नियमकानुन मानिरह्यो । कहिल्यै बाठो भएर मलाई यस्तो चाहियो भनेन, मैले यस्तो किन पाइनँ भनेर "अर्घ्यालो थाप्ने" कुनै कसुर गरेन । सधैं "हैसियत"मा बसिरह्यो, कहिल्यै "पातकी" भएन ।"

मरिसकेको शिवरामले सुनाएको थियो मलाई यो किस्सा ।

गाउँमा कताकताबाट बूढा जोगी आइपुगेका थिए । उनी गाउँकै जीर्ण शिव मन्दिरमा बसेका थिए । उनको दाबी थियो, "म आफ्नो शरीरभित्र अरूको आत्मालाई प्रवेश गराएर ऊसित बातचित गर्न सक्छु । उसले भन्न खोजेको कुरा अरूलाई बताइदिन सक्छु ।"

गाउँलेहरूको आग्रहमा उनले शिवरामको आत्मालाई आफ्नो शरीरमा प्रवेश गराएका थिए । वास्तवमा गाउँलेहरूलाई शिवरामको

मृत्युको कारण पनि बुझ्नु थियो । किनभने उसको मृत्युका विषयमा कोही पनि स्पष्ट थिएन । कोही भन्थे, "शिवरामलाई साँपले डसेको हो । ऊ मर्दा उसको देही पूरै करिया भएको थियो ।"

कोही भन्थे, "उसलाई अचानक फालिज भयो र तड्पीतड्पी मर्‍यो ।"

जोगीको शरीरमा प्रवेश गरेपछि भने शिवरामले बताउन थाल्यो, आफ्नो रामकहानी र बाँकी किस्साहरू ।

मेरा लागि भने यो नितान्त नयाँ अनुभव थियो ।

दुई

"मेरो मिरतु भएको त सालभरभन्दा ज्यादा भैसक्यो । सबले आफ्नै हातले माटी दिएर मेरो सद्गत गरेका थिए । परसपुरको बाभन आएर मेरो सराद पनि गरिदिएको थियो । गाउँका कुकुर, गाई, कौवा, कमिला र देवता सबले भोजन गरेका थिए । बाभनहरूले त पत्तल चाट्दै शिवराम पितर भयो, सुरगलोगमा गयो भनेका थिए । तर आज गाउँका सब भौंसडीहरू मेरो आत्मा स्कुलको कोठाकोठामा भट्किरहेको छ भन्छन् । सबले मेरो बदनाम गरिरहेछन् ।"

मैले सोधें, "उसो भए गाउँलेहरूले झूटो बोलेका हुन् त ?"

जीउभरि खरानी घसेका, जगल्टाको जुरो बनाएका, गलामा अनेकथरी माला लगाएका जोगीको मुखबाट शिवराम बोल्न थाल्यो, "उनीहरूको कुरा पूरै नभए पनि आधा गलत हो । किनभने मेरो आत्मा त स्कुलको बाहिरबाहिर भट्किरहेछ । भित्र पस्न त मेरो आत्मा पनि डराउँछ ।"

"किन डराउँछ ?"

"स्कुलभित्रबाट अहिले पनि मलाई महाट्टरले आदेश दिइरहे जस्तो लाग्छ । मानौं, सबै भनिरहेछन्, ए शिवराम, अर्घ्यालो नथाप् ! बढ्ता बाठो भएर तकसीर नगर् ! जो येस बन्देजमा रहैन सो पातकी होला । म त्यो आवाज केही पनि बुझ्दिनँ । त्यसमा मेरो भाषा छैन ।

मलाई ती आवाजहरूसित बहुत डर लाग्छ । त्यसैले स्कुलभित्र म पस्नै सक्दिनँ ।"

शिवरामको आत्माले बोलेको कुरा कति सत्य हो, मलाई थाहा छैन । तर उसका कुराले मलाई उसको जीवन कहानीप्रति आकर्षित गरेको थियो । मैले जिज्ञासावश सोधें, "शिवराम, के तिमीलाई आफ्नो गाउँको नाम थाहा छ ?"

तीन

यहाँ फल्ने धानका नाम थिए । यहाँ उभिएका रूखबिरूवा र उम्रिएका पातपतिङ्गरका नाम थिए । यहाँका खेत, खलिहान र चरनका नाम थिए । यहाँका बालीनाली र ती बालीनाली सखाप पारिदिने कीराफट्याङ्ग्राहरूका नाम थिए । यहाँ उम्रिने सागपात र फलफूलका नाम थिए । यहाँ पालिएका चौपायाहरूका नाम थिए । यहाँ उड्ने चराहरूका नाम थिए । यहाँ बग्ने कुला, खोला र खोल्साहरूका नाम थिए । यहाँ मान्छे र गाईभैंसी एकै ठाउँमा नुहाउने तलाउ र गडाहाहरूका नाम थिए । यहाँका अदृश्य भूतप्रेत, डाकिनीसाकिनीका पनि नाम थिए । तर यो गाउँको नाम थिएन र नाम राख्ने उत्साह पनि थिएन कसैमा । भन्थे, "गाउँको नाम चैनपुर्वा वा आनन्दगढ राख्दैमा यहाँ सुखचैन भैहाल्ने होइन ! हाम्रा लागि त चौसठ घडी नै अशुभ र बाह्रै महिना खरमास ।"

एक दिन गाउँमा काखीमा बहीखाता च्यापेर पटवारी आए । भने, "आज म असुली र उगाही गर्न आएको होइन । महाराजको आदेश सुनाउन आएको हुँ ।"

उनले पहाडी कागजमा लेखिएको एउटा आदेश पढेर गाउँलेहरूलाई सुनाए, "हामी श्री ३ महाराज, आफ्ना महारानी र रानीहरूका साथ नेपालबाट मधेसमा सिकार खेल्न आइबक्सिँदै छौं । तिमी मदिसेहरू हामी नेपालका महाराज, महारानी र अरू रानीको सेवासुश्रुषाका लागि तन, मन र धनले तयार भएर बस्नू ! हामी र हाम्रा रानी महारानीलाई प्रसन्न पार्नू !"

तोकिएको समयमै महाराज आफ्नी पटरानी, आधा दर्जन ल्याइते रानी, राजकुमार, राजकुमारी, तिनका धाई र सुसारेहरूसहित सिकार खेल्न आए । उनीसँगै गोलीगट्ठा र हतियारसहितको पल्टन पनि आयो । भाइभारदारहरू पनि आए ।

गाउँ नजिकै विशाल र भव्य शिविर खडा भयो ।

त्यो जाडोको महिना थियो । कति दिनदेखि लगातार पुरवाई चलिरहेको थियो । तोरी खेतमा कीरा लाग्न थालेकाले किसान दुःखी थिए । कन्चटमा अफिम र चुनको लेप लगाएर रूघा र चिसोसित जोगिने प्रयास गर्दागर्दै पनि कतिपय बूढाबूढीका छातीबाट बेसुरको बाँसुरी बजे जस्तो आवाज आउन थालेको थियो । गाउँलेहरूले दाउरा बालेर त ताप्थे । तर छाती ताते ढाड चिसो, ढाड ताते छाती चिसो हुन्थ्यो । मुसाले टोकेर १० ठाउँमा प्वाल पारिदिएको पातलो कथरीबाट छिरेको जाडो हाडहाडसम्म पसेर रातभरि निदाउनै दिन्नथ्यो । जोर्नीहरू अकडिन्थे । शब्दहरू उच्चारण गर्न गाह्रो हुन्थ्यो । जब रातमा सन्नाटा छाउँथ्यो, घर रूङेर बसेका जहानहरू सीमापारि लखनऊ, कानपुर या दिल्लीमा मजदुरी गर्न गएका आफ्ना खसमहरूलाई सम्झँदै चिसोले जमेका शब्दहरूलाई बिस्तारैबिस्तारै फुटाउँदै आफ्नो दुखेसो गीत बनाएर पोख्थे–

खसम बिन जाडा नजइहै हो रामा
खसम बिन जाडा नजइहै
खसम मोरे होते तो गोदिया मे सोते
असर न करत यी जाडा
खसम बिन जाडा नजइहै हो रामा ॥

चार

मैले शिवरामसित उसको गाउँको नाम सोधेको थिएँ । उसले गाउँको इतिहास बताइरहेको थियो । उसको मृत्यु र उसले सुनाइरहेको इतिहासबीच के सम्बन्ध हुन सक्छ भन्ने मैले पहिल्याउन सकेको

थिइनँ । इतिहासकै जगमा उभिएर वर्तमानको निर्माण हुन्छ र त्यसैले भविष्यको कहानी पनि बताउँछ भन्ने चेत भने थियो मलाई ।

शिवराम कसरी मऱ्यो भन्नेबारे गाउँमा अनेक किसिमका कथा प्रचलित थिए । कोही भन्थे, "पढ्न नसकेपछि शिवरामले स्कुलको दिवालमा आफ्नो शिर फोड्यो ।"

अर्कोले भन्थ्यो, "किताब पढ्दापढ्दै उसलाई **मिर्गी** भयो । उसको मुखबाट फिँज आउन थाल्यो । देही तिर्पट हुन थाल्यो । जुता सुँघाएको भए ऊ जुरतै ठीक भैहाल्थ्यो । तर कसैले उसको मदत गरेन । ऊ त्यहीँ तड्पीतड्पी मरिगयो ।"

अझ अर्को थरी भन्थ्यो, "स्कुल बसेको ठाउँमा पहिलादेखि नै एउटा मुर्कट्टाको साया थियो । त्यसैले शिवरामलाई खुदकुसी गर्न उक्सायो ।"

मैले मरिसकेको शिवरामसितै सोधेँ, "तिम्रो मृत्युबारे अनेक हल्ला चलेका छन् । तिमी नै भन शिवराम, तिमी कसरी मऱ्यौ ?"

"मेरो मिरतुको बहुतै दर्दनाक कहानी छ । तर यो कहानी त बहुत पहिले नै तयार भएको थियो । हाम्रो गाउँमा महाराजाहरू आएको बखतमै ।"

यो चाहिँ अचम्मैको कुरा भनेको थियो शिवरामले । के कसैको मृत्युको पटकथा दशकौं अघि नै तयार भएको हुन सक्छ ?

मैले प्रश्न त सोधेको थिइनँ । तर शिवरामको आत्मा बोल्यो, "गरिबहरूको इतिहास बहुत लम्बा हुन्छ ।"

शिवरामले यति भनिसकेपछि मैले त्यो इतिहास-कथाको बाँकी अध्याय किन नसुन्नु ?

पाँच

श्री ३ महाराज दिनभरि हात्तीमा चढेर जङ्गलमा सिकार खेल्थे । राति भने यही गाउँसँगै जोडिएको पर्ती मैदानमा तम्बु र सामियाना गाडेर बनाइएका विलासी विश्रामगृहमा "सुकला" हुन आउँथे ।

त्यो पूरा इलाकालाई तारबार र कनातले घेरेर राखिएको थियो । सर्वसाधारणलाई त्यहाँ प्रवेश वर्जित थियो । बेलाबेलामा सैनिकहरू गाउँमै आएर उर्दी सुनाउँथे, "ए मदिसेहरू, महाराज राज भइबक्सिएको ठाउँतिर हेर्दा पनि नहेर्नू ! नत्र तिमीहरूलाई गाथगादी ताकेको मुद्दा लाग्ला । तिमीहरूको सर्वस्व होला ।"

यसरी गाउँभित्रै एउटा दशगजा तयार भएको थियो । उता पहाडिया, यता मधेसी । उता मालिक, यता रैयत । उता सुकिलामुकिला, यता "अलिफ नङ्गा" । उता आवाज भएका वाचाल प्राणी, यता बोली गुमाएका निसद्द । उता बलियाबाङ्गा, यता निबर । उता सभ्य नगरहा, यता असभ्य देहाती ।

जोगीको मुखबाट इतिहास-कथा सुनाइरहेको शिवरामको आत्माले बीचमा गहिरो कुरा भन्यो, "अहिले कुनै तारबार नलागेको भए पनि हाम्रो गाउँमा उहिल्यैदेखि नै एउटा अदृश्य दशगजा बनिसकेको थियो । त्यो दशगजा आज पनि कायम छ ।"

छ

शिविरलाई झलमल्ल उज्यालो पार्न काठका खम्बाहरू गाडेर त्यसको टुप्पोमा मइन्टोल झुन्ड्याइएको थियो । त्यो उज्यालो गाउँसम्मै आइपुग्थ्यो र राति पनि गाउँमा सूर्य उदाए जस्तै झलमल्ल हुन्थ्यो । बिहानसम्मै धपक्कै उज्यालो हुने भएकाले गाउँभरिका भालेले बास्ने समय बिर्सेका थिए ।

सामियानाभित्रै स्नानकक्ष बनाइएको हुन्थ्यो । सुसारेहरूले त्यहीँ महाराज र रानीहरूलाई गुलाबजल मिसिएको पानीले स्नान गराइदिन्थे । लघुशङ्का र दीर्घशङ्काका लागि केही सुसारेहरू चाँदीको कोपरा लिएर उभिएका हुन्थे । एउटा सेवक हरबखत खमिर मिसाएको बास्नादार तमाखु भरिएको चाँदीको हुक्का लिएर उभिइरहन्थ्यो । रानीमहारानीहरूका लागि लाखका हरिया, राता चुराहरू बनाउन जयपुरबाट लखेरहरू ल्याइएका थिए । मांसाहारी भोजन पकाउन

ग्वालियरका राजाले आफ्नो दरबारका सिपालु खानसामा नै पठाइदिएका थिए ।

शिविरभित्रका गतिविधि जति नै गोप्य राखिए पनि हावामै बग्दैबग्दै दुईचार रोचक खबर त गाउँसम्म आई नै हाल्थे–

"महाराज र उनकी रानीहरूको मन बहलाउन नखलऊ (लखनऊ) बाट नौटङ्की र तमासा आएको छ रे । एक दर्जन नचनियाँहरू पनि छन् ।"

यस्तै एउटा किस्सा फेरि बाहिर आयो ।

यो गाउँकी एउटी नचनियाँ आगरा र छपराबाट आएका नचनियाँभन्दा पनि सुन्दर थिइन् । नाच देखाउन उनलाई पनि शिविरभित्र लगिएको थियो । उनको देह सिमलको रूवा जस्तै नरम र बाँसको फट्टी जस्तै लचकदार थियो । हेराइ कटारी जस्तै धारदार थियो । त्यसमाथि आँखामा काबुली सुर्मा पनि लगाउँथिन् । उनले पातलो कम्मरलाई पानीको छाल झैं हल्लाएर ठुमका लगाउँदा महाराजको पनि मुटु हक्क हुन्थ्यो, नसानसामा वेगले रगत बग्थे र इन्द्रियहरू छटपटाउँथे ।

एक दिन महाराजले ती नचनियाँलाई आफ्नो सामियानाभित्र बोलाए ।

नचनियाँ डराएकी थिइन् । महाराजको अनुहारतिर हेर्नै सकिनन् । उनी रङ्गीन र बुट्टेदार जोधपुरी जुत्ताले सजिएको महाराजको पाउतिर हेरिरहेकी थिइन् ।

महाराजले पनि बालिस्टसँगै नचनियाँहरूलाई बक्सिस दिनका लागि असर्फीले भरिएको जरीवाला सुर्के थैली राखेका थिए । त्यही थैली मुसार्दै महाराजले सोधे, "के चाहिन्छ तँलाई ?"

उनले डराउँदै महाराजतिर हेरिन् र अदबसाथ भनिन्, "महाराज, मलाई असर्फी चाहिँदैन । हजुरको गलामा रहेको मोतीको त्यो किमती माला पनि चाहिँदैन । मलाई सुनको पाउजु र चाँदीको हसुली पनि चाहिन्न । म यो गाउँकी लड्की हुँ । मैले मेरो माँगमा खसमको

नामको सेनुर र लिलारमा उसैको मायाले भरिएको टिकुली लगाएकी छु । महाराज, मलाई बेआबरू नगरिदिनुस् । मेरो इज्जत बक्स होस् ।"

महाराजले उनको याचना सुनेनन् ।

अस्मिता गुमाएकी नचनियाँ रातभरि रोइरहिन् । तर उनको आवाज सामियानाबाट बाहिर निस्कन पाएन ।

सात

"जहाँ महाराजाको सामियाना गाडिएको थियो र जहाँ नचनियाँहरूको नाचगान चल्थ्यो, त्यहीँ हाम्रो स्कुल खुलेको थियो ।"

यसरी दुई असम्बद्ध जस्तो लाग्ने कहानीलाई शिवरामले एक ठाउँमा जोड्ने प्रयास गरिरहेको थियो । मलाई शिवरामको कहानीप्रति उत्सुकता थियो र उसले सुनाइरहेको इतिहास-कथाप्रति चासो पनि ।

जोगीको शरीरभित्र बसेको शिवरामको आत्माले आफ्नो कुरा जारी राख्यो–

"स्कुल खुलेको दिन गाउँलेहरूले ढोल, मन्जिरा र करताल बजाएर उत्सव मनाए । विधाकी देवी सरस्वतीको वन्दनामा रातभरि *जै जै सुरसुती मात भवानी, दिजो ग्यान सुरसुती मात भवानी* भन्दै भजनकीर्तन पनि गरे । कतिलाई भने स्कुल खुलेकोमा चित्त बुझेको थिएन । उनीहरूले भन्थे, "पढेर के हुन्छ ? पढतम भी मरतम, न पढतम भी मरतम । मर्ने नै हो भने पढाइगिरी गरेर के काम ?"

"उनीहरूको कुरा नसुनीकन गाउँका बूढापुरानाहरूले बिरादरी र पन्चैतीको बैठकमा सुझबुझवाला निर्णय गरे र एक स्वरमा भने– अक्षर नचिनेर, गिन्ती, पहाडा, पौवा, अद्धा, पौना, सवाया, ड्योढा नआएर हामीले दुःख पायौं । हाम्रो लागि सधैं एक एकान सौ भयो । साँझबिहानको हातमुख जोर्ने जुगाडमै हाम्रो जिन्नगी जाया गयो । आफूले लिएको रिनको साँवा र ब्याजको पनि हिसाब गर्न आएन हामीलाई । अब हामीले आफ्ना छोराछोरीलाई पढाउनुपर्छ । कम से कम यिनले आफ्नो बापदादाले लिएको उधारीको तमन्सुख त पढ्न सकून् । आफूलाई ठग्नेहरूसित आफ्नो हिसाबकिताब त माग्न सकून् ।"

"गाउँका हरेक बुजुर्गहरूलाई थाहा थियो, उनीहरूले पढ्नलेख्न जानेको भए यो गाउँको इतिहास अर्कै हुने थियो । यहाँका मान्छेहरू अहिले पनि यसरी उपेक्षित र अपहेलित भएर बस्नुपर्ने थिएन ।"

आठ

"एक दिन सिकारबाट शिविरमा फर्केका महाराजका सामु सरकारी इतिहासकार र शाही कविले शिर निहुराएर र हात जोडेर अनुरोध गरे– सरकार ! हजुरले भ्रमण गरिबक्सेको यो गाउँको नाम भएन भने हामीले लेख्ने हजुरको जीवनी र भजन अपूर्ण र अप्रमाणित हुन्छ ।

महाराजलाई कुरो उचित लाग्यो । उनले तत्काल एउटा नामकरण समिति गठन गरे । केही दिनमै समितिले यस्तो रिपोर्ट तयार पाऱ्यो–

श्रीश्रीश्री महाराजकी जय जय जय । सरकार ! यो गाउँमा चोटपटक लाग्दा घाउमा ओखती हैन, धूलो लगाउने मूर्खहरू बस्दछन् । यिनीहरू बिरामी हुँदा दूध र फलफूल पनि खाँदैनन् । यिनीहरू हरिकङ्गाल छन् । यिनीहरूसित चुनदाम पनि हुँदैन । त्यसैले लुगा सिउने सूचीकारले यिनीहरूका कमिज या पाइजामामा खल्ती सिउनै मान्दैन । यिनीहरूलाई आफ्नो राजाको नाम पनि थाहा छैन । यिनीहरूको भाषा पनि ठीक छैन । नुनलाई लोन, नीलकण्ठलाई लीलकण्ठ, निधारलाई लिलार र लखनऊलाई नखलऊ भन्छन् । एउटा शिवालय पनि स्थापना नगर्ने अधर्मीहरू बस्दछन् यो गाउँमा । यिनीहरू खाना खानुअघि देउताको नाम स्मरण गर्दैनन् । मन्त्रोच्चारणसहित भूमिमा जल र भोजन अर्पण गरेर औसानी हाल्दैनन् र आचमन पनि गर्दैनन् । लगाइरहेको लुगाले नै आफ्नो पसिना पुछ्ने नीच मनुवाहरू बस्दछन् यो गाउँमा । त्यसैले यो गाउँको नाम नीचगाउँ राख्नु नै उचित हुन्छ । महाराज, जो हुकुम, जो निगाह !"

त्यसपछि कालिजको भुटुवासँग ब्रितानी सोमरस खाँदै महाराजले दुर्गा भवानीको छापसहितको लालमोहर जारी गरिदिए । लालमोहरमा अन्तिममा लेखियो–

"अब उप्रान्त नीचगाउँका कुनै रैतीले यस गाउँको नामकरणका विषयमा अर्घ्यालो नथाप्नू । बाठो भएर कुनै तकसीर नगर्नू । जो येस बन्देजमा रहैन सो पातकी होला ।"

नौ

स्कुल खुल्ने भएपछि शिवरामको बप्पाले आफ्नी जहानसित खुसी हुँदै भने, "हामीले त पढ्न पाएनौं पाएनौं । हाम्रा छोराछोरीले पढ्न पाए भने यिनीहरूको जिनगानी मजामा बित्ला । बिटियाको बियाहमा दाइजो दिनु नपर्ला । एब्बीसिड्डी पढेर अङ्ग्रेजी बोली पनि बुझ्लान् । बेटुवाले सरकारी आपिसमा साहिबीवाला नोकरी पनि पाउला ।"

स्कुल जान पाउने भएपछि शिवराम पनि खुसी भयो । उसकी बहिनी मिठी पनि खुसी भई । उनीहरूलाई स्कुलले किताबहरू पनि निःशुल्क दियो । किताब राख्ने बाक्लो कपडाको बकलवाला ब्याग पनि दियो । लेसवाला छालाका जुत्ताहरू पनि दियो । स्कुल जाने अघिल्लो दिन नै बप्पाले दुवै जनाका लागि काठको पटरालाई रन्दाले चिल्लो बनाएर लेख्ने पाटी बनाइदिए । टर्चलाइटका पावर सकिएका ब्याट्रीहरू फोरेर कार्बन जम्मा गरे । त्यही कार्बन दलेर पाटीलाई कालो पनि बनाइदिए । अम्माले नर्कट ताछेर कलम बनाइदिइन् । सानो बुतकामा सेतो कमेट घोलेर बनाएको मसी पनि भरिदिइन् ।

पयरभन्दा ठूलो जुत्ता लगाएर, काखीमा पाटी च्यापेर, हातमा नर्कटको कलम समातेर, बकलवाला स्कुल ब्यागमा किताबहरूसँगै सेतो खडिया र बुतका बोकेर मिठी र शिवराम स्कुल गए । उनीहरूसँगै गाउँका अरू केटाकेटीहरू पनि स्कुल गए । भोलिपल्टदेखि स्कुलबाट फर्किंदा उनीहरूले केके न जाने जस्तै गरी फुर्केर गाउन थाले, *वान टू थिरी, चवन्नी गिरी, लमकन्ना पाइस्, पकौडा खाइस् ।*

मिठी केही दिन स्कुल गई । वान टू थिरीवाला गीत त उसले पनि जानी । त्यसभन्दा बढ्ता केही आएन । मास्टरहरूले पढाएका कुरा रत्तिभर पनि बुझिन । उसलाई कक्षाकोठामा बस्दा हाईहाई आउन

थाल्यो । एक दिन घरमा आएर भनी, "अब म स्कुल जान्नँ । मेरो भेजामा महाट्टरले बोलेको केही घुस्दैन ।"

शिवरामले भने हरेस खाएन । बप्पाले उसलाई सम्झाए पनि, "बेटुवा, केही दिन मेनहत (मिहिनेत) गरेर पढिस् भने सब समझमा आउँछ । अक्षरअक्षरको मतबल पनि समझमा आउँछ । हाम्रो जिनिगी त घुइय्या जस्तो भयो भयो, अच्छासित पढिस् भने तेरो जिनिगी बन्छ । तँलाई हामीले जस्तो दुःख पाउनुपर्दैन । पछि सरकारी नुकरी पाउँछस् । पढालिखा नौकरिहा बाभन जस्तै ठाटरवाफ हुन्छ तेरो । सबले परनाम, पैलागी, नमस्कार गर्छन् । केही नभए पनि कुनै स्कुलमा मास्टर हुन पाउँछस् । हरेक महिना तलबमा नयाँनयाँ नम्मरी नोट पाउँछस् । ठाटसित बस्न पाउँछस् । हामीले जस्तो रूखासुखा खानुपर्दैन ।"

उसले बप्पा र अम्माको कुरा मान्यो । उनीहरूले भने झैं आफू एक दिन ठूलो मान्छे बन्नेछु भन्ने नाबालक सपनालाई किताब र कापीमाझ जतनसाथ च्यापेर ऊ स्कुल गइरह्यो ।

१०

सिकारमा आएका महाराज एक रात आफ्नो शयनकक्षमै घाइते फेला परे । उनको छातीमा धारिलो कटारी गाडिएको थियो । राजवैद्य र निजी चिकित्सकले उपचार गर्दागर्दै उनी मरे । गाउँलेहरूले हल्ला सुने, "आफ्नो सतीत्व गुमेको आक्रोशमा नचनियाँले छातीमा कटारी हानेर महाराजको हत्या गरी ।"

तर शाही लेखकहरूले भने महाराजको मृत्युबारे यस्तो आख्यान तयार पारे–

"महाराज असाध्यै बहादुर योद्धा र कुशल कुस्तीबाज होइबक्सिन्थ्यो । एक दिन महाराज एक्लै चारचार ओटा बब्बर शेरसित भिडिबक्सियो । जित्न त महाराजले नै जितिबक्सेको थियो । तर एउटा कुबुद्धिको पापी शेरले घात गरेर महाराजलाई पछाडिबाट

आक्रमण गऱ्यो । घाइते अवस्थामा पनि महाराज विचलित होइबक्सिएन । आफ्ना बलिष्ठ हातले पालैपालो चारै शेरका छाती चिरिबक्सियो । शेरको रगतले आफ्ना पुर्खाहरूलाई तर्पण दिइबक्सियो र हाँसीहाँसी नश्वर देहत्याग गरेर स्वर्ग प्रस्थान गरिबक्सियो ।"

"महाराजको मृत्युपछि रानी, महारानीहरू काठमाडौं फर्किए । भाइभारदारहरू फर्किए । सुसारेहरू पनि फर्किए । राजकवि र इतिहासकारहरू फर्किए । भजनमण्डली पनि फर्कियो । नाचगान बन्द भयो । बाँकी नचनियाँहरू छपरा र आगरा नै फर्किए । खानसामाहरू ग्वालियर फर्किए । तम्बु र सामियानाहरू उखेलिए । रातभरि बल्ने मइन्टोलहरू निभाइए । गाउँमा फेरि पुरानै अँध्यारो कायम भयो । त्यो बेलादेखिको यो गाउँको अँध्यारो आजसम्म पनि हटेको छैन ।"

शिवराम एकछिनलाई मौन भएको मौकामा मैले प्रश्न सोधें, "तिमीले यति गम्भीर कुरा गर्न कसरी जान्यौ ?"

उसले भन्यो, "समयले सधैं लाटो भएर बस्ने अनुमति दिंदैन ।"

११

गाउँमा खुलेको स्कुलभित्र पुस्तकालय पनि थियो । बडेबडे दराजमा खाँदाखाँद किताबहरू थिए । मास्टरले शिवरामसित भनेका थिए, "यी नेपाली साहित्य, इतिहास, भूगोल र दर्शनशास्त्रका किताब हुन् । राजनीति र अर्थशास्त्रका किताब हुन् । कृषि, विज्ञान र स्वास्थशिक्षाका किताब हुन् ।"

शिवरामले केही बुझेन । ती किताबहरू हुन् भन्ने मात्र बुझ्यो । त्योभन्दा बढ्ता बुझ्ने आँट पनि थिएन । बस्, आफ्नै मनसित प्रश्न गर्थ्यो– साहित्य भनेको के हो ? इतिहास र भूगोल भनेको के हो ? दर्शनशास्त्र भनेको के हो ? राजनीति र अर्थशास्त्र भनेको के हो ? कृषि भनेको के हो ? विज्ञान भनेको के हो ?

मन मूला पनि उस्तै । प्रश्नको जवाफै दिन्नथ्यो ।

पढ्न नजाने पनि शिवरामलाई किताबहरूले आकर्षित गरेका थिए । तिनका आवरणले आकर्षित गरेका थिए । उसलाई किताबको

बास्ना पनि मन पर्न थालेको थियो । त्यसैले ऊ पुस्तकालयको दराजबाहिरबाटै किताब हेरिरहन्थ्यो ।

एक रात उसले मिठीसित भन्यो पनि, "एक दिन म स्कुलमा भएको सबै किताब पढ्छु र ठूलो मान्छे बन्छु । सरकारी जागिर खान्छु र साहेब बन्छु ।"

पुस्तकालयको दराज खोलेर त्यहाँ भएका किताबलाई हातमा लिने र त्यसका पानाहरू पल्टाउने आँट अझै ऊभित्र पलाएको थिएन । तर उसले बुझिसकेको थियो, ती उसको जिन्दगी बदल्ने किताबहरू हुन् । ती किताबहरू पढ्न जान्यो भने उसले सरकारी जागिर पाउँछ । हरेक महिना तलबका रूपमा नयाँनयाँ नम्बरी नोट पाउँछ । हरेक दिन दालभात खान पाउँछ ।

केही महिनामै उसले अलिअलि अक्षर चिन्न थाल्यो ।

एक दिन एक जना महात्मा उसको गाउँमा आए र अचम्मको कुरा भने, "तेरो स्कुलको पुस्तकालयमा तैंले बुझ्ने एउटा किताब छ । त्यो पढिस् भने तेरो दिमाग अर्कै भैहाल्छ ।"

महात्माको कुरा शिवरामको मनमै गाडियो ।

एक दिन उसले हिम्मत गऱ्यो । महात्माले भनेको किताब खोज्ने निश्चय गऱ्यो । ऊ सुटुक्क पुस्तकालयमा पस्यो । दराजबाट पालैपालो किताबहरू झिक्यो र पानाहरू पल्टायो । ती उसले बुझ्ने किताबहरू थिएनन् । तर उसलाई ती किताबहरूले आदेश दिइरहे जस्तो लाग्यो– कबै अर्घ्यालो नथाप्नू ! बाठो भएर कुनै तकसीर नगर्नू ! जो येस बन्धेजमा रहैन सो पातकी होला ।

१२

शिवरामको बोली बोल्दाबोल्दा जोगी थाकेका थिए । उनको निधारबाट चिटचिट पसिना आइरहेको थियो । पसिनाले शरीरभरिको खरानी लतपत भएको थियो । शिवरामको आत्मा आफ्नो देहमा प्रवेश गरेपछि सायद उनलाई निकै कष्ट भइरहेको थियो । उनको अनुहार रातोरातो भएको थियो । सास फुलिरहेको थियो ।

मेरो जिज्ञासा तैपनि शान्त भएको थिएन । शिवरामले पूरा कथा सुनाएको पनि त थिएन । त्यसैले मैले फेरि प्रश्न गरें, "तिमीले किताबको दराज खोलेपछि के कुनै साँप निस्कियो त्यहाँबाट ? कतै त्यसैले डसेको त हैन, तिमीलाई ?"

"हैन, कहानी अर्कै छ । पहिला पूरा त सुन्नुस्, हजुर ।"

मैले सुनिरहें, उसले भनिरह्यो ।

"मैले पुस्तकालयको अर्को दराज पनि खोलें र त्यहाँबाट अर्को किताब झिकें । त्यसको पनि पाना पल्टाएँ । मैले त्यो किताब पनि बुझिनँ । त्यसपछि अर्को, अनि अर्को, अनि अर्को । मैले थुप्रै दराज खोलें । थुप्रै किताबका पानाहरू पल्टाएँ । मैले खोजेको किताब भेटिनँ । मेरो मन उदास भयो । अचानक मैले एउटा दराजको सबैभन्दा माथि रहेको एउटा रङ्गीन किताब देखें । हेर्दै लोभलाग्दो । मलाई लाग्यो, सायद मैले बुझ्ने किताब त्यही हो ।"

म बिस्तारै दराजमा चढें र त्यो किताब झिक्ने प्रयास गरें । त्यही बखत दराज हल्लियो । म असन्तुलित भएँ र धडामसित जमिनमा गिरें । ममाथि भरभरभरभर दराजका किताबहरू खसे । म किताबैकिताबले पुरिएँ र बेहोस भएँ ।"

"सर र मिसहरू आए । हेडसर र विद्यालय सञ्चालक समितिका अध्यक्ष पनि आए । ममाथि खसेका किताबहरू हटाए । तबसम्म देर भइसकेको थियो । मलाई साँपले डसेको थिएन । मलाई फालिज पनि भएको थिएन । मेरो मिरतु त किताबमा दबेर भएको थियो ।"

त्यसपछि मौन भयो, शिवराम । मैले पनि उसलाई कुनै प्रश्न सोधिनँ । निकै बेरपछि मलिन स्वरमा बोल्न थाल्यो, "कति विश्वास थियो मलाई स्कुलप्रति ! त्यसैले त आँखाभरि ठूलो मान्छे बन्ने सपना बोकेर म हरेक दिन स्कुल जान्थें । मलाई विश्वास थियो, मेरोको घर र गाउँको सुखियाली त्यही स्कुलको द्वारबाट निस्केर हाम्रो घरघरसम्म पस्छ । चाँडै । आजै या भोलि, नभए "परसों" या "नरसों"को नयाँ सूर्योदयसँगै ।"

शिवरामले त्यस्तो सूर्योदय देख्नै पाएन । तर सबैले देखे, मर्ने बेलामा शिवरामको हातमा एउटा किताब थियो ।

ऊ मरेको केही दिनपछि गाउँमा हल्ला फैलियो, "स्कुलमा सिउरामको आत्मा भट्किरहेको छ । रातिराति कोठाभित्र पसेर किताब पढिरहन्छ ।"

अन्ततः गाउँका भद्रभलादमीको पञ्चैतीले निष्कर्ष निकाल्यो, "अब यो स्कुल जीउधारी भैसक्यो । यसले अरूको पनि बलि लिन सक्छ । हामीले आफ्ना बालबच्चालाई यो आदमखोर स्कुलमा पठाउनु हुन्न ।"

"यसमा मेरो कुनै दोष थिएन । मैले कसैलाई तर्साएकै थिइनँ," शिवरामले रून्चे स्वरमा बोल्यो ।

१३

गाउँका केटाकेटीहरू स्कुल जान छाडे । तिनका किताब, कापी, पाटी र नरकटको कलम चुलो बाल्न काम लागे । बुतका बनाएका ससाना सिसी भने केटाकेटीहरूले सिठी बजाउन प्रयोग गर्न थाले । सेतो खडिया उनीहरूले आफ्नै घरका भित्तामा अन्टसन्ट चित्र बनाएर सिध्याए । बकलवाला स्कुलब्याग गाउँका जनानाहरूले किराना दोकानबाट सौदा ल्याउन प्रयोग गर्न थाले ।

स्कुल सधैंका लागि बन्द भयो ।

एक दिन सरकारी मान्छेहरू आए र स्कुलका दराज, टेबल, कुर्सी पनि लगे । पुस्तकालयका किताब पनि लगे । स्कुल सुनसान भयो । स्कुलका रित्ता कोठाहरूमा दिनभरि चौपायाहरू बस्न थाले । बिरालाहरूले त्यहीँ गृहस्थी जमाए । मुसाहरूले त्यहीँबाट जमिन भित्रभित्रै गाउँसम्म पुग्ने द्रुतमार्ग बनाए र गरिबका डेहरीभित्र जोगाएर राखेका अनाज कुटुकुटु खाइदिन थाले ।

रातिराति भने अगलबगलको गाउँबाट जवानीले मदमस्त लड्कालड्की आएर त्यहाँ रासलीला गर्न थाले । गाउँलेहरूले तिनका छाया देख्थे र भन्थे, "स्कुलभित्र सिउरामको आत्मा नाचिरहेछ ।"

शिवरामले भन्यो, "तर म त स्कुलबाहिरै छु । श्री ३ जङ्गबहादुरको पालादेखि ।"

१४

यसरी मलाई आफ्नो मृत्युको कथा सुनाइसकेपछि शिवरामको आत्मा जोगीको शरीरबाट निस्कियो । जोगीले एक पटक शरीरलाई जोडले झट्कारे । उनको अनुहारबाट बिस्तारै रातो हरायो । निधारबाट पसिना आउन रोकियो ।

जोगीले वरिपरि उभिएका गाउँलेहरूसित सोधे, "कसकसलाई शिवरामको यो कहानीमा विसुवास भयो ? हात उठाऊ ।"

सबैले हात उठाए । म चुप रहें । हात पनि उठाइनँ ।

सबै गएपछि जोगी र म बाँकी रह्यौं । मैले जोगीसित सोधें, "शिवरामको कहानी सही हो ?"

उनले हाँस्दै भने, "कहानी पनि कहीँ सही हुन्छ ?"

यति भनेर उनी आफ्नो झोलीतुम्बी, कमण्डलु र त्रिशूल बोकेर अलखनिरञ्जन भन्दै हिंडे । एकैछिनमा कता अलप भए कता !

म ठिङ्ग उभिइरहें । जोगीले जे भने पनि मलाई थाहा थियो, सबै कहानी गलत हुँदैनन् ।

जोगीको शरीरमा शिवरामको आत्मा प्रवेश गर्नेबित्तिकै मैले सोधेको पहिलो प्रश्न थियो, "शिवराम, तिमी कहिले मरेको ?"

उसले जवाफ दिएको थियो, "म ०७८ सालको भादौ महिनामा मरेको हुँ ।"

जोगी गइसकेपछि पो म झल्याँस्स भएँ र भविष्यको सम्भावनाले आत्तिएँ । विगत जस्तो भयो भयो, अब उसको भविष्य ठीक हुनुपर्छ । म उठें र छिटोछिटो शिवरामको घरतिर लागें । किनभने मलाई शिवरामलाई त्यसरी मर्न दिनु थिएन । ०७८ सालको भदौ आउन अझै केही महिना बाँकी पनि त थियो ।

अन्ततः मैले शिवरामलाई उसकै घरबाहिर भेटें । ऊ एउटा रङ्गीन किताब पढिरहेको थियो । एउटी युवती पनि ऊसँगै त्यही किताब पढिरहेकी थिइन् । मैले शिवरामसित सोधें, "यी युवती को हुन् ?"

उसले जवाफ दियो, "महाराजको छातीमा कटारी रोप्ने नचनियाँ यिनै हुन् ।"

त्यो भ्रम थियो या यथार्थ, मैले ठम्याउन सकिनँ । मैले टाढा कतैबाट अझै पनि कुनै महाराजले आदेश दिइरहेको सुनें, "यो गाउँमा कुनै रैतीले पनि अर्घ्यालो नथाप्नू ! हाम्रो अधीनमा बस्नू ! सधैं हाम्रो आदेश पालन गर्नू र कुनै तकसीर नगर्नू ! जो येस बन्देजमा रहैन सो पातकी होला ।"

यता, शिवराम र नचनियाँ भने कटारीमा धार लगाउँदै थिए ।

मैले बुझिहालें, अब शिवरामहरू "बन्देज"मा बस्दैनन् ।

रार

एक

"हे प्रभु, तपाईं शान्त स्वरूपको हुनुहुन्छ । शेषनागमा शयन गर्नुहुन्छ । हजुरले नाभिमा कमल धारण गर्नुभएको छ । हजुर समस्त विश्वको आधार हो । हजुर आकाश जस्तो अनन्त हुनुहुन्छ । बादल झैं छ वर्ण हजुरको । हजुरका हरेक अङ्ग शुभ छन् । हजुर लक्ष्मीलाई सँगै राखेर एकान्तमा बस्नुहुन्छ । हजुरका नयन कमल जस्ता छन् । योगीहरूले हरदम हजुरको ध्यान गरिरहन्छन् । प्रभु, हजुर यो लोककै नाथ हो । त्यसैले हजुरले यो संसारबाट सबै खालका भयहरू दूर गरिदिनुहवस् । हामी गरिबहरूको पनि कल्याण गर्नुहवस् ।"

हजारौं वर्षदेखि गरिबहरू यही प्रार्थना गरिरहेका छन् । हजारौं वर्षदेखि धनीमानीहरू पनि यही प्रार्थना गरिरहेछन् । तर कल्याण भने धनीमानीहरूको मात्र भइरहेछ ।

देवी लक्ष्मी यसै कुरामा असन्तुष्ट थिइन् । एक दिन पतिदेव अर्थात् भगवान् विष्णुसित आफ्नो असन्तुष्टि व्यक्त पनि गरिन् । विष्णुजीले वास्ता गरेनन् । उनी शेषनागमा मस्त निदाइरहे ।

लक्ष्मीलाई चित्त बुझेन । उनी जुरुक्क उठिन् । उनी फेरि पृथ्वीमा अवतरण भएर गरिबको कल्याण गर्न चाहन्थिन् । तर पृथ्वीमा तालतलैया कम भइसकेका थिए । तिनमा कमल पनि फुल्न छाडेका

थिए । गरिबहरूका घरमा पवित्र पूजाकोठा पनि थिएन । त्यसैले अब लक्ष्मीलाई पृथ्वीमा बस्ने ठाउँको कमी थियो ।

त्यसै बेला नेपालको सूचना विभागको प्रेसबाट धमाधम कमलको फूलमा बसेकी लक्ष्मीको चित्रसहितको क्यालेन्डर छापिँदै थियो । कतै ठाउँ नपाएपछि लक्ष्मी माता तिनै क्यालेन्डरहरूमा विराजमान भइन् ।

यता शेषनागमा शयन गरिरहेका विष्णु निद्राबाट ब्युँझिए । छेउमा अर्धाङ्गिनी लक्ष्मीलाई देखेनन् । उनले आफ्नी पत्नी गरिबहरूको कल्याण गर्न पृथ्वीतिर लागेको र सूचना विभागले छापेको क्यालेन्डरमा बसेको पत्ता लगाए । उनलाई लक्ष्मीले गरिबहरूलाई जथाभावी असर्फी बाँडेर धनको अपव्यय गर्लिन् भन्ने चिन्ता भयो । अन्ततः उनले हातबाट असर्फी झार्न सक्ने लक्ष्मीको शक्ति हरण गरिदिए । लक्ष्मी सूचना विभागका क्यालेन्डरहरूमा शक्तिहीन भएर बस्न बाध्य भइन् ।

स्मरणीय रहोस्, लक्ष्मी माताको चित्र भएको क्यालेन्डर छापिँदै गर्दा बालुवाटारको प्रधानमन्त्री निवासको जग्गा माफिया, न्यायाधीश, उच्चपदस्थ सरकारी कर्मचारी, व्यापारी र नेताहरू मिलेर आपसमा धमाधम भागबन्डा गरिरहेका थिए । उता काठमाडौंदेखि निकै पश्चिम मधेसको एउटा गाउँमा भने कसैको नाममा एक धुर जग्गा पनि थिएन । सबै ऐलानी जमिनमा छाप्रो बनाएर बसेका थिए । देशमा विकासका ठुल्ठूला विलासी गफ चलिरहेका बेला उनीहरू बिहानको छाकका लागि गडहनी साग र मकैको पीठोको जुगाडमा लाग्थे ।

यो कथा त्यही गरिब गाउँको हो । शेषनागमा मस्त सुतिरहेका र अरू तमाम भगवान्हरूले नदेखेको गाउँको कथा हो यो ।

दुई

रामनवमीको दिन थियो त्यो । सतियाले बिहानै कोठाको एउटा कुनामा चामलको पीठोको ऐपन हालेर पूजा गर्ने ठाउँ सजाएकी थिइन् । उनले अघिल्लो दिन नै राम, लक्ष्मण र सीताका ससाना माटाका मूर्ति बनाइसकेकी थिइन् । बेसारमा अक्षता मिसाएर बिहानै ती देवताहरूलाई

टीका लगाइदिएकी थिइन् । मूर्तिमा जल, फूल र एकएक मुठी चामल चढाएपछि दियो बालेर आरती गर्दै भजन गाएकी थिइन्– *भए परकट किरिपाला दिनदयाला कौशिल्या हितकारी...* ।

सतियाले पूजा सकेपछि रामनरेश गाउँका अरू साथीहरूसँगै फलामको सुइरो र पानको हरियो पात लिएर वागीश्वरी मन्दिरतिर लागेका थिए । यो दिन जिब्रो छेड्यो भने वागीश्वरी मैयाको कृपाले दुःख र कष्टबाट मुक्ति पाइन्छ भन्ने विश्वास गर्थे गाउँलेहरू । त्यसैले उनले पनि वर्षौंदेखि जिब्रो छेड्दै आएका थिए ।

त्यो दिन पनि उनले वागीश्वरी मैयाको पूजा गरे र मन्दिरअगाडि उभिएर फलामको मसिनो सुइरोमा पहिला पानको पात सिउरिए अनि एक हातले आफ्नो जिब्रो तानेर अर्को हातले जिब्रोमुनिबाट सुइरो पसाए । जिब्रो र सुइरो समातेर तीनपल्ट मन्दिर परिक्रमा गरे । अनि मन्दिरको ढोकाअगाडि उभिएर मनमनै प्रार्थना गरे, "हे बाकिसोरी मैया, अब त किरिपा गर ! हाम्रो दुःख र गरिबी दूर गरिदेऊ ! अर्को साल पनि यसरी नै मन्दिरको परिकम्मा गर्छु ।"

तर जिब्रो छेडेर गरिबी हट्दैन भन्ने कुरा रामनरेशहरूलाई कसले सम्झाइदिने ? कसले भनिदिने उनीहरूलाई, "गरिबी त जीउधारी कुवा हो । यसले तिमीहरू जस्ता गरिबहरूलाई सधैं निलिरहन्छ । गरिबी जखैया भूत हो । यसले अनाहकमा तिमीहरूलाई तर्साएर जिनाहराम गरिरहन्छ ।"

तीन

रामनवमीको पूजा सकेर सतिया फोहोरमा प्लास्टिक बटुल्न बजार आएकी थिइन् ।

फोहोरको थुप्रोनिर पुग्दा सतिया जहिले पनि छक्क पर्थिन् । बजारका फोहोरका थुप्रामा गरिबहरूलाई काम लाग्ने कतिकति चीज फेला पर्छन् !

केटाकेटीहरूले खेलाउने हातखुट्टा या टाउका नभएका प्लास्टिकका पुतलीहरू र पाङ्ग्रा नभएका या चाबी बिग्रिएका खेलौना मोटरगाडी

यहीँका फोहोरका थुप्रामा फेला पर्छन् । साइकलका पुराना टायर पनि फेला पर्छन्, जसलाई गाउँका बालबालिकाहरूले असाध्यै रमाएर गुडाउँछन् । यहीँ फेला परेका आधा भाँचिएका प्लास्टिकका चम्चा र प्लेटहरू बटुलेर भाँडाकुटी खेल्छन् । कहिलेकाहीँ प्लास्टिकका बाघभालु र खेलौना बन्दुक पनि फेला पर्छन् । लागुपदार्थका दुर्व्यसनीले प्रयोग गरेर फालेका सिरिन्जलाई मिन्टु र उसका साथीहरूले होलीमा पचका बनाएर खेल्छन् ।

फोहोरकै थुप्रोमा फेला पारेकी हुन् सतियाले, आफ्नो खसमले लगाइरहेको बिजोडी हवाई चप्पल र आफूले कपाल च्याप्ने रातो किलिप । छोरा मिन्टुले लगाइरहेको हाफ पाइन्ट र त्यही हाफ पाइन्टको पछाडिको खल्तीमा राख्ने आधा दाँत भाँच्चिएको रातो काइँयो पनि उनले फोहोरमै फेला पारेकी हुन् । फोहोरमै फेला पारेकी हुन्, चर्किएको ऐना, जसमा उनले आफ्नो अनुहार हेर्दै निधारमा रातो टिकुली लगाउँछिन् ।

फोहोरमै फेला पारेको विदेशी रक्सीको सानो बोत्तलको बिर्कोमा कपडाको सलेदो घुसाएर उनले घर उज्यालो पार्ने टुकी बनाएकी छन् । फोहोर बटुल्दाबटुल्दै सतियाले बुझिसकेकी छिन्– यो दुनियाँ उनीहरू जस्ता कङ्गालले होइन, मालदारहरूले फोहोर बनाएका हुन् । गडहनी साग खानेले हैन, मासुभात र मीठामीठा परिकारहरू खानेले फोहोर गरेका हुन् ।

चार

फोहोर खोतल्दाखोतल्दै उनले एउटा क्यालेन्डर फेला पारिन् । क्यालेन्डरमा धनकी देवी मानिने लक्ष्मीको रङ्गीन चित्र छापिएको थियो । चित्रमा विशाल समुद्रमा फुलेको गुलाबी कमलको फूलमाथि उभिएकी लक्ष्मीका हातबाट सुनौला असर्फीहरू झरिरहेका थिए । चित्रमुनि वर्षभरिका चाडबाड, तिथिमिति र सरकारी बिदा जनाइएका छ ओटा पाना गाँसिएका थिए ।

सतियाले चित्रलाई ढोगिन् र फोहोरबीच उभिएर निकै बेरसम्मै लक्ष्मी मैयालाई हेरिरहिन् । सुनको मूर्ति नै भेटे जस्तै खुसी भएकी थिइन् उनी । उनले क्यालेन्डरमा लागेको धूलो टकटक्याइन् र गोलो पारेर जतनसाथ घर ल्याइन् ।

रामनरेश पनि क्यालेन्डर देखेर दङ्ग परे । यसपालि वागीश्वरी मैयाले कृपा गरेर उनीहरूलाई धनसम्पत्तिले परिपूर्ण गरिदिन लक्ष्मी मैयासित जोडदार सिफारिस गरिदिइन् भन्ने लाग्यो उनलाई । त्यसैले त त्यो फोटो अरूको हातमा नपरेर सतियाले नै फेला पारिन् ।

मिन्टुले बप्पा र महतारी दुवैलाई यति खुसी कहिल्यै देखेको थिएन । ऊ त्यो खुसीलाई लगातार हेरिरहन चाहन्थ्यो ।

तर आमाबुबाको अनुहारमा फेरि खुसी देख्न पाइएला, नपाइएला भनेर सतियाले "सुसु गरेर सुत्नू । नत्र दिनभरि घाममा सुताएको कथरी राति फेरि भिजाउलास्" भन्दा पनि ऊ पिसाब फेर्न गएन । बाबुआमाको अनुहारमा देखेको खुसी भोलि बिहान उठ्दा सपना भइदेला भन्ने डरले ऊ अबेरसम्म निदाएन । मध्यराततिर झपक्क निदायो । बिहान उठ्दा उसको ओछ्यान भिजेको थियो । सतियाले पनि थाहा पाइहालिन् । मिन्टुको गालामा चड्कन बजार्दै भनिन्, "जा, अब कथरी उठाएर बाहिर अरगनीमा सुका ।"

मिन्टु रून थाल्यो । रामनरेशले सतियालाई भने, "किन पिटाइ गर्छेस् बेटवाको ? बिहानैदेखि हल्काहल्का पुरूवाई चलिरहेको छ । कथरी एकछिनमा सुकिहाल्छ । बरू यसको निक्कर पनि चिसो छ । अर्को फेरिदिनुपर्छ ।"

बाउको आड पाएपछि मिन्टु फुरूङ्ङ पऱ्यो र चिसो कट्टु लिएरै साथीहरूसित खेल्न निस्कियो । खेल्दाखेल्दै कट्टु आफैं सुक्यो ।

पाँच

"लछिमी मैयाले हातबाट झरझरझरझर असर्फी झारिरहेको फोटु ल्याएकी छ, सतियाले ।"

एकै खालको दिनचर्या, गरिबीको एकै किसिमको मार र एउटै खालको नियति भोगिरहेका गाउँलेका लागि यो फरक खालको घटना थियो । त्यसैले बिहानसम्म गाउँभरि हल्ला फैलिसकेको थियो । गाउँभरिका महिलाहरूका हृदयमा डाहाको अग्नि बल्न थालिसकेको थियो ।

शनिश्चरीकी बडकी माई गाउँभरि डुल्दै भुतभुताइरहेकी थिइन्, "हामी गाउँभरिका महतारी, मेहरारू, बिटिया, भौजी, काकी, सासू र पतोहुहरूले जिनिगीभरि घरको दलिद्दर भगाउन दिवालीमा गन्नाको लट्ठीले धप्पधप्प गर्दै सुप्पा ठटायौं । "लछिमी आवै, दलिद्दर जावै" भनेर मैयालाई न्यौता पनि दियौं । तर आजसम्म हाम्रो कुनै पुछ्त्तर भएन । मैयाले सतियामाथि मात्र किरिपा गरिन् ।"

यो खबर पाएर गाउँभरिका खसमहरूका छातीमा पनि खुर्सानी दले जस्तै भएको थियो । बब्बनले चुलोमा आगो बालिरहेकी नैनीलाई लात हाने र भने, "साली हरामिन, सतियाले लछिमी मैयाको फोटु नै फेला पारी । तँ भने घरमा एक पसेरी चाउरको भात गबरगबर भकोसेर बस्छेस् । तँ जस्ती जोरू त कसैको नहोस् ।"

नैनी जन्ड थिइन् । छाती ठोकेर भन्थिन्, "उस्तै परे म त गाउँका मर्दहरूलाई पट्टा पछाड लगाउन पनि डराउँदिनँ ।"

सबै तर्किन्थे उनीसित । काम नपरी कोही पनि बोल्नै चाहन्नथे । कुरा काट्थे, "बब्बनकी जोरू सी कलासी छे । कनफुकनी र मुहँजोर पनि उत्तिकै छे । त्यसको असिल नाम त नैनी नभएर मन्थरा हुनुपर्थ्यो । एकदुसराको अनेक लाइलुतारी गरेर गाउँमा सधैं रार मच्चाउँछे । आफैं पनि झगडा गर्नलाई हरेक टाइम सिङ खुजाउँदै हिँड्छे । त्यो बेलज्जीसित मुख लाग्नु भनेको गोबरको ढेरीमा पत्थर हान्नु जस्तै हो ।"

यस्ती नैनीले बूढाको लात र बात किन सहन्थिन् ! तुरून्तै पाखुरा सुर्किंदै वचन फर्काइहालिन्, "दहिजरऊ, रातरातभरि तँ जस्तो दुई मनको हरामीको बिस्तरा बन्नुपर्छ । मैले यति भात पनि नखाऊँ ?

तँ आफू भने दुनियाँको अगाडि डरपोकना भएर हिँड्छस्, घरमा भने अरबी घोडा बनेर मलाई लतियाउँछस् ?"

लखिराम दिसामैदान सकेर लोटासहितै गाउँको चियादुकानमा आए र सुरूपसुरूप चिया सुर्किरहेको हुक्कमसित पनि भने, "अब डेली सतियाले फोटुमा धूप बाल्छे । जल पनि चढाउँछे । एक न एक दिन लछिमी मैया परसन्न भैहाल्छिन् । अनि उसको मडैयामा फोटुबाट असर्फीको बर्सात हुन थाल्छ ।"

हुक्कुमले चियाको अन्तिम घुट्को निले र लखिरामको ईर्ष्याको आगोमा डाल्डा थप्दै भने, "हेर्दाहेर्दै रामनरेश र सतियाहरू धन्नासेठ हुन्छन् र बजारमा सिरिमिन्टको अङ्ग्रेजी सटाइलको दुतल्ला घर बनाएर नुकरचाकर राखेर बस्छन् । पलङ्मा सुत्छन् । खेतीहर जमिन पनि किन्छन् । आँगनमा थ्रेसर पनि राख्छन् । अब हाम्रै आँखाअगाडि फटफटिया कुदाएर हिँड्छ रामनरेश । हाय ! उनीहरूको जिनगीमा सतजुग आउने भैहाल्यो । हाम्रो जिनगी भने गडहनी साग खाएरै बित्ने भो ।"

आफ्नो घरको आँगनमा गुइँठा बनाइरहेकी रामप्यारीलाई पनि चैन भएन । उनले पनि फलाकिन्, "कम्मरमा उघन्नी लटकाएर हिँड्छे अब सतिया । अब हामीले उनीहरूसित तमन्सुखमा अगुँठा लगाएर उधारी लिनुपर्ने हुन्छ । यही सम्झेर मेरो हियामा दनदनाएर अगनी बलेको छ । अब उनीहरूको जिनिगी आरामले कट्छ, हामी भने आठो याम पेटको चिन्ता गरेर बसिरहन्छौं ।"

घरबाहिर नीमको रूखमुनि ओछ्याएको खटियामा उपरखुट्टी लगाएर कक्कड तानिरहेका गज्जुलालले अलिक पर भाँडा मस्काइरहेकी आफ्नी बुढिया रमैयासित फतफताए, "उनीहरू मालिक बन्छन्, हामी रैयत । पैसा भएपछि त नागिर्ता पनि सजिलै बनिहाल्छ । त्यसपछि उनीहरूले चुनावमा ओट हाल्न पाउँछन् । चुनाव लडेर गाउँभरिको नेता पनि बन्छ रामनरेश । सतिया पनि नेताइन् बन्छे । हामी त उनको ओटर पनि हुन पाउँदैनौं ।"

रमैयालाई पनि खपिनसक्नु भएको थियो । भाँडा बजार्दै भनिन्, "मलाई रामनरेशहरूको सुख र आफ्नो जिनगीभरिको दुःख सम्झेर सियार झैं हुँआहुँआ गरेर रून मन लागेको छ । छातीमा हायतौबा मच्चिएको छ । दिलमा एकसाथ लू र शीतलहर चलिरहेछ ।"

छ

मिन्टु दौडँदै आयो र सतियासित भन्यो, "माई, खबरी काकाले डुगडुगी बजाएर सबलाई पञ्चैतीमा बोलाएको छ । तिमीले पाएको लछिमी मैयाको कैलेन्डर पनि लिएर आउनू भनेको छ । जुगलवाको नाति किसुनले मसित भन्दै थियो, लछिमी मैयाको कैलेन्डरले गाउँमा सबको छातीमा अगनी बलेको छ ।"

सतियाको मनमा चिसो पस्यो । रामनरेशले हतारहतार घाँटीमा तहमत बेरे । दुवै हस्याङफस्याङ गर्दै पीपलबोटतर्फ लागे । मिन्टु पनि पछि लाग्यो ।

गाउँको बीचमा गजधम्म उभिएको पीपलको रूखमुनि सारा गाउँले जम्मा भएका थिए । रूखमुनि राखिएका दुई ओटा डोरीवाला खटियामा पञ्च भलादमीहरू बसेका थिए । कोही सुर्ती माडिरहेका थिए, कोही कानमा राखेको बिडी झिकेर सल्काउँदै थिए । बब्बनले सबैका लागि चिलिमको जोहो गर्दै थिए ।

पञ्चहरू बसेको खाटभन्दा पाँच हात पर भुइँमा देब्रेतिर पुरूषहरू र दाहिनेतिर महिलाहरू बसेका थिए । महिलाहरूकै बीचमा अपराधी झैं बसेकी थिइन्, सतिया । केही महिला आफ्नो जुम्रा परेको कपाल कन्याउँदै सतियातिर बडो डाहाडे पाराले हेरिरहेका थिए ।

पञ्चैतीमा बिरादरीको मुख्य मान्छे भएर खाटमा सबैभन्दा अगिल्तिर खुट्टा झारेर बसेका थिए, रामलाल । लक्ष्मी मैयाको फोटोप्रति गाउँलेहरूको आकर्षण र ईर्ष्या देखेर उनले पुरानो उखान सम्झिए र फतफताए, "एक नीम, सब घर शीतलाहा । लछिमी मैयाको फोटु एउटा, आशीरबिन्द भने सबलाई चाहिएको छ । बात ठीक पनि हो ।

रामनरेश मात्र धन्नासेठ भएर कहाँ हुन्छ ? गाउँमा अरू सबै सधैं गरिबै मरिरहने ? यो अच्छा बात होइन ।"

पुरूषहरूको बीचतिर थिए रामनरेश । उनी यसै पनि सीधासादा थिए । आजसम्म कसैसित उनको तँतँ, मम पनि भएको थिएन । आज भने घुँडा कानकानसम्म ल्याएर सबैको सामु अपराधी जस्तै टुक्रुक्क बस्नुपरेको थियो । क्यालेन्डर चाहिँ मिन्टुले काखीमा च्यापेको थियो । मिन्टुको अनुहारमा "नाइँ, यो कैलेन्डर म कसैलाई दिन्नँ" भन्ने भाव थियो ।

"खै, म पनि हेरूँ त मैयाको फोटु" भनेर रामलालले नै मागेपछि मिन्टुले "दिन्नँ" भन्न सकेन, दियो । रामलालले पहिला क्यालेन्डरलाई ढोगे । त्यसपछि बटारिएको क्यालेन्डर फुकाए र मुग्ध भएर लक्ष्मी मैयालाई हेरिरहे । तस्बिरमा हाँसिरहेकी लक्ष्मी मैयालाई देखेर उनी पनि गिजा देखाएर हाँसे । ३१ ओटा दाँत झरिसकेका छन् उनका । दायाँतिरको सुनले मोरेको उनको कुकुरदाँत भने अझै जस्ताको तस्तै छ ।

नैनीले कुरा निकालिहालिन्, "सारा गाउँ कङ्गाल हुँदा, लछिमी मैयाले सिरिफ सतिया र रामनरेशलाई असर्फी दिन मिल्छ ?"

सतिया कराइन्, "किन मिल्दैन ? त्यो त लछिमी मैयाको मर्जी हो । उनले जसलाई पनि किरिपा गर्न सक्छिन् । यसमा तिमीहरूको कपार किन दुखेको ? मेरो लिलारमा लेखेको थियो, त्यही मारे मैले यो फोटु पाएँ । मेरो किस्मत चम्किन्छ भनेर तिमीहरूको करेजामा किन धायँधायँ आगो बलेको ?"

त्यसपछि गज्जुलाल कड्किए, "अरे, पार साल बरखा नभएको बेला सारा गाउँ मिलेर बरखा होस् भनेर मेढक र मेढकीको बिहाव गराएको कुरा बिर्सिस् ?"

हो त । परार साल पूरा नौ महिना सुक्खा लाग्यो । पछुवा हावा कति चल्यो । पानी भने एक थोपा पनि परेन । "कारे मेघा पानी दइदे" भनेर बादलसित कति याचना गर्दा पनि पानी परेको थिएन ।

दक्षिण पूर्वबाट हाहाहुहु गर्दै यमराजी हावा चल्न थालेपछि त जमिन पनि पटपटी चिरा पर्न थालेको थियो । कुवामा पानी सुकेर एकचौथाइ भएको थियो । गाउँलेहरूले आफ्नो मढैयाको छतमा चराहरूका लागि माटाको हाँडीमा पानी राखिदिन पनि छाडेका थिए ।

महिलाहरूले जोत्यो भने पानी पर्छ भनेर उनीहरूले हलो पनि जोतेका थिए । साउनको अन्त्यसम्म पनि पानी नपरेपछि गाउँलेहरू मिलेर मोटामोटा भ्यागुता र भ्यागुती खोजेका थिए । दुलहादुलहीलाई जस्तै सिँगारेका थिए । अनि बाजा बजाएर भ्यागुताभ्यागुतीको बिहे गराएका थिए ।

गज्जुलालले भन्दै गए, "अनि बल्ल इन्दर भगवान्‌को दिल खुस भयो, खुब झपटी हवा चल्यो र झमाझम बर्सात भयो । त्यो पानी हामीले आफ्ना लागि मात्र मागेका थिएनौं, पूरा गाउँको लागि मागेका थियौं । आजसम्म हामी सबैले एकअर्काको मरनी करनी, शादीब्याहमा साथ दिएकै छौं । हामी कसैको कसैसित बैमनस छैन । आपसमा बिनास्वारथ दुःखकष्टमा साथ दिएकै छौं भने सुखमा पनि हामी सबैको बराबर हकदैया लाग्छ ।"

गज्जुलालको कुरा सुनेर सतियालाई असह्य भयो । उनी रिसले थरथर काँप्न थालिन् । गज्जुलालले नम्र भएर सम्झाए, "हेर् सतिया, म तेरो दुस्मन होइनँ । तँ पनि बेकारमा किन मसित गुस्सा हुन्छेस् । मैले गाउँको जे रीति छ, त्यही बताएको हुँ ।"

सतियाको रिस अझै थामिएन । धोती उचालेर उनले गज्जुलाललाई झम्टिहालिन् । त्यसपछि के थियो ! होहल्ला भइहाल्यो । पञ्चैती बिथोलियो ।

आफ्नो मर्दमाथि हात हालेको गज्जुलालकी बूढी रमैयाले के सहन्थिन् ! फेरि ससाना कुरामा रिसाइहाल्ने स्वभाव थियो उनको । हरेक दिन कसै न कसैसित झैझगडा गरिरहेकै हुन्थिन् । गाउँलेहरू भन्थे, "रमैया ताडकाको डबल पार्ट हो । हुज्जती छे । अरूको बहुतै डाहा गर्छे ।"

रमैया सतियामाथि जाइलागिन् ।

कतिलाई सतियामाथि रमैया त्यसरी जाइलागेको मन परेन । त्यहाँ सतियाको डाहा गर्ने मात्र थिएनन्, उनलाई साथ दिनेहरू पनि थिए । उनीहरूको भनाइ थियो, "सतिया खराब छैन । उसको दिल मक्खन माफिक नरम छ । गर्ज परेको बेला हामीलाई सहयोग गरेकै थिई । अब पनि उसले हामीमाथि अन्याय गर्दिन । फोटुबाट झरेको असर्फी हामीलाई दिने, नदिने त्यो उसको मर्जीको बात हो ।"

त्यसैले सतियाको पक्षधर ओबीलालकी बुहारी रबनी रमैयामाथि जाइलागिन् । रबनीमाथि फुलारामकी बुहारी मिन्ता खनिइन् । मिन्तासित सवितरी भिडिन् । आफ्नी जनानीलाई पिटेको देखेर मिन्ताका खसम धर्माले सवितरीको खसम हुक्कुमलाई मुक्का हाने । चुपचाप बसेको हुक्कुममाथि हात हालेको भन्दै नन्कुले धर्मालाई पछारे । त्यसपछि नन्कुमाथि फुलाराम, फुलाराममाथि ओबीलाल, ओबीलालमाथि झुकराम, झुकराममाथि लायकराम जाइलागे । अर्कोमाथि अर्को । कसले कसलाई रोक्ने ? सारा गाउँ एकअर्कासित भिडिहाल्यो । एउटाले अर्कोलाई चिथोर्‍यो । अर्कोले अर्कोलाई भुत्ल्यायो । अनि कतिका लुङ्गी तानिए । कतिका धोती च्यातिए । कतिका चोला च्यातिए । कतिका चुरा फुटे ।

सात

रामलालले हस्तक्षेप नगरेका भए त्यो दिनको महाभारतमा धेरैलाई चोटपटक पनि लाग्न सक्थ्यो । अन्त्यमा उनैले निर्णय सुनाए, "यसरी रार मच्चाएर केही हुँदैन । परस्परमा मिलेर बस्नुपर्छ । समझदारीले काम गर्नुपर्छ । लछिमी मैयाले असर्फी दिइन् भने त्यो असर्फी सारा गाउँलेहरूलाई बराबर बाँड्नुपर्छ ।"

अनि रामनरेशतिर हेरेर आदेश दिए, "हाम्रै गाउँको सीधासादा मनई होस् तँ । तँलाई पनि हामी सबैको दुःखदर्द थाहा छ । त्यसैले तँ धनी भइस् भने हामीलाई बिनाब्याजमा उधारी दिनुपर्छ ।"

सबैले रामलालको प्रस्तावको समर्थन गरे ।

सतिया र रामनरेशलाई पनि त्यो प्रस्ताव स्वीकार गर्न करै लाग्यो । सतिया त उदासै भइन् । घर आएर रामनरेशले सम्झाए,

"घाटा लाग्ने भयो भनेर किन मन दुखाउँछेस् ? मैयाले किरिपा गरेर हामीलाई १० असर्फी दिइन् भने हामीले अरूलाई *दुइटा मात्र दिइन्* भनिदिउँला । बातै खत्तम ।"

सतियाले चित्त बुझाए जस्तो त गरिन् । तर उनको मन शान्त भएको थिएन । उनी सबैभन्दा बढी नैनी र रमैयासित रिसाएकी थिइन् । हिजोसम्म तिनीहरू सतियाका सबैभन्दा मिल्ने साथी थिए । आज भने तिनैले उनलाई पञ्चैतीसम्म पुऱ्याए । हातै हाले । सतिया फतफताइन्, "नाश होस्, तिनीहरूको ।"

यति सराप्दा पनि सतियाको मन शान्त भएन । रात छिप्पिएपछि उनी कसैले नदेख्ने गरी नैनीको घरपछाडि गइन् । नैनीले रोपेको फर्सी गज्जबले सप्रिएको थियो । त्यसमा भर्खर ससाना बतिलाहरू लाग्न थालेका थिए । ती बतिलातिर सतियाले आफ्नो चोर औंला देखाइदिइन् । रमैयाको घरपछाडिका फर्सीका बतिलातिर पनि त्यसरी नै चोर औंला देखाइन् ।

चोर औंलाले देखाइदियो भने फलेका सबै बतिलाहरू सड्छन् र राम्ररी फल्दैनन् भन्ने भनाइ थियो । हुन पनि त्यस्तै भयो । केही दिनपछि नैनी र रमैयाका घरका फर्सी राम्ररी बढ्नै नपाई कुहिएर फुतुफुतु झर्न थाले । सतियाको मनको अग्नि शान्त हुँदै गयो ।

तर अर्को चिन्ताले भने उनलाई अझै छाडेको थिएन ।

उनले र रामनरेशले पञ्चैतीमा आधा असर्फी गाउँलेहरूलाई दिने झूटो वाचा गरेका थिए । त्यसैले उनलाई कुटुकुटु खाइरहेको थियो । उनले झूटो बोल्यो भने विपत्तिहरू आउँछन् भन्ने सुनेकी थिइन् । रातिराति आफूलाई कौवाले टोकेको र गधाले दैलोमा पिसाब फेरिदिएको सपना देख्न थालेपछि उनको चिन्ता झनै बढ्न थालेको थियो ।

रामलालले कुनै दिन भनेका थिए, "खराब सपनाले परेसान गऱ्यो भने तुलसी मैयालाई आफ्नो सपना सुनाउनुपर्छ ।"

सतियाको घरमा तुलसी मठ थिएन । सवितरी र रामलालको घरमा मात्र थियो । क्यालेन्डर काण्डपछि उनको तिनीहरूसित मन

मरेको थियो । उनी तिनीहरूको घरमा गइनन् । उनले बजारमा फोहोर बटुल्न जाँदा सुर्खेत रोडको एउटा घरको आँगनमा तुलसीको सुन्दर मठ देखेकी थिइन् ।

उनी त्यहीँ गइन् । बिस्तारै गेट खोलिन् । सोचिन्, मैयाको दर्शन गर्न आएकोमा कसले पो हकार्ला र ! उनी ढुक्क भएर तुलसी मठनिर पुगिन् ।

"तुलसी मैया नमो नमो" भन्दै तुलसीलाई प्रणाम गरिन् र आफूले देखेका खराब सपनाहरू एकएक गरेर सुनाउन थालिन् ।

त्यो घरकी मालिक्नीले बरन्डाबाट आँगनको तुलसी मठमा उभिएर आफ्नै सुरमा फतफताइरहेकी सतियालाई देखिन् । उनी बरन्डाबाटै चिच्याइन्, "लौ न, मदिसेनी पसी । बौलाही जस्ती छे । तुलसी मठनिर उभिएर केके फलाक्दै छे ।"

मालिक्नीको होहल्ला सुन्नेबित्तिकै नोकरचाकर आएर सतियालाई च्याप्प समाते र लछार्दैपछार्दै घरबाट निकाले । सतियाको देब्रे हात मर्कियो ।

बजारबाट हात मर्काएर आएको थाहा पाएर नैनी र रमैया सतियाको घरमै आए । उनीहरूले मर्किएको हातमा लगाउन घरमै पिसेको शुद्ध बेसार र तातो पानीसित खान एक साल पुरानो सक्खर ल्याइदिएका थिए ।

सतियाको हात दुखेको चाँडै निको भयो । मन दुखेको झन् चाँडै निको भयो । यसरी समाजबाट एक्लिएका रामनरेशहरू फेरि समाजका हिस्सा बने ।

आठ

सतिया र रामनरेशहरूले बजारका महाजनहरूको गद्दीमा पनि लक्ष्मी मैयाका यस्तै क्यालेन्डर देखेका छन् । असर्फी नझर्ने भए महाजनहरूले किन त्यसरी श्रद्धासाथ झुन्ड्याउँथे क्यालेन्डर ? त्यसैले उनीहरूलाई आफ्नो घरमा पनि कुनै न कुनै दिन असर्फी झर्छ भन्ने अझै विश्वास थियो ।

सतिया हरेक दिन बिहान अरहरको बढनीले झाडबुखार गर्नुअघि असर्फी खस्यो कि खसेन भनेर भुइँमा हेर्थिन् । अरू बेला पनि सतिया र रामनरेशहरू लक्ष्मी मैयातिर आशापूर्ण नजरले हेरिरहन्थे । हरेक दिन खाना खानुअघि हात जोडेर देवी मैयाको प्रार्थना पनि गर्थे–

निर्धन के घर पधारो मैया

हमरो जीवन सम्हारो मैया ॥

उनीहरूको प्रार्थनाको कुनै असर भएन । लक्ष्मी मैया उनीहरूको घरमा आइनन् । उनीहरूको जीवन सुधारिदिइनन् । मैयाको हातको असर्फी कहिल्यै उनीहरूको घरमा झरेन ।

एक दिन छुचुन्द्रोले क्यालेन्डर खाइदियो । सतिया केही दिन उदास भइन् । तर उनले अब बुझिसकेकी थिइन्, परेका बेला लक्ष्मी मैया हैन, गरिब गाउँलेहरू नै काम लाग्छन् । राति सतियाले महुवाको रोटी आगोमा सेक्दै रामनरेशसित भनिन्, "भगवान्सित जति हात पसारे पनि उनीहरूबाट हामीले सलाईको एउटा काँटी पनि पाउँदैनौं । हामीले चुल्हो बाल्न त गाउँलेसितै आगो माग्नुपर्छ । जिन्नगीभर दागा धरेर केही फाइदा छैन । एक दिन तुतुमैमै गरे पनि सौ दिन यिनीहरूसितै गलबहिँया गरेर हिँड्नुपर्छ । हामीले आफ्नो मनलाई साधुबाबाको कछाड जस्तो मैला बनाउनु हुँदैन ।"

आफूबाट गरिबहरूको कल्याण हुन नसक्ने भएपछि लक्ष्मी फेरि स्वर्ग फर्किइन् र शेषनागमा मस्त निदाइरहेका भगवान् विष्णुसँगै बसिन् । विष्णुले निद्रामा बर्बराउँदै सम्झाए लक्ष्मीलाई, "धनीगरिबको राजनीतिमा हामी देउताहरू फस्नुहुँदैन ।"

ठीक त्यही बखत धिपधिप बलिरहेको ढिबरीको उज्यालोतिर हेर्दै रामनरेश भने सतियासित भनिरहेका थिए, "हामीसित जमिन छैन । त्यसैले हाम्रो ठौरठेगाना छैन । बिनाठेगाना लक्ष्मी मैयाले पठाएको असर्फी हाम्रो घरमा कसरी आउँछ ? त्यसैले हामीलाई हाम्रो जमिन जरूरी छ ।"

भोलिपल्ट बिहानै मिन्टु साथीहरूसित पीपलको रूखमुनि नेता झैं उभिएर भन्दै थियो, "अब हामीले हाम्रो जमिनको लागि रार मच्चाउनुपर्छ ।"

फिस फ्राई

यो कथामा "घटना"हरू त छन्, "कथा" भने छैन । यो कथाका हरेक अध्यायबीच जुन ग्याप छ, खासमा "कथा" चाहिँ त्यहीँ कतै छ । ग्यापभित्रका ती कथाहरूलाई लेख्न यो कथाकारको बुताले भ्याएन ।

हुन त सबै कथा लेखिनैपर्छ भन्ने पनि छैन । सबै कथा लेखकले नै लेख्नुपर्छ भन्ने पनि छैन । जे कथा भनेर लेखिए, ती सबै कथा नबनेका पनि हुन सक्छन् र जे लेखिएका छैनन्, ती कथै होइनन् भन्ने पनि त छैन । उसो त यो खराब लेखौट पनि साबित हुन सक्छ । किनभने यसमा भन्न खोजिएको कुरा स्पष्ट छैन । यसमा सन्देश पनि छैन र जीवनोपयोगी उपदेश पनि छैन । चरित्रहरू खासै स्पष्ट छैनन् । परिवेश चित्रण पनि कमजोर छ । यसमा कुनै डिटेलिङ छैन । केही अप्रासङ्गिक जस्ता लाग्ने प्रसङ्ग र वाक्यहरू पनि छन् । यसमा पाठकको मनमा स्थायी किसिमले हस्तक्षेप गर्ने गहकिला संवाद पनि छैनन् र छैन चकित पार्ने ट्विस्ट पनि । यसमा "जनता पनि एक खालका माछा नै हुन्" भनेर भनिएको पनि छैन । र युगौंदेखि "हाम्रा नेता या ठूलाबडाले जनता या जनताका सपनालाई माछा झैं तारेर भकाभक खाइरहेका छन्" भन्ने खालको प्रगतिशील वा क्रान्तिकारी निष्कर्ष निकालेर कथानकको अन्त्य गरिएको पनि छैन ।

महाकवि देवकोटाले "मेरो *शाकुन्तल महाकाव्य* बुझेर पढ्ने एक हातको औंलामा गन्न पुग्ने पाठक भए मलाई पर्याप्त हुन्छ" भनेका थिए रे। म त्यही कुरा त भन्दिनँ। बस् यति भन्छु, यो कथा पढेर केही पाठकले माछा फ्राई गर्ने तरिका सिक्नुभयो भने पनि त्यो मेरा लागि ठूलो उपलब्धि हुनेछ।

अध्याय एक

फिस फ्राई : रेसिपी र विधि

माछा अत्यन्त गुणकारी कुरा हो भन्ने कुरा डाइटिसियन र विज्ञान दुवैले साबित गरिसकेको कुरा हो। माछामा फ्याटी एसिड हुने भएकाले यसको सेवनले मस्तिष्कको विकासमा सहयोग पुऱ्याउँछ। त्यसैले अचेल डाक्टरहरूले बालबालिकाहरूलाई पनि फिस फ्राई खुवाउने सल्लाह दिन्छन्। उनीहरू भन्छन्, "माछामा पाइने ओमेगा थ्री फ्याटी एसिडले मुटु बलियो बनाउँछ। छाला र कपाल राम्रो बनाउन पनि यसले सहयोग गर्छ। यसको सेवनले क्यान्सरको सम्भावनालाई कम गर्छ।"

परिवार या साथीभाइसित रमाइलो जमघट गर्दै हुनुहुन्छ भने सितन या स्टार्टरका रूपमा तात्तातो फिस फ्राई उपयोगी हुन सक्छ। जाडोयाममा त यो झनै स्वादिलो लाग्छ। सर्भ गर्ने बेला फ्राइड फिसमाथि हल्का क्रिम हाल्नुभयो भने राम्रो देखिन्छ। वरिपरि गाजर, मूला, काँक्रोका पिसहरू राखेर बीचमा फिस फ्राई राख्दा झनै राम्रो देखिन्छ। सलादसित फिस फ्राई खानु झनै स्वस्थ्यकर हुन्छ। फिस फ्राईलाई आकर्षक देखाउन खाने रङ प्रयोग गर्न सक्नुहुन्छ।

यहाँ म चार जनालाई पुग्ने किसिमले फिस फ्राई बनाउने सजिलो तरिका सिकाउँदै छु। वास्तवमा यो विधिले तारेको माछा "अमृतसरि फ्राइड फिस"का रूपमा चर्चित छ।

फिस फ्राईका लागि आवश्यक सामग्री

करिब दुईतीन इन्चका आठ पिस माछा (गोलाइमा काटिएका माछा भए झन् राम्रो । त्यो आकर्षक देखिन्छ ।)

चार ओटा हरिया पाकिस्तानी खुर्सानी ।

एक चिया चम्चा रातो काश्मीरी खुर्सानीको धूलो ।

दुई चम्चा नेपालगन्जिया टाइपको गाढा सादा दही ।

एक चिया चम्चा चामलको पीठो ।

एउटा ठिक्क साइजको तर विद्रोही कविको कविता जस्तो नेपालगन्जदेखि दिल्लीसम्मै धूवाँ पुग्ने पिरो प्याज ।

२० ग्राम हरियो धनियाँ ।

एक चिया चम्चा बेसार ।

दुई चिया चम्चा बेसन ।

एक चिया चम्चा अदुवा र लसुनको पेस्ट ।

एक चिया चम्चा ज्वानो ।

एक चिया चम्चा कागतीको रस ।

दुई ठूलो चम्चा तेल ।

नुन स्वादअनुसार ।

फ्राई विधि

पहिला माछाका दुईतीन इन्चका टुक्रा बनाएर सफा पानीले पखाल्नुस् । यसरी पखालेको माछामा नुन र कागतीको रस हालेर मोल्नुस् । र १० मिनेट खुला भाँडोमा राखेपछि फेरि पानीले पखाल्नुस् । यसले माछाको गन्ध कम गर्छ । पानी निथार्न पखालिसकेको माछालाई कपडामा सुकाउनुस् ।

माछाबाट पानी निथ्रुन्जेल लसुन, अदुवा र जिरालाई सिलौटो वा मिक्सरमा पिसेर पेस्ट बनाउनुस् । एउटा ठूलो बाउलमा दुई चम्चा दही राखेर ती पेस्टहरू मिसाउनुस् । त्यसमा चामलको पीठो, काश्मीरी खुर्सानीको पाउडर, नुन, अलिकति बेकिङ पाउडर र आधा चम्चा

कागतीको रस पनि हाल्नुस् । त्यसमा मसिनो गरी काटेको हरियो खुर्सानी र हरियो धनियाँ पनि मिसाउनुस् । अनि मिश्रणमा अलिकति पानी हालेर गाढा लेदो बनाउनुस् । यी सबै काम गर्दा तपाईं कुनै गरिब कविको ऊर्दू सायरी पनि गुनगुनाउन सक्नुहुन्छ ।

घोलमा राम्रोसित मोलेर माछालाई २० मिनेट जति छोपेर राख्नुस् । यसो गर्दा मसला मज्जाले माछाभित्र पस्छ ।

त्यसपछि फ्राइड प्यानमा दुई ठूलो चम्चा रिफाइन्ड तेल हाल्नुस् र तेल तातेपछि माछाका पिसलाई पालैपालो प्यानमा हाल्नुस् । तलतिर गोल्डेन ब्राउन भएपछि माछा पल्टाउनुस् । दुवै साइडमा गोल्डेन ब्राउन भएपछि फिस फ्राई तयार हुन्छ ।

राम्ररी फिसफ्राई भएको निधो भएपछि ग्यास बन्द गर्न पटक्कै नबिर्सनुस् ।

फराकिलो भाँडामा पेपर टावल राखी त्यसमाथि फ्राई गरिएको माछा राख्नुस् । कागजले एकैछिनमा माछाबाट निस्किएको चिल्लो सोस्छ । यसरी तयार भएको फिस फ्राईलाई गाजर, काँक्रो, कागतीको स्लाइस आदिले सजाएर पस्किनुस् । एक अमेरिकन अनुसन्धान केन्द्रका अनुसार यस्तो फिस फ्राईमा क्यालोरी करिब छ सय र प्रोटिन करिब ४० ग्राम हुन्छ । यसमा सोडियम र पोटासियम पनि प्रशस्त हुन्छ । भिटामिन ए, सीलगायत क्याल्सियम र आइरनको मात्रा पनि हुने भएकाले यो स्वस्थकर पनि छ । काठमाडौंमा अचेल यस्तो फिस फ्राई एकदमै खपत हुन्छ ।

अध्याय दुई

राजनीति र माछा

मत्स्येन्द्रकुमार अचेल राजधानीमा हिट छन् । र हिट छ उनको फिस फ्राईको उल्लिखित रेसिपी । उनी पढेर पाकशास्त्री भएका होइनन् । तर समयले उनलाई यही विधामा चर्चित बनाएको छ ।

उनलाई पहिला खानेकुरा पकाउने सोख थिएन । उनी हुनेखाने परिवारका थिएनन्, हुँदा खाने परिवारका थिए । त्यसैले उनी "खानका लागि हैन, बाँच्नका लागि खाने" भन्ने मान्यतामा हुर्किएका थिए । उनको एउटै सोख थियो– राजनीति । त्यही सोख पूरा गर्न उनले बन्दुक समाते र समाजबाट अन्याय, अत्याचार, गरिबी, शोषण र शोषकलाई समाप्त गर्न क्रान्तिको बाटो रोजे । क्रान्ति सफल पनि भयो । क्रान्तिको सफलतासँगै उनी राजनीतिबाट बेपत्ता भए । कसैले उनको खोजखबर गरेन । उनीसँगै बन्दुक समातेर एउटै मोर्चामा लडेकाहरू भने कोही सांसद भए, कोही मन्त्री । केही साथीहरू त पार्टीका उपल्लो ओहदासम्म पुगे ।

अरूले राजनीतिमा लागेर घरखेत जोड्छन् । उनले राजनीतिबाट हराएर घरखेत जोडे । त्यो पनि केही वर्षमै । एउटा गरिब कमरेड एकाएक करोडपति बनेर दौरासुरूवालमा ठाँटिएर मार्केटमा देखापरेपछि सबै चकित भए । केहीले भने, "उनले पश्चिम नेपालको एउटा गाउँलाई माछापोखरीमा परिणत गरे । त्यसमा माछापालन गरे र त्यही माछा बेचेर प्रशस्त कमाए ।"

कसैले भने, "पशुपालनमा लागे । अकुत कमाए ।"

कसैले च्याउ खेतीबाट करोडपति भएको अनुमान लगाए । कमाउनका लागि राजनीति जति उपयुक्त माध्यम अरू हुँदैन भन्ने मान्यता समाजमा स्थापित हुँदै गरेको स्थितिमा उनी त्यही समाजमा एउटा उदाहरणीय र प्रभावशाली पात्र बने ।

उनी नपुगेको ठाउँ रहेन । उनी नघुमेको देशै भएन । कुनै देशमा माछा उत्पादनमा कमी भयो भने उनको राय लिन थालियो । माछामा कुनै रोग देखापर्‍यो भने उनीसितै उपचार विधि सोध्न थाले विश्वभरिका माछापालकहरूले । माछा सम्मेलनमा उनी प्रमुख वक्ता हुन थाले । माछाले सेलिब्रिटी बनायो उनलाई । उनका कमरेड साथीहरू उनको घरमा आएर माछाभात खान थाले ।

यति हुँदा पनि उनले राजनीति गर्ने रहर गरेनन् । एउटा पार्टीका अध्यक्षले "तीन करोड दिनुस्, सांसद पद लिनुस्" पनि भनेकै थिए ।

तर उनले सांसद पद किनेनन् । उनको सोख अहिले राजनीति होइन, माछाका परिकारहरू भएका छन् ।

अन्तर्वार्ता दिँदा होस् या लेख लेख्दा, उनले यताउता गरेर माछाकै कुरा ल्याइहाल्थे । पढ्ने या सुन्ने मानिसको मुखै रसाउने गरी फिस फ्राई, फिस करी, फिस चिल्ली, फिस टिक्काकै कुरा गर्थे ।

पत्रपत्रिकामा उनका फिस आइटमहरू लोकप्रिय छन् ।

माछासम्बन्धी थरीथरीका किताब पनि लेखेका थिए उनले । माछाकै कुरा गरेर उनले दुइटी छोरीलाई डाक्टर पढाए । माछाकै कुरा लेखेर उनले श्रीमतीलाई सुन र हीराका गहनाले झपक्कै बनाए ।

विगतमा जुन राजतन्त्रविरूद्ध लागी उनी जनयुद्धमा सामेल भएका थिए, अचेल उनलाई त्यही राजतन्त्रको माया लाग्न थालेको छ । उनलाई अब इतिहासका गौरवगाथाहरू प्रिय लाग्न थालेका छन् । त्यसैले अचेल उनको बैठकमा पृथ्वीनारायण शाहको पूर्णकदको फोटो छ । उनको दराजमा *दिव्योपदेश* पनि छ । उनी यो समयको सबैभन्दा चर्चित राष्ट्रवादी बनेका छन् । उनी भन्छन् पनि, "समयलाई उल्टो घुमाउन सक्ने भए म नेपालका एकीकरणकर्ता श्री ५ बडामहाराज पृथ्वीनारायण शाहलाई आफ्नो भान्सामा बोलाएर आफ्नै हातले बनाएको फिस फ्राई ख्वाउँथें ।"

उनकै कारणले अचेल सहरमा फिस फ्राई एउटा गज्जबको राष्ट्रवादी खान्गी बनेको छ ।

अध्याय तीन

माछा पोखरी र नयाँ नेपाल

गाउँमा एउटा बूढो बरगदको रूख थियो, जुन गाउँलेहरूका लागि विशेष थियो ।

हुन त गाउँमा बरगद र पीपलका अरू रूख पनि थिए । तर कसैमा रूखचढवा भूत, कसैमा अगैया बेताल र कसैमा जखैया भूत

बस्छ भनेर गाउँलेहरू डराउँथे । त्यसैले यही रूख नै गाउँलेहरूको आस्थाको केन्द्र बनेको थियो । यो रूखमा गाउँका गरिब महिलाहरूले वर्षौंदेखि आफ्नो परिवारको सुख, समृद्धिको मनौती माग्दै राता, पहेंला र हरिया मौलीहरू बाँध्ने गरेका थिए । होसीलाल भन्थे, "यो बडा सहनशील रूख हो । यसले गर्मीमा पात र डाँठ पनि सुकाइदिने पतसोखा नामको पछुवा हावा पनि सहन्छ । र सर्दीमा त्यही पछुवाले बगाएर ल्याउने र छिनछिनमा दिशा बदल्ने पुसको चिसो हली चौवाई हावालाई पनि सहन्छ । दक्षिण-पश्चिम भएर बग्ने हडहोडा हावाले ल्याउने तापलाई पनि सहन्छ । भदौमै चल्ने ठन्डी पुरवाई र जेठमा बालुवा लिएर आउने भुतरा हावा पनि सहन्छ ।"

बरगदका जटाहरू हाँगाहाँगाबाट पलाएर भुइँभुइँसम्म लत्रिएका थिए । दिनभरि यो रूखमा लोखर्केहरू एउटा हाँगाबाट अर्को हाँगामा बुद्रुकबुद्रुक ओहोरदोहोर गरिरहन्थे । साँझपख दर्जनौं काग र अरू थुप्रै चराचुरूङ्गी यहाँ वास बस्न आइपुग्थे । यही रूखलाई छुँदै साँझतिर बग्ने शीतल सिरवाईले सबैलाई गर्मीबाट राहत दिन्थ्यो । बिहानपख यही रूखमा वास बसेका कोइलीहरूको कुहुकुहुले गाउँलेहरूको कानलाई आनन्द दिन्थ्यो ।

त्यसैले गाउँलेहरूका लागि यो आत्मीय स्थान पनि थियो । भन्थे, "एउटा अघोरी बाबा तपस्या गर्दागर्दै यो बरगदको रूखमा परिणत भयो । त्यसैले यसको जरामा ब्रह्मा, जटामा विष्णु र हाँगा अनि पातपातमा शङ्कर भगवान् बस्छन् ।"

त्यही बरगदको रूखमुनि खबरी लखीराम रेडियो बोकेर आएका थिए, हरेक बिहान जस्तै । उनको रेडियोले भनिरहेको थियो, "अब नयाँ नेपाल बन्छ ।"

"कसरी बन्छ नयाँ नेपाल ?" खबर सुनिसकेपछि एक जना सुधो गाउँलेले प्रश्न गरे ।

हजार किसिमका जवाफ आए । कसैले भन्यो, "पहिला जमिनको माप लिन्छन् । अनि नक्सा तयार हुन्छ । त्यसपछि जग्गाको पिलाटिङ

हुन्छ । त्यसमा कुतुबमिनार जत्रा इमारत बन्छन् । बडेबडे दरबार बन्छन् । अनि हामी सबैलाई रोजगार मिल्छ । कोही दरवानी गर्छौं । कोही चौकीदारीको काममा लाग्छौं । अब हाम्रो भविस अच्छा हुन्छ ।"

"अनि नयाँ नेपालमा हुन्छ चाहिँ के ?" एउटा अझै स्पष्ट हुन खोज्यो ।

जवाफमा अर्को लालबुझक्कडले भन्यो, "अब सडक नयाँ बन्छ । चौबीसै घण्टा बत्ती बल्छ । सबै गरिबहरूलाई फिरीमा भोजन गराउने लङ्गरहरू खुल्छन् । गर्मीमा ठन्डा र सर्दीमा गरम हुनेवाला नयाँनयाँ बस चल्छन् । बडी लाइनको रेल पनि चल्छ । बिनाटिकस काठमान्डू जान पाइन्छ ।"

सबैलाई नयाँ नेपाल राम्रै हुन्छ भन्ने लाग्यो । सबै खुसी भए । उनीहरूले जीवनमा यति सजिलै कहिल्यै खुसी हुन पाएका थिएनन् । त्यसैले यो खुसीप्रति पनि उनीहरूको मनमा संशय कायमै थियो ।

केही दिनपछि लखीरामले अर्को खबर ल्याए–

"नयाँ नेपाल बन्ने फिक्स भयो । नयाँ नेपालमा नयाँनयाँ नेता हुनेछन् । तिनीहरूका लागि दरबारको इँटा बनाउँदा बनाउँदा सबैतिर ठुल्ठूलो ताल बन्छ । अनि नेताका नातेदारहरूले तालमा मछली पाल्छन् । अब हाम्रो घर, खेत सबै ताल बन्छ ।"

लखीरामसित गाउँलेहरूले सोधे, "हाम्रो जमाजेथा, घरबास सखाप भएपछि सरकारबाट डेमरेज मिल्छ कि मिल्दैन ?"

उदास भएर लखीरामले भने, "हामीहरू सबै ऐलानी जग्गामा बसेका छौं । त्यसैले हामीहरूलाई कुनै मुआब्जा दिन मिल्दैन । बस्, घर भत्काएको र माटो खनेको ज्याला मात्र मिल्छ ।"

सबैले दुखेसो पोखे, "धरती माई हाम्रा लागि बिमाता बनिन् । हाम्रो गिरिहस्थी, हामो जमाजेथा सबै धूवाँको दरबार रहेछ । अब सब फुर्र बिलाइजान्छ । अब हामीले माथापिट्टन गरेर कौनो फाइदा छैन ।"

केही दिनमै गाउँमा ठेकेदारहरू आए र गाउँलेहरूको हातहातमा कोदालो राखिदिए । गाउँलेहरूले रूँदै कोदालो हातमा लिए । विश्वकर्मा

बाबालाई सम्झेर सबैले कोदालोको पूजा गरे र लाचार भएर आआफ्नो घर भत्काउन थाले ।

घर भत्किइसकेपछि उनीहरूले माछापोखरी बनाउन जमिन खन्न थाले ।

खन्दाखन्दै गाउँ भएको ठाउँमा असाध्यै ठूलो र गहिरो खाल्डो तयार भयो । केही दिनपछि लगातार वर्षा भयो । खाल्डोमा पानी जम्यो र विशाल ताल बन्यो । केटाकेटीहरूले विशाल ताल देखेर भने, "अरे बाफ रे, यो ताल हो कि मसुद्र (समुद्र)?"

एक जना वयोवृद्धले भने, "अब यहाँ समुद्रमन्थन हुन्छ । त्यसबाट हलाहल विष पैदा हुन्छ । सतजुगमा भगवान् शिउले त्यो हलाहल विष पिएर आफ्नो गटईमा धारण गरेर सारा लोकलाई बचाएका थिए । तर अब हामीलाई यो विपत्तिबाट बचाउन कुनै भगवान् आउनेवाला छैनन् ।"

केही महिनामा समुद्र जस्तो तालमा कमल फुल्यो । हाँस र बकुल्लाहरू जलकेली गर्न थाले ।

आफ्नो घर भत्काएबापत र आफ्नै गाउँलाई ताल बनाइदिएबापत सबैले ज्याला पाए । गाउँलेहरूले निर्णय गरे, "यो आफ्नै घर भत्काएर पाएको पैसा हो । अपसगुन हो यो । यसलाई जमा गरेर राख्नुहुँदैन ।"

उनीहरूले त्यही पैसाले सङ्गतियाहरू ल्याए । सङ्गतियाहरूको तालमा गाउँलेहरूले आल्हा गाउन थाले । गाउँलेहरूको एक समूहले आधा ड्रम अङ्गुरी र अर्कोले बजार गएर खसीको भुट्टुवा पनि किनेर ल्यायो ।

"आज सबैले पेट फुट्ने गरी भकोस्नुपर्छ । यसपछि हाम्रो नसिबमा माडभात खान लेखेको छैन ।"

भोज चल्यो । सबै गाउँले टन्न अङ्गुरी पिए । चिलिम ताने । चुरोटमा मिसाएर चिनियाँ बेगम अर्थात् अफिमलाई धूवाँमा उडाए । सबैले खसीको भुट्टुवा, बोडीको तरकारी र देशी घिउले झानेको अरहरको दालसित बासमती चामलको भात भुँडी चर्किने गरी खाए ।

गाउँलेहरूको जीवनको अन्तिम भोज थियो यो । उनीहरूले आफ्नै बर्बादीको उत्सव मनाइरहेका थिए । तर यो उत्सव थिएन, उनीहरूलाई मान्छे भएर बाँच्न नदिने समाज, मान्छे बनाउन नचाहने राजनीति र उनीहरूलाई कहिल्यै आशीर्वाद नदिने कपटी र ऐय्यासी ईश्वरप्रति गरिएको व्यङ्ग्य थियो ।

सत्ता, सरकार या नेताहरूको भजन र स्तुति भए पो सबैले बुझ्थे । को माइकालालले बुझ्ने उनीहरूको व्यङ्ग्य ? कुन सरकारले बुझ्ने उनीहरूको व्यथा ?

एक जना वयोवृद्धले प्रस्ताव राखे, "आज हामी सबले चिनियाँ बेगम खाएर मस्त हुनुपर्छ । अब आफ्नो दुःख र दलिद्रीलाई सम्झेर कुनै फाइदा छैन ।"

प्रस्तावको विपक्षमा कोही भएन ।

प्रचण्ड गर्मीको दिन थियो त्यो । तर त्योभन्दा बढ्ता गर्मी त गाउँलेहरूको मनमा फैलिएको थियो । अब त त्यो गर्मीबाट जोगिने रामझुपडी पनि थिएन उनीहरूसित । त्यसैले आकाशको सूर्य र आफ्नै मनको आगोले एकसाथ पोलिरहेको थियो उनीहरूलाई ।

मनभित्रका सबै सपनाहरूलाई उडाउने गरी चरित्रहीन बतास पनि बेतोडले चलिरहेको थियो । मदारका सेता भुवाहरू यत्रतत्र उडेर वातावरण झनै उराठलाग्दो भएको थियो ।

त्यही रात त्यहाँ एक जना जादुगर आए । गाउँलेहरूले जादुगरसित भने, "जादुगर भैया, हाम्रो घरवास सब गुम्यो । हामीलाई जादु गरेर यही तालमा बस्ने माछा बनाइदेऊ !"

जादुगरले उनीहरूको अनुरोध स्विकार्‍यो । अनि आफूले ल्याएको पोकोबाट जादुका सामानहरू एकएक गरी झिक्दै गयो ।

गाउँलेहरू सबैले आफ्नो जमिनलाई म्वाइँ खाए । निधारमा माटोको टीका लगाए । छेउछाउमा उडिरहेका मुनिया र भँगेराहरूलाई दाना छरिदिए । त्यसपछि उनीहरूले एकअर्कालाई अङ्कमाल गरे । आँसु झार्दै विगतमा एकअर्कासित गरेका झगडा र मारपिटका निम्ति

हात जोडेर क्षमा माग्दै भने, "हामी सबैको यो गाउँको भोग यति नै रहेछ । अब चलाचलीको बेला भयो । कहासुना माफ गरिदिनू !"

जादुगरले मन्त्र पढ्यो र सबैलाई माछा बनाइदियो ।

मत्स्येन्द्रकुमारको पोखरीबाट अचेल तिनै माछाहरू बेचिन्छन् । स्वादका पारखीहरू भन्छन्, "यहाँको माछाको फिस फ्राई साह्रै मीठो हुन्छ ।"

अध्याय चार

माछा र नागरिकता

माछासित नागरिकताको के सम्बन्ध ?

यो कुरा कथाकार स्वयम्लाई पनि थाहा छैन ।

"अनि थाहा नभएको कुरा पनि लेख्ने हो त ?"

लेखकलाई तपाईं यस्तो प्रश्न सोध्न सक्नुहुन्छ । यसमा लेखकको जवाफ हुन सक्छ, "जुन कुरा आफूलाई थाहा हुँदैन, त्यसैबारे त प्रश्न गर्ने हो ।"

"यो कथा हो कि प्रश्नपत्र ?" लेखकलाई तपाईंले फेरि अर्को प्रश्न सोध्न सक्नुहुन्छ ।

लेखकले तपाईंको यो प्रश्नको भने जवाफ नदिन पनि सक्छ ।

धेरै वर्षअघिको कुरा हो । जनयुद्ध भर्खर सकिएको थियो, मत्स्येन्द्रकुमार चर्चामा आइसकेका थिएनन् ।

त्यही बेला गरिबीको अनेक मार झेलिरहेका थिए, रजिया र रज्जाक ।

कुनै बेला मरवाडी नस्लको घोडा जस्तो हट्टाकट्टा थिए, रज्जाक । कठमस्त थियो शरीर । हात्ती जस्तै लचकलचक गरेर हिँड्थे । बजारका जनानाहरू उसको शरीर देखेर हायहाय गर्थे । उनीहरूको नाभिमुनि

दनदनाएर ज्वाला बल्थ्यो । अब त उनी दुब्लाएर पूरै हडिला भइसकेका थिए । उनको देहीमा कौवाले खाने जति पनि मासु बचेको थिएन ।

रज्जाकका पैतालाहरू चरचरी फुटेका थिए । घाउबाट रगत बग्थ्यो । भयङ्कर आर्थिक अभावका कारण उनले आफ्नो घाउको उपचार पनि गर्न सकिरहेका थिएनन् । रजियाले चिन्ता गर्लिन् भनेर उनी आफ्नो दुःख कसैलाई भन्न पनि सक्दैनथे । रजियाले अँध्यारो अनुहार लगाउँदा हाँसे जस्तो गरेर सम्झाउँथे, "जाके फटे न पैर बिवाई, सो का जाने पीर पराई । आफूले दुःख भोगेपछि पो त आदमीले अरूको दुःख सम्झिन्छ ।"

एक दिन रजियाले रज्जाकसित मनको बह पोख्दै यसो भनिरहेकी थिइन्, "घरमा भात पकाउन एक मुठी चाउर पनि छैन । मटकामा रोटीमा परथन लगाउन पुग्ने जति पनि आटा छैन । बिहान पन्सारीले दस रूपियाँको नुन र खुर्सानी पनि उधारी दिएन । छप्परमा फल्न लागेको लौकीको जरा पनि मुसाले काटिदियो । सब्जी किन्नलाई बटुवामा एक आना पनि छैन । गडाहामा केर्मुआ पनि नफलेका भए हाम्रो त दुर्गत हुन्थ्यो । जमुनीकी माईसित थोरै चोकर मागेर ल्याएकी छु । साँझ यही केर्मुआको सागसित चोकरको रोटी खाने ।"

रजियाले दुःखको बिस्कुन सुकाइन् र भनिन्, "अरूले गाईभैंसीलाई चोकर ख्वाउँछन् । हामीले भने रोटी बनाएर खानुपर्छ । मलाई त चोकरको रोटी भैंसाको चमडा जस्तो लाग्छ ।"

रज्जाकले रजियाको कुरो नसुने जस्तो गरे र पटुआको डोरी बाट्दै फतफताए, "पगाहा र लसरीको लागि यति जाबो वनकस ल्याउन पनि कति पापड बेल्नुपर्‍यो मैले । रेन्जरसित अनेक चिरौरी बिनती गरेपछि बल्ल खरखडाईको सिफारिस पाएँ ।"

वनकसको मूढा र डोरी बेचेर घरखर्चको जोहो गरिरहेका थिए रज्जाकले । अब वर्षमा एक चोटि मात्र खरखडाईका लागि निकुञ्जमा पस्न पाइन्थ्यो । त्यो पनि तीन दिनका लागि । बिहान पसेर बेलुका घाम नअस्ताउँदै जङ्गलबाट निस्क्नुपर्थ्यो । बिस्तारै जङ्गलमा वनकस

पनि कम हुँदै गएको थियो । त्यसैले वनकसको सामान बेचेर गुजारा गर्नु पनि रज्जाकहरूलाई मुस्किल भइसकेको थियो ।

अन्ततः अनेक ऋणपान गरेर रज्जाक कामको खोजीमा मलेसिया गए । यसै पनि रजिया साह्रै दुब्लीपातली थिइन् । नकिम पेटमा हुर्कंदै गर्दा त झन् सुकेर आधा भइन् । आफू कमजोर भए पनि सन्तान बलियो जन्मिएला भनेर उनले पलासको पात पिसेर बाख्राको दूधमा मिसाएर पनि खाइन् । तर त्यस्तो भएन । छोरा सात महिनामै जन्मियो ।

"सतमासी बच्चालाई बचाउन बहुतै मुस्किल हुन्छ," गाउँका सखीहरूले तर्साउँथे रजियालाई । तर उनले नकिमलाई जसोतसो बचाइन् । उमेर बढे पनि उसको खुराक बढेन । ऊ चराले जति पनि खाँदैनथ्यो ।

"काँच्चर किच्चर कौवा खाय, दूधभात हमार बेटवा खाय" भनेर फकाउँदै बल्लबल्ल दुईचार गाँस खुवाउँथिन् । तर नकिमको सुकेको जीउ कहिल्यै फुकेन । असाध्यै रोगी भयो ऊ । एक दिन ठीकठाक भयो भने दोस्रो दिन आँखा पल्टाइहाल्थ्यो । ऊ हरेक दिन मर्दै र हरेक दिन बाँच्दै हुर्किएको थियो ।

उसको पेट पनि असाध्यै दुख्थ्यो । रातभरि रोइरहन्थ्यो । अस्पतालमा जचाउँदा पो पेटमा पानी भरिएको रहेछ भन्ने थाहा भयो । मलेसिया गएको खसमको अत्तोपत्तो थिएन । पैसाको अभावमा रजियाले छोराको राम्ररी उपचार गराउन सकिनन् । बाबा र ओझालाई झारफुक गराइन् । अनेक पीर पयम्बरको फेरी लगाइन् । रमजानको तेस्रो शुक्रबार मस्जिदको चिरागमा तेल पनि चढाइन् । कुनै उपाय काम लागेन । नकिम झन्झन् कमजोर हुँदै गयो ।

"हे निमको रूखमा बस्ने जिन्न बाबा, मेरो नकिमलाई तन्दुरूस्त बनाइदेऊ । म तिमीलाई यो सिजनमा मेरो छप्परेमा फल्ने पहिलो लौकी चढाउँछु ।"

यति याचना गर्दा पनि जिन्न बाबाले दयामाया देखाएनन् ।

एक दिन नकिमले भन्यो, "अम्मी, मलाई मछली खान मन लाग्यो ।"

आफ्नो अनुहारभरि बाँच्ने रहर उमारेर कमजोर आवाजमा छोराले यसो भन्दा रजियाको मुटु बटारियो । नगदी पैसा थिएन उनीसित । तर हात फैलाएपछि एउटा माछा त जरूर पाइएला भनेर उनी गाउँ नजिकैको तालमा पुगिन् । त्यहाँ मत्स्येन्द्रकुमार थिए । रजियाले याचना गरिन्, "मालिक, मेरो बिमार बेटवाको लागि एउटा मछली चाहियो ।"

मत्स्येन्द्रकुमारले भने, "गाउँपालिकाको सिफारिस लिएर आइज ।"

उनी गाउँपालिका पुगिन् । अध्यक्षसित पनि याचना गरिन् । उनले भने, "ताल त प्रदेश सरकारको अधीनमा छ । मैले माछाको लागि सिफारिस दिन मिल्दैन ।"

उनी कति दिन हिँडेर प्रदेश मुख्यालय पुगिन् र जलमन्त्रीलाई भेटिन् । जलमन्त्रीले भने, "मुख्यमन्त्रीको अनुमतिबिना मैले माछा दिन मिल्दैन ।"

त्यसपछि निकै दिन लगाएर मुख्यमन्त्रीलाई भेटिन् । मुख्यमन्त्रीले भने, "तिमीसित जग्गाको लालपुर्जा छ ?"

दिन बित्यो । महिना बित्यो । वर्ष बित्यो । माछा लिन गएकी अम्मी फर्किनन् । माछा खाने रहर पालेको नकिम एक दिन भोक र रहरसहित मऱ्यो ।

मरेपछि उसको आत्मा आमालाई खोज्न निस्कियो ।

ऊ मत्स्येन्द्रकुमारको माछापोखरीमा पुग्यो । उनले भने, "गाउँपालिका गएर खोज् ।"

गाउँपालिका गयो ऊ । अध्यक्षले भन्यो, "जलमन्त्रीकहाँ गएर खोज् ।"

जलमन्त्रीले भने, "मुख्यमन्त्रीकहाँ गएर खोज् ।"

नकिमको आत्मा मुख्यमन्त्री निवास पुग्यो । उसले त्यहाँ अम्मीलाई देख्यो । माछा खोज्न गएकी जवान अम्मी अहिले बूढी न बूढी

देखिएकी थिइन् । नकिमले अम्मीसित भन्यो, "तिमी फर्केर किन नआएको, अम्मी ?"

"बेटा, मैले तेरो लागि आजसम्म पनि माछा पाएकी छैन । माछाका लागि लालपुर्जा चाहिने रहेछ । मसित त एक धुर जमिनको पनि लालपुर्जा छैन ।"

आमाछोरा खुब रोए । रूँदारूँदै रजिया पनि मरिन् । आमाछोरा दुवै आत्मा भए ।

यतिन्जेल देशमा मत्स्येन्द्रकुमारको फिस फ्राई हिट भइसकेको थियो ।

मुख्यमन्त्री निवासमा आमाछोराको आत्मा भट्किरहँदा मत्स्येन्द्रकुमार भने बैठकमा मुख्यमन्त्रीलाई फिस फ्राई खुवाइरहेका थिए ।

अध्याय पाँच

कविता र माछा

देशमा प्रजातन्त्र ल्याउन रज्जाकका हजुरबुबाले मुट्ठी उठाएका थिए । फेरि बहुदलीय प्रजातन्त्र ल्याउनुपर्दा रज्जाकका अब्बाले पनि मुट्ठी उठाए । फेरि जनआन्दोलन हुँदा रज्जाकले मुट्ठी उठाए । सहरमा जबजब आन्दोलन गर्नुपर्थ्यो, नेताहरू रज्जाकलाई बोलाउन आइपुग्थे । रज्जाक खुसी भएर मुट्ठी कस्दै आन्दोलनमा लाग्थे ।

रज्जाकहरूको हात र मुट्ठीलाई देशले पटकपटक प्रयोग गऱ्यो । तर उनीहरूको जीवनस्तर उकास्न केही गरेन । जब पहिचान र अधिकारको कुरा उठ्यो, सरकारले रज्जाकहरूको हात र मुट्ठीको योगदान पनि बिर्सिदियो । सरकारले कहिले उनीसित नागरिकता खोज्यो, कहिले लालपुर्जा खोज्यो ।

त्यसपछि नै निराश रज्जाक गर्भवती श्रीमतीलाई एक्लै छाडेर पैसा कमाउन मलेसिया गएका हुन् । तर दुःखले अगैया बेताल बनेर मलेसियामा पनि उनको पिछा गर्न छाडेन । उनी मलेसियामा निकै

बिरामी भए । मालिकले खर्चपर्च दिएन । कमाएको पैसा जति आफ्नै उपचारमै सिध्याए उनले । उनको भिसाको म्याद पनि समाप्त भयो । अवैध रूपमा बसेको आरोपमा उनी समातिए । केही वर्ष त्यहाँको जेलमा बिताए । मलेसिया सरकारबाट आममाफी पाएपछि बल्ल उनी देश फर्किन सके । उनी फर्किंदा देशमा गणतन्त्र स्थापना भइसकेको थियो ।

गाउँ फर्किंदा रज्जाक र रज्जाक जस्ता अरू सयौं गाउँलेले वर्षौंदेखि भोगचलन गरिआएको सयौं बिघा ऐलानी जमिन सरकारले मत्स्येन्द्रकुमारलाई लिजमा दिइसकेको थियो । उनले त्यो जग्गामा पनि विशाल माछापोखरी बनाइसकेका थिए । अब रज्जाकको यो देशमा खुट्टा टेक्ने जग्गा पनि थिएन । उनी बेघर भएका थिए । घरवास नै नभएपछि माटोले पनि चिनेन रज्जाकलाई । गाउँले पनि चिनेन । गाउँको बाटो र कुलोले पनि चिनेन । अनि चित्त दुखाउँदै सहर आएर सबैलाई उनले आफ्नो हात र मुट्ठी देखाउँदै भने, "यो देश बनाउन मेरो हात र मेरो मुट्ठीको पनि योगदान छ ।"

तर पत्याएन कसैले । अनि निराश भएका रज्जाकले दुःखी गीत गाए–

हामीले टेकेको जमिन
अनि हाम्रै मुट्ठीभित्रको माटोले पनि चिनेन हामीलाई
र धोबीपाट दाउ लगाएर पछार्‍यो हामीलाई हाम्रै घरको आँगनमा ।
लखतरान परेर आउँदा घाममा
सरकार ! तिमीले खोलिदिएनौ आफ्नो दरबारको साँकल
र बोलाएनौ हामीलाई भित्र ।
हाम्रै गाउँको हावाले पनि माग्न थाल्यो हामीसित
हामीसित हुँदै नभएको हाम्रो लालपुर्जा
र रिसाएर मेटिदियो धूलोमा युगौंदेखि बनेका हाम्रा पाउका छापहरू ।
सरकार ! के अब तिम्रो मौजामा

हाम्रो पैतालाको छाप पनि वर्जित भएको हो ?
अब त यहाँको कुलियाको पानीले पनि चिन्दैन हामीलाई
र त बगाउँछ अब यसले हाम्रो शरीरसँगै हाम्रा आँखाभित्रका सपनाहरू ।
टेक्ने धरातल खोसेर मेरो सरकार
तिमी मलाई ढाकाटोपी लगाएर
जुलुसमा सामेल हुने ऊर्दी दिन्छौ पटकपटक
र बीचचौराहामा उभिएर गाउन लगाउँछौ हामीले नबुझ्ने राष्ट्रगान ।
के अझै पनि हामीले तनक्क तन्किएर
सलाम ठोक्नुपर्ने हो मेरो सरकारलाई ?
के अब पनि ढाड दुखुन्जेल
पाउलागी गरिरहनुपर्ने हो तिमीलाई मालिक ठानेर ?
के अब पनि हामीले रूँदै दिइरहनुपर्ने हो
आफ्नै माटो, आफ्नै जमिन, आफ्नै हावा
र आफ्नै पानीलाई आफ्नो परिचय ?
सरकार ! म र म जस्ता हजारौं हातले खोस्रिदिएको हो
तिमी उभिएको जमिन
तर यही जमिनमा किन उभिन पाउँदैनौं हामी सगौरव ?
सरकार, के तिम्रो र मेरो पैताला फरक हो ?
के तिम्रो र मेरो पैतालाको अधिकार फरक हो ?

एक दिन अचानक आफ्नो जमिन र पहिचान खोजिरहेका रज्जाक नामका कवि आफूले पढाइरहेको मदरसाको गेटमा मारिए । भारतीय नम्बर प्लेटका दुई ओटा मोटरसाइकलमा आएका चार जनाले उनको छातीमा एकसाथ छ गोली हानेका थिए ।

उनको हत्या गर्ने को थिए ? सरकारले पत्ता लगाउन सकेन । सकेन होइन, चाहेन ।

रज्जाकको हत्या भएको केही दिनभित्रै मत्स्येन्द्रकुमारको माछापोखरीको एक ट्रक ताजा माछा काठमाडौं पठाइएको थियो ।

गाइँगुइँ हल्ला थियो, रज्जाकको हत्या भएकै दिन मुख्यमन्त्री निवासको पार्किङमा भारतीय नम्बर प्लेटका दुई ओटा मोटरसाइकल पनि पार्किङ गरेर राखिएका थिए । र साँझतिर मुख्यमन्त्री निवासको भान्साबाट फिस फ्राईको बास्ना आइरहेको थियो ।

अध्याय छ

माछा र राष्ट्रवादको नौटङ्की

अध्याय एकमा उल्लेख गरिएको मत्स्येन्द्रकुमारको फिस फ्राईको रेसिपी रज्जाकको हत्या भएको केही दिनअघि मात्र प्रकाशन भएको थियो । नेपालमा विदेशी जासुसहरूको चलखेलबारे जानकार एक जना पत्रकारले रज्जाकको हत्याको रहस्य मत्स्येन्द्रकुमारको फिस फ्राईको रेसिपीभित्र लुकेको उल्लेख गर्दै एउटा लेख लेखेका थिए ।

लेखमा उनले रेसिपीमा उल्लिखित "चार ओटा हरियो पाकिस्तानी खुर्सानी", "काश्मीरी खुर्सानीको धूलो", "अमृतसरि फ्राइड फिस", "नेपालगन्जिया दही", "चाइनिज सेरामिक बाउल", "विद्रोही कविको कविता जस्तो नेपालगन्जदेखि दिल्लीसम्म धूवाँ पुग्ने पिरो प्याज", "अमेरिकन अनुसन्धान केन्द्र", "क्यालोरी ६०० र प्रोटिन ४०" र "ग्यास बन्द गर्नुस्" जस्ता शब्द उल्लेख भएका कतिपय प्रसङ्गलाई मसिनो गरी केलाएका थिए । पत्रकारको भनाइ मान्ने हो भने रेसिपीमार्फत विदेशी निकायलाई "काश्मीरको बाटोबाट चार जना पाकिस्तानी युवा भारत छिरेका छन् । तिनीहरू दिल्लीमा विस्फोटको योजना कार्यान्वयन गर्न ६००४० अमेरिकी डलरसहित अमृतसरको बाटो हुँदै नेपालगन्ज पुगेका छन् । त्यहाँ उनीहरूलाई नेपालगन्जका स्थानीय एक जना गरिब ऊर्दू कविले सहयोग गर्दै छन्" भन्ने सूचना दिइएको थियो । सङ्केतमा उल्लेख भएअनुसार यसमा चीन सरकारको पनि संलग्नता हुन सक्छ । फिस फ्राईको रेसिपीभित्रै दिल्ली विस्फोटको यो योजनाको अनुसन्धानमा

नेपाल सरकारले सहयोग नगरेको खण्डमा भारतले ग्याससलगायत पेट्रोलियम पदार्थ नेपाल पठाउन बन्द गर्नुपर्ने सुझावसमेत दिइएको थियो ।

के मत्स्येन्द्रकुमारको अस्वाभाविक उन्नति र प्रगतिको रहस्य उनकै फिस फ्राईको रेसिपीमा लुकेको थियो ? के फिस फ्राईको नाममा उनी अर्कै धन्धामा लागेका थिए ? आफ्नो नयाँ राष्ट्रवादी छविको आडमा के उनी राष्ट्रघात गर्दै थिए र रज्जाक जस्ता सोझा नेपालीलाई बलिको बोको बनाउँदै थिए ?

जवाफ कथाकारलाई थाहा छैन । किनभने कथाकारसित प्रश्न मात्र छ । र छ एउटा सूचना । सूचनाअनुसार मत्स्येन्द्रकुमारलाई चाँडै सरकारले माछापालनको क्षेत्रमा योगदान दिएबापत ठूलो राष्ट्रिय पदक दिने तयारी गरिरहेछ ।

रज्जाक, रजिया र नकिम अझै पनि मुख्यमन्त्री निवासका कुनाकाप्चामा भूत बनेर बसेका छन् । उनीहरू मान्छे देख्दा तर्सिन्छन् । राजनीतिसित डराउँछन् । सरकारसित आतङ्कित हुन्छन् । रज्जाकहरूलाई मरेपछि पनि सुख छैन ।

गरिबहरू यसै पनि माछा न हुन्, जसलाई फ्राई गरेर बेच्छन् मत्स्येन्द्रकुमारले । चुनावका बेला उनको फिस फ्राई सबैभन्दा बढ्ता बिक्री हुन्छ । चुनाव भनेको माछाको सिजन हो । त्यति बेला रज्जाकको कविता सुन्नुको कुनै औचित्य हुन्न ।

दईमारा

एक

म स्वप्नमय स्थितिमा थिएँ । सपनाकै राजमार्गमा हिँडिरहेको थिएँ । तर त्यो गिट्टी, माटो र अलकत्रा लगाएर बनाएको राजमार्ग थिएन । अक्षरहरूको राजमार्ग थियो । त्यहाँ पनि ठाउँठाउँमा शब्द र वाक्यका लामाछोटा सुरूङ थिए । म पटकपटक सुरूङको गाढा अँध्यारोमा छिर्थें र फेरि स्वाट्टै उज्यालोमा पुग्थें । त्यहाँ ठाउँठाउँमा अनुच्छेदहरूका अकासे पुलहरू पनि थिए । म ती पुलहरूबाट इतिहास र वर्तमानमा वारपार गर्दै थिएँ ।

त्यो अक्षरहरूको मात्र राजमार्ग थिएन । अक्षरहरूका बीचबीचमा दृश्यहरू पनि थिए । चलचित्रका झैं गतिशील दृश्यहरू । त्यहाँ मैले चेपे किनारबाट लिगलिग कोटका लागि दौडिइरहेका द्रव्य शाहलाई देखें । त्यो दौडमा मैथिली महाकवि विद्यापति पनि सामेल थिए । तर उनी दौडिरहेको बाटोबाट कसैले दिशासूचक बोर्ड गलत दिशातिर मोडिदिएको थियो र उनी लिगलिग कोट पुग्ने आसमा आफ्नै मिथिला क्षेत्रतिरै दौडिरहेका थिए । दौडिन त शङ्खधर साख्वा पनि दौडिरहेका थिए । तर बाटो ढुकेर बसेका राणा प्राइममिनिस्टर चन्द्रशमशेरले उनलाई पनि लिगलिग कोट पुग्ने सही बाटो देखाइदिएनन् । उनी दौडँदादौडँदै भादगाउँ पो पुगे । अक्षरहरूको राजमार्गका बीच मैले

चोर औंला उठाएर उभिएका पृथ्वीनारायण शाहलाई पनि देखें । उनी बाइसे-चौबिसे राज्य जित्न हतियारको जोरजाममा लागेका थिए । बिसे नगर्ची पृथ्वीनारायण शाहलाई हतियार खरिदका लागि चन्दा दिन एक रूपैयाँको जोहो गर्दै थिए । लगत्तै मैले राजनीतिक र व्यक्तिगत प्रतिशोध झल्किने कोतपर्वको रक्तरञ्जित दृश्य पनि देखें । अक्षरहरूको त्यही राजमार्गमा मैले भारतमा अङ्ग्रेज शासनविरूद्ध भड्किएको सिपाही विद्रोहको दमन गरेर अङ्ग्रेजहरूलाई रिझाउन नेपाली फौज पठाउने आदेशमा हस्ताक्षर गरिरहेका जङ्गबहादुरको दृश्य पनि देखें ।

म राजमार्गमा हिँड्दै गर्दा कोही एकोहोरो फतफताइरहेको आवाज पनि मेरो कानसम्मै आइरहेको थियो, "अहँ, राख्नुहुँदैन ! कमजोर मुटुका मान्छेहरूले इतिहासको किताब घरमा राख्दै राख्न हुन्न । तर्साउन सक्छ इतिहासले । किनभने इतिहासको किताब वरिपरि सधैं पीडित आत्माहरू सलबलाइरहेका हुन्छन् । तिनीहरू इतिहासभित्र भूमिकाविहीन भएका आफ्ना साथी आत्माहरूलाई किताबबाट बाहिर निस्कन आह्वान गरिरहेका हुन्छन् ।"

कुनै सनकी व्यक्तिको अनर्गल प्रलाप मात्र थिएन, त्यो आवाज । त्यो त हजारौं आवाजहरूको कोलाज थियो ।

मैले फेरि अरूअरू आवाजहरू पनि सुनें ।

"आऊ, साथी आऊ ! आऊ गुइयाँ आऊ ! निस्कौं इतिहासबाट बाहिर । हामीलाई दुष्ट, मूर्ख, गद्दार भनेर सम्बोधन गरिएका किताबहरूबाट निस्कौं । यो हामी बस्ने इतिहास होइन । यो त राजामहाराजा आआफ्नी रानीलाई अँगालोमा च्यापेर षड्यन्त्र गर्दै बस्ने इतिहास हो । यो त सत्ताले सम्मान गरेका र मान, पदवी, अलङ्कारसहितका तक्माधारीहरूले अश्लील हर्कत गर्दै बस्ने इतिहास हो । बस्, हामीहरूका लागि बस्ने एउटा सानो कोठा मात्र छ त्यहाँ । कैदखाना जस्तो कोठा । यो इतिहास होइन, शौचालय हो ।"

सम्भवतः त्यो आक्रोशसहितको आह्वान थियो । तर हामी आक्रोशको भाषा राम्ररी बुझ्दैनौं र त्यस्ता आह्वानलाई कविता

भनिदिन्छौं । सायद इतिहास जहिले पनि रहस्य, रोमाञ्च, षड्यन्त्र, हत्याहिंसा, शासकहरूको प्रेम, अवैध रतिराग, अप्राकृतिक सम्बन्धको वर्णन गरिएको र स्वैरकल्पनाले भरिएको तिलस्मी आख्यान मन पराउँछ । त्यसैले स्वप्नशील कविता, भुइँमान्छेका चेतन बोली र जीवनका गतिशील गीतहरू इतिहासको पाठ्यक्रममा सामेल गरिन्नन् । त्यसैले यो कविता जस्तो लाग्ने आह्वानको चर्चा तपाईंहामीले पढ्ने इतिहासका ठेलीहरूमा भेटिँदै भेटिन्न ।

अचानक राजमार्गमा मैले कतै विशाल ढुङ्गो देखें । ढुङ्गामा थुप्रै राजामहाराजाका प्रशस्ति कुँदिएका थिए । त्यही ढिस्कोमाथि मैले थुप्रै किताब देखें । ती कुनै बासी इतिहासका पुरातन संस्करण थिए । तिनका मोटा गाताको आवरणमा भने निकै आकर्षक चित्रहरू बनाइएका थिए ।

कोही फेरि मेरो कानैनिर फतफतायो ।

"इतिहासका यी किताबहरूभित्र गुमनाम र मौन बसिरहेका छौं हामी हजारौं निरीह प्राणीहरू । इतिहासको कुनै पनि पानामा हामीहरूको भूमिका उल्लेख गरिएको छैन । हामीहरू इतिहासका कुनै बलवान् पात्रका पछाडि चुपचाप उभिन अभिशप्त छौं । इतिहासका अक्षर मात्र पढ्ने र त्यसका हरफहरूलाई आफ्नो सुविधाअनुसार व्याख्या गर्नेहरूले हामी जस्ता पात्रहरूलाई कहिल्यै पनि देख्दैनन् । कतै पनि देख्दैनन् । तर स्थिति सधैं उस्तै भइरहँदैन । एक दिन स्याल कराए झैं हुइयाँहुइयाँ गर्दै जोडजोडले अन्धड चल्न थाल्नेछ । अन्धडको तीव्र वेगले इतिहासको किताबलाई जतिसुकै बन्द गरेर राखे पनि यसका गाताहरू उडाइदिनेछ र फरर्र पल्टिन थाल्नेछन् पानाहरू ।"

नभन्दै त्यस्तै भयो ।

अचानक जोडजोडले हावाहुरी चल्न थाल्यो । इतिहासका नयाँ र पुराना संस्करणमा बाक्लै जमेको धूलो त्यो हुरीबतासले बढारिदिन थाल्यो । अनि एकपछि अर्को खुल्न थाले गाताहरू, जसमा कुनै अतीतमोही कलाकारले बनाएको अमूर्त आवरण-चित्र छापिएको थियो ।

गाता खुलेसँगै इतिहासका पानाहरू गज्जबले फर्फराउन थाले । नाङ्लोमा निफन्दै गरेको चामल झैं अक्षरहरू यताउता हुन थाले । झस्किए ठुल्ठूला अक्षर, शब्द र वाक्य भएर बसेका ती प्रमुख पात्रहरू, जो इतिहासका विभिन्न पानामा कतै तक्मा, कतै मौसमअनुसारका राजकीय पोसाक र कतै आफ्नो खप्परभन्दा भारी मुकुट लगाएर गजधम्म बसेका थिए । मानौं, ती कागजका पानामा छैनन्, रत्नजडित सिंहासनमा छन्, जसमा अझै पनि तिनका बाउबाजेको नितम्बको गर्मी कायम छ ।

हावाहुरीसँगै कतै कैफियत, कतै फुटनोट र कतै पुछारतिरका सन्दर्भसामग्रीहरूको लम्बेतान सूचीमा अत्यन्त ससाना अक्षर भएर बसेका कमजोर पात्रहरू पानीको छाल झैं बग्दैबग्दै अब किताबको डिलडिलमा उभिन आइपुगेका थिए ।

त्यही अग्लो डिलबाट शब्दहरूको चिप्लो र बुट्टेदार भऱ्याङ हुँदै सुलुलुलु चिप्लिए, कैफियतमा बसिरहेका ती मानिसहरू पनि । चिप्लिँदैचिप्लिँदै तिनीहरू इतिहासको किताबबाट बालुवैबालुवा र धारिला काँसहरू भएको दोहुर जमिनमा पछारिए ।

जमिनमा झर्दा निधारमा चोटका पुराना दागसहित झरेका थिए सबै । मानौं, नियतिले लगातार मार हानेर बनेका दाग थिए ती । तिनीहरू कोही पनि हाँसिरहेका थिएनन् । मानौं, हाँस्नासाथ पाप्रा जमेका तिनका ओठ पटपटी फुट्न थाल्छन् ।

ती सबैको अनुहार फरक थियो । तर समानता तिनीहरूको आँखामा थियो । किनभने ती सबै आँखामा सोध्न बाँकी थुप्रै प्रश्न पनि थिए । उफ् ! कति खतरनाक देखिँदो रहेछ दृश्य, जब प्रश्नहरू आवाज बनेर ओठबाट प्रकट नभएर आक्रोश बन्छन् र आँखामा आगो बनेर देखिन थाल्छन् ।

म तिनै खतरनाक प्रश्नहरूसहित निद्राबाट ब्युँझिएँ । इतिहासको किताबबाट जमिनमा फुतुफुतु झरेका पात्रहरूलाई फेरि सम्झिएँ । आफैंले देखेको यस्तो अनौठो सपनासित डराएँ पनि म । त्यही बेला

मेरी श्रीमती हातमा एउटा मोटो किताब लिएर मेरो अध्ययन कक्षमा आइन् र भनिन्, "हेर त प्रिय, हाम्रो घरको पुस्तकालयमा राखिएको यो इतिहासको किताब त धमिराले पो खाएछ ।"

दुई

सुर्खेत कारागारका बन्दीहरूका लागि कारागारभित्रै एउटा पुस्तकालय खोलिएको थियो । पुस्तकालयका लागि मैले पनि आफ्ना केही थान पुस्तक दिएको थिएँ । कारागारमा पुस्तकालय खोल्ने अवधारणा कथाकार तथा मेरा मित्र महेशविक्रम शाहको थियो र म उनकै निमन्त्रणमा केही महिनाअघि त्यहाँ पुगेको थिएँ । त्यहाँ मैले रचना र लेखनसित जोडिएका आफ्ना अनुभव सुनाउनु थियो । महेशविक्रमजीले भन्नुभएको थियो, "लेखकहरूका रचना र अनुभवले कारागारका बन्दीहरूलाई पनि सिर्जनात्मक बनाउन सक्छ ।"

मैले उसलाई त्यही कारागारभित्रको चौरमा कैदीहरूमाझ देखेको थिएँ । उसको निधारमा गहिरो खत थियो । खुकुरी वा त्यस्तै कुनै धारिलो हतियार प्रहारबाट बसेको खत । आफ्नो दागलाई बेलाबेलामा कपालले छोप्दै ऊ बडो उत्सुक भएर मेरो कुरा सुनिरहेको थियो । कैदीका भाइ नाइके, दाइ नाइके र जेलरहरूले पनि मेरा कुरा ध्यानपूर्वक सुनिरहेका थिए । उस्तै ध्यानपूर्वक सेन्ट्री पोस्ट र फलामे मचानमा हाइप्वाइन्ट ड्युटीमा बन्दुक भिरेर बसेका जवानहरूले पनि सुनिरहेका थिए । तर दर्शकदीर्घाको अघिल्लो पङ्क्तिमा बसेर मलाई सुनिरहेको उसको अनुहारको भावभङ्गीमा छिनछिनमा परिवर्तन भइरहेकाले पनि होला, मेरो ध्यान ऊमाथि बढ्तै केन्द्रित भएको थियो ।

"पुस्तक जस्तो नजिकको साथी कोही हुन्न । पुस्तक पढेर हामी पात्र या घटनालाई मात्र बुझ्दैनौं, आफैंलाई पनि बुझ्छौं । किताब पढ्नु भनेको ध्यान गर्नु पनि हो र अक्षरहरूमा आफूलाई खोज्नु पनि हो ।"

मैले भनेको सायद थोरैले मात्र बुझेका थिए । ऊ पनि आधा बुझेको र आधा बुझ्न नसकेको स्थितिमा थियो । त्यो अलमल उसको अनुहारमा पनि झल्किरहेको थियो ।

मैले आफ्नो भनाइ राखिसकेपछि कार्यक्रम सञ्चालकले बन्दीहरूसितै सोधे, "तपाईंहरू, लेखकसित केही सोध्न चाहनुहुन्छ भने निर्धक्क सोध्नुस् ।"

केहीले कथा कसरी लेख्ने भनेर सोधे । केहीले कविता कसरी लेख्ने भनेर सोधे । केहीले प्रश्न सोधेनन्, आफू कसरी अपराधको दलदलमा भासिएँ भनेर मार्मिक कथा सुनाए । उसले भने आफ्नो कुरै गरेन । बरू अनौठो कुरा सोध्यो ।

"सर, तपाईंले यो कारागारलाई कस्ता किताब उपहार दिनुभयो ?"

मैले उसको प्रश्नलाई अत्यन्त सामान्य रूपमा लिएँ र जवाफ दिएँ, "मैले केही इतिहासका किताब दिएको छु । तपाईंहरू सबैलाई काम लाग्छन् ।"

उसले थप प्रश्न गरेन । जुरूक्क उठ्यो र पुस्तकालयतिर लाग्यो ।

के पुस्तकालयभित्र उसले मैले दिएकै इतिहासको कुनै किताब पल्टायो ?

अहँ, मलाई थाहा छैन ।

तीन

जाडो मलाई मन पर्दैन । अझ काठमाडौंको जाडो त पटक्कै मन पर्दैन । दिमागसम्मै चिसो पुगेको अनुभव हुन्छ र खासै लेखपढ गर्न सक्दिनँ । यस्तोमा घाम लाग्यो कि म घरबाट निस्किहाल्छु । मानौं, म बाटोभरि छरिएका घाम बटुल्न चाहन्छु ।

जाडोकै यस्तै कुनै घमाइलो दिन थियो । म बाहिर कतैबाट न्यानो भएर आएको थिएँ । श्रीमती कामविशेषले बाहिर गएकी रहिछन् क्यारे, भऱ्याङको च्यानल गेट र फ्ल्याटका ढोका दुवै बन्द थिए । खोलें र सरासर आफ्नो अध्ययन कक्षतिर लागें ।

मेरो अध्ययन कक्षमा म बस्ने गरेको कुर्सीको ठीक अगाडिको कुर्सीमा त ऊ पो बसिरहेको थियो । ऊ अर्थात् मैले सुर्खेत कारागारमा देखेको त्यही मधेसी केटो, जसले बडो ध्यानपूर्वक मेरो कुरा सुनेको थियो र मैले पुस्तकालयलाई कस्ता पुस्तकहरू उपहार दिएँ भनेर प्रश्न गरेको थियो । एक्कासि उसलाई आफ्नो अध्ययन कक्षमा देख्दा म तर्सिएँ ।

चारैतिरबाट बन्द तेस्रो तलाको मेरो फ्ल्याटभित्र कसरी पस्यो ऊ ? यसरी आउनुको उसको मनसाय के हो ? के ऊ कुनै खतरनाक अपराध गर्न यहाँ आएको हो ? मेरो मनभित्र उब्जिएका यी प्रश्नले मलाई नै अत्याए ।

के त्यो साँच्चै सुर्खेत कारागारमा मैले देखेको त्यही मधेसी केटो नै हो त ? मैले यकिन गर्न उसलाई फेरि नियालेर हेरें । उसको निधारमा घाउको गहिरो खत यथावत् थियो । अझै पनि उसले त्यो खतलाई कपालले छोप्ने असफल प्रयास गरिरहेको थियो । मैले त्यही खततिर ध्यान दिएर हेरिरहेको थाहा पायो क्यारे, भन्यो, "सर, के तपाईं मलाई मेरो निधारको यो घाउको कथा सुनाउने अनुमति दिनुहुन्छ ?"

चार

गरिबीको करेत हरेक घरभित्र गजधम्म बसेको थियो । हरेक दिन त्यही करेतले डसिरहन्थ्यो, हामी सबैलाई । त्यसैले गाउँलेहरूले आफूलाई साह्रै अभागी ठान्थे र यो कपटी संसारमा जन्मिनुपरेकोमा धारे हात लगाएर आफ्नो निधारमा हिर्काइरहन्थे । हरेक पुस्ताले युगौंदेखि आफ्नो निधारमा त्यसरी हिर्काउँदा हिर्काउँदा गाउँलेको निधारमा हतियारले काटे जस्तो लामो र कालो दाग बनेको थियो । यो दाग गाउँलेहरूको नियति पनि थियो र पहिचान पनि । अब त हरेक बालबालिका त्यही दागसहित जन्मिन थालेका थिए ।

त्यही दागकै कारण उनीहरूले बजारका हुनेखानेहरूबाट अपमान भोग्नुपर्थ्यो । त्यही दागकै कारण गाउँका केटाकेटीको बिहेबारीमा पनि

समस्या उत्पन्न हुन्थ्यो । बुहारी खोज्न गयो, केटी पक्षले केटाको निधारतिर हेर्न थाल्थ्यो । कोही केटा आइहाले, केटीको निधार हेर्न थाल्थ्यो ।

त्यो बेला देवताहरूलाई भेट्न अहिले जस्तो गाह्रो थिएन । चाहेको बेला भेट्न सकिन्थ्यो । एक दिन पुर्खाहरू स्वर्गमा देवता भेट्न हिँडे । निकै लामो यात्रापछि उनीहरूले स्वर्गमा रामजीलाई भेटे । रामजीको चरणकमलमा तिनीहरूले आफ्ना आँसुका थोपाहरू चढाए र आफ्ना दुःखदर्द सुनाए । आफूहरूको निधारबाट दाग हटाइदिने अनुनयविनय गरे । तर रामजीले उनीहरूको कुरै सुनेनन् ।

केही महिनाअघि मात्र सीतालाई रावणले हरेर लगेकाले रामजी दिक्दारीमा थिए । यस्तो स्थितिमा दाइलाई दुःख दिन आए भनेर लक्ष्मणले त गाउँलेहरूलाई बाण नै ताके । उनीहरू त्यहाँबाट भागे र फेरि कैयौं दिन र कैयौं रातपछि शिवजी, विष्णु, इन्द्रलगायत अरू देवताहरू पातरहरूको नाच हेरेर बसिरहेका ठाउँमा पुगे । त्यहाँ आफूहरू हुँदाहुँदै देवताहरूले पातरको नाच हेरेकोमा स्वर्गका अप्सराहरू देवताहरूसित ठुस्स परेर बसेका थिए । नजिकैको फलफूलको बगैंचामा सोमरस तयार हुँदै थियो । केही नागा साधुहरू भगवान् शिवका लागि सुनको सिलौटोमा भाङ घोटिरहेका थिए । केसर मिसाएको भाङको ठन्डाई पिउन भगवान् शिव छटपटाइरहेका थिए ।

ती देवताहरूको चरणमा पनि उनीहरूले आँसु चढाएर दण्डवत् गरे । त्यसपछि रूँदैरूँदै आफ्नो निधारको दागबारे सुनाए । तर मग्न भएर लवन्डा नाच हेरिरहेका देवताहरूले गरिबहरूका कथाव्यथा सुन्दै सुनेनन् । गरिबको आँसुका गेडाहरू देवताका पाउबाट खसे र त्यहीँ जमिनमा बिलाए ।

त्यही बेला अरू केही धनीमानी र राजामहाराजाहरू पनि आए । तिनीहरूले केही असर्फीहरू देवताका पाउमा समर्पण गरे । त्यही असर्फीले देवीहरूले आफ्ना लागि सुनका जरीवाला चोलो र सुनकै आभूषण किन्ने भए । दक्षिणा पाएर मक्ख देवताहरूले धनीमानी र

राजामहाराजाका प्रार्थना स्वीकार गरे । "तिमीहरूका सबै इच्छा पूर्ण होऊन्" भनेर तथास्तु पनि भने ।

"हामी गरिब दईमारासित इस्सरले आसिरविन्द दिने लिलार हुन्न । हाम्रा आँखामा सपना बस्दैनन् । हामीसित सुखको बातचित गर्ने आवाज हुँदैन । हामी गरिबहरू त बिनासपना माड र भातको जुगाडमा यताउता हिँड्डुल गर्ने अस्थिपन्जर मात्र हौं । हामी बाँच्न हैन, धनीहरूको सेवा गर्न पैदा भएका हौं । हाम्रो हैसियत त मरेको डाँगर बराबर पनि छैन । हाम्रो जिन्नगीमा कहिल्यै उजियारा आउँदैन । चौसठ घडी नै अन्धकार भैरहन्छ । अब हाम्रो लिलारको दागी कहिले पनि हट्दैन ।"

यही गुनासो गर्दै गरिब गाउँलेहरू निराश भएर फर्किए ।

के मेरो अध्ययन कक्षमा आएर यस्तो दुःखी कथा सुनाउने त्यो केटो पनि त्यही दागसहित जन्मिएको थियो ? के उसले मलाई आफ्नै पुर्खाको कथा सुनाइरहेको थियो ?

मैले प्रश्न भने सोध्न सकिनँ । बस्, सोधें, "तिमी मेरो कोठामा कसरी पस्यौ ?"

ऊ मुसुक्क हाँस्यो । हाँस्दा उसको कलेटी परेको ओठ पट्ट फुट्यो र अलिकति रगत निस्कियो । उसले दाहिने बाहुलाको फेरले रगत पुछ्यो । र आफ्नो हातमा रहेको मयलले कटकटिएको र मुसाले ठाउँठाउँमा प्वाल पारिदिएको ढाकाटोपी खेलाउन थाल्यो । उसले मेरो प्रश्नको जवाफ दिएन । भन्यो, "तपाईं त लेखक मान्छे । अब तपाईंलाई म सुनाउँछु मेरो बाजे चन्द्रलाल र यो ढाकाटोपीको कथा ।"

पाँच

"तिमीहरूसित आफ्नो बाबुको नागरिकता छ ? आमाको नागरिकता छ ? स्थायी बसोवासको प्रमाण छ ? बसाइँसराइको प्रमाण छ ? शैक्षिक योग्यताको प्रमाणपत्र छ ? जन्मदर्ताको कागज छ ? १५ वर्षभन्दा

बढी नेपालमा बसेको प्रमाण छ ? राष्ट्रमा असल काम गरेर योगदान पुऱ्याएको प्रमाण छ ? तिमीहरूको बाउआमासित भारतको नागरिकता थियो भने त्यहाँको नागरिकता त्यागेको प्रमाण छ ?

उनीहरूसित दुइटा हात र दुइटा खुट्टा थिए । दुइटा देख्ने आँखा, दुइटा सुन्ने कान, एउटा सुँघ्ने नाक र एउटा बोल्ने मुख थिए । बस्, मान्छे हुनुको यही मात्र प्रमाण थियो, उनीहरूसित । तर नेपाली हुनुको प्रमाण थिएन । उनीहरूले त्यो प्रमाण जुटाउन पनि सकेनन् । सबैले अँध्यारो अनुहार लगाएर भने– साहेब, हामी पुस्तौंदेखि नेपालकै जमिनमा बस्छौं ।"

त्यसपछि हाकिमले सोध्यो, "नेपाली बोल्न आउँछ ?"

उनीहरूको मातृभाषा नेपाली थिएन, अबधी थियो । बजार आउजाउ गर्दा अलिअलि नेपाली बुझ्ने त भएका थिए । तर बोल्न गाह्रो थियो उनीहरूलाई । त्यसैले यथार्थ कुरा भनिदिए, "थोरथोर समझमा आउँछ । लेकिन बोल्न आउँदैन हजुर ।"

"उसो भए, पानको पात, माया तिमीलाई सम्झिन्छु दिनको रात भन्ने गीत गाएर सुनाओ," हाकिमले फर्माइस गऱ्यो ।

कसैले गीत गाउन सकेनन् । मेथी चपाए झैं सबैको अनुहार कच्याककुचुक भयो । सबै लाचार भएर फर्किए । त्यो दिन पूरा गाउँलेले दारू खाए र चिच्याए, "साले लोग । यहाँ आएर हाम्रो जग्गा पिलाटिङ गर्छन् । यहीं बडकाबडका सिरिमिन्टवाला घर बनाउँछन् । हाम्रो अगाडि शेर बन्छन् । अनि हामी सबलाई देशी, मदिसे, धोती, बिहारी भनेर गाली गर्छन् । हामीलाई गोरूबछरू ठानेर लतियाउँछन् । तिनीहरूको नजरले हामीलाई आदमी देख्दैन, मदिसे देख्छ । अलिफ नङ्गा र गबरगन्ड देख्छ । मानौं, उनीहरू मात्रै पैसरमी र भलमनई हुन् र हामी चाहिँ छिनैती, डकैती गरेर खाने चुतिया हौं । चोर उचक्का हौं ।"

"तर रिसाएर मात्र के गर्ने ? हामी त जुबान भएर पनि वाणीविहीन छौं । हामीहरू गाउँगाउँ डुल्दै गरेका त देखिन्छौं । तर सरकारले

हामीलाई देख्दैन । हामी सबैको नाम त छ । तर कसले हाम्रो नाममा आफ्नो सियासी जलेबी पकाइरहेछ भन्ने हामीलाई थाहै छैन ।"

गाउँका सबै बूढाबूढी सधैं यही भन्ने गर्छन् । यो कुरा उनीहरूले कसैबाट सुनेका या सिकेका होइनन् । यो उनीहरूको निजी बुझाइ हो । उनीहरूको जीवनभरिको अनुभवको सार हो ।

यति कथा सुनाएर बिनाअनुमति मेरो कोठामा पसेको त्यो केटा केही बेर चुप लाग्यो । तर सायद ऊसित सुनाउने कुरा धेरै थिए । त्यसैले ऊ धेरै बेर मौन बस्नै सकेन । सुनाउन थाल्यो, "शीतलहरले सताइरहेको पुस या माघको एक बिहान मेरा दादाजी चन्द्रलाल घुर ताप्दै थिए । म पनि त्यहीँनिर अरू केटाकेटीहरूसित बसेर घुरमा आलु पोल्दै थिएँ । तातो आलुमा लागेको खरानी पुछ्दै मैले सोधेको थिएँ, "काहे दादाजी ? हाम्रो गाउँका कसैको पासमा पनि आफ्नो जमिनको लाजपुर्जा किन छैन ?"

"नागिर्ता नभएर ।"

मैले गरमागरम आलु मुखमा हालें । मेरो तालु डामियो । एकछिन आत्तिएँ । तर मेरो दिमागमा आलुभन्दा गरम अर्को प्रश्न पैदा भइसकेको थियो । सोधें, "नागिर्ता किन नपाएको ?"

"लालपुर्जा नभएर ।"

छ

"फेरि नागिर्ता टोली आउँदै छ । यसपालि नागिर्ता मिलिहाल्छ कि !"

नागरिकताको प्रमाणपत्रमा ढाकाटोपी या कालो भादगाउँले टोपी लगाएको फोटो टाँस्नु जरूरी थियो । त्यसैले गाउँलेहरू टोपीको जोरजाममा लागे ।

चन्द्रलालका बाबुले उहिल्यै एकलैनी बजारमा किनेका थिए, एउटा ढाका टोपी । बाबु त नागरिकता नपाएरै मरिगए, टोपी भने चन्द्रलालले जतन गरेर राखेका थिए । तर वर्षौंदेखि तकियामुनि राख्दाराख्दै टोपी मक्किइसकेको थियो । टाउकोमा ठाडो भएर बस्दै बस्दैनथ्यो । तैपनि

काम लागिहाल्छ भनेर उनले आफ्नी भाइकी बुहारीलाई भने, "पतोहु, यो टोपीमा माड लगाएर बाहिर अरगनीमा सुकाइदेऊ !"

नातिनी बुहारीले त्यसै गरिन् । तर बाहिर आल्नोमा झुन्ड्याएको टोपी जङ्गलबाट आएको एउटा ढेडु बाँदरले टपक्क टिपेर लगिदियो ।

चन्द्रलालसित नयाँ टोपी किन्ने पैसा थिएन । उनीसँग मात्र के, गाउँका कोहीसँग पनि टोपी किन्ने पैसा थिएन ।

गाउँमा सबै कङ्गाल थिए । दैव र मुलुक दुवैले उनीहरूलाई यो अवस्थाबाट मुक्त गर्ने कुनै उपाय सोचेको थिएन ।

"खडा नमकको सानो पोटली बनाएर राख्यो भने घरमा बरकत आउँछ । कङ्गाली भाग्छ" भन्ने गाउँमा विश्वास थियो ।

त्यही विश्वासमा पोको पारेको नुनले कहिल्यै चमत्कार देखाएको थिएन ।

गाउँमा कसैसित पनि हत्तपत्त नगदी नहुने भएकाले अरू गाउँले सरह चन्द्रलालले पनि कसैबाट उधारो पाउने सम्भावना भएन । केही उपाय नलागेपछि उनले सधैं माड या भात पकाउने गरेको गिल्टीको भगौना नै बेचिदिए । परमानन्दले आफ्नी जनानीको चाँदीको हसुली बेचे । अयोधीप्रसादले आफ्ना धमिलो हुँदै गएका आँखालाई आवश्यक पावरवाला चस्मा किन्न अलिअलि जुगाड गरेर राखेको पैसा टोपी किन्नका लागि खर्चने भए । के गर्ने चस्माभन्दा टोपीको आवश्यकता ठूलो भइदियो ! उनले मन बुझाउँदै भने, "अब ऐनक लगाएर मलाई के फाइदा ! गाउँका दीनदुःखीको अँध्यारो चेहरा देखेर के गर्नु मैले ? आँखामा पावरवाला ऐनक लगाएर रामचरितुर मानुस पढूँ भने आफूलाई काला अक्षर भैंस बराबर छ । त्यसैले ऐनक किन्नु भनेको मैले बेजा खर्च गर्नु हो । बरू नगिर्ता पाएँ भने मेरो नातिपोतालाई पनि काम लाग्छ ।"

यसरी गाउँमा सबैले अनेक उपाय गरेर ढाकाटोपी किने । टोपी लगाएर फोटो खिचाइसकेपछि बल्ल चन्द्रलालको चेत खुल्यो । दिक्क हुँदै सबैसित भने, "हामी सबै अकिलका आन्हर रहेछौं । हाम्रो दिमागमा

त सात लिबरवाला हरिसन ताला लागेको रहेछ । अरे, सबै मिलेर एउटै टोपी किनेर पालैपालो फोटु खिचाएको भए पनि हाम्रो गर्ज टरिहाल्थ्यो ।"

तर टोपीले मात्र काम गरेन । नागरिकता टोलीका हाकिमहरूले उनीहरूको नामको खरखडाई या लकडी कटाइको पुर्जी खोजे । गाउँलेहरूसित आफ्नो नामको पुर्जी पनि थिएन । सबै अनपढ थिए । त्यसैले कसैसित कुनै स्कुलमा नाम लेखाएको कागज पनि थिएन । घरमा मलेरियाको औषधि छरेको पर्चा पनि प्रमाण हुन सक्थ्यो । तर त्यो पर्चा पनि थिएन । उनीहरूसित मेरो नाम यही हो भनेर देखाउने अड्डाअदालतका कुनै निस्सा पनि थिएनन् ।

टोलीले सर्जमिन गर्ने बेलामा भन्यो, "तिमीहरू यही गाउँमा जन्मिएका हौ र यहीँका स्थायी बासिन्दा हौ भनेर अगलबगलका गाउँलेहरूले ग्यारेन्टी बसिदिनुपर्छ । मुचुल्कामा सही गरिदिनुपर्छ ।"

सबै धुइँधुइँती गिरान्टरको खोजीमा लागे । कतिसित हात जोडेर अनुनयविनय गरे । तर उनीहरूका लागि कोही पनि गिरान्टर बस्न तयार भएनन् । कसैले पनि "यिनीहरू यही गाउँठाउँका बासिन्दा हुन्" भनेर मुचुल्कामा सहीछाप गरिदिएनन् । टोली नागरिकता नदिएर फर्कियो । पूरा गाउँ फेरि पनि अनागरिक नै रह्यो ।

नागरिकताको चक्करमा गाउँलेहरूको पैसा खेर गयो । अयोधीप्रसादले पनि चस्मा किन्न सकेनन् । एक रात आँगनमा सुतिरहेका बेला सिराननिरै आएको स्याललाई उनले खौरही कुकुर जस्तो देखे र लट्ठी हानेर धपाउन खोजे । स्यालले उनको हातमा क्वाप्पै टोक्यो र एक पाउ मासु लुछेर भाग्यो । त्यही घाउ पाक्यो । केही गर्दा पनि निको भएन । सइन भएर मरे अयोधीप्रसाद ।

पैसाको अभावले गाउँमा धेरैको घरमा कति दिनसम्म चुलो बलेन ।

मेरो कोठामा गजधम्म बसिरहेको त्यो केटाले उदास आवाजमा भन्यो, "नागरिकता नभएकोले हाम्रो गाउँका कसैको पनि भोटर लिस्टमा नाम थिएन । भोटरै नभएको गाउँमा कुन चाहिँ नेता भोट माग्न

आउँथ्यो र ! त्यसैले हाम्रो बस्तीमा आएर कसैले पनि गाउँको उत्थान गर्ने वाचा गरेन । कसैले गरिदिएन गाउँमा पानी आउने ट्युब्विलको व्यवस्था । कसैले खोलिदिएन त्यहाँ स्वास्थ्यचौकी । कसैले स्थापना गरिदिएन स्कुल । त्यसैले त हाम्रो गाउँको गणित अर्कै भयो । सबै एक एकान सौ वाला भए । हामीले जे सिक्यौं, आफ्नै जिन्दगीसित सिक्यौं । आफ्नै भोगाइ र आफ्नै नियतिसित सिक्यौं । तर जिन्दगीले हामीलाई गरिबीलाई पटकनी दिने कुनै तरिका सिकाएन । नियतिले हामीलाई मान्छे बन्ने कुनै मन्त्र बताइदिएन । बरू हामीलाई बलिको बोको नै ठानिरह्यो र हाम्रा कानमा सधैं पशु गायत्री सुनाइरह्यो ।"

सात

यसरी आफ्नो लम्बेतान कथा सुनाएर ऊ फेरि केही बेरलाई चुप लाग्यो ।

कथा सुनिसकेपछि मैले उसको कथाबारे आफ्नो कुनै धारणा भनिनँ । म त आफ्नो कोठामा उसको अनपेक्षित उपस्थितिले नै विस्मयमा थिएँ । त्यसैले उसको कथालाई खासै महत्त्व नदिएर मैले सोधें, "तिम्रो नाम चाहिं के हो ?"

जवाफ दियो, "चन्द्रलाल ।"

"यो त तिम्रो हजुरबुवाको नाम होइन र ?"

उसले मलाई जिल्ल पार्दै भन्यो, "दुःख, दरिद्री सबै उही भएपछि कहानीमा आदमीको नाम फेरेर के हुन्छ, हजुर ?"

यो उसको प्रश्न थिएन । सायद निराशा थियो । प्रश्न नै भएको भए पनि मैले त्यसको कुनै ठोस जवाफ दिन सक्ने थिइनँ । जुन प्रश्नको जवाफ दिन सकिंदैन, तिनै प्रश्नले मान्छेलाई जीवनभरि अगैया बेतालले झैं लखेटिरहन्छन् ।

के उसको प्रश्नले त्यसरी नै लखेट्ला मलाई ?

मैले तत्काल त्यसतर्फ सोच्ने समय पाइनँ । बरू मैले तुरून्तै अर्को प्रश्न सोधें, "तिमी कुन अपराधमा जेल परेको ?"

आठ

गाउँको सपेरा बिरादरीमा मेरो बहुतै नाम थियो । सात कोश वरिपरिका गाउँमा पनि मलाई नचिन्ने कोही थिएन ।

म जङ्गलमा गएर जहरिलो साँप पनि आसानीले पकड्थें । बाँसको गोलगोल पेटाराभित्र राख्थें । सुकेको लौकाको तुम्बी र बाँसको बिन बजाउँदै टोलटोलमा साँपको खेल देखाउँथें । साँपको दाँतबाट जहर निकालेर पनि बेच्थें । मेरो रोजीरोटी यसैबाट चलेको थियो ।

मेरा बाबु लक्खा र माई तेतरी पनि कुशल सपेरा थिए । शिरमा पगडी, कानमा कुण्डल र गलामा अनेक रङका पत्थरको माला भिरेर लक्खा घरघरमा साँपको खेला देखाउन जाँदा माई पनि सँगै जान्थिन् । लक्खाले बिन र डफली बजाउँथे । तेतरी शिरमा कालो ओढनी, शरीरमा सिसाजडित कालै चोली र साँपको छाला जस्तो बुट्टा भएको कालो लेहेङ्गा लगाएर साँप जस्तै नाच्थिन् । उनीहरूले त अजमेरको पुष्कर मेलामा साँपको खेला देखाएर इनाम पनि पाएका थिए ।

केही वर्षअघि पाँचौं पटक पुष्कर मेलामा गएका लक्खा र तेतरी गाउँ फर्केर आएनन् । कसैले भन्यो, "खेला देखाएर वापस आउँदा दुवै जना रेलको लिकमा मालगाडीले काटिएर मरे ।"

तीन महिना अजमेरका कुनाकुना चहारे पनि मैले आफ्नो बप्पा र माईको लास पनि फेला पार्न सकिनँ । निराश भएर गाउँ नै फर्किएँ । शोक मनाएर बस्ने फुर्सद भएन मलाई । म पनि बाबुआमाकै बाटोमा लागे र चाँडै नै सिपालु सपेरा भएँ । कसैको घरमा साँप पस्यो भने अब सबैले मलाई नै खबर गर्न थाले । म सुँघेरै साँप कहाँ बसेको छ भनेर पत्ता लगाउँथें । अरू सपेराहरू पनि मेरो यो खुबीबाट चकित थिए ।

एक दिन गाउँमा धूलो उडाउँदै चार ओटा जिप आए र मेरै मडैयाअगाडि रोकिए ।

"अरे, कहाँबाट आए यी गोरागोरा र सफा नगरहा मान्छेहरू ?"

म चकित भएँ । मेरी जनानी रामेश्वरी पनि त्यतिका मान्छे देखेर डराइन् । मेरो छोरा लखना र छोरी चन्दा पनि जिल्ल परे ।

जिपबाट ओर्लिएका साहेबहरू सरासर मेरै घरतिर आए । मैले कसैलाई चिनेको थिइनँ । तैपनि सबैलाई रामराम गरें । रामेश्वरीले पनि हत्तपत्त घुम्टो तानेर चिउँडोसम्मै ल्याइन् र सबैलाई नमस्कार गरिन् । लखनालाई पनि नमस्कार गर्न त मन थियो । तर आत्तिएकाले उसका दुवै हात बाँस झैं अरड्ड परे । उसको जिब्रो पनि तालुमा टाँस्सियो । ऊ कछुवा झैं खुम्चियो र ठाउँको ठाउँ स्थिर भएर उभियो । चन्दा भने छाप्रोभित्र थिई र ढोकापछाडि आड लागेर बाहिरको दृश्य घाँटी तन्काएर हेरिरहेकी थिई ।

रामेश्वरीले आएका साहेबहरूको सङ्ख्या गनिन् । सात जना । उनी चकित भइन् ।

बिहानतिर उनले आकाशमा तारा भएर बसेका सात जना ऋषिहरूलाई आफ्नो घरमा आएको सपना देखेकी थिइन् । उनले सबैलाई प्रणाम गर्दै भनिन्, "सातरिख महात्मा की जै ।"

रामेश्वरीले सप्तर्षिहरूलाई सम्मानसाथ काठको पिर्कामा बसाइन् । उनलाई ऋषिहरूलाई स्वादिष्ट खीर पकाएर खुवाउन मन लाग्यो । घरमा ऋषिहरूलाई दिन न चामल थियो, न अन्न । पान भए पनि दिनुपऱ्यो भनेर केही सीप नलागेपछि ऋषिहरूसित अनुरोध गरिन्, "तपाईंहरू तनिक बेर मडैयामा आराम गरेर बस्दै गर्नुस् । म पान लिएर आउँछु ।"

सप्तर्षिहरू दङ्ग परे । सबैभन्दा लामो दाह्री भएका एक जना ऋषिले भने, "म र कश्यपका लागि पिपरमिन्ट र गुलकन्द हालेको मीठा पान ल्याउनू । वशिष्ठ र बाँकी चार जना दह्रियलको लागि चाहिँ किमाम र रत्ना तीन सौ र एक सौ बीस हालेको जर्दावाला पान ल्याउनू । सुपारी र चुना अलग से ।"

उनी सप्तर्षिहरूलाई घरमै छाडेर उधारीलालको पान दोकानमा आइन् र दुइटा मीठा र पाँच ओटा जर्दावाल पान मागिन् । रामेश्वरीले

पहिलाको उधारो पनि अलिकति तिर्न बाँकी थियो । त्यसैले उधारीलालले पान बनाउन अलिक अबेर गरिदिए । पान लिएर घर फर्कंदासम्म सप्तर्षिहरू फर्किसकेका थिए । उनी दुःखी भइन् । ऋषिहरूलाई पान पनि खुवाउन नपाएकोमा उनको मन काँचो इमली झैं अमिलो भयो ।

उनले दिक्क मान्दै ऋषिहरू बसेको पिर्का उठाइन् । रामेश्वरीले देखिन्, ऋषिहरू बसेका प्रत्येक पिर्कामुनि एकएक ओटा असर्फी पो छन् । भर्खर टक्सारबाट निकालेको जस्तो चम्किलो असर्फी । रामेश्वरीले बुझिहालिन्, ती ऋषिहरू उनको दुःख हर्न पो आएका रहेछन् ।

रामेश्वरीले त्यो असर्फी बजारको सुनारलाई बेचिन् । रामेश्वरी र मैले बोरामा भरिभरि पैसा पायौं । त्यही पैसाले हामीहरूले बजारमा पक्की घर बनायौं र तीन लोकको सुखभोग गर्दै बस्यौं ।

तर पिकामुनि असर्फी फेला पारेको त सपनाको कुरा थियो ।

रामेश्वरीले बिहान देखेको सपना पूरा हुन्छ भन्ने सुनेकी पनि थिइन् । उनको मनमा हल्का आशा पलायो र उनले आफैंसित सोधिन्, "कतै अहिले घरमा आएका पाहुना दाह्रीवाह्री फालेर आएका तिनै सातरिख त होइनन् ? बिपनामा आएर सातरिखहरूले साँच्चिकै हाम्रो कल्याण गर्न खोजेका त होइनन् ?"

रामेश्वरीले सातै जनालाई बसाउन चाहे पनि घरमा काठका सात ओटा पिर्का पनि थिएनन् । हतारहतार छरछिमेकमा मागेर परालले बुनेका चकटी आँगनमा निमको रूखमुनि राखिदिइन् । सातै जना त्यसैमा बसे ।

सपनामा त उधारीलालले उधारोमा पान दिएका थिए । तर नाम उधारीलाल भए पनि बिपनामा उनले पान दिंदैनन् भन्ने रामेश्वरीलाई थाहा थियो । उनी उदास भइन् । म पनि आत्तिएँ । बिस्तारै रामेश्वरीसित भनें पनि, "पहुनालाई चमेना के खिलाउने ? घरमा पानीसँग दिने भेली पनि छैन ।"

रामेश्वरीले पनि केही जवाफ दिन सकिनन् ।

चमगादड के घर पहुना आये, हम भी लटके तुम भी लटको भने जस्तै भयो हामीहरूका लागि । हामीहरूको ओठमुख सुकिसकेको थियो । तैपनि हिम्मत गरेर सोधें, "हजुर, खानावाना बनाउन लगाऊँ ?"

"हैन, हामी केही पनि खान्नौं । पानी मात्र खान्छौं ।"

आएकामध्ये सबैभन्दा भलादमी देखिने एक जनाले यस्तो भनेपछि मेरो फोक्सोमा अड्किएको सास फेरि चल्न थाल्यो । रामेश्वरीले हतारहतार चापाकल चलाएर चिसो पानी निकालिन् र गिल्टीको लोटामा भरेर ल्याइन् । सबैले लोटाबाटै पानी खाए । तृप्त भए । रामेश्वरीलाई लाग्यो, सप्तर्षिहरू तृप्त भए ।

पछि थाहा भयो, ती सात जनामा सबैभन्दा भलादमी देखिने व्यक्ति प्रमुख जिल्ला अधिकारी रहेछन् ! अर्का एलडिओ थिए । अर्का एक जना डिएसपी थिए । बिदाको दिन भएकाले उनले बर्दी भने लगाएका थिएनन् । बाँकी चार जना विभिन्न पार्टीका जिल्ला अध्यक्ष र सभापति थिए ।

सबैले दौरासुरूवाल र टोपी लगाएका थिए । मलाई तिनका लुगाले भन्दा जुत्ताले आकर्षित गरेको थियो । सबैले छालाको कालो जुत्ता लगाएका थिए । सबैका जुत्ता टलक्क टल्केका थिए । प्रमुख जिल्ला अधिकारीको जुत्ता भने सबैभन्दा बढ्ता टल्किएको थियो ।

"चन्द्रलालको आँगनमा बजारबाट बडेबडे साहेबहरू आएका छन् । सबले करिया करिया धूपछाहीं चस्मा पनि लगाएका छन् ।"

यो खबर बिहानदेखि गहुँका बाला, भर्खर फक्रिएका पलास र महुवाका फूललाई छुँदै गाउँभरि चलिरहेको चैती बयारसँगै एक कान दुई कान हुँदै एकैछिनमा गाउँभरि फैलिसकेको थियो । गाउँलेहरू आआफ्ना घरबाट टिड्डीको बथान झैं दनदनाएर निस्किए र मेरो आँगनमा आए ।

मेरो घरमा मेला लाग्यो ।

यतिका ठूला मान्छेलाई आफ्नो आँगनमा देखेर म दङ्ग त परेको थिएँ । तर यिनीहरू किन आए भन्ने कुराले मेरो पेट गरम हुन थाल्यो ।

हात जोडेर प्रमुख जिल्ला अधिकारीसित सोधें, "माइबाप, मबाट कुनै गल्तीवल्ती त भएन ? भएको छ भने मलाई गरिब मनई ठानेर माफ गरिदिनुस् ।"

प्रमुख जिल्ला अधिकारी मुसुक्क हाँसे । पद, प्रतिष्ठा र पावरले ठसाठस भरिएको पूरै सरकारी मुस्कान । उनले मेरो पिठ्यूँमा धाप दिए र नम्रतापूर्वक भने, "तैंले सुँघेरै साँप पत्ता लगाउँछस् रे ! त्यसैले यहाँ आएको । प्रधानमन्त्री बस्ने सरकारी घरमा साँप पसेको छ । कति जनालाई डसिसक्यो । तर त्यो साँप प्रधानमन्त्री निवासको कुन कुनामा लुकेर बसेको छ भनेर कसैले पत्ता लगाउन सकेन । त्यसैले हामीले तँलाई लिन आएको । तेरो राजधानी आतेजाते भाडा सरकारले बेहोर्नेछ । साँप समातेबापत पैसा पनि पाउँछस् ।"

प्रमुख जिल्ला अधिकारीले बोलेको सबै नबुझे पनि चन्दाले अलिअलि बुझी । ऊ खुसुक्क बाहिर निस्की र रामेश्वरीनिर गएर बिस्तारै भनी, "माई, यिनीहरू सरकारी साहेबहरू रहेछन् । बप्पालाई राजधानी पठाउने बात गर्दै छन् । हाम्रो बप्पा त पूरै गबरगन्ड छन् । उनको त छटाकभरि पनि अकिल नै छैन । राजधानी जान त अकिल चाहिन्छ । नत्र सबले चुतिया बनाउँछन् ।"

रामेश्वरीले सुस्तरी सम्झाइन् चन्दालाई, "अरे पगलेट, पैसा भयो भने अकिल त किरायामा पनि पाइन्छ ।"

जीवनमा पहिलोपल्ट चन्दाले पैसाले जे पनि किन्न पाइन्छ भन्ने बुझी ।

यता प्रमुख जिल्ला अधिकारीको कुरा सुनेर मलाई खुसीको मारे भुइँमै लोटपोट गर्न मन लागेको थियो । मैले एक सेकेन्डमै अनेकअनेक खपसुरत ख्वाब देख्न थालिहालें ।

प्रधानमन्त्री निवासको साँप पकडेपछि उनी बहुतै खुस हुनेछन् । अनि मैले उनीसित आफ्नो नागरिकता बनाइदिन बिनती गर्नेछु । उनले जुरतै प्रमुख जिल्ला अधिकारीलाई आदेश दिनेछन् । प्रमुख जिल्ला अधिकारीले फटाकसित मेरोको हातमा नागरिकता राखिदिनेछन् ।

यस्तो कल्पना मात्रले पनि खुसी भएँ म । तर तुरून्तै मेरो अनुहार अँध्यारो पनि भइहाल्यो । हात जोडेर प्रमुख जिल्ला अधिकारीसित बिनती गरें, "ममाथि यति बिसुवास गर्नुभएकोमा म बहुतै खुसी छु । तर मेरो पासमा यहाँबाट राजधानीसम्म जाने अच्छा जुता पनि छैन । बस्, एउटा टायरको चप्पल छ । त्यसमा पनि अरहरको झाँखर गडेर छेद भएको छ । छेदबाट कङ्कर पाथर पसेर चलफिर गर्न पनि मुस्किल हुन्छ ।"

प्रमुख जिल्ला अधिकारी हाँसे । सायद मनमनै सोचे, "गरिबका चाहनाहरू कति सानासाना हुन्छन् !"

उनले तुरून्तै आफ्नो जुत्ता फुकाले र मलाई दिए ।

"ल, यो जुत्ता लगाएर जा ! बलियो छ यो ।"

जुत्ता पाएर म बहुतै खुसी भएँ । माईसित टाँस्सिएर उभिएकी चन्द्राले पनि खुसुरफुसुर गर्दै सोधी, "माई, त्यो जुता त बहुत महँगो होला ।"

रामेश्वरीले सुस्तरी हप्काई, "चुप ! दानमा पाएको बछियाको पनि कसैले दाँत हेर्छ ? ठूलो मान्छेले जे दिए पनि हात फैलाएर लिनुपर्छ ।"

प्रमुख जिल्ला अधिकारीलाई सहयोगीले अर्को जुत्ता दिए । उनी त्यही जुत्ता लगाएर फर्किए । उनीसँगै सबै गोरा र सुग्घरी मान्छेहरू फर्किए । उनीहरूको कार र जिप उसरी नै धूलो उडाउँदै गाउँबाट निस्कियो । गाउँभरिका केटाकेटीहरू केहीबेर त्यही धूलोभित्र पसेर जिपहरूको पछाडिपछाडि होहल्ला गर्दै दौडिरहे । रामेश्वरीले धूलोको बादलमा हराउँदै गएका जिपहरूतिर निकैबेर हेरिरहिन् । उनलाई लाग्यो, सप्तर्षिहरू फर्किए र राति फेरि तिनीहरू आकाशमा तारा भएर उदाउनेछन् ।

गाउँमा तुरून्तै हल्ला फैलियो, "सरकारी साहेबले दिएको नवाँनवाँ जुता पहिरिएर सुम्मारको दिन चन्द्रलाल नेपाल जाने पक्का भएको छ ।"

गाउँलेहरू मिलेर सम्झाए मलाई, "आफ्नो मात्र होइन, हामी सबैका लागि प्रधानमन्तरीसित नागिर्ता माग्नू । यति गरिस् भने हामी सबै मिलेर तँलाई सपेराहरूको सरदार बनाउँछौं ।"

नौ

"सुम्मार गयो भने मङ्गरको दिन त तिमी त्यहाँ पुगिहाल्छौ । त्यो दिन अच्छा हुटेलमा सैंताइलिनू । बुधैको दिन साँप पकडेर बिफै या शुकरबारको दिन वापस आइहाल्नू । सहरमा सुन्दर गुजरियाहरू बहुत हुन्छन् । तिनीहरूलाई देखेर लार नटप्काउनू ! तिनीहरूसित नैनमटक्का नगर्नू ! तिनीहरूले टोना मारेर तिमीलाई कुत्ता या भेड बकरी बनाइदिए भने जिनिगीभरि तिनीहरूकै अगलबगल पुँछ हल्लाएर बसिरहनुपर्ला । होस गर्नू ।"

बिदाइका बेला हातमा सुपारी राखिदिँदै रामेश्वरीले मलाई सचेत गराइन् । चन्दा र लखना पनि बहुतै खुसी थिए । उनीहरूको अनुहारमा आठै दिशाको उज्यालो जम्मा भएको थियो ।

मैले प्रमुख जिल्ला अधिकारीले दिएका जुत्ता लगाएको थिएँ । जीवनमा पहिलो दफा मैले जुत्ता लगाएको थिएँ । त्यसैले गाउँबाट बसपार्कसम्म उड्दै आएको जस्तो लागिरहेको थियो ।

म नाइट बस चढें । लौकाको तुम्बामा बाँसको नली जोडेर बनाएको बिन आफूसँगै राखें । आफूले लगाएको खानदानी पगडीलाई एक पटक फेरि शिरमा मिलाएँ । कानमा सपेराहरूले लगाउने कुण्डल पनि लगाएँ । साँप राख्ने पिटारा चाहिँ सिटमुनि राखें ।

कुर्तापाइजामा लगाएरै म भोलिपल्ट बिहानै राजधानी पुगें ।

बसपार्कमै मलाई लिन सरकारी कर्मचारीहरू आएका थिए । तिनीहरूले मलाई अत्यन्त आदरसाथ अगवानी गर्दै प्रधानमन्त्री निवासतिर लगे र तीन नम्बरको गेटनिर पुऱ्याए । बिन मेरो हातैमा थियो । पेटारो चाहिँ गम्छामा बेरेर ढाडतिर झुन्ड्याएको थिएँ ।

मेरो हुलिया देखेर गेटको पाले पनि मुसुक्क हाँसे र मेरो घाँटीमा गेटपास झुन्ड्याइदिए । म गद्गद भएँ । मलाई लाग्यो, उनले अगवानी गर्दै मेरो गलामा माला लगाइदिए ।

म तीन नम्बर गेटबाट भित्र पसें । गेटदेखि निवाससम्मको सफा र पक्की बाटोमा हिंड्दा मेरो जुत्ताबाट टकटकको आवाज पनि आउन थाल्यो । मलाई त्यो आवाज बहुतै मीठो लागिरहेको थियो । वरिपरि हरियाली थियो र शीतल हावा चलिरहेको थियो । त्यो हावाले मलाई उत्साहित बनाएको थियो ।

"ल, अब साँप पत्ता लगाऊ !"

यति भनेर एक जना कर्मचारीले मलाई प्रधानमन्त्रीको विशाल निवासको ढोका खोलेर भित्र हुलिदिए ।

भित्र छिर्नासाथ मेरो नाकमा साँपको गन्ध पसिहाल्यो । जुरतै साँप पत्ता लाग्ने भयो भनेर म खुसी भएँ । मैले पेटारा एक छेउमा राखें र बिनलाई मजबुतीले पकडें । साँपको गन्धको पिछा गर्दै म एउटा कोठानेर पुगें । मैले दरबज्जातिर देखाएर बगलमै खडा अर्दलीसित भनें, "हजुर, साँप यही कमराभित्र कुण्डली मारेर बसेको छ । कालो विषधर भुजङ्ग ।"

अर्दलीले ढोका खोलिदिए ।

त्यो प्रधानमन्त्रीका सल्लाहकार बस्ने कोठा रहेछ । ढोका खुल्दा सल्लाहकार महोदय कुर्सीमा बसेर फोनमा कुरा गर्दै थिए, "जी हजुर, तपाईंको इन्डिया र हाम्रो नेपालबीच रोटीबेटीको सम्बन्ध छ । यो सम्बन्धलाई अझै गाढा बनाउनुपर्छ । त्यसको लागि मैले यहाँ केके लफडा र केके जुगाड गर्नुपर्छ, म गर्न तयार छु । बस्, तपाईं आदेश दिनुस् हजुर ।"

मलाई अचानक कोठामा देखेर सल्लाहकार मसित निकै रिसाए, "साले, मलाई साँप ठानिस् ?"

म डराएर कोठाबाट निस्किएँ । जीवनमा पहिलो मर्तबा म साँप र आदमीमा झुक्किएको थिएँ ।

तुरून्तै मेरो नाकमा फेरि साँपको गन्ध पस्यो । त्यही गन्धको पिछा गर्दै म सिँढी चढें । अर्दली पछिपछि थिए । त्यो गन्ध पहिलो तलाको दायाँतिरको कोठाबाट आएको थियो । मैले भनें, "यहाँभित्र त हन्ड्रेड परसेन्ट करिया विषधर भुजङ्ग बसेको छ ।"

त्यो प्रधानमन्त्रीको निजी सचिवको कोठा थियो । मैले सचिवबाट पनि गाली खाएँ ।

मैले हात जोड्दै भनें, "माफ गर्नुस्, हजुर । गल्ती भैगयो ।"

साँपको गन्ध आइरहेका कोठाहरूमा साँप होइन, मानिस थिए । मैले केही बुझ्नै सकिनँ । आफ्नो नाकले यसरी धोका दिन्छ भन्ने मलाई लागेकै थिएन ।

मेरो खोपडीमा पसिना आउन थाल्यो । मेरो दिमाग पनि पस्त भएको थियो ।

फेरि साँपको गन्ध आयो । म अर्दलीसँगै बायाँतिरको कोठामा छिरें । त्यो रक्षा सल्लाहकारको कोठा थियो । अर्दलीले बहुत धीमा स्वरमा मेरो कानमा भने, "अबे सपेरा, यहाँ साँप कहाँ छ ? यहाँ त सल्लाहकार महोदय चाइनिज भाषाको डिक्सनरी पढेर बसिरहनुभएको छ ।"

रक्षा सल्लाहकार महोदयले मलाई काँचै चपरचपर चपाउँला जस्तो गरे । मैले उनीसित पनि हात जोडेर माफी मागें ।

साँपको गन्ध सुँघ्दैसुँघ्दै म फेरि दोस्रो तलामा गएँ । उत्तरतिरको कोठामा पसें । त्यो प्रधानमन्त्रीका छोराको कोठा थियो र उनी फोनमा आफ्नी नयाँ प्रेमिकासित अश्लील बातचित गरिरहेका थिए ।

"कुकुर, के तैंले मलाई साँप जस्तो देखिस् ?" उनी पनि कड्किए । मैले उनको पाउ समातें । निधार र गर्धनबाट नदी झैं बगिरहेको पसिना पुछ्दापुछ्दा मेरो गम्छा गिलो भइसकेको थियो । पयर पनि थरथर काँप्न थालेका थिए । अफिमको गोली खाए जस्तै मेरो जुबान लर्बरिन थालेको थियो । आँखाअगाडि आधा अँध्यारो, आधा उज्यालो भइरहेको थियो । सँगै हिंडेको अर्दलीलाई पनि डबलडबल देख्न थालेको थिएँ ।

म हतारहतार प्रधानमन्त्रीका छोराको कोठाबाट निस्किएँ। अर्दली पनि मेरै पछिपछि निस्किए।

त्यहाँबाट निस्कनासाथ फेरि ह्वास्स साँपको गन्ध आइहाल्यो।

त्यसपछि साँपको गन्ध सुँघ्दैसुँघ्दै म दक्षिणतिरको कोठाअगाडि उभिएँ। अर्दलीले ढोका खोलिदिए। त्यो विशाल बैठक थियो र त्यहाँ विपक्षी दलका नेता बसेका थिए। उनी प्रधानमन्त्रीसित आफ्नो ज्वाइँको लगानी रहेको एउटा रिसोर्टको करोडौं कर मिनाहाका लागि आग्रह गर्न त्यहाँ आएका थिए। तर गेटमा पत्रकारहरूसित भने उनले देशको समसामयिक राजनीतिक जटिलताबारे छलफल गर्न आएको बताएका थिए।

मलाई विपक्षी दलका नेताले पनि काँचै चपाउँला झैं गरे र अघि प्रधानमन्त्रीको सुपुत्रले जस्तै सोधे, "के म साँप जस्तो देखिन्छु ?"

झन्डै मेरो पिसाब चुहिएको थियो। मलाई लाग्यो, पुरवाईसँगै आएको करिया करिया बादलले मेरो आत्मालाई अँध्यारो बनाइदियो। मैले डराउँदै भनें, "हजुर, यहाँ आएदेखि सर्दीले नाकमा असर गरेकोले कुछ सुँघाइदिरहेको छैन। त्यही मारे यस्तो गोलमाल भैरहेछ, हजुर।"

सर्दी लागेको कुरा त मैले झूठमुठ बताएको थिएँ। मेरो नाकमा कुनै खराबी थिएन। मैले त लगातार साँपको गन्ध थाहा पाइरहेकै थिएँ।

म फेरि गन्धको पिछा गर्दै नक्कासी गरिएको ढोकाअगाडि पुगें। अब पनि धोका पाएँ भने मेरो बहुतै फजिती हुन्छ भन्ने डर लागिरहेको थियो।

त्यसैले पक्का गर्नका लागि एक चोटि फेरि लामो सास तानें। त्यो साँपकै गन्ध थियो। पूरै विश्वास भएपछि मैले अर्दलीसित भनें, "यो कोठामा त पक्का साँप छ। बडा खतरनाक साँप। कालो विषधर भुजङ्ग। अब पनि फरक पर्‍यो भने मेरो मुखमा मुतिदिनू।"

"यो त प्रधानमन्त्रीज्यूकै कोठा हो," भन्दै अर्दलीले ढोका खोलिदिए।

म बिस्तारै कोठाभित्र पसें । अघिको पुरवाई गायब भएर चिसो पछुवा हावा मेरो मुटुभित्र पसे जस्तो भयो । सर्दीले हो या त्रासले, मेरो शरीर हल्का काँपिरहेको थियो र मुटु हक्क पनि भएको थियो ।

प्रधानमन्त्री आफू नेतृत्वको सरकारमा मधेसवादी दललाई सामेल गराउने कि नगराउने भन्ने दोधारको स्थितिमा थिए । हिजो मात्र सरकारी ज्योतिषीले सल्लाह दिएका थिए, "यस्तो गम्भीर विषयमा सिक्का उछालेर निर्णय लिनु वेश हुन्छ ।"

उनलाई सरकारी ज्योतिषीको सल्लाह उचित लाग्यो ।

म कोठाभित्र पस्दा उनी राजा महेन्द्रको चित्रवाला सिक्का उछाल्दै थिए ।

कोठामा मैले साँप हैन, प्रधानमन्त्रीलाई देखेर चकित भएँ । गोरो वर्णका मोटा र खाँदाखाँदा तुँदियाइगएका प्रधानमन्त्री । चकाचक टलकौवा अनुहार । पूरै ब्रह्माण्ड अँध्यारो भएर मेरो आँखाअगाडि चकरघिन्नी झैं नाच्न थाल्यो ।

"साले धोती, हाम्रो सम्माननीय प्रधानमन्त्रीलाई नै साँप ठानिस् ?"

ज्योतिषीले लात लगाए मलाई । मैले कुनै प्रतिवाद गरिनँ । केही बोल्दा पनि बोलिनँ । प्रधानमन्त्री पनि मुसुमुसु हाँसिरहे । आफैंलाई सम्झाएँ मैले, "यहाँ पतरपतर केही नबोल्, चन्द्रलाल ! मलाई किन लात हानेको भनेर यहाँ कसैसित प्रश्न पनि नगर् ! यो प्रश्न गर्ने ठाउँ होइन । चुपचाप दुम दबाएर रफरेट भैहाल् यहाँबाट । शिर सही सलामत भयो भने पगडी ५० ओटा मिल्छ । यहाँको लफडामा नपर् !"

मैले चुपचाप ढोका खोलें र फटाफट बाहिर निस्किएँ ।

म अर्दलीकै पछिपछि भऱ्याङ ओर्लिएर फेरि भुइँतलामा आएँ । मैले अघिदेखि नै पिसाब च्यापिरहेको थिएँ । अब भने थाम्नै नसक्ने भएँ । अर्दलीसित भनें, "हजुर, मलाई पेसाब आयो ।"

अर्दली हाँसे, "उः त्याँ कुनामा टुइलेट छ । जा, तौँ मुत् ।"

पिसाब फेरेर निस्कँदा शौचालयको ढोकैमा मेरो नाकमा फेरि साँपको गन्ध पस्यो । शौचालयसँगै एउटा ढोका जोडिएको थियो ।

लामो समयदेखि त्यो ढोका बन्द थियो । त्यो गन्ध त्यतैतिरबाट आइरहेको थियो ।

तर ममा साँप खोज्ने जाँगर मरिसकेको थियो । मलाई सुँघेरै साँप पत्ता लगाउने आफ्नो सामर्थ्यमाथि विश्वास हुन पनि छाडेको थियो । मलाई त्यहाँबाट निस्कनु नै उचित लाग्यो । मनले भने मानेन । सकसक लागिहाल्यो । मैले अगलबगल हेरें । कसैलाई देखिनँ । मसित पछिपछि लागेर हिँडेका अर्दलीको ड्युटी फेरिने बेला रहेछ । उनले अर्को अर्दलीलाई केके कुरा सम्झाए र आफ्नो कोठातिर लागे । नयाँ अर्दलीको ध्यान मतिर थिएन ।

उनले थाहा नपाउने गरी मैले बिस्तारै ढोका खोलें । भित्र कोठा होइन, कतै पुग्ने गोप्य भऱ्याङ पो रहेछ ।

म बिस्तारै भित्र पसें र भित्रबाट ढोकाको सिटकिनी लगाइदिएँ । अनि बिस्तारै भऱ्याङ ओर्लिएँ ।

आफ्नै हथेली पनि नदेखिने अँध्यारो थियो त्यहाँ । बाटोमा बिँडी सुल्गाउन मैले एक बट्टा सलाई किनेको थिएँ । त्यही बालें । एकछिनलाई गज्जबले उज्यालो भयो । त्यहाँ पनि कुनै साँप थिएन । थियो त केवल वर्तमान र विगतका विभिन्न मन्त्रीहरूले गरेका विवादास्पद निर्णयका सक्कल प्रतिहरू, छिमेकीसित गरेका देशघाती सन्धिका दस्तावेजहरू, नदीनाला बेच्ने क्रममा गरेका सौदाबाजीका लिखतहरू, आफ्नो पार्टी र परिवारलाई फाइदा पुग्ने गरी गरेका निर्णयहरू, विभिन्न समयमा सांसदको किनबेचमा भएका आर्थिक चलखेल र ठूला कम्पनीहरूलाई गरेको अर्बौं कर मिनाहाका फाइलहरू, विगतका मन्त्री र उच्चपदस्थ अधिकारीहरूले सरकारी खजानाबाट मनलाग्दी लिएका उपचार खर्चका भुक्तानीका अति गोप्य कागजातहरू, महामारीबाट जनतालाई बचाउने नाममा कुनै माफियाको कम्पनीसित महँगोमा किनेका औषधिका बिलहरू र देशका धरोहरहरू कुनै निजी कम्पनीलाई बुझाउने सम्झौतापत्रहरू लुकाएर राख्ने कक्ष रहेछ त्यो । हरेक फाइलबाट साँपकै गन्ध आइरहेको थियो ।

म जसरी भित्र पसेको थिएँ, त्यसरी नै चुपचाप निस्किएँ र प्रधानमन्त्री निवासबाट बाहिर आएँ ।

बाहिर त रात पो परिसकेको रहेछ । तर नजिकैको चौरमा मैले देखें, खम्बाहरूमा मइन्टोल बालिएका छन् र त्यसको उज्यालोमा केही काला र केही गोरा नेताहरू कबड्डी खेलिरहेका छन् । उनीहरू एकले अर्कोलाई तान्दै थिए, धकेल्दै थिए, लडाउँदै र पछार्दै थिए । ती सबै मान्छे नै थिए । तर तिनीहरू सबैबाट साँपकै गन्ध आइरहेको थियो ।

म केही नबोलेर सटकदम हुँदै तीन नम्बर गेटबाट निस्किएँ । अब मैले बुझिसकेको थिएँ– यहाँ साँपहरू मान्छे भएर बस्दा रहेछन् । तिनीहरूलाई बिन बजाएर बाहिर निकाल्न सकिन्न ।

१०

"के तिमी आफ्नो यही कथा सुनाउन आएको हो यहाँ ?" म अलिक आवेशमा आएँ ।

ऊ केही बोलेन । मुसुमुसु हाँसिरह्यो । मलाई उसको हाँसो मन परेन । किनभने मलाई उसको मुस्कानसित होइन, उसको जवाफसित मतलब थियो । मैले अलिक संयमित भई सोधें, "म तिमीसित मेरो कोठामा कसरी पस्यौ भनेर सोधिरहेको छु । तिमी कुन अपराधमा समातियौ र किन जेल पर्‍यौ भनेर सोधिरहेछु । तर तिमी मलाई आफ्नो आधाअधुरो कथा सुनाइरहेछौ ।"

ऊ फेरि मुस्कुरायो र भन्यो, "मेरो बाँकी कथा त तपाईंले नै लेख्नुभएको छ नि । नपत्याए आफ्नो नयाँ कथासङ्ग्रहको दईमारा शीर्षकको कथाको एघारौं अध्याय पढ्नुस् त ।"

म चकित भएँ । मलाई लाग्यो, म कुनै जादुयी स्थितिमा फसेको छु र अगाडि उभिएको एउटा जादुगरले मेरो दिमागलाई वशीभूत गरेको छ । मैले हत्तपत्त नजिकैको र्‍याकबाट आफ्नो नयाँ कथासङ्ग्रह झिकें । विषयसूची हेरें । दईमारा शीर्षक कथाको पृष्ठ पत्ता लगाएँ र खोजें कथाको एघारौं अध्याय ।

प्रधानमन्त्री निवासबाट साँप समात्न नसकेपछि लाचार भएर निस्केको चन्द्रलाललाई बसपार्कसम्म पुऱ्याउन कोही आएन । ऊ फतफतायो, "काम सकियो भने चासनीबाट मक्खी निकाले झैं फेंकिदिंदा रहेछन् । यही चलावा रहेछ यहाँको । केके न मिल्छ भनेर आएको थिएँ, अढाई दिनको बादशाहत रहेछ ।"

सडकमा जतातते भीड थियो । थरीथरीका मान्छे थिए । सब हतारमा थिए । सब भागाभाग गरिरहेका थिए । उसलाई लाग्यो, तिनीहरू या त कसैको जन्तीमा सामेल हुन जाँदै छन् या कसैको मृत्युशोक मनाउन । उसलाई राजधानी ठीक लागेन । आत्मीय पनि लागेन । उसलाई त राजधानी मइन्टोलको उज्यालो जस्तो पो लाग्यो, जसको चकाचौंध देखेर पुतलीहरू आत्महत्या गर्न र आफ्नो अस्तित्व गुमाउन आउँछन् । उसलाई यो सहर ससाना सपना बोकेर आउने ऊ जस्ता हजारौं मान्छेलाई खर्लप्प निलिदिने जीउधारी कुवा जस्तो लाग्यो ।

"यहाँ आएर मुम्फली बदाम हुँदो रहेछ । कोहँडा फर्सी हुँदो रहेछ । गन्जी सखरखण्ड हुँदो रहेछ । तोरई घिरौंला बन्दो रहेछ । तर मधेसी भने मनई हुँदो रहेनछ । देहाती र गँवार नै हुँदो रहेछ । यो सुन्दरसुन्दर भाषामा बकचोदी गर्ने र मिठीमार मार्नेहरूको बस्ती रहेछ । अहँ, यो सहर होइन, गज्जर हो । दलदल हो । जो आयो, सो फस्यो ।"

उसले कसैसित यस्तो कुरा गर्न त गरेन । तर उसले आफ्नै पाराले यो पिरो यथार्थलाई बुझेको थियो ।

अब चन्द्रलालको नागरिकता पाउने सपना पनि चकनाचुर भइसकेको थियो । ऊ एक्लैएक्लै फत्फताउँदै थियो, "हामी गरिब त पूरै भेंडा नै रहेछौं । जहाँ गयो, त्यहीँ उल्टा उस्तराले मुडियो ।"

नजिकै चोकमा एक जना सांसद भव्य मञ्चमा उभिएर भाषण गरिरहेका थिए, "के मधेस मुट्ठीभरका मधेसी नेताकी आमाले मात्र पेट बोकेर जन्माएको ठाउँ हो ? के मधेस तिनीहरूको मात्र बिर्ता हो ?"

खमिर बढी भएर कुहिएको आटा झैं अमिलो न अमिलो भयो, चन्द्रलालको मन । लगत्तै उसको अनुहारमा तनावको रङ चढिहाल्यो । उसलाई लाग्यो, ती सांसदले मधेसका केही नेताकी आमालाई होइन, उसकी माईलाई पनि गाली गरे । सबै मधेसीका आमाहरूलाई तथानाम भने । कन्सिरी तात्यो उसको । दिमागमा गँड्यौला चलमलायो । सासको गति तेज भयो । मुटुमा आगो बल्यो । त्यो आगो आँखाबाट ज्वाला बनेर निस्केला जस्तै भयो । उसले भाषण गरिरहेको नेतातिर दाह्रा किटेर हेऱ्यो र मुर्मुरिँदै बर्बरायो, "साला, अरूको आमाको इज्जत गर्न जान्दैन, कुरा भने नेपाल आमाको गर्छ ।"

तर यतिले उसको क्रोध शान्त भएन । हियामा दनदनी बलेको आगो निभेन । चुलोको आगो भए पो पानी हालेर निम्थ्यो, यो त मनमा दन्केको आगो थियो ।

उसलाई अलिक जोडले चिच्याउन मन लाग्यो । आफ्नो आवाज आमसभामा कुर्लिरहेका सांसदसम्म पुऱ्याउन मन लाग्यो । सक्ने भए त ऊ त्यही मञ्चमा उक्लिने थियो । सांसदको कठालो समात्ने थियो र उनको कानको जाली नै फुट्ने गरी चिच्याउने थियो । तर वरिपरि पुलिसहरूको बाक्लो घेरा थियो । यो घेरा छिचोलेर मञ्चसम्म पुग्ने सम्भावना थिएन ।

उसलाई आफूमुनिको जमिन थर्र काँपे जस्तो लाग्यो । उसले आवेशमा जमिनतिर हेऱ्यो । उसलाई लाग्यो, ऊ उभिएको ठाउँ उसको देश होइन । ऊ कुनै दशगजाको दोमट जमिनमा उभिएको छ, जसका दुवैतिर उम्रिएका छन्, धारिला काँसहरू । न वारिको जमिन उसको हो, न पारिको माटो आफ्नो हो । ऊभित्र झनै आक्रोश थपियो । उसले आफूलाई नियन्त्रण गर्न सकेन । नियन्त्रण गर्न पनि चाहेन । बरू पुर्खौंदेखि मनभित्र दबिएको आफ्नो भावनालाई बाहिर निस्कन दियो र एक्कासि चिच्यायो, "ए नेता, तैंले ठीक भनिस्, नेपाल मेरो होइन, तेरै बापको बिर्ता हो । तेरै बपौती हो । तेरी मात्र महतारी हो । हामी मान्छे हैन, मुस हौं । बिलार हौं । यो सबै राजपाट तेरो हो ।

हामी त जङ्गलजङ्गल चहार्ने गँवार बनच्चर हौं । हामीलाई तेरो इलाकामा बस्न नदे ! हामीलाई यहाँबाट धपाइहाल् ! बेची दे हामीलाई चौपायाहरूको हाट बजारमा ।"

उसको आक्रोश आमसभामा मयलपोस सुरूवाल लगाएर पाखुरा सुर्कंदै कुर्लिरहेका सांसदसम्म पुग्दै पुगेन । उसको आवाज कसैले पनि सुनेन । उसको आवाज सांसदको भाषणको पक्षमा बजेको तालीमा कता हरायो कता ! कता बिलायो कता !

१२

ऊ बाटो सोध्दैसोध्दै बसपार्क आइपुग्यो । नाइट बसको टिकट काट्यो र नेपालगन्ज आयो ।

जडौरी जुत्ता उसको खुट्टामै थियो । बसबाट ओर्लिएपछि उसलाई जुत्ताभित्र बयरका काँडा उम्रिएर घोचेको अनुभव भयो । जुत्ता फुकाल्यो र खाली खुट्टाले जमिनमा टेक्यो । उसलाई जमिन कपास जस्तो नरम लाग्यो । जमिनले माया गरे जस्तो पनि लाग्यो । माटोसित टुटेको साइनो फेरि जोडिए जस्तो पनि भयो । उसको मन प्रफुल्ल भयो । उसले आफ्ना दादाजीले गाउने गरेको दोहा सम्झियो–

जल मे बसै कमोदिनी, चन्दा बसै अकास ।
जो है जाको भावता, सो ताही के पास ॥

यो दोहाको अर्थ कहाँ थाहा थियो र उसलाई ! आज पो बुझ्यो । कमल त जलमा फुलेकै राम्रो । चन्द्रमा त आकाशमै उदाएको राम्रो । जसलाई जुन स्थान उपयुक्त हुन्छ, त्यहीँ बस्नु ठीक हुन्छ । ऊ गाउँको मान्छे, उसका लागि गाउँ नै ठीक । उसले सहरको सपना देख्नुहुँदैन । तर लगत्तै ऊभित्रबाट एउटा अर्को चन्द्रलाल फुत्त निस्किएर उसकै अगाडि उभियो र उसैलाई हकार्दै भन्यो, "सरउ, हामीले सहरको सपना किन देख्न नहुने ? के सुन्दर सपना धनवान्हरूको बापको माल हो ? के हामी आवारा कुत्ता हौं र हामीलाई गु खाएको सपना मात्र देख्ने छुट छ ?"

आफू जस्तै अर्को चन्द्रलालको प्रश्न सुनेर आत्तियो ऊ र जुत्ता बोकेर फटाफट कारकाँदोतिर हान्नियो । त्यहाँ उसका एक जना चिनारू मोची बस्थे । मोची दमका रोगी थिए । चन्द्रलाल त्यहाँ पुग्दा दम निको पार्न उनले मदारको सुकेको डाँठ सल्काएर चुरोट झैं तान्दै एक्लैएक्लै भनिरहेका थिए, "यो पुरूवाले पनि कति सताएको मलाई ! यो हावाले बदनको हड्डीहड्गीमा घुसेर पुरानो अकडबाईको दर्द जगाइदिएको छ ।"

चन्द्रलालसितको दुआ सलामपछि मोची बाबादीनले स्याँस्याँ गर्दै आफ्नो दुखेसो पोख्न थालिहाले, "नेपालगन्जको बजार बसाउन आएका एक जना सुब्बाले आफ्नो र पलिवारको लागि जुता बनाउन कानपुरबाट मेरा दादापरदादाहरूलाई यहाँ ल्याएर बसाएका थिए । तिनीहरू सिपाही, जिम्दार र साहूमहाजनका लागि घोडाको जिन, काठी, चाबुक र तरबारको म्यान पनि बनाउँथे । बन्दुकको गोली राख्ने कम्मरपट्टा पनि बनाउँथे । कमाई बहुत हुन्थ्यो । तर समयले पल्टी खायो । अब त सबले चैनिज जुत्ता लगाउन थालेका छन् । चमडाको जुत्ता बनाउने बडेबडे कारखाना पनि खुलेका छन् । मनईको काम मेसिनले गर्न थाल्यो । हाम्रो त रोजगार नै चौपट भयो ।"

चन्द्रलालले आफ्नो कानमा सिउरिएको बिंडी झिक्यो । सल्काएर लामो कस लियो । बुङ्ग धूवाँ उडाउँदै बिंडी बाबादीनतिर बढाउँदै सम्झायो, "काका, हामी सबै गरिबहरूको मनमा अनेकअनेक उलाहना छन् । यसलाई अनाज जस्तै डेहरीमा राख्न सकिने भए कहिले पनि पेटमा गिलो गम्छा बाँधेर भोकै बस्ने दिन आउने थिएन । तर हाम्रो मनको व्यथा अब कसैलाई देखाएर फाइदा छैन । अरूका लागि त यो बेकारको बिलौना मात्र हो । सुन्छन्, उडाइदिन्छन् ।"

बाबादीनले चुपचाप बिंडी तानिरहे । उनको मुखबाट निस्किरहेको धूवाँ माथिमाथि आकाशमा नगएर उनकै अनुहारभरि लतपतिइरहेको थियो । उनी बर्बराए, "पता नाई, कहिलेसम्म यो उलाहनालाई मनमा लुकाएर राख्नुपर्ने हो ।"

चन्द्रलालले सम्झायो, "कुनै न कुनै दिन हाम्रो पनि टेम आउँछ, बाबादीन काका । त्यही बेला नयाँपुरान सब बहीखाता निकालेर सारा हिसाबकिताब र लेनदेन राफसाफ गर्नुपर्छ । हामीले सकेनौं भने बाँकी बकाया हाम्रा सन्तानहरूले असुल उपर गर्छन् । रूपियाँ, अठन्नी, चवन्नी, एकाना, दुआना सबको हिसाब हुन्छ । अनि सब लेनादेना किलियरकट हुन्छ ।"

चन्द्रलालको कुरा बाबादीनलाई चित्त बुझ्यो सायद । उनले मुन्टो हल्लाइरहे ।

चन्द्रलालले बाबादीनलाई दुई सय रूपियाँमा जुत्ता बेचिदियो । रूपियाँ पाएपछि उसले मनमनै भनेको थियो, "यो हरामको कमाइ हो । कुनै बरकत छैन यसमा ।"

त्यो पैसा उसले घरसम्म नपुऱ्याउने निश्चय गरिसकेको थियो । ऊ एउटा भट्टीमा पस्यो । त्यो पैसाले दारू खायो र मस्त भयो । बाँकी पैसाले आधा मिटर कालो कपडा, आधा छटाक सिन्दूर र एक दाना कागती किन्यो ।

त्यो अमावस्याको रात थियो । ऊ घर पसेन । सोझै गाउँको पुछारमा रहेको राधारमन शर्माको घर पुग्यो । धेरै दान पाउने लोभमा एक जना जिम्दारको काट्टो खाएका उनी कट्टाहा बाभन भनेर कुलघरानले टोकेसो गर्न थालेपछि सुटुक्क बजारको घर बेचेर गाउँमा आएका थिए । गाउँमा बाभनगिरी गरेर जीविका चलाउँथे । ग्रहदशाबारे सामान्य जानकारी भएकाले उनले शकुनअपशकुन हेरिदिने पनि काम गर्थे ।

चन्द्रलालले भने, "पन्निज्जी, दुस्मनको नाश गर्ने पूजा गर्नु छ ।"

पण्डितले कालो कपडामा माता कालीको चित्र बनाएर पूजा गरे । अनि २७ दाना भएको कमलगट्टाको मालालाई चारपल्ट घुमाएर १०८ चोटि मन्त्र पढे– "ह्रिं क्लिं शत्रुनाशिनी फट् । दुहाई परमेसुर मादेव गौरा पारूती ।"

मन्त्र पढिसकेपछि पहेंलो कागतीमा सिन्दूरले दुस्मनको नाम लेख्नुपर्ने भयो । पण्डितले चन्द्रलालसित सोधे, "ल अब शत्रुको नाम भन् ।"

उसले प्रधानमन्त्रीको नाम लियो ।

१३

राति नै रामेश्वरीले रित्तै घर फर्किएको चन्द्रलालको सातो लिइहालिन् ।

"जरूर त्यहाँ गएर कुनै सुन्दरीउन्दरीको चक्करमा पऱ्यौ । उसैको मुख चाटेर बस्यौ । नत्र तिमीले साँप जरूर पकड्न सक्थ्यौ ।"

जहानले नै यस्तो अविश्वास गरेपछि ऊ रून मात्र सकेन । टाउकोमा हात राखेर थचक्क भुइँमा बस्यो र मुर्मुरियो, "तँ मेरी लुगाई होस् कि सुरपनलेखा ? यहाँ मेरो हियामा अगनी बलेको छ, तँ भने उल्टो ममाथि शङ्का गर्छेस् ? अब बढ्ता टेंटें गरिस् भने सँडसीले तेरो जुबान खिँचलिन्छु ।"

खसमको रिस देखेर रामेश्वरी सटकदम भइन् ।

बिहानै सपेरा बिरादरीको बैठक बस्यो ।

"सरऊ, धाक त यसरी लगाउँथिस् मानौं तेरो पिसाबबाट चिराग जल्छ । तेरो धोती पाइजामा अरगनीमा हैन, आकाशमा सुक्छ । रणबाँकुर जस्तो भएर गएको थिइस्, अहिले मुर्दनी छाएको उनहार लिएर फर्किस् ।"

सबैले उसको कुरा काटे । उसलाई झनक्क रिस पनि उठ्यो । तर दहीको कढी जस्तै भुक्लुक्क उम्लिएर तुरून्तै शान्त भइहाल्यो । ऊ अपराधी झैं चुपचाप शिर निहुऱ्याएर बसिरह्यो । मानौं, ऊ राजधानी होइन, जेल गएको थियो र भर्खर जमानतमा छुटेर आएको हो ।

बिरादरीका सरदार थिए, ८३ वर्षका रूखेसर । निधारभरि गोपीचन्दनको त्रिपुण्ड लगाएकाले उनको अनुहार गरिमामय देखिएको थियो । उनले पहिला बिंडी सल्काए । अनि लामोलामो कस दुईचार पटक लिए । सुक्खा खाँसीले सताएको रहेछ । निकै बेर खोके ।

खोकी रोकिएपछि एकदमै गरम स्वरमा उनले हकारे, "साँप जहाँ लुकेको भए पनि पकड्न सक्छु भनेर गफ लगाउँथिस् । तर तँ त बेसुरको ढपोर शङ्ख मात्र रहेछस् । तँमा कुनै दम रहेनछ । तैंले साँप पकड्लास् र परधानमन्तरीले हामीलाई दया गरेर नागिर्ता देलान् भन्ने कति आशा थियो ! तर तैंले मुखमा आएको मालपुआ पनि गिराएर आइस् । कहाँ गयो तेरो मरदई ? तैंले हामी सपेरा बिरादरीको घनघोर बेइज्जत गरिस् । एउटा साँप पनि पकड्न सकिनस् ।"

"घण्टा पकड्नु ? त्यहाँ सब कपटले भरिएका छलछन्दी रहेछन् । सबका सब काला नागहरू मान्छेको रूप धरेर, नयाँनयाँ पैरहनमा बसेका थिए । म त को आदमी हो, को साँप हो भनेर कनफुजियाई गएँ । राजधानी त हामी गरिबहरूलाई घोंचू बनाउने छल बजार रहेछ," चन्द्रलालले झर्केर जवाफ दियो, "तर तिमीहरू यो कुरा कसरी बुझ्छौ ? सबलाई मेरो फजियत गरेर मजा लिनु छ । ममाथि बिसुवास थिएन भने मलाई किन त्यहाँ पठाएको ? आफैं गएको भए भैहाल्थ्यो । मलाई बेकारको रमझल्लामा फसायौ ।"

बिरादरीले चन्द्रलालको कुरा विश्वास गरेनन् । उसलाई शङ्काको लाभ पनि दिन चाहेनन् । रूखेसरले पञ्चैतीको निर्णय सुनाए, "हामी सबले एक मतले निर्नय लियौं । अब तैंले कहिले पनि साँप पकड्न पाउँदैनस् । साँप नचाउन पनि पाउँदैनस् । तैंले आफ्नो सपेराको पगडी, बिन र साँप राख्ने पिटाराहरू सबै हामीलाई ल्याएर बुझाउनुपर्छ । नत्र तेरो हुक्कापानी, बेटीरोटी सब बन्द हुन्छ । बिरादरीबाट बाइकाट हुन्छस् । हाम्रो भोजवोजमा सामिल हुन पाउँदैनस् ।"

पञ्चैती सकिएपछि रामेश्वरीले सुँक्कसुँक्क गर्दै खसमसित भनिन्, "तिमी जानुअघि मैले सगुनियाँलाई चाउर देखाएकी थिएँ । उसले शकुन विचारेर सुम्मारको दिन पुरव दिशातिर जानुहुँदैन भनेको थियो । मैले त भनेकै थिएँ । तर तिमीले मानेनौ ।"

रामेश्वरीले यस पटक सहरका गुजरियाहरूले फसाए भनेर आरोप लगाइनन् । चन्द्रलाललाई अलिकति चित्त शान्त गर्ने बाटो भयो ।

नत्र त उसलाई काँधमा भैरव झोली झुन्ड्याएर र चिम्टा बजाएर अलखनिरञ्जन भन्दै जोगी हुन मन लागिसकेको थियो ।

बिरादरीको निर्णयपछि चन्द्रलालको रोजीरोटी गुम्यो । अब उसले गर्ने के ? जहान परिवारको पेटमा माड कसरी पार्ने ? जीवनभरि एक से एक विषालु साँप समात्यो उसले । आज समयले नै उसलाई साँप भएर डस्यो । त्यसको विष उसको दिमागसम्मै फैलियो । ऊ आफ्नो वरिपरिको समाज, आफूलाई गोलचक्करमा पारेको राजनीति, आफ्नो ढाडमाथि सवार सरकार र जनताका आवाज नसुन्ने प्रधानमन्त्री, मन्त्री सबैसित क्रुद्ध भयो ।

मधेसका मुद्दाहरूलाई सम्बोधन नगरेको भन्दै संविधानको विरोधमा मधेसमा फेरि आन्दोलन सुरू भएको थियो ।

ऊ आवेशमा मुर्मुरिँदै जङ्गल गयो र खँदिलो भरतु बाँस खोजेर ल्यायो । बाँसमा शुद्ध तोरीको तेल दल्यो । रातभरि चिसो शीतमा भिजायो र बिहान परालको धुनीमा सेकायो । अनि तयार भयो, बलियो लाठी ।

"मेरो हातबाट बिन पो खोसियो । हात त खोसिएको हैन नि ।"

यसरी मनभित्रको आगो ओकल्दै बिन समात्ने उसको हातले लाठी समात्यो । ऊ झोकैझोकमा आन्दोलनमा सामेल भयो ।

एक दिन आन्दोलनमा उसको खुट्टामा गोली लाग्यो ।

उसको हातबाट बिन त छुटी नै सकेको थियो । लाठी पनि छुट्यो ।

१४

आफ्नै कथासङ्ग्रहभित्रको कथाका माथिका अध्यायहरूहरू पढेर म आफैं आत्तिएँ । मलाई लाग्यो, चन्द्रलालले आफूसँगै कुनै साँप पनि लिएर आएको थियो र त्यही साँपले डस्यो मलाई । मेरो शरीर शीताङ्ग भयो । मेरो नसामा हिउँ बग्न थाल्यो । मैले आत्तिँदै सोधें, "मैले यो कथा कहिले लेखें ?"

"त्यो त थाहा छैन । तर यो मेरै कथा हो ।"

मलाई अक्क न बक्क देखेर उसले आफ्नो कथा आफैंले भन्न थाल्यो ।

१५

मधेस आन्दोलनमा मेरो खुट्टामा लागेको गोली त अस्पतालका डाक्टरले जसोतसो निकाले । तर गोलीले पारेको घाउ अझै निको भएको थिएन । सधैं मवाद बगिरहन्थ्यो । रामेश्वरीले घाउमा कहिले बेसार र कहिले निमको पातको लेप लगाइदिन्थिन् । हरेक बिहान गोमूत्रले घाउ धोइदिन्थिन् । अनेक दबादरमत गर्दा पनि घाउ निको भइरहेको थिएन ।

पहिलापहिला त रामेश्वरीले काम गर्दा, खाना पकाउँदा अलिअलि गुन्गुनाउँथिन् पनि । बिरहा, कजरी र कबिरका वाणीहरू उनको आवाजमा जीवन्त बन्थे । अहिले त उनले सबै सुर बिर्सिसकेकी थिइन् । सबै लय हराइसकेकी थिइन् । मैले त सोधें पनि एक दिन, "आजकाल तँ किन गीत गाउँदिनस् ?"

उनले माड उमाल्दै उदास स्वरमा भनेकी थिइन्, "गरिबीले हाम्रो जिनिगीको सारा रौनक छिनिसक्यो । बिरहा, कजरी र कबिर सब बिसराइसकें । हामी त सत्त नभएका पैया अनाज जस्ता भैसक्यौं ।"

रामेश्वरीको कुरा मेरो हियामै गाडियो । म सरासर कमलेशकहाँ पुगें र भनें, "मलाई कुनै कामधन्धा चाहियो । आजभोलिदेखि नै । जुरतै । जुन काम दिए पनि नाइनुकुर गर्दिनँ ।"

भन्न त भनें । तर त्यो दिन मैले कमलेशको घरको माहोल नै अर्कैअर्कै देखें । मैले त्यहाँ माटोका सुराही, भुडकी र पालाहरू देखिनँ । माटाका मूर्ति र खेलौनाहरू पनि देखिनँ । फनफनी घुमेर माटोलाई थरीथरीका आकार दिने बडेमानको चक्र पनि देखिनँ । चक्र राख्ने पिण्डी पनि थिएन ।

तर आगोको भट्टी भने जस्ताको तस्तै थियो । त्यसमा आगो मधुरोमधुरो बलिरहेको थियो ।

माटैमाटो हुने घरमा त्यस दिन फलामै फलाम थिए । हथौडा र छिनाहरू थिए । ससाना रेतीहरू पनि थिए । पेचकस र पिलासहरू पनि थिए ।

म जिल्ल परें । माटोका भाँडाहरू बनाउने कुम्हाललाई किन आवश्यक भयो यतिका फलाम ? किन चाहियो फलामका यतिका औजार ?

कमलेशले भट्टीमा लकडी थपे । एकैछिनमा आगो दनदनी बल्न थाल्यो । आगोका लप्काहरू माथिमाथि उड्न थाले । ती लप्काहरू देख्दा लाग्थ्यो, ज्वालाहरू नाच देखाउँदै छन् ।

कमलेशले फलामका केही टुक्राहरू दनदनी बलिरहेको आगोमा हाले । फलाम रातो भएर गल्यो । उनले गिलो फलामलाई आगोबाट ठूलो चिम्टाले झिके । त्यसलाई घन र हथौडाले पिटेर थरीथरीका आकार दिए । रेतीले घोटेर थरीथरीका पुर्जाहरू बनाए ।

कमलेशले एकैछिनमा साइकलको पाङ्ग्रा अड्याउने चिम्टा काटेर देखाउँदै भने, "यो म्यागजिन हो ।"

उनले साइकलकै तिल्लीलाई फनफनी बेरे र भने, "यो म्यागजिनभित्रको स्प्रिङ हो ।"

उनले जिपको स्टेयरिङको पाइप काटेर त्यसको सानो टुक्रा मलाई देखाउँदै भने, "यसलाई ब्यारेल भन्छन् ।"

उनले फलाम गलाएर बनाएका ससाना पुर्जाहरूलाई एक ठाउँमा फिट गरे । पेचकसले स्क्रूहरू कसे । उनले बडा फूर्तिसाथ गरिरहेका थिए यी सबै काम । सिद्धहस्त कारिगर झैं । कमलेशका हात यति फूर्तिसाथ चल्छन् भन्ने मैले कल्पना पनि गरेको थिइनँ ।

अन्त्यमा कमलेशको हातमा टल्किरहेको थियो, उनले बनाएको एकदमै नयाँ पेस्तोल । देशी कट्टा । हातमा कट्टा खेलाउँदै कमलेशले मसित भने, "चन्द्रलाल, इतिहासले हामी मधेसीहरूसित बहुत मजाक गऱ्यो । अब इतिहास बदल्नुपर्छ । अब इतिहासकारहरूको कनपटीमा

यही कट्टा राखेर हामीले भन्नुपर्छ– ए सरऊ इतिहासकार ! अब तैंले इतिहासको नयाँ किताब लेख् ।"

मलाई कमलेशको कुरा चित्त बुझ्यो । मैले पनि उनीसँगै सिकें, म्यागजिन, स्प्रिङ र ब्यारेल बनाउन । म पनि चाँडै सिपालु भएँ । मेरा हातले पनि बनाउन थाले टलकौवा कट्टाहरू । पेस्तोलहरू ।

पुराना इतिहासकारहरू सायद मबाट डराए । उनीहरूले सुराकी गरिदिए । एक दिन म र कमलेश हतियार बनाउँदाबनाउँदै समातियौं ।"

आफू जेल पर्नुको कारण बताइसकेपछि चन्द्रलालले आफ्नो हातमा भएको युगौं पुरानो कटकटिएको ढाकाटोपीलाई चोर औंलाले फनफनी घुमायो र भन्यो, "तपाईंका ढाकाटोपीवाल इतिहासकारहरूसित मैले बहुत झगडा गर्नु छ ।"

१६

उसका कथाव्यथा सुनेपछि मैले ऊ को हो र कुन कसुरमा सुर्खेत कारागारमा थुनिएको थियो भन्ने त थाहा पाएँ । तर अझै पनि ऊ कसरी मेरो अध्ययन कक्षमा पस्यो भनेर बुझ्न सकेको थिइनँ । त्यो रहस्य उसले अझै पनि खोलेको थिएन । मलाई जाडोमा पनि खलखली पसिना आइरहेको थियो । आफ्नो निधारका पसिना पुछ्दै मैले सोधें, "चन्द्रलाल, अब यति भनिदेऊ, तिमी मेरो यो अध्ययन कक्षमा पस्यौ कसरी ?" उसले शान्त भएर जवाफ दियो, "सर, हामी तपाईंका लागि साह्रै साना मान्छे हौं । तपाईंहरूले लेखेको इतिहासमा कीटपतङ्ग जति हैसियत पनि छैन हाम्रो । त्यो इतिहासभित्र लडाइँका हजारौं सिपाहीहरू झैं गुमनाम र मौन बसिरहेका हजारौं निरीह प्राणीमध्ये म पनि एक हुँ । तपाईंहरूले पढ्ने इतिहासको किताबमा कतै कैफियत, कतै फुटनोट र कतै पुछारतिरका सन्दर्भसामग्रीहरूको लम्बेतान सूचीमा अत्यन्त ससाना अक्षर भएर बसेको अदना प्राणी हुँ म । त्यो इतिहासको कुनै पनि पानामा मेरो र मेरा पुर्खाहरूको भूमिका उल्लेख गरिएको छैन । त्यहाँ चन्द्रलालहरू कतै देखिँदैनन् । इतिहासका अक्षर मात्र पढ्ने र

त्यसका हरफहरूलाई आफ्नो सुविधाअनुसार व्याख्या गर्नेहरूले हामी जस्ता पात्रहरूलाई कहिल्यै पनि देख्दैनन् । कतै पनि देख्दैनन् ।"

ऊ एकछिन गम खायो । मानौं, ऊ आफ्ना भन्ने कुरालाई दिमागमा व्यवस्थित पार्दै छ । उसले एक पटक न्याकका किताबहरूमा आँखा दौडायो र भन्यो, "तपाईंले कारागारमा इतिहासको किताब छाडेर आउनुभएको थियो । म तपाईंका पितापुर्खाले लेखेको इतिहासको किताब पढ्दापढ्दै त्यही किताबभित्र धमिरा भएर पसें । एक दिन कुनै पाठकले इतिहासको त्यो किताब कारागारबाट बाहिर ल्यायो र किताबसँगै म पनि बाहिर आएँ ।"

चन्द्रलालको कुराले मलाई स्तब्ध बनायो । त्यही बेला मित्र महेशविक्रमजीले पनि फोन गरेर डरलाग्दो जानकारी दिए, "यार, कारागारको पुस्तकालयबाट रहस्यमय किसिमले इतिहासका किताबहरू धमाधम गायब हुँदै छन् ।"

मैले फोन राख्नासाथ चन्द्रलालले सोध्यो, "सर, हामी कहिलेसम्म दईमारा भएर बसिरहने ? अब इतिहासको नयाँ संस्करण छाप्नुपर्ने बेला भैसकेन र ?"

सिरी उपमा जोगे

एक

कसले सोचेको थियो होला, विश्व मानचित्रमा धेरैले देख्दै नदेखेको या चिन्दै नचिनेको देश नेपालले एक दिन विश्वलाई नै आतङ्कित बनाउँदै शक्तिशाली परमाणु बम नै बनाउँछ र संसार नै ध्वस्त पार्ने दिशामा अग्रसर हुन्छ । तर यस्तो हुने अब निश्चितप्रायः भइसकेको थियो ।

चीन र अमेरिका जस्ता ठूला दाताले आर्थिक सहयोग रोक्का राख्दै नियमित सदस्यता शुल्कसमेत नबुझाएपछि संयुक्त राष्ट्रसङ्घ आर्थिक अभावमा टाट पल्टिइसकेको थियो। त्यसले आफ्नो मुख्यालयमा सजाइएका अमूल्य चित्र, मोटरकार, भवन, कम्प्युटर र टेबलकुर्सी लिलाम गरेर कर्मचारीहरूलाई बाँकी तलब दिएर आफ्नो मुख्यालय बन्द गरिसकेको थियो । शक्तिराष्ट्रहरूले विघटित राष्ट्रसङ्घको बडापत्रका करोडौं प्रतिहरूलाई रिसाइकल गरेर ट्वाइलेट पेपर बनाइसकेका थिए । सबै खालका अन्तर्राष्ट्रिय कानुन पङ्गु साबित भएका थिए । पञ्चशीलको सिद्धान्त मजाक बनिसकेको थियो । असंलग्न राष्ट्रहरूको शिखर सम्मेलनमा जुत्ता हानाहान भइरहेको थियो । ठूला राष्ट्रहरूले साना र कमजोर राष्ट्रका शासकहरूलाई होली वाइनका नाममा

आआफ्नो मुत खुवाइरहेका थिए । क्रान्तिकारी र प्रगतिशील मानिएका नेता, बुद्धिजीवी र चिन्तकहरू क्रमशः नस्लवादी बन्दै गएका थिए । राष्ट्रवाद भन्ने चिन्तन क्रमशः अन्धराष्ट्रवाद र उग्रराष्ट्रवादको बाटो हुँदै अतिवादतिर उन्मुख थियो ।

नेपालमा पनि यस्तै अनौठो खालको राष्ट्रवादी उभारको बेला थियो । सरकारको विरोध प्रजातान्त्रिक अभ्यास होइन, देशविरूद्धको अक्षम्य अपराध ठानिन थालिएको थियो । त्यस्तालाई सोझै मृत्युदण्ड दिने कानुन पारित भइसकेको थियो । न्यायालयमा थोकमा न्यायको किनबेच हुन थालेको थियो र प्रतिरोधी स्वरलाई रौतहटको ईँटाभट्टामा जिउँदै जलाउन थालिएको थियो । पुलिस-प्रशासन माफियाहरूको बैठकमा हाजिरी बजाउन व्यस्त थियो । भ्रष्टाचार सरकारले संरक्षण गरेका केही हुनेखाने ठेकेदारहरूको मौलिक अधिकार घोषित गरिएको थियो । रोचक कुरा के थियो भने, यति बेला पनि *सयौँ थुँगा फूलका हामी, एउटै माला नेपाली* जस्ता मीठा सुनिने शब्दहरूले ठसाठस भरिएको रूमानी राष्ट्रगान नै प्रचलित थियो । राष्ट्रगान र सत्ताको चरित्रबीच पटक्कै सङ्गति थिएन । राजनीतिले समाज, समुदाय र मान्छेका मनहरूलाई झनै विभाजन गर्ने भरमग्दुर प्रयास गरिरहेको थियो । *आमा, दिदी, बैनी हो, कति बस्छौ दासी भएर* जस्ता गीत गाएर राजनीतिमा स्थापित जमात पोथीहरू बास्न थाले भनेर क्रुद्ध थियो । "धर्म अफिम हो" भन्नेहरूको धेरै समय पूजापाठमा बित्न थालेको थियो । ठूला मानिएका नेताहरू "किताब पढ्ने बुद्धिजीवीहरूले समाज भाँडे" भनेर खुलेआम कुर्लन थालेका थिए । भ्रष्टाचारविरूद्धका गीत प्रतिबन्धित हुन थालेका थिए । पत्रपत्रिकामा स्तुतिबाहेक आलोचना लेख्न वर्जित थियो । सिनेमा हलमा राष्ट्रगान बज्दा दर्शकहरूले टाउकाले टेकेर उभिनुपर्ने नियम लागू भएको थियो । राजनीति समाजलाई जोड्ने होइन, झनै असहिष्णु बनाउने हतियारका रूपमा प्रयोग हुन थालेको थियो ।

तिनताक जनतामाझ लिपुलेक, कालापानी, लिम्पियाधुरालगायतको नेपाली भूमि भारतले अतिक्रमण गरेको चर्चा चुलिएको थियो। सरकारले जनताको यही भारतविरोधी भावनालाई आफू सत्तामा टिक्ने हतियारका रूपमा प्रयोग गरिरहेको थियो। जनताको न्यूनतम आधारभूत आवश्यकता र मौलिक अधिकारको बेवास्ता गरेर सरकार युरेनियम बेच्ने धन्दामा लागेको थियो। र गुप्त रूपमा परमाणु बम बनाएर विश्वलाई थर्काउँछौं भनेर दुस्साहस गरिरहेको थियो। बेलाबेलामा छोटो दूरीको क्षेप्यास्त्र परीक्षण गरेर भारत र चीनलाई चिढाइरहेको थियो।

यतिखेर यो कथा तपाईं पढिरहनुभएको छ भने तपाईं सम्भवतः संसारमा बाँकी अन्तिम व्यक्ति हुनुपर्छ। कथाकारको नाताले म यसमा अरू धेरै कथा र उपकथा जोड्न चाहन्थें। तर भारतसितको सीमा विवाद र चीनसितको व्यापार घाटाको कहालीलाग्दो स्थितिको राजनीतिक हल निकाल्न पूरै असफल भइसकेको नेपाल सरकारले आफ्ना छिमेकी मुलुकसित प्रतिशोध लिन परमाणु बम प्रहार गरेर संसार ध्वस्त हुने स्थितिमा पुऱ्याउला र मेरो कथा अधुरै रहला भन्ने त्रासले मलाई गाँजेको थियो। त्यसैले यो कथालाई सुन्दर, बिम्बात्मक र जीवन्त बनाउनेतर्फ मैले कुनै मिहिनेत गर्न सक्ने स्थिति नै थिएन। फेरि विश्व नै नामेट भइसकेपछि मेरो यो कथा कसले पढ्ला भन्ने कुराले पनि पिरोलेको थियो। त्यसैले यो कथा एउटा साधारण टिपोट मात्र हुन पुगेको छ। ध्वस्त भएको पृथ्वीमा संयोगले जीवित कुनै एउटा व्यक्तिको हातमा यो कथा पऱ्यो भने पनि विश्व सभ्यताको इतिहासमा कसरी एउटा अकल्पनीय घटना भएको थियो र त्यसमा सामान्य जस्तो लाग्ने एउटा प्रेमकथाको नियति कस्तो भएको थियो भन्ने उसले जानकारी पाउला। यतिखेर तपाईं यो कथा पढिरहनुभएको छ भने यो कथाकारका लागि सुखद कुरा हो। मलाई आशा छ, तपाईंमार्फत यो कथा फेरि सिर्जना हुने नयाँ मानव सभ्यतामा किंवदन्तीका रूपमा भए पनि सुनिनेछ या सुनाइनेछ।

दुई

हरेक महिनाको औँसीको रातमा झैं त्यो रातमा पनि गाउँलेहरू हतारमा थिए । उनीहरू समयमै रोटी र चटनी खाएर हतारहतार धरिछन काकाको खण्डहर भइसकेको घरको ओसारामा भेला भएका थिए । उनीहरू सबैलाई थाहा थियो, ठीक मध्यरातमा मसानघाटमा आफू गाडिएको ठाउँबाट स्वर्गीय धरिछन काका निस्कन्छन् र बकुली टेक्दै आफ्नो आँगनमा आउँछन् । उनी मरेको त वर्षौं भइसकेको थियो । गाउँमा उनीपछि पनि चौथो, पाँचौं पुस्ता हुर्किरहेको थियो । तर उनी सबैका लागि काका थिए ।

सबैलाई उनको व्यग्र प्रतीक्षा रहन्थ्यो । किनभने उनी आएपछि खुलेर बतकही सुरू हुन्थ्यो । सबैले उनलाई अगुवा बनाउँथे र आफ्ना दुःखसुखका कुरा सुनाउन थाल्थे । गाउँलेहरू निस्फिक्री बोल्ने भनेकै त्यही बेला थियो । नत्र त उनीहरूको आवाज कसले सुन्थ्यो र ? त्यसलाई गाउँलेहरू आफ्नो अभिशाप मानेर सहन बाध्य थिए । यो बाध्यता उनीहरूको बानी भइसकेको थियो । बूढापुरानाहरू भन्थे, "यो पुरखनगत रोग हो । त्यसैले त हामी जन्मँदै हाम्रो मुखमा जाबा लागिहाल्छ । हाम्रा पितापुर्खाले कति पटक ब्राह्मणलाई गुड र गहुँदान गरेका थिए । पुस्तौंसम्म सबैले आफ्ना सन्तानको नाभिमा महिनौंसम्म केशरको टीका पनि लगाइदिएका थिए । महिनौंसम्म मछलीलाई जौको लड्डु पनि खुवाएका थिए । तर केही असर भएन । आजसम्म पनि हाम्रो वाणीको समस्या समाधान भएको छैन । हामीले बोलेको कसैले बुझ्दैन । त्यसैले कसैले हाम्रो दुःखपीडा बुझ्दैन । कुनै चमत्कार होला र हाम्रो बोली बडी लाइनको रेलभन्दा तेज चल्ला भन्ने सपना देख्दादेख्दै हाम्रो जिन्दगानी बितिजाने भयो । हाम्रो गलामा कहिले पनि सरसोती माई बस्ने भइनन् ।"

यस्ता कुरा सुनिसकेपछि सबै निराश भएर एकै स्वरमा भन्थे, "करम मा जो बदा होई, भोगा जाई ।"

"भेला भएका बेला म त सानै थिएँ । त्यो टाइममा पनि यसरी नै एउटा सरकारी अफिसर आएर सरकारले गाउँलेहरूलाई नयाँ किताब दिने कुराको जानकारी गराएको थियो । त्यो दिन मैले पहिलोपल्ट आफ्ना बप्पा र माईलाई खुस देखेको थिएँ । उनीहरूको उनहार उज्जरउज्जर भएको थियो । किताब पाएपछि आफूहरूले बोलेको सबैको समझमा आउँछ र बोलीकै कारण अब उनीहरू कसैले पनि दुःख पाउनुपर्दैन भन्ने कुराले सबै परसन्न भएका थिए । तर पनि मेरा माई र बप्पा खुसीले मुस्कुराएका थिएनन् ।"

"मैले आफ्ना बप्पा र माईलाई कहिल्यै पनि हाँसेको देखेको थिइनँ । मैले माईसित सोधें– माई, माई, तिमीहरू किन कहिल्यै पनि हाँस्दैनौ ? जवाफमा मेरी माईले एउटा कहानी सुनाएकी थिइन् ।"

"पहिलापहिलाका गरिबहरू रून्चे थिएनन् । तिनीहरू आफ्नो गरिबीमा पनि खिलखिलाएर हाँस्थे । उनीहरूको हाँसो आकाशसम्म गुन्जिन्थ्यो । त्यसै बखतको कुरा हो, स्वर्गका राजा इन्द्रलाई रावणको छोरा मेघनाथले युद्धमा हराएर बन्दी बनाएका थिए । आफू बन्दी भएकै बेला इन्द्रले गरिबहरूको हाँसो सुने । उनलाई गरिबहरूले आफ्नो खिल्ली उडाए जस्तो लाग्यो । पछि ब्रह्माको अनुरोधमा मेघनाथले इन्द्रलाई बन्धनमुक्त गरिदिएपछि उनी स्वर्गमा फर्किए । गरिबहरूलाई एक ठाउँमा भेला पारेर श्राप दिए– अबदेखि सबै गरिबको ओठमा कलेटी परोस् । उनीहरूलाई हाँस्न गाह्रो होस् । हाँस्न खोज्यो भने उनीहरूका ओठ फुटून् र त्यसबाट रगत बगोस् । बस्, त्यो दिनदेखि गरिबहरू आफ्नै हाँसोसित डराउन थाले ।"

"माईले यस्तो भनेपछि मैले खुर्रर दौडेर घरबाहिर ओसारामा आएर कक्कड खाइरहेका बप्पासित सोधेको थिएँ– बप्पा, मलाई एक चोटि हाँसेर देखाऊ ।"

"बप्पा हाँसेका थिए । उनको सुक्खा ओठ जुरतै फुटिहालेको थियो र रगत पनि बग्न थालेको थियो । अनि मलाई माईको कथामा बिसुवास

भइहाल्यो । मैले त्यो दिन आफ्ना सबै गुइयाँहरूसित गफ लगाएँ, माईहरू झूटो बोल्दैनन् र कहिले पनि गलत कथा सुनाउँदैनन् ।"

"पछिल्लोपल्ट एक जना सरकारी अधिकारी आएर सरकारले गाउँलेहरूका लागि नयाँ शब्दकोश दिने सूचना दिएपछि गाउँलेहरू त्यसरी नै खुसी भएका थिए । तर धरिछनका माई र बप्पा झैं उनीहरू पनि खुलेर मुस्कुराउन सकेका थिएनन् ।

तर आजसम्म गाउँलेहरूले त्यस्तो कुनै शब्दकोश पाएका थिएनन् । चिहानबाट ब्युँतिएर गाउँमा गफगाफ गर्न आएका धरिछनले भन्थे– म पनि त्यही शब्दकोश पर्खंदापर्खंदै मरें ।"

तीन

"असिल मर्द त्यही हो, जसले खेतीकिसानी गर्छ । जब म जिन्दा थिएँ, मैले सधैं खेतीकिसानी गरेको सपना देख्थें । सोच्थें, ससुरालीसित उधारी लिएर भए पनि दस कट्ठा जति खेतीहर जमिन किन्छु र मेनहतले खेती गर्छु । मैले पैसा लिएर जग्गा पास गर्न अड्डामा पनि गएको थिएँ । तर मैले बोल्नै नजानेपछि अड्डाले मेरो नाममा जग्गा पास गरिदिएन । भन्यो– तँ यहाँको नागरिक नै होइनस् । बस्, त्यही मारे मैले आफ्नो सपना पूरा गर्न पाइनँ ।"

मरिसकेका धरिछनले जिउँदा गाउँलेहरूलाई आफ्नो जीवनकथा बरोबर सुनाइरहन्थे । यसरी भूत बनेर कथाकहानी सुनाउन आएका धरिछनसित कोही डराउँदैनथे । सबैलाई थाहा थियो, धरिछनसित सुनको मुलायम हृदय छ, जसभित्र सबैप्रति प्रेमभाव अटाएको छ । त्यसैले सबैलाई धरिछनका कुरा रूचिकर लाग्थे । उनीसित गाउँलेहरूले खेतीपातीका सल्लाह लिइरहन्थे । उनी सिकाउँथे, "गौरैयाले गरदामा नुहायो भने बहुत जल्दी पानी पर्छ । खेती अच्छा हुन्छ । फेरि यो साल निमको पेडमा बहुत फूल फुलेको छ । जौको फसल अच्छा हुन्छ । तर हामी खेती गर्न नपाउने दैमारालाई गौरैया गरदामा नुहाए पनि के मतलब ! नीमको पेडमा फूल फुले पनि के मतलब ! पोहोर

पनि त मदार बहुत फुलेकोले अगलबगलको गाउँमा कोदोको फसल कति अच्छा भएको थियो ! तर तिमीहरूले भने माटो पनि छुन पाएनौ ।"

धरिछनका कुरा सुनेर गाउँलेहरू जिल्ल पर्थे । उनीहरूलाई धरिछन भविष्यवेत्ता जस्ता लाग्थे । एक दिन कसैले सोधेको पनि थियो, "काका, तिमीलाई यो सब कुरा कसरी थाहा भयो ?"

उनले भनेका थिए, "म अनपढ जरूर छु । तर बादल बिजुरीको रङ्गढङ्ग, चौपायाको आनीबानी र फसलको सेहत आरामले पढ्न सक्छु । मेरो एउटा कुरा गाँठ बाँधेर राख तिमीहरू । खेतमा युरिया, पोटास र डिएपी जस्ता देशी मल धेरै हाल्यो भने त्यसले जमिनलाई उसर बनाइदिन्छ । नागफनी उम्रिन थाल्छ । त्यसैले गोबर, खरानी र पातपतिङ्गर मिसाएर बनाएको पाँस नै जमिनमा छर्किनुपर्छ । खादको लागि ढैंचाको खेती जति राम्रो केही हुन्न । खेती भनेको त कला पनि हो । जुताई, बोआई, कटाई, दौनी, ढुलाई सबै मिहेनतसाथ गर्नुपर्छ । हरेक फसलको बोआई अगाडि खेतमा चारबार जुताई गर्नुपर्छ । सबै ढेलाहरू चुरचुर हुने गरी कम से कम चारपल्टा हेन्गा पनि चलाउनुपर्छ । जमिन त बूढी महतारी हो, बहुत हेरचाह गर्नुपर्छ । अनि पो महतारीले पनि सन्तानलाई सनेह गर्छिन् । आसिरविन्द दिन्छिन् ।"

खेती लगाइसकेपछि पनि वरिपरिका गाउँलेहरू यसरी नै औंसीको रात भेला भएर *पैलागी काका* भन्दै आशीर्वाद लिन आउँथे । उनी यसरी नै आफ्नो चिहानबाट ब्युँतिएर आउँथे । गाउँलेहरूसित भलाकुसारी गर्थे र फेरि आफ्नै चिहानमा फर्किनुअघि भन्थे, "सरकारले हाम्रो भाषामा हाम्रै कथाकहानी भएको कुनै किताबउताब निकाल्यो भने मरघटमा मेरो लास दफनाएको ठाउँमा धैदिनू । मलाई त्यो किताब पढ्ने बहुतै इच्छा छ ।"

गाउँलेहरू बोल्नै नजान्ने त थिएनन् । उनीहरू सबैसित आफ्नो दुःखदर्द बताउने भाषा थियो । तर "अब सबैले एउटै भाषा बोल्नुपर्छ"

भनेर कुनै जमानामा एक जना राजाले ऊर्दी जारी गरेपछि उनीहरूको बोली अरूले बुझ्न छाडेका थिए । ज्ञानको राजमार्गमा उनीहरूको हिँडाइ सुस्त भएको थियो । उनीहरू बोली गुमाएका लाचार प्राणी जस्ता भएका थिए ।

चार

धरिछनका बराजु जगतलाल कुनै बखत प्रख्यात जादुगर थिए । भनिन्थ्यो, उनी मान्छेलाई जनावर या चराचुरूङ्गीमा बदल्न सक्थे । उनको चर्चा जङ्गबहादुर राणासम्म पनि पुगेको थियो । उनले जगतलाललाई भेटेरै भनेका थिए, "म कोतमा मेरा सबै शत्रुहरूलाई भेला गर्छु । तिमी सबैलाई मुसा बनाइदेऊ । त्यसपछि म शक्तिशाली बन्छु । तिमीलाई पुरस्कार पनि दिन्छु ।"

त्यसो गर्नु अनुचित ठानेर जगतलालले जङ्गबहादुरको प्रस्ताव अस्वीकार गरिदिए । क्रुद्ध भएर जङ्गबहादुरले उनको हत्या गरिदिए ।

त्यो बेला यहाँ बजार बसेकै थिएन । बस्, सर्दीको मौसममा सोनार, बाँकीगाउँ र जैसपुरमा कानपुर, रायबरेली, लखनऊसम्मका सेठहरू आउँथे । अनि हाट लाग्थ्यो । बाह्रै मास यहीँ बसेर व्यापार गर्ने सेठहरूलाई सरहदिया र हिँउदभरि व्यापार गरेर गर्मी चढ्नासाथ भारततिरै फर्किहाल्ने सेठहरूलाई मुगलानियाँ भनिन्थ्यो । पहाडबाट टिनका टिन घिउ बोकेर हटारूहरू आउँथे । घिउ बेचेर आएको पैसाले सेठहरूसित लत्ताकपडा, नुन, चिनी र सलाईदेखि सियोधागोसम्म किनेर पहाड फर्किन्थे ।

लू चल्ने भएकाले काठमाडौंमा बस्ने राजामहाराजाहरूले आफ्ना दुस्मन या अपराधीहरूलाई सजाय दिनुपर्‍यो भने यता पठाइदिन्थे । पहाडबाट झरेका कति त लू लागेर मर्थे । लूबाट जसोतसो जोगियो, कालाजारले सिध्याउँथ्यो । कालाजारबाट जोगिए, करेतले डसेर मार्थ्यो । यस्तो ठाउँमा आएर पनि बाँच्न सफल हुनेको पञ्चखतबाहेकको सजाय माफ हुन्थ्यो ।

यहाँ सहर बसाल्न जङ्गबहादुर राणाले काठमाडौंबाट सुब्बा पद्मनाभ जोशीलाई पठाएका थिए । सपरिवार आएका सुब्बाले स्थानीय श्रमिकहरू जम्मा गरेर नगर निर्माण सुरू गरे । तर दिनभरि भएको सहर निर्माणको काम सबै राति बिलाउँथे । भोलिपल्ट फेरि नयाँ निर्माण थाल्यो, राति उसैगरी सबै विलीन हुन्थे । यसको रहस्य के हो भनेर सुब्बा पद्मनाभले एक जना नामुद तान्त्रिकसित सोधे । तान्त्रिकले बताए, "यो सब अनाहकमा मारिएका जगतलालको जादुका कारणले भएको हो ।"

त्यति बेला धरिछनका बराजु जगतलाल पनि हरेक औंसीको रात आफ्नो चिहानबाट ब्युँतेर गाउँलेहरूसित भलाकुसारी गर्न आफ्नो घरको आँगनमा आउँथे । यो कुरा थाहा पाएर सुब्बा पद्मनाभ गाउँमा आए । उनले स्वर्गीय जगतलाललाई भेटे र भने, "जगतलाल, पहिला जे भयो, सो भयो । बिर्सिदेऊ । नेपाल तिम्रो पनि देश हो । तिम्रो मातृभूमि यही हो । त्यसैले यहाँ नेपालगन्ज नामको सहर बसाउन मलाई तिमीले सहयोग गर । त्यसबापत तिमी जे भन्छौ, म गर्न तयार छु । बरू तिम्रो मुक्तिको लागि म यही गाउँमा ठूलो पुराण पनि लगाइदिन्छु ।"

देश र मातृभूमिको कुराले जगतलाल भावुक भए । उनलाई पनि लाग्यो, जङ्गबहादुरसितको रिस नेपालगन्जसित के पोख्नु !

"ठीक छ, अब तिमी आरामले नेपालगन्जमा बजार बसाउन सक्छौ । म कुनै लफडा गर्दिनँ ।"

त्यसपछि सुब्बा पद्मनाभलाई नेपालगन्ज सहर बसाल्न सहज भयो । उनले यहाँ सयौं व्यापारिक कोठी बनाए । बिस्तारैबिस्तारै इन्डियातिरका लत्ताकपडा र गल्लाका व्यापारीहरू यहीँ बसेर व्यापार गर्न थाले । बजारको रौनक बढ्दै गयो । वरिपरिका पहाडी जिल्ला दैलेख, सल्यान, रूकुम, जाजरकोटबाट पनि मान्छे ल्याएर बसाले । अब समाजमा अरू व्यवसायका मान्छेहरू पनि आवश्यक भए । त्यसैले सुब्बाकै प्रयासमा घाँस बेच्ने घँसियाराहरू आए । बाख्रा पाल्न गडरियाहरू आए ।

लाखका चुरा र गहना बनाउने लखेरहरू आए । पित्तल र काँसका भाँडाकुँडा बनाउने ठठेरहरू आए । नुनको कारोबार गर्ने लोनियाहरू आए । माटाका भाँडा बनाउने कुम्हालहरू पनि आए । यसरी बजारमा धेरै घर बन्न थाले । मन्दिर र पाटीपौवा बन्न थाले । मस्जिदहरू पनि बने । नेपालगन्ज बजार बिस्तारैबिस्तारै आबाद भयो । गुल्जार भयो ।

तर त्यो दृश्य जगतलालले हेर्न पाएनन् । सुब्बा पद्मनाभलाई वाचा गरेको दिनबाटै जगतलालको आत्मा गाउँमा प्रकट हुन छाडेको थियो ।

पाँच

प्रधानमन्त्रीका लागि साह्रै तनावका दिन थिए ती । उनलाई छारे रोगले निकै सताइरहेको थियो । कार्यस्थलमै उनी धेरै पटक बेहोस भएर ढलिसकेका थिए । स्वास्थ्यकै कारण उनले राम्ररी काम गर्न सकेका थिएनन् । विपक्षीहरूलाई भकाभक मृत्युदण्ड दिइसकेकाले तिनीहरूले उनको राजीनामा माग गर्लान् भन्ने भय त थिएन । तर रोग नै उनको शत्रु भएको थियो । त्यसले उनको दिमागलाई सुस्त बनाइदिएको थियो ।

प्रधानमन्त्रीको बाल्यकाल मधेसमै बितेको थियो । मधेसमा अझै पनि उनका धेरै बालसखाहरू थिए र उनीहरूलाई थाहा थियो– प्रधानमन्त्रीको असली नाम लालबाबु विद्रोही हैन, रामकृष्ण उपाध्याय हो । उनीहरू चिया पसलमा भेट भएर कहिलेकाहीँ गफ लगाउँथे, "रामकृष्ण पहिला अलिफ नङ्गा थिए । पूरै कङ्गाल । सानामा सधैं नाङ्गो खुट्टा हिँड्थे । त्यसैले हामी सबले उनको नामै *नङ्ग पैरा* राखिदिएका थियौं । बाउ सानैमा मरेपछि काकाहरूले उनकी माईलाई घरबाट निकालिदिएका थिए । उनले अरूहरूको घरको जुठो बासन माझेर गुजारा चलाउँथिन् । कैलेकाहीँ त रोटीमा परथन लगाउने आटा पनि घरमा हुँदैनथ्यो । भोकै बस्नुपर्दा उनी बहुतै रून्थे । माईले झूटो बोलेर सम्झाउँथिन्– बेटुवा, आज इक्कासीको दिन हो । आज त केही नखाएर फाका बस्नुपर्छ । नत्र देवी मैया बेजार हुन्छिन् । भोलि बास

न माझेको ज्याला आएपछि चाउर किनेर ल्याउँछु । अनि बन्डाको तरकारी र बैगनको चोखा बनाउँछु । करौंदाको अचार पनि बनाउँछु । तैंले एक थारी भात खानू ।"

अर्कोले अर्को किस्सा सुनाउँथ्यो, "दसहरा दिवालीमा उनलाई पनि नयाँ कपडा लगाउन मन लाग्थ्यो । माईसित किचकिच गर्थे । उनी सम्झाउँथिन्– भोलि मालिकले आफ्नो उतरन दिन्छु भनेका छन् । उनीहरूको उतरन पनि नवाँनवाँ हुन्छ । त्यो लगाएर हिँडिस् भने तँ त सिलेमाको हिरो जस्तै देखिन्छस् । अनि बजारका गुजरियाहरूले आँख मार्छन् तँलाई ।"

अझ अर्कोले भन्थ्यो, "बचपनमा रामकृष्णलाई अर्काको बिहाव बर्तुनमा जुठो पत्तल चाट्दै हिँडेको त मैले आफ्नै आँखाले देखेको छु । उनको पैरमा जहिले पनि उनकी माईले दसहरा या न्योरातिमा बाकिसोरी मन्दिरबाट चोरी गरेर ल्याएको बिजोडी हवाई चप्पल हुन्थ्यो ।"

बजारमा यस्तो भन्ने पनि भेटिन्थे–

"बाबुको अदबमा बस्नु नपरेको र माई बिहानैदेखि काममा जाने भएकोले उनी सानैदेखि हथछुट्टा भइसकेका थिए । अलिक हुर्किएपछि त उनी टकला राधेश्यामको ग्याङको मेम्बर भएर बटमारीको धन्धामा पनि लागे । कति पटक लुटपाट र चोरीचकारी गर्दागर्दै पुलिसले रेडह्याण्ड समात्यो पनि ।"

अहिले उनको उन्नतिप्रगति देखेर तिनै साथीहरूले भन्न थालेका थिए, "कुत्ताको पनि दिन आउँदो रहेछ । कौनो बखत चिडीको तिग्गी थिए, अब हुकुमको बास्सा बने । आजकल उनका लागि हरेक दिन दसहरा र हरेक रात दिवाली ।"

रामकृष्णकी आमाले उनलाई ऋणपान गरेरै भए पनि स्कुल पठाउँथिन् । त्यसैले अलिकति भए पनि उनले लेखपढ गर्न जाने । चतुर थिए । थरीथरीका मान्छेसित सङ्गत गर्दै गए र समाजमा आफ्नो परिचय बदल्ने उपक्रममा ल ागे ।

अस्थिर राजनीतिक स्थितिका कारण तराई-मधेसभरि भूमिगत सङ्गठनहरू निकै सक्रिय भएको बेला थियो । त्यस्ता धेरैजसो भूमिगत सङ्गठनहरूका हेडक्वार्टर चाहिँ सीमापारिका रूपैडिहा, बाबागन्ज या नानपारातिर थिए । मधेस र मधेसीको हकअधिकार एवम् पहिचानको नारा दिँदै खुलेका यस्ता सङ्गठनले बढ्ता दुःख चाहिँ मधेसीहरूलाई नै दिइरहेका थिए । त्यसैले यी सङ्गठन कम, आपराधिक दस्ता बढी थिए ।

बजारका व्यापारी, उद्योगपति, ठूला कर्मचारीलगायत स्कुल, कलेजका शिक्षकहरूलाई समेत धम्क्याएर या अपहरण गरेर फिरौती उठाउने धन्दा निकै फस्टाएको थियो । रामकृष्ण त्यति बेला यस्ता सङ्गठनका गुप्त तर आधिकारिक मध्यस्थकर्ता थिए । कसैको अपहरण भयो या कसैसित धम्क्याएर रकम माग गरियो भने भूमिगत सङ्गठन र अपहरित व्यक्तिका आफन्तबीच कुरा मिलाइदिने उनी नै हुन्थे । फिरौती रकम हस्तान्तरण गर्ने र अपहरित व्यक्तिलाई रिहा गर्ने ठाउँ पनि उनले नै तय गर्थे । यति मात्र कहाँ हो र ! उनको पहुँच त पुलिस प्रशासन र अदालतसम्म पनि थियो । सरकारी बिदाका दिन त अदालतका न्यायाधीश, सरकारी वकिल र पुलिसका हाकिमहरूसित तिरेल र म्यारिज नै खेल्थे उनी । त्यसैले आपराधिक समूहको कोही समातियो भने पुलिसमा भनसुन गर्ने, सरकारी वकिललाई भनेर मुद्दा कमजोर बनाउने र कुन मुद्दा कुन न्यायाधीशको इजलासमा पार्ने जस्ता तिकडम पनि उनी सजिलै गर्थे ।

निकै छोटो समयमा उनको वर्ग परिवर्तन भइसकेको थियो । फिरौती लिने र दिने दुवैतिरबाट कमिसन खाँदाखाँदै उनी ठनठन गोपालबाट धन्नासेठ भएर द्रुत गतिमा कुलीन वर्गमा उक्लने तरखर गर्दै थिए । त्यसैले उनले आफ्नो नाम पनि फेरे र लालबाबु विद्रोही बने । आफैँले आफूलाई नयाँ परिचय दिए ।

केटाकेटीमा आफूलाई सबैले नङ पैरा भनेर हेपेको तोड थियो उनलाई । त्यसैले पैसा कमाउन थालेपछि उनी जुत्ताका सौखिन

भएका थिए । हरेक महिना नयाँनयाँ जुत्ता किन्थे । बिहानभरि आफ्नी घरनीलाई जुत्तामा पालिस गर्न लगाउँथे । अनि त्यही जुत्तामा ठाँटिएर निक्लन्थे र राति दारूले टिल्ल परेर आएर त्यही जुत्ताले घरनीलाई भकुर्थे ।

उनलाई आफूले अकुत कमाएको पैसा व्यवस्थापन गर्ने ठाउँ चाहिएको थियो । त्यसैले एक जना व्यापारीसित मिलेर निम्न कोटीका मदिरा उत्पादन गर्ने डिस्टिलरी खोले र पाउच मदिराको नाम राखे– *राष्ट्रवादी मदिरा* । उनीभित्र राष्ट्रवाद ठसाठस भरिएको थियो । त्यसैले उनले पाउचको मुन्तिर बुद्धको फोटोसहित अङ्ग्रेजीमा एउटा वाक्य छाप्न लगाए– *बुद्ध बाज बर्न इन नेपाल* ।

पैसाले उनका लागि सफलताको नयाँ राजमार्ग बनाइदियो । त्यही राजमार्गमा हिँड्दाहिँड्दै उनी राजनीतिको दुनियाँमा पुगे । उनको उन्नतिको ग्राफ लगभग ९० डिग्रीमा अगाडि बढ्यो । उनी वडा, नगर, जिल्ला हुँदै केन्द्रमा पुगे । सांसद भए, मन्त्री भए र प्रधानमन्त्रीको तातो कुर्सीमा पनि विराजमान भए । उनको रात्रिभोजमा पृथ्वीनारायण शाह र राजा महेन्द्रको आत्मा पनि सामेल हुन थाले ।

प्रधानमन्त्री भइसक्दा पनि उनले आफ्नो अतीत बिर्सिएका थिएनन् । त्यसैले त मातेको बेला उनी भन्ने गर्थे, "राजनीति गर्न गरिबी आवश्यक छ । गरिबी बिकाउ माल हो । दारू जस्तै । राजनीतिको दुकान यसैले चकाचक हुन्छ ।"

उनको राजनीतिको किताबको पहिलो अनुच्छेद यही हो र अन्तिम पनि ।

राजनीतिको विश्वविद्यालयमा यो किताब सधैं हिट छ । सधैं बेस्ट सेलर छ ।

छ

"पृथ्वीनारायणले नेपालको एकीकरण गरेका होइनन्, शक्तिका भरमा आफ्नो गोर्खा राज्यको विस्तार गरेका हुन् । तराई-मधेसलाई उपनिवेश बनाएका हुन् । अब हामी सधैं यस्तो सौतेनी व्यवहार सहेर बस्दैनौं ।"

यस्ता आक्रोशहरू पनि फाट्टफुट्ट अभिव्यक्त हुन थालेका थिए । उसो त यसअघि नै एक चर्चित लोकगायकको साङ्गीतिक सभामा भेला भएका हजारौं मधेसी, आदिवासी, दलित र जनजातिहरूलाई स्वचालित हतियार चलाएर सेनाले सोत्तर पारिसकेको थियो । सेनाको त्यस कदमको समर्थनमा उनले भाषण गरेरै भने, "त्यो सभामा भेला भएका सबै अखण्ड नेपालका विरोधी थिए र तिनको सामूहिक संहार गरेर देशलाई अखण्ड राख्नु देशहितमा चालिएको एउटा क्रान्तिकारी कदम हो ।"

ती लोकगायक देशबाटै गायब भइसकेका थिए । अब त्यस्तो विशाल कन्सर्ट हुने सम्भावना पनि थिएन । त्यसैले सामूहिक नरसंहार गरेर प्रतिरोधी स्वरलाई साम्य पार्ने अर्को उपाय प्रधानमन्त्रीको दिमागमा फुरेको थिएन ।

यीबाहेक पनि देशमा बेलाबेलामा नयाँनयाँ राजनीतिक समस्याहरू उत्पन्न भइरहन्थे । उनलाई ती विद्यार्थीकालमा गर्नुपरेको अल्जेब्राको हिसाब जस्तै जटिल लाग्थ्यो । कुन समस्यालाई कसरी हल गर्ने भनेर सोच्नै सकेका थिएनन् । उनको दिमाग चिप्लेकीरा झैं सुस्त भएको थियो । यता, भारतले अतिक्रमित भूमिबारे अब नेपालले एक शब्द पनि बोले युद्ध गरेर नेपाललाई विश्व नक्साबाटै नामेट गरिदिने धम्की दिइरहेको थियो । उता, चीनले रेलमार्फत काठमाडौं र लुम्बिनीसम्मै एकोहोरो आफ्नै मात्र सामान पठाउने र नेपालका सामानहरू आफ्नो देशमा पस्नै नदिएर नेपालको अर्थतन्त्रलाई चौपट पारिरहेको थियो । प्रधानमन्त्रीका आर्थिक र राजनीतिक सल्लाहकार कसैको ध्यान पनि यस्ता मुद्दामा छँदै थिएन । उनीहरूको सारा ध्यान नेपालले गोप्य रूपमा तयार गरिरहेको परमाणु बम परीक्षणको तिथिमिति निर्धारण गर्नमा केन्द्रित थियो । तर केही यस्तो प्राविधिक समस्या उत्पन्न भएको थियो, जसले अन्तिम स्थितिमा पुगेको नेपालको परमाणु कार्यक्रममा बाधा उत्पन्न गरिरहेको थियो । प्रधानमन्त्रीलाई यो चिन्ताले पनि थप रोगी बनाएको थियो ।

अन्ततः सल्लाहकारहरूले केही वर्षदेखि नेपालमै बसिरहेका एक जना नामुद भारतीय तान्त्रिकसित सम्पर्क गरे । ती तान्त्रिकले कुनै बखत दिल्लीको प्रधानमन्त्री निवासबाट पनि भूतप्रेतलाई धपाइसकेका थिए । उनीबारे चर्चा थियो, "स्वामीजी कोठामा बसीबसी हिमालय पर्वतको सयर गरेर आउन सक्नुहुन्छ । हजारहजार किलोमिटर फरकमा रहेका दुई स्थानमा एकै पटक र एउटै समयमा प्रकट भएर भक्तजनलाई दर्शन दिन सक्नुहुन्छ ।"

केही वर्षअघि बालिका बलात्कारको केसमा भारतीय अदालतले उनलाई जमानत नदिएपछि गिरफ्तारीबाट बच्न ती तान्त्रिक आफ्ना केही चेलाचेलीसहित सुटुक्क नेपाल छिरे । अनेक तिगडम गरेर यहाँका केही प्रभावशाली व्यक्तिको बैठक र भान्सासम्मै पुग्ने हैसियत बनाए । त्यसपछि यहाँका प्रमुख राजनीतिक पार्टीका नेता, पूर्वप्रधानमन्त्री, नेपाल सरकारका सचिव, मुख्यसचिव, अख्तियार प्रमुख, महालेखा नियन्त्रक, महान्यायाधिवक्ता, प्रहरी महानिरीक्षकलगायत नेपाल प्रहरीका उपल्लो तहका अधिकृतहरू, जर्साब, कर्साब र तिनका श्रीमती सङ्घमा आबद्ध पत्नीहरू, सर्वोच्च अदालतका केही बहालवाला र केही अवकाशप्राप्त न्यायाधीशहरू, बार एसोसिएसनका पदाधिकारीलगायत विज्ञान पढेर डाक्टर र इन्जिनियर भएकाहरूको घरबाट समेत भूत भगाउन थाले । उनीबाट प्रभावित भएर प्रगतिशील नेपाल सरकारले पशुपतिनाथ मन्दिर, वनकाली क्षेत्र, श्लेषमान्तक वनलगायत गौशालासम्मको क्षेत्र उनको नाममा दर्ता गरिदिएको थियो । अब यी क्षेत्रको लालपुर्जा तिनै तान्त्रिकको नाममा थियो ।

तिनै तान्त्रिकले प्रधानमन्त्रीको रोग निर्मूल गर्न र उनका सबै शत्रुहरूलाई परास्त गर्न अनेक तन्त्रमन्त्र गरे । तर त्यसले पनि असर गरेन । उनको स्वास्थ्य झनै खराब हुन थाल्यो । उनी बराबर थला पर्न थाले । आँखाले धमिलोधमिलो देख्न थाले । असाध्यै पसिना आउन थाल्यो । खाना रुच्न छाड्यो । उनको स्मरणशक्ति पनि क्षीण हुँदै गयो ।

"परमाणु बमको स्विच थिच्ने बेलासम्म हाम्रा समादरणीय प्रधानमन्त्रीज्यूलाई स्वस्थ राख्नु जरूरी छ," प्रधानमन्त्रीका सल्लाहकार वृत्तमा यस्तो चिन्ता बरोबर प्रकट भइरहन्थ्यो ।

"परमाणु बम तयार भइसक्यो । तर यसको स्विच बनाउने काम रोकिएको छ । किनभने त्यसका लागि सबैभन्दा स्वच्छ र सबैभन्दा नरम सुनको आवश्यकता पर्छ । विश्वबजारमा यस्तो सुन कतै उपलब्ध छैन," परमाणु वैज्ञानिकले निकै अघि नै यो कुरा प्रधानमन्त्री र तिनका सल्लाहकारहरूलाई बताइसकेका थिए ।

प्रधानमन्त्रीका एक जना प्रेस सल्लाहकारले धरिछनबारे सुनेका थिए । उनैले प्रधानमन्त्रीलाई सुझाव दिए, "हाम्रो सामरिक स्वार्थपूर्ति हुने खालको शुद्ध र मुलायम सुनले नै धरिछनको हृदय बनेको छ । हामीले त्यो सुनको मुटु प्राप्त गर्न सक्यौं भने हाम्रो परमाणु कार्यक्रम सफल हुनेछ । हामी विश्वको सबैभन्दा शक्तिशाली राष्ट्र बन्नेछौं । त्यसपछि हजुरका सबै चिन्ता पनि समाप्त हुनेछन् । तपाईंका सबै रोग पनि निर्मूल हुनेछन् ।"

प्रधानमन्त्रीलाई सल्लाह उचित लाग्यो । उनले सोधे, "अनि धरिछनले त्यत्तिकै आफ्नो सुनको मुटु हामीलाई दिन्छ त ?"

"उसलाई शब्दकोश चाहिएको छ । त्यो शब्दकोश भयो भने त्यो गाउँका जनताले बोलेको हामी सबैले बुझ्छौं भन्ने उनको धारणा छ । हामीले उनलाई त्यो शब्दकोश दिन सक्यौं भने उनले गाउँको हितको लागि पनि आफ्नो सुनको मुटु दिनेछन् ।"

"त्यस्तो शब्दकोश हामीसँग छ त ?" प्रधानमन्त्रीले सोधे ।

"छैन । अझै हामीले त्यस्तो शब्दकोश तयार पार्न सकेका छैनौ । यसतर्फ प्रज्ञा-प्रतिष्ठानले पनि खासै काम गर्न सकेको छैन ।"

"उसो भए धरिछनले आफ्नो माग पूरा नभई आफ्नो सुनको मुटु हामीलाई कसरी देलान् र ?" प्रधानमन्त्रीले निराश हुँदै भने ।

सँगै रहेका अर्का एक जना सल्लाहकारले भने, "झुक्याउनु पनि एउटा ठूलो राजनीतिक कला हो । यसबारे तपाईंलाई राम्ररी थाहा छ ।

हामीले त्यही कला प्रयोग गर्नुपर्छ । जसरी यसअघिका शासक र सत्ताले धरिछनहरूलाई युगौंदेखि झुक्याए, हामीले पनि त्यसरी नै झुक्याएर आफ्नो काम निकाल्न सक्छौं ।"

"कसरी ?" निधारको पसिना पुछ्दै प्रधानमन्त्रीले सोधे ।

"हाम्रै *बृहत् नेपाली शब्दकोश* छँदै छ । त्यसैमा नयाँ गाता लगाइदिने । गाता देखेरै धरिछन मक्ख परिहाल्नेछन् । अनि उनीहरूले त्यसलाई आफ्नै मातृभाषाको शब्दकोश ठान्नेछन् र दङ्ग पर्दै आफ्नो सुनको मुलायम मुटु सहर्ष हामीलाई दिनेछन् ।"

यस्तो अचुक उपाय सुनेर प्रधानमन्त्री खुसी भए । केही दिनमै प्रज्ञा-प्रतिष्ठानले बृहत् नेपाली शब्दकोशमा नयाँ गाता लगाइदियो र भन्यो, "यही हो सबै नेपालीको शब्दकोश । अरू शब्दकोशको आवश्यकता छैन । मातृभाषामा शिक्षाको अधिकार र पहिचानका नाराहरू त केही राष्ट्रघातीहरूले उठाएका प्रायोजित मुद्दा हुन् । यी मुद्दाहरू समयसँगै त्यसै सामसुम भइहाल्छन् ।"

सात

गाउँका फुच्चाफुच्चीहरूले डढेर कालो भएको माटाको कहतारोलाई टाउकोमा घोप्ट्याएर आफ्ना साथीहरूका अगाडि मिलिटरीले झैं तनक्क छाती तन्काउँदै धाक लगाइरहेका थिए, "हेरहेर गुइँयाहरू, हामीले मल्टरी टोपी लगायौं ।"

त्यही बेला दौरासुरूवाल र ढाकाटोपी लगाएका एक जना सरकारी अधिकारीले गाउँलेहरूलाई बोलाएर खबर गरे, "हाम्रा आदरणीय प्रधानमन्त्रीज्यू अर्को महिनाको औंसीको रातमा स्वर्गीय धरिछनलाई भेट्न हेलिकप्टर चढेर यो गाउँमा आउँदै हुनुहुन्छ ।"

गाउँलेहरू खुसीले भुइँमा न भाँडोमा भए । कहतारोको टोपी लगाएका फुच्चाफुच्ची पनि खुसी भए ।

राति धरिछन आफ्नो चिहानबाट आएर भग्नावशेष जस्तै भइसकेको घरको आँगनमा बसेका थिए । गाउँलेहरू पनि भेला भएका थिए ।

त्यसै बेला नजिकैको गाउँमा एउटा सुत्केरी गराएर आइपुगिन्, सतपुतिया काकी ।

नाम त उनको लालमती हो । तर सात जना पुत्रकी आमा भएकीले उनलाई सबैले सतपुतिया काकी भनेर चिन्थे । उनी गर्भवती महिलाहरूको सुत्केरी गराउने काममा पोख्त मानिन्थिन् । त्यसैले गाउँमा सबैले उनलाई आदर गर्थे । उनका बारेमा भन्थे, "आजसम्म गाउँका सबै औरतहरूको अच्छासित जनाई गराएकाले सबको आशीर्वाद पाएकी छिन् उनले । त्यसैले त सतपुतिया काकीले सातसात पुतलाई जन्म दिने सौभाग्य पाइन् ।"

थोरै सन्तान जन्माउने आफ्नी जनानीसित खसमहरूले गुनासो गर्दै भन्थे, "सतपुतिया काकीको खातामा सातसात पुत जमा छन् । तँ भने जम्मा चार सन्तान जन्माउँदैमा टें भैसकिस् ।"

उमेरले साठी कटे पनि र जीउ कुप्री परे पनि सतपुतिया काकीको सक्रियतामा कुनै कमी आएको थिएन ।

गाउँलेहरू प्रधानमन्त्री आउने कुरा गर्दै थिए । त्यही सुनेर उनी त्यहीँ रोकिइन् र कुरा सुन्न थालिन् ।

धरिछनले भने, "परधानमन्तरी नै हाम्रो गाउँमा आउन लागेपछि अब हाम्रो समस्या जरूर समाधान हुन्छ । उनले जरूर हाम्रा लागि किताब ल्याइदिनेछन् । त्यसपछि त हाम्रो आवाज दुरूस्त हुन्छ । हामीले बोलेको सबैले सुन्छन् र बुझ्छन् ।"

उनको कुरा सुनेर गाउँलेहरू झनै उत्साहित भए ।

गिरिवरले कुरा बढाए, "चिलगाडीमा परधानमन्तरी मात्र त आउँदैनन् होला । डरेबर र खलासी पनि हुन्छन् होला । सरकारी हाकिमहरू पनि आउँछन् होला । हामीलाई कसरी परधानमन्तरीको पहिचान हुन्छ ? साला, हामी सबै कनफुजियाई जान्छौं होला ।"

सबै ट्वाँ परेर एकअर्काको अनुहार हेर्न थाले । चिहानबाट आधा घण्टाअघि मात्र आएका धरिछनले आफ्नो जमानाको कुरा सुनाए, "एक पटक गाउँमा ऊँट आयो । हामी सबैले ठान्यौं, परमेसुर आए ।

हतारहतार प्रभु की जय भन्दै ऊँटको पाउ समात्यौं । ऊँटले जीउभरि मुतिदिएपछि मात्र सबैले थाहा पायौं, परमेसुर हैन, जनावर आएको रहेछ ।"

"ऊँटकै जस्तो किस्सा भयो भने त गाउँको साह्रै फजिती हुन्छ," गाउँलेहरूले शङ्का प्रकट गरे ।

"परधानमन्तरी र ऊँटमा त फरक हुन्छ नि । उनी अरूभन्दा जरूर बिलग देखिन्छन् होला । हरेक दिन दहीमक्खनले नुहाएर सुफेद भएका होलान् । उनको शरीरबाट गुलाबजलको महक आउँछ होला । उनी आउनासाथ फूलको बास्ना बोकेर आउने फूलबसिया हावा पनि चल्दो होला । अरूभन्दा मोटा, तगडा र अग्ला पनि होलान् । पैरहन पनि अरूको भन्दा अच्छा होला । जुता पनि अरूको भन्दा चमकौआ होला । त्यसैले चिलगाडीबाट ओर्लिने सबैभन्दा सुफेद र सुग्घर जो दिखाइपर्छ, सम्झनू परधानमन्तरी हुन् । अनि हामीले फटाक से उनैको पाउ समात्नुपर्छ," गिरिवरले भने ।

गिरिवरको कुरामा सबै सहमत भए ।

उनी आफ्नो चतुऱ्याइँमा मक्ख परे । उनले मनमनै आज साँझ आफ्नी बूढी कमलालाई चप्पलले हिर्काउने पनि निश्चय गरे । आज बिहानै मात्र उनले भनेकी थिइन्, "तेरो खोपडीमा अकिल होइन, आँतकट्टु रोग लागेको भैंसाको गोबर भरिएको छ ।"

बटेसरले बीचमै भनिहाले, "अबे तिमीहरू सब बेकारको गप्प गरिरहेका छौ । परधानमन्तरीको पाउ मात्र समातेर काम चल्छ ? उनी त्यति दूरबाट आउँछन् । दुईतीन घण्टा लगातार चिलगाडीको कुर्सीमा बस्दाबस्दा उनको पाउमा जरूर दर्द हुन्छ । धनेसको तेलले मालिस गरे मात्र उनको पाउ ठीक हुन्छ । उनको परेसानीमा हामीले साथ दिनुपर्छ । तब न हाम्रो परेसानीमा उनले साथ दिन्छन् । तब न उनीहरूले हामीलाई किताब दिन्छन् ।"

ओहो, कत्रो समझदारीवाला कुरो गरे बटेसरले ! सबै जिल्ल परे ।

बटेसरले भन्दै गए, "धनेसको तेल पाइएन भने उनको पाउमा कम से कम एक कुरूवा कडुआ तेलले मालिस गर्नुपर्छ । त्यो पनि मिलको हैन, कोल्हुमा पेलेको कडुआ तेलले । तब मात्र उनी खुस हुन्छन् । नत्र हामीले उनको जति गैँडघिसौनी गरे पनि केही हुनेवाला छैन ।"

कुरो एकआध छटाक तेलको थिएन । पूरै १६ छटाक अर्थात् एक सेर तेलको कुरा थियो । बाली नभित्र्याउँदै खेतमा बाढी पसेको बेलामा जस्तै सबै निराश भए । वातावरण शान्त भयो । एकछिनपछि गिरिवरले भने, "त्यति तेल त हामी गाउँका पूरै मनईलाई पेल्यो भने पनि निकल्दैन ।"

सबैको अनुहारमा मलामी अँध्यारो छायो ।

यो सबै दृश्य हेरिरहेकी सतपुतिया काकीलाई साह्रै छटपटी भयो । अन्त्यमा उनै अघि सरेर बोलिन्, "तिमीहरू सब नामर्द हौ । बेमतलबको काँए काएँ कौआउन मात्र आउँछ तिमीहरूलाई । तिमीहरू बोलीमा मात्र ठकुरई देखाउँछौ । कुनै सङ्कट पऱ्यो भने तिमीहरूको चेहरामा मुर्दनी छाइहाल्छ ।"

सतपुतिया काकीले यति भन्दा पनि कसैले चुइँक्क बोलेनन् । शिर निहुऱ्याएर बसिरहे । त्यसपछि काकी अलिक नरम भएर बोलिन्, "दिनमा आठदस घरमा जनाई भएकाहरूलाई तेल लगाउन जान्छु । हात जोडें भने सबैले एकआध पसेरी तेल जरूर दिन्छन् । एक कुरूवा तेलको व्यवस्था म जसरी भए पनि गर्छु ।"

तेलको समस्या समाधान भयो । बल्ल सास फेर्न सके गाउँलेहरूले ।

"सतपुतिया काकी की जै ।"

सबैले नारा लगाएर फुर्क्याए काकीलाई ।

"छोड, छोड, मलाई फुसलाउनु पर्दैन । अब म घर जान्छु । मलाई बिहानै रमेसरीकी भौजाईको जनाई गराउन जानु छ ।"

उनी रजहाँस झैं ठिमिकठिमिक गर्दै हिँडिन् ।

"कुत्ताको मात्र हैन, हामी गरिपको पनि दिन आउने रहेछ," दुखनीले मक्ख परेर भनिन् ।

उनी मात्र होइन, सबै गाउँले मक्ख थिए । औंसीको रात पनि आज उनीहरूलाई पुरनमासी जस्तै लागिरहेको थियो ।

"आज सब मिलेर गरमगरम होरहा खानुपर्छ," कसैले भन्यो ।

सबैले आआफ्नो खेतबाट जरासितै उखेलेको चनाको हरियो बोट ल्याए र परालमा पोल्न थाले ।

धरिछनलगायत सबैले तात्तातो होरहा खाए । त्यसपछि पालैपालो कक्कड ताने । आफ्नो चिहानमा फर्किने बेलामा धरिछनले भने, "हामीले समयलाई पक्डिन जानेनौं । त्यसैले दुखियारी भयौं । समयलाई जसले अगाडिबाट समात्छ, समय त्यसको दास हुन्छ । जसले पछाडिबाट समात्न खोज्छ, समयले त्यसलाई घोडाले जस्तै दुलत्ती हानेर लडाइदिन्छ । हामी आजसम्म त्यही दुलत्ती सहेर बसिरहेछौं । तर यसपालि समय बलवान् भएको छ । भगवान्ले पनि हामीमाथि दया गर्न खोजे जस्तो छ । त्यसैले त परधानमन्तरी नै हाम्रो गाउँमा आउँदै छन् ।"

गाउँलेहरू यस पटक समयलाई अगाडिबाट समात्न आतुर थिए ।

आठ

भोलिपल्ट बिहान चिया पसलमा आएर गिरिवरले नयाँ कुरा गरे, "हामीले उनको पाउमा तेल लगाइदिएर मात्र हुन्छ ? उनी चिलगाडीबाट उत्रिँदा हामीले काछ कन्याएर बसिरहने ? उनलाई माला लगाएर स्वागत गर्नुपर्दैन ?"

गिरिवरको यस्तो कुराले त्यहाँ भेला भएका सबैको आँखा एकै चोटि खुले जस्तै भयो ।

बटेसरले भने, "हो त, देउतालाई खुसी पार्न त फूल, प्रसाद, भेटी चढाउनुपर्छ भने परधानमन्तरीलाई माला नलगाई खुसी बनाउन सकिन्छ ? माला त जरूरी छ, त्यो पनि जरीवाला माला ।"

बजारमा मालाको भाउ सुनेर गिरिवरको सातो गयो ।

"अरे बाफ रे ! मेरो त जियरा नै हक्क भयो । मानौं, कसैले मेरो छातीमै धायँधाँय लैसेन्सी दागिदियो । एक मालाको दु हजार ?"

गाउँलेहरूको पनि होस हरायो । तेलको सङ्कट त जसोतसो सतपुतिया काकीले टारिदिएकी थिइन् । तर मालाका लागि त्यत्रो पैसा कहाँबाट ल्याउने ? गाउँमा कसैसित नगद थिएन । धरिछनले भने, "थुकले सत्तु घोल्न सकिन्न । पैसाको जुगाड त गर्नैपर्छ ।"

सबैले अँध्यारो अनुहार पारेर धरिछनतिर ट्वाल्ल परेर हेरिरहे ।

धरिछनले नै उपाय निकाले, "न्यौराति सुरू हुँदै छ । तिमीहरू सबै जना वागीश्वरी मन्दिरमा भीख माग्न जाओ । जति रकम जम्मा हुन्छ, त्यो पैसाले माला किन्नू ।"

धरिछनले यसरी नै गाउँलेहरूका यस्ता सानातिना समस्या समाधान गर्ने उपाय निकालिहाल्थे । त्यसैले त उनले मरेर पनि फुर्सद पाएका थिएनन् । हरेक औंसीमा उनले आफ्नो चिहानबाट ब्युँतेर गाउँमा आइरहनुपर्थ्यो ।

नौ

गज्जबको थियो, धरिछनको प्रेमकथा । कहिलेकाहीँ औंसीको रातमा चिहानबाट आएर उनले आफ्नो प्रेमकथा सुनाउँथे ।

जवानीमा उनको शरीर अखाडिया पहलमानको जस्तो कठमस्त थियो । सबैले भन्थे, "उनी कुनै लडाइँवडाइँ जितेर आए जस्तो देखिन्छन् । आफूले दौनाचल पर्वत नै उठाउन सक्छु जस्तो उनलाई लाग्थ्यो ।"

त्यो बेला बगलको गाउँमा इँटा कारखाना खुलेको थियो । उनी भट्टीमा दाउरा हाल्ने काम गर्थे । बघौडाबाट आएकी जशोधाले इँटा पाथ्ने काम गर्थिन् । १९ या २० वर्षकी थिइन् । उनको देह भर्खर ब्याएको गाईको पेउस दूध खाएर हुर्किए जस्तो कसिलो थियो । उनको हल्का कत्थई रोगन र बडेबडे बिल्लौरी आँखाले टोना मारे जस्तै हुन्थ्यो धरिछनलाई ।

उनले एक दिन हिम्मत गरे । इँटा पाथिरहेकी जशोदाको माटो लागेको हात च्याप्प समातेर भने, "जशोदा म तँलाई मोहब्बत गर्छु ।"

जशोदाले ठट्टा ठानिन् र माटो लागेको हातले धरिछनको छातीमा हल्का मुड्की हान्दै भनिन्, "धत् ! मोहब्बत मजाक होइन ।"

धरिछनले जवाफ दिइहाले, "मैले मजाक गरेको होइन ।"

जशोदाले त्यसपछि लज्जाले शिर निहुऱ्याइन् ।

कुरो जशोदाका आमाबुबासम्म पनि पुग्यो । उनीहरूले भने, "बरू हाम्री छोरीलाई कुनै जीउधारी कुँवामा धकेलेर मारिदिन्छौं । तर धरिछन जस्तो ठनठन गोपाललाई कुनै हालतमा आफ्नी बिटिया दिन्नौं ।" अनि छोरीलाई लिएर राप्तीपारि बघौडा फर्किए ।

परेन आपत् ?

तर धरिछनले जशोदासित जीवन बिताउने सपना देखिसकेका थिए । उनी आफ्नो सपना त्याग्न तयार थिएनन् । जशोदाले पनि धरिछनसँगै जीवन बिताउने सपना देखिसकेकी थिइन् । उनकै एक जना साथीले सल्लाह दिइन्, "मेरो एउटा चिनारू लेखन्दास छ । चिठीपतरी बहुत अच्छा लेख्छ । एउटा पाती लेखेको चार आना लिन्छ । तिमी पनि उसैसित लेखाऊ । उसैले बोडर पार गएर इन्डियाको डाँकघरबाट अधनियाँ टिकट टाँसेर धरिछनको नाममा पठाइदिन्छ ।"

केही दिनमा धरिछनले चिठी पाए । चिठीमा जशोदाले लेखेकी थिइन्–

खत लिखा सोस्ती सिरी उपमा जोगे । जैरामजी की धरिछन प्यारे । मलाई तिम्रो बहुत याद आउँछ । त्यसैले तिम्रो नाममा यो पोसकाड पठाउँदै छु । म पनि तिमीसित शादी रचाउन चाहन्छु । अच्छासित मैले भनेको कुरा ध्यानमा राख । तिमीसित सुनको दिल छ । एक दिन मेरो घरमा आऊ र आफ्नो ह्रदय मेरा बप्पा र महतारीलाई देखाइदेऊ । सुनको दिल भएको मान्छे धनवान् हुन्छ भन्ने सबैलाई थाहा छ । बप्पाले एक मिनट पनि नाइँनुकुर गर्नेछैनन् । जुरतै मेरो हात तिम्रो हातमा धै दिनेछन् ।

यसै पनि हत्केलामा तोरी उमार्न सक्छु भन्ने आँट थियो, धरिछनको । त्यसमाथि जशोदाले नै उपाय बताएपछि के चाहियो !

धरिछनले शिरमा नयाँ गम्छा बेरे । नयाँ कुर्ता र खादीको आधा बाहुलावाला नयाँ सदरी पनि लगाए । अनि कम्मरमा सेतो धोती पनि बेरेर खुट्टामा बाटा कम्पनीको नयाँ चप्पल पटाकपटाक बजाउँदै राप्तिपारि पुगे । नम्र भएर जशोदाका बाप र महतारीलाई प्रणाम गरें । आफ्नो छाती खोलेर देखाए । धरिछनको सुनको हृदय देखेर जशोदाका बाप र महतारी खुस भए । उनीहरूलाई धरिछन धनवान् छन् भन्ने विश्वास भइहाल्यो । कन्यादान गरेर जशोदालाई धरिछनको जिम्मामा सुम्पिदिए ।

धरिछनले बजारबाट डेढ सय ओटा कार्ड छापेर ल्याए र गाउँभरिलाई आफ्नो बिहेभोजमा आउने "न्यौता" दिए । अगलबगलका गाउँका चिनारूहरू सबैलाई "न्यौता"मा सुपारी र हल्दीको टुक्रा पठाए । घरमा तोरण लगाए । सङ्गतिया मण्डली बोलाएर गानाबजाना पनि गराए । पङ्गतमा सबैलाई टन्न "ज्योनार" खुवाए । "ज्योनार"पछि पनि मिश्री, पान र नरिवलका टुक्रा नखाई कसैलाई जानै दिएनन् । पहुनाइमा आउन नसकेका सबै नाँतवाँत, जात बिरादरीलाई उनीहरूको घरैमा महुवाको पातमा बाँधेर हलुवापुरी र गुजिया पनि पठाइदिए ।

वास्तवमै गाउँमा धरिछनको जस्तो बिहे भोज कसैको भएन ।

बिहे भएको छ महिनामै धरिछन गौना गरेर ल्याउन जशोदाको माइती पुगे । माइतीबाट डोलीमा आउँदै गर्दा जशोदाले मीठो स्वरमा सुस्तसुस्त गुन्गुनाइन्–

छुटा अम्मा के आँचल के छैयाँ
छुट गय नैहर के भात रे
बाबुल के बिटिया भई पराइ
चली पिहर सजनवा के साथ रे ॥

बिहेपछि त उनको र जशोदाको प्रेम झन् बढ्यो । उनी एक घडी पनि जशोदालाई आफ्ना आँखाबाट टाढा राख्न सक्दैनथे । जशोदा पनि चौसठ घडी नै उनकै अगलबगल बसिरहूँ भन्ने चाहन्थिन् । धरिछनले खाना खाँदा जशोदाले बाँसको फट्टीमा कपडाको रङ्गीचङ्गी गोट

लगाएको पङ्खा हम्किदिन्थिन् । जशोदाले खाँदा उनले हम्किदिन्थे । जशोदा बिरामी पर्दा धरिछनलाई खाना रूच्दैनथ्यो । धरिछन बिरामी हुँदा जशोदा रातभरि जागा हुन्थिन् ।

जशोदा कहिलेकाहीँ नैहर जाँदा धरिछनले तुरून्तै पोस्टकार्ड या अन्तरदेशी पठाइहाल्थे, "खत लिखा सोस्ती सिरी उपमा जोगे... जै सियाराम पियारी जशोदा... तिमी पिहर गएदेखि लाग्छ, अकाशबाट चँदरमा गायब भयो । जल्दी आऊ !"

धरिछन मजदुरी गर्न दिल्ली गएको केही दिनमै जशोदाले पनि पोस्टकार्ड पठाइहाल्थिन्, "खत लिखा सिरी उपमा जोगे... धरिछन प्यारे को हमार पायँलागी पहुँचे... आँगनमा पपिता पियराइसक्यो... उँखिया गदराइसक्यो... तिमी परदेशबाट जल्दी आऊ... ।"

यतिन्जेल धरिछन र जशोदाको प्रेम एउटा रूमानी किस्सा बनेर गाउँमा प्रख्यात भइसकेको थियो ।

साउन-भदौमा जब झमझम बर्सात हुन्थ्यो, जशोदालाई धरिछनको यादले उधुम सताउँथ्यो । यस्तो बेलामा खसम सँगै भइदिए हुन्थ्यो भन्ने कति रहर हुन्थ्यो उनलाई ! तर उनलाई थाहा थियो, एकअर्काको अनुहार हेरेर मात्र गृहस्थी चल्दैन । गृहस्थी चलाउन कमाइधमाइ हुनैपर्छ । त्यसैले उनी चिठी लेखेर धरिछनलाई "कामधाम छोडेर घरमा मसँगै बस्न आऊ" भन्न सक्दिनथिन् । बस्, उनी विगतका मादक पलहरू सम्झिँदै गीतमै धरिछनसित गुनासो गरेर चित्त बुझाउँथिन्–

बरसत में कोऊ घर सो न निसकत
एक तुमही अनोखे विदेश जवैया... ।

१०

प्रेमको शीतलताले धरिछन र जशोदालाई कहिल्यै गर्मी अनुभव हुन दिएन । सम्बन्धको न्यानोपनले उनीहरूलाई कहिल्यै जाडो अनुभव हुन दिएन । उनीहरूले आफू बाँचेको हरेक पललाई प्रेममय बनाएका थिए ।

जशोदा हाँसेको असाध्यै मन पर्थ्यो धरिछनलाई । धरिछन हाँसेको पनि असाध्यै मन पर्थ्यो जशोदालाई । धरिछनलाई जशोदाको बोली पनि मन पर्थ्यो र उनले गुनगुनाएको पनि । भन्थे, "जशोदा, तेरो सुरमा इस्सर बसेका छन् । कति मीठो आवाज छ तेरो !"

जशोदा मक्ख पर्थिन् र गुनगुनाउथिन्–

खुसरो दरिया प्रेम का, उल्टी उसकी धार

जो उतरा सो डुब गया, जो डुबा सो पार ॥

जशोदालाई पनि धरिछनको बोली मन पर्थ्यो र उनले गुनगुनाएको पनि । उनी पनि भन्थिन्, "तिम्रो सुरमा पनि इस्सर बस्छन् । तिम्रो आवाज पनि कति मीठो छ !"

अनि त धरिछन पनि मक्ख पर्थे र गुनगुनाउँथे–

प्रेमबुटी का रसवा पिलाइके

मतवाली कर लिन्ही रे मोसे नैना मिलाइके ॥

चारचार दिनमा फर्कीफर्की आउने चौथिया बुखारले समात्यो जशोदालाई । बहुत दबादारू गर्दा पनि बुखार ठीक भएन । बिस्तारै उनलाई भोक लाग्न छाड्यो । मैदा जस्तो सफेद अनुहार हल्दी जस्तै पहेंलो हुँदै गयो । कुनै जिन्न या सैतानले दुःख दिएको हो कि भनेर धरिछन पीर फकिरकहाँ लगेर जशोदाको हातमा धागो पनि बाँध्न लगाए । दरगाहमा ११ ओटा छल्ला पनि बाँधे । चिरैताको काँढा पनि खुवाए । रूपैडिहाको मिसिनरीबाट ल्याएको अङ्ग्रेजी दबाई पनि खुवाए । केहीले असर गरेन । एक दिन जशोदाले पतङ्गको डोरी जस्तै टुट्न लागेको आवाजमा भनिन्, "धरिछन प्यारे, मेरो ललाटमा तिमीसित यति दिनकै साथ लेखेको रहेछ । जिनिगीभरिलाई साथ दिन सकिनँ ।"

साह्रै सिकिस्त भएपछि उनले खटियामा बोकाएर जशोदालाई नानपारा पुऱ्याए । डाक्टरले भने, "ठीक हुन कम से कम डेढदुई महिना लाग्छ ।"

धरिछनले जशोदालाई नानपारामा अस्पताल नजिकै कोठा भाडामा लिएर राखे । उनको उपचारमा आफूसित भएको सबै पुँजी सिध्याए । तर जशोदाको बेथा निको भएन ।

भाडामा लिएको कोठाबाहिर तुलसी मठ थियो । सब दिन तुलसीमा जशोदाले साँझबाती बाल्थिन् । एक दिन भने धरिछन आफैंले बाले । त्यस राति उनी जशोदासँगै खाटमा सुतें । जशोदाले आफ्नो शिर धरिछनको छातीमा राखिन् र बिस्तारै आँखा बन्द गर्दै सदाको लागि निदाइन् । धरिछन त ठीकसित रून पनि सकेकन् । उनी गोइँ हराएको एक्लो बैल जस्तो भए ।

जसरी खटियामा बोकाएर धरिछनले उपचारका लागि जिउँदी जशोदालाई नानपारा लगेका थिए, त्यसरी नै खटियामा बोकाएर उनको लासलाई गाउँमा ल्याउन लाग्दा सिमानामा नेपाली पुलिसहरूले रोके र केरकार गरे, "कसको लास हो ?"

धरिछनले भन्न चाहन्थे, "मेरी जनानीको हो हजुर ।" तर उनको गलाबाट आवाज निस्किएन ।

"मरेर ल्याएको कि मारेर ल्याएको ?" पुलिसहरूले अभद्र पाराले फेरि सोधे । धरिछनले प्रश्नको जवाफ दिन सकेनन्, तुरूक्क रोए ।

धरिछनलाई कति बेला जशोदाको लासलाई गाउँमा पुऱ्याऊँ र आँगनमा राखेर विलाप गर्दै रोऊँ जस्तो भइरहेको थियो ।

"नेपाली होस् भने नेपाली भाषा बोलेर देखा । नत्र भारतमा मरेको मान्छेको लास नेपालभित्र ल्याउन पाइन्न," पुलिसले अत्तो थापे ।

भाषाको समस्याले उनले आफ्नो दुःखपीडा पुलिसलाई बुझाउनै सकेनन् । पुलिसले पनि बुझ्ने प्रयास गरेनन् । अन्ततः उनले जशोदाको लास आफ्नो गाउँ ल्याउने अनुमति पाएनन् । लाचार भएर त्यहीँ जयसपुरपारि भारतीय गाउँमा बस्ने एक जना चिनारूसित फरूवा मागे । त्यहीँ दशगजानिर एउटा पर्ती जमिन खोजे । त्यहीँ खाल्डो खने र गाडे जशोदालाई । अनि त्यहीँको एक मुठी माटो जशोदाको

छातीमा राखिदिँदै मनमनै भने, "मरेर पनि आफ्नो गाउँ पुग्न पाइनस्, जशोदा । आफ्नो देशको चार हात जमिन पनि तेरो भागमा परेन । मलाई क्षमा गरिदे ।"

११

जशोदा मरिसके पनि तीव्र गतिमा दौडिरहेको घोडाको लगाममलाई सारथिले बलियो गरी समातिरहे झैं धरिछनले पनि जशोदासित जोडिएका सबै स्मृतिलाई चपक्क समातेर राखेका थिए । हराउन, भाग्न या फुत्किन दिएका थिएनन् ।

एक रात उनको सपनामा जशोदा आइन् । उनी बिहेको बेलामा जस्तै मदमस्त भएर आएकी थिइन् । धरिछनसँगै खाटमा बसेर उनले सम्झाइन्, "हे प्राणनाथ, अब तिमी पनि यो मिरतुलोकको छलछायाँबाट मुक्त होऊ ।"

धरिछनले आफ्नी प्राणप्यारी जशोदाका कुरा स्वीकार गरे । सपनामै जशोदासित भने, "चिन्ता नगर् जशोदा, यो दुनियाँ मेरो लागि मकडजाल भैसक्यो । म पनि बहुत जल्दी यो जाल तोडेर आउँछु । तँबिना यहाँ मलाई बहुतै उच्चाट लागिसक्यो ।"

त्यसपछि उनले गुनगुनाए–

प्रेमबुटी का रसवा पिलाइके

मतवाली कर लिन्ही रे मोसे नैना मिलाइके ।

"तिम्रो सुरमा त अझै पनि इस्सर बसेका रहेछन्," जशोदाले लाज मान्दै भनिन् र धरिछनको सपनाबाट अलप भइन् ।

भोलिपल्ट धरिछन सखारै उठे । खबरीमार्फत सबै गाउँलेहरूलाई आँगनमा भेला हुन खबर पठाए । खबरीले डुगडुगी बजाउँदै चिच्याए, "सबै गाउँलेहरू धरिछन दादाको आँगनमा तुरन्तै जम्मा हुनू !"

"पैलागी, दादा" भन्दै गाउँलेहरू आए ।

जरा सुकेको बिरूवा झैं ओइलाइसकेका धरिछनले आकाशतिर हेर्दै कमजोर स्वरमा भने, "मनई बली नहीँ होत है, समय होत बलवान् । हाम्रो समय बलियो भएन । सधैं कमजोर भयो ।"

अनि झनै शिथिल स्वरमा भने, "अब मेरो जिन्नगीमा खडी पाई लाग्ने बेला भयो । आजकल सपनामा जशोदाले बोलाइरहन्छिन् ।"

गाउँभरिकै अभिभावकले आफ्नो मरणको कुरा गर्दा सबैको मन भारी भयो ।

उनले अझै गम्भीर भएर भने, "जिन्नगी छनभङ्गु छ । अन्तमा सबै खालि हात मरघट नै पुग्नुपर्छ । अलिफ नङ्गा भएर जनम लियौं, अलिफ नङ्गा नै भएर जानु छ । तिमीहरूले बैमानी नगर्नू ! नमकहरामी नगर्नू ! कसैको मन दुखाउने काम पनि नगर्नू ! यति गऱ्यो भने सुभिताले यो भवसागर पार गर्न पाइन्छ । नत्र अन्तिम बेलामा भैरवी यातना मिल्छ ।"

यति भनिसकेपछि धरिछनले भाइबुहारीसित चिलिम मगाए । भाइ दोषीलालले त्यसमा तमाखु हाले । कपडाको सानो झुरा बालेर चिलिममाथि राखे । तमाखु सल्कियो । धरिछनलाई चिलिम दिए । उनले भोलेबाबालाई सुमरन गरेर चिलिमलाई ढोगे । आँखा चिम्म गरेरै लामो कस लिए । तमाखु धपक्क रातो भएर बल्यो र त्यसको उज्यालोमा धरिछनको अनुहारको गाढा मलिनता स्पष्ट झल्कियो ।

तीनचार पटक लामोलामो कस लिएपछि धरिछन तृप्त भए । अदबसाथ सबैलाई चिलिम बाँडे । सबैले पालैपालो दम लगाए । कस लिए । चिलिम निभेपछि उनले सबैलाई बिदा गर्दै भने, "अब म बहुत थाकें । देहीं पनि जरातुर भैसक्यो । मेरो त चलाचलीको बेला आयो । इस्सरले सधैं तिमीहरूलाई जिता राखून् । रामजीले सातै सुख भोगको आसिरबिन्द दिऊन् ।"

राति चाँडै निद्राले छोप्यो उनलाई । भाइले भने, "भैया, तिम्रो खटियाको पैतानातिरको अदवान खुकुलो भएको छ । म कसिदिऊँ ? कथरी पनि धेरै पुरानो भयो, नयाँ बदलिदिऊँ ?"

उनले मानेनन् । आफैं खाटको डोरी कसे । कथरी पनि आफैंले ओछ्याए । त्यसमाथि तन्ना पनि कसे । भाइ दोषीलालले भने, "भैया, आज मच्छड बहुत लागेको छ । मसहरी पनि कसेर सुत ।"

उनले झुल पनि कसे । जशोदा र उनले सम्हालेर राखेका एकअर्काका पोस्टकार्ड र लेखन्दासबाट लेखाएर पठाउने गरेका चिठी पनि फलामको बक्साबाट झिके र निकै बेर सुमसुम्याइरहे ।

धरिछन पढ्न जान्दैनथे । तर ती चिठीहरूमा प्रेमका थुप्रै सुखद कहानी छन् भन्ने उनलाई थाहा थियो । उनले अक्षरहरू छामे र ती कथाहरूलाई फेरि अनुभूत गरे । मसी उडेर चिठीका धेरैजसो अक्षर मेटिइसकेको भए पनि केही शब्द भने अझै चहकिला थिए, "खत लिखा सोस्ती सिरी उपमा जोगे... ।"

चिठीहरूलाई सिरानमुनि राखेर धरिछन आरामले सुते । मस्त निदाए । सपनामा फेरि जशोदालाई देखे । हल्का खयर जस्तो रोगन, कसिलो देह, ठुल्ठूला र चम्किला आँखा भएकी जवान जशोदा । उनी मुसुक्क हाँस्दा उनका दाँत मोती झैं चम्किए । निद्रामै धरिछन पनि हाँसे । त्यसपछि चिरनिद्रामा लीन भए ।

सुनको मुलायम हृदय थियो, धरिछनसित । त्यो मुटुमा आफ्नो गाउँ, आफ्नो जमिनप्रति अथाह माया भरिएको थियो । त्यसैले जीवनबाट मुक्त भए पनि त्यो मायाबाट उनी मुक्त हुन सकेनन् । आज पनि हरेक औंसीको रातमा धरिछन गाउँमा आउँछन् । गाउँलेहरूलाई आफ्नो वरिपरि राखेर कहिले आफ्नो प्रेमकहानी र कहिले दुःखसुखका अरू किस्सा सुनाइरहन्छन् ।

१२.

"परधानमन्तरी तिमीहरूका लागि किताब लिएर आउँदै हुनुहुन्छ । त्यो किताबले तिमीहरूको भाषाको समस्या पूरै ठीक हुनेछ । तिमीहरूले बोलेको सबैले बुझ्नेछन् । तिमीहरूले यहाँ बोलेको माथि सरकारसम्म सुनिने छ," केही दिनपछि आएर सरकारी मान्छेले भन्यो । अनि ऊ एकछिन रोकियो । गाउँलेहरूको प्रतिक्रिया बुझ्न ।

सरकारी मान्छेले फेरि भन्यो, "तर त्यसबापत धरिछनले आफ्नो सुनको मुटु प्रधानमन्त्रीज्यूलाई सुम्पनुपर्छ ।"

सरकारी मान्छेले भनेको यो कुराले गाउँलेहरू सबैको मुटु चिसो भयो । अनुहार पूरै सेतो भयो ।

भोलिपल्टै औंसी थियो । सबैले उदास भएर यो कुरा धरिछनलाई सुनाए ।

"ठीक छ । मैले गर्दा तिमीहरूको कल्याण हुन्छ भने म सुनको मुटु दिन तयार छु । यसको लागि तिमीहरू भोलि मरघटमा आउनुपर्छ । अनि मलाई गाडेको ठाउँ खोजेर मेरो छातीबाट तिमीहरूले सुनको मुटु झिक्नू । मेरो यो मुटु सधैं जशोदाको लागि धड्किरहेको छ । यो मुटु तिमीहरूको लागि काम लाग्यो भने जशोदाको आत्माले पनि शान्ति पाउला," खिन्न हुँदै धरिछनले भने । अनि बकुली टेक्दै आफ्नो चिहानतिर लागे ।

जशोदाले कुनै बेला हरिद्वारबाट हत्थामा साँपको आकृति भएको र फेदतिर पित्तलले मोरेको त्यो बकुली धरिछनका लागि किनेर ल्याइदिएकी थिइन् । बाँचुन्जेल पनि चौबीसै घण्टा त्यो लट्ठी धरिछनको छेउछाउमै भइरहन्थ्यो । सायद त्यो निर्जीव लट्ठीले उनलाई जशोदाको उपस्थितिको आभास दिलाइरहन्थ्यो । त्यसैले धरिछन मरेपछि गाउँलेहरूले उनको लाससँगै त्यो बकुली पनि गाडिदिएका थिए ।

चिहानबाट निस्कँदा उनी त्यही बकुली टेक्दै आउँथे । गाउँबाट त्यही बकुली टेक्दै फर्किन्थे र त्यही बकुलीलाई सिरानमा राखेर उनी फेरि आफ्नो चिहानमा निदाउँथे ।

भोलिपल्ट उज्यालो हुनासाथ गाउँलेहरू धरिछनको चिहानमा पुगे र उनलाई गाडेको ठाउँ खने । त्यहाँ धरिछनको अस्थिपञ्जरबीच सुनको मुटु थियो । त्यो अझै जशोदाको यादमा धड्किरहेको थियो ।

गाउँलेहरूले धरिछनको मुटु झिके ।

अस्थिपञ्जरबाट अलग्गिए पनि त्यो मुटु गाउँलेहरूको हातमा धड्किरहेकै थियो ।

१३

प्रधानमन्त्री आउने दिन सबै निकै उत्साहित थिए ।

"गाउँभरिमा चम्पु नै सबैभन्दा कान्छो बालक हो । उसकै हातबाट धरिछनको मुट्ठु परधानमन्तरीजीलाई दिनु ठीक हुन्छ ।"

गाउँलेहरूले निर्णय गरे ।

निर्णयले चम्पु खुसी त थियो । तर उसलाई गाउँलेहरूले चम्पु भनेको मन परेको थिएन । उसले केही दिनअघि आफ्नो पूरा नाम थाहा पाएको थियो । अनि आफ्नी आमासित सोधेको पनि थियो, "अम्मा, मेरो नाम चम्पकराम रहेछ । सबले मलाई चम्पु किन भन्छन् ? मेरो नामबाट राम कहाँ गयो ?"

"तेरो नाममा भएका राम त उहिल्यै सीता मैयालाई लिएर वनवास गए र उतैउतै रफरेट भए," ठुस्स परेको चम्पकलाई सम्झाइन् दुखनीले । नाम जस्तै उनको व्यक्तित्व पनि दुःखको पर्याय थियो । ३०-३२ को उमेरमै बूढी देखिन्थिन् । उनको हिँडाइमा कुनै उत्साह बाँकी थिएन । हातखुट्टा पटपटी फुटिसकेका थिए । अनुहार जाइफल जस्तै चाउरिन थालिसकेको थियो ।

गाउँका अरू आइमाईले कुरा काट्थे, "दुखनी एकबाँझ हो । अब उसमा दुसरा बच्चा पाउने कुवत छैन ।"

आफ्नी जहानलाई बाँझी भनेकाले चित्त दुखाएका मनसुखलाई दुखनीले सम्झाउँदै भन्थिन्, "हरेक साल छगरिबकरीले जस्तै बालबच्चा जन्माएर तिनलाई आधा पेट पनि खान दिन नसक्नुभन्दा त एउटा मात्र सन्तान भएकै अच्छा छ । म त बहुत खुस छु । चम्पक मेरो जिगरको टुकडा हो । हाम्रो मडैयामा जन्म लिन आएको राजकुमार हो ऊ । देख्दैनौ, कति उज्जरउज्जर छ उसको उनहार !"

प्रधानमन्त्रीलाई आफूले सुनको मुट्ठु दिनुपर्ने कुरा थाहा पाएदेखि नै चम्पकका हातखुट्टा काँपिरहेका थिए । उसलाई माईले सम्झाइन्, "तँ त गाउँभरिको बहादुर लरिका होस् । नडरा । परधानमन्तरी बाघभालु थोडै हुन् ? हामी जस्तै आदमी नै हुन् ।"

माईका परिपक्व कुराले ठूलो हौसला पाए जस्तै भयो चम्पकलाई ।

केही बेरमै डरलाग्दा सिकारी कुकुरहरू डोऱ्याउँदै पुलिसहरू गाउँ आए । पुलिससँग आएका खाइलाग्दा कुकुरहरू देखेर गाउँका भुस्याहा कुकुरहरू पुच्छर लुकाएर कता भागे कता ! गाउँलेहरूको पनि सातो गयो । उनीहरूले यति ठुल्ठूला कुकुर कहिल्यै देखेका थिएनन् ।

गिरिवरले गफ लगाए, "यिनीहरूलाई भन्छन् कुकुर । हाम्रो गाउँका त कुत्ता हुन् । सरकारले यी कुकुरहरू भुकेको बुझ्छ । तर हामीले बोलेको बुझ्दैन ।"

"के यी कुकुरहरू हामीलाई टोक्न आएका हुन् ?"

सबैको मनमा यही प्रश्न उब्जियो ।

पुलिसहरूले भने, "प्रधानमन्त्रीज्यूको सवारी हुन लागेकाले कसैसित हातहतियार छ कि भनेर हामी सुरक्षा जाँचका लागि आएका हौं ।"

बल्ल गाउँलेहरू आश्वस्त भए ।

हातहतियारको खोजी गर्दै कुकुरहरूले गाउँका एकएक कुरा सुँघ्न थाले । घरघरभित्र पसेर खाट मुनिमुनि पनि सुँघ्न थाले । १० ठाउँमा दुलो परेर फुतुफुतु बिनौलासहितका कपासहरू निस्कने सिरक र टालाटुली गाँसेर बनाएको खटियामा ओछ्याउने कथरी पनि सुँघे । माटोका रित्ता गाग्री पनि सुँघे । गाउँको इनारमा पनि चियाएर हेरे । हुँदाहुँदा गाउँलेहरूलाई पनि सुँघ्न थाले । ती कुकुरहरूको ताउरमाउर नै अर्कै थियो ।

कुकुरले आफ्नो लुङ्गीतिर पनि सुँघ्न थालेपछि गिरिवरको सातो गयो । गिरिवरलाई अस्वाभाविक किसिमले आत्तिएको र उसको लुङ्गीभित्रबाट डल्लोडल्लो केही पुटुस्स बाहिर आएको देखेपछि कुकुरको सिक्री समातिरहेको पुलिसले सोध्यो, "हथगोला लुकाएको छस् बे ?"

"होइन हजुर, हथगोला होइन," गिरिवरले आफ्नो लुङ्गी सम्हाल्दै भने ।

"खै, देखा !"

गिरिवर झन् आत्तिए र बेपत्तासित भागे । पुलिसहरूलाई गिरिवरले लुङ्गीभित्र बम लुकाएको छ भन्ने विश्वास भयो । उनीहरूले सिकारी कुकुर छाडिदिए । भागिरहेको गिरिवरलाई सिकारी कुकुरले खुट्टामा क्याप्पै टोकिदियो । उनी बाटोमै पछारिए । पुलिसहरू आएर गिरिवरलाई च्याप्पै समाते र लुङ्गी उचाल्न लगाए । कट्टु पनि खोल्न लगाए । गिरिवरको सुन्निएको अण्डकोष देखेर जिल्ल परे ।

कुकुरले टोकेको पीडा सहेर गिरिवर ङिच्च हाँसे र हात जोडेर भने, "हथगोला होइन, हजुर । अण्डकोष हो । हैड्रोसिल लागेर बेल जत्रो भैगयो । अरण्डीको तेलले कति मालिस गरिसकें । तर ठीक भएको छैन । बहुत सरम लाग्छ, माईबाप । त्यही मारे भागेको हुँ ।"

१४

आकाशमा हेलिकप्टर देखियो । बरगदको रूख वरिपरि भेला भएका गाउँलेहरू खुसी भएर ताली बजाउन थाले । मनसुखलगायत तीन जना चाहिँ गरूङ्गो न गरूङ्गो जरीवाला माला समातेर उभिएका थिए । तुरही लिएर पुनेसर र डुगडुगी लिएर देवराज उभिएका थिए । ढोल बजाउन छोटकु तयार बसेका थिए । घोसुको हातमा खैंजडी थियो ।

गाउँमा मेला लागे जस्तै भयो । छेउको गाउँको नागुलाल टाउकोमा खोमचा र काखीमा बाँसको मूढा च्यापेर गोलगप्पा बेच्न आए । पारि गाउँको रमनकुमार अनेक किसिमका बेलुन र हावामा फनफनी घुम्ने रङरङका फिरकी बेच्न आए ।

बालक चम्पक सबै दृश्यहरू स्पष्ट देखियोस् भनेर नजिकैको बरगदको रूखमा चढेको थियो । त्यो रूखमा रूखचढवा भूत बस्छ भनेर डराउँथे सबै । तर प्रधानमन्त्रीलाई हेर्ने जिज्ञासाले चम्पकको मनबाट भूतको भय हराइसकेको थियो । ऊसँग प्रधानमन्त्रीलाई दिने धरिछनको सुनको मुटु पनि थियो । त्यो उसको हातमा अझै धड्किरहेकै थियो ।

हेलिकप्टरले धेरै बेरसम्मै आकाशमा फन्को मारिरह्यो । हत्केलाको छज्जा बनाएर सबैले आकाशतिर हेरिरहेका थिए । हेलिकप्टर फट्याङ्ग्रा जस्तो देखिएको थियो । तर रूखबाटै चम्पकले गफ लगायो, "ओहो ! मैले त चिलगाडीभित्र बसेका परधानमन्तरीलाई पनि देखें ।"

मनसुखले पत्याए । छोरोको कुरा सुनेर मक्ख परे । दुखनीले सँगै उभिएकी विमलीसित गफ लगाइन्, "मेरो चम्पकको जस्तो तेज आँखा कसैको छैन । यसले त एक कोस दूरको केराउको दाना पनि आरामले देख्छ ।"

त्यही बेला विमलीको छोरोले पनि हेलिकप्टरभित्रको प्रधानमन्त्रीलाई देखेको दाबी गर्‍यो । विमलीले पनि दुखनीसित गफ लगाई, "मेरो बेटवाले त एक कोस दूरबाट तोरीको दाना पनि देख्छ ।"

त्यसपछि अरू केटाकेटीहरू पनि डाहाले भुतुक्कै भए र फूर्ति लाउँदै "मैले पनि देखें" भन्न थालिहाले ।

हेलिकप्टर बिस्तारै ओर्लन थाल्यो ।

बेपत्ताले धूलो उड्यो । पतकरहरू उडे । रूखहरू बेस्सरी हल्लिए । गाउँभरिका फुसका घर पनि रोगी वृद्ध झैं लगलग काँप्न थाले । आफूले बोकिरहेको जरीवाला माला कति बेला उड्यो भन्ने मनसुखहरूले थाहै पाएनन् ।

चम्पक आत्तिएर रूखको हाँगामा टपक्कै टाँस्सियो । तैपनि उसले सुनको मुटुलाई हातबाट खस्न थिएन ।

हेलिकप्टरको हावाले गोलगप्पा बेच्न आएको नागुलालको खोमचा उड्यो । रमनकुमारले बेच्न ल्याएका बेलुन र फिरफिरे पनि उडे ।

हेर्दाहेर्दै तुलानाथको घरको छानो उड्यो । तेत्तनको घरका खाँबाहरू ढले । धरिछनका भाइको घरको गारो भत्कियो । गिरिवर, रबनी र छोटकुका घर पनि भताभुङ्ग भए । रामप्यारी, सवितरी, घोसु, अयोधीप्रसाद, परमानन्द र टिकुलीदेवीका घरका छाना पनि उडे । ललईराम र गेलुवाको घर त झन् पहिला नै ढलिसकेको थियो । चम्पकको घर पनि उजाडियो । कसैको घर सद्दे बाँकी रहेन ।

प्रधानमन्त्रीको पाउमा मोल्न अनेक उपायले जम्मा गरेको तोरीको तेलसहितको करूवा सतपुतिया काकीको हातैमा थियो । उनको हातैबाट कुरूवा फुत्कियो ।

पुनेसरको तुरही र छोटकुको ढोल बेपत्ता भयो । घोसुको खैंजडी र देवराजको डुगडुगी पनि हरायो । प्रधानमन्त्रीको स्वागतमा उभिएका सारा गाउँलेहरू आफ्ना हराएका चीजबिजहरू खोज्न यत्रतत्र छरिए ।

प्रधानमन्त्रीको हेलिकप्टरले गाउँको जमिन टेक्दासम्म गाउँ उजाड र रित्तो भइसकेको थियो । प्रधानमन्त्रीलाई नमस्कार गर्ने र फूलमाला लगाइदिएर स्वागत गर्ने पनि कोही थिएनन् । उनको पाउमा पसारिएर आफ्नो दुःखकष्ट सुनाउनेहरू पनि कोही थिएनन् ।

गाउँमा अब कि बालक चम्पक थियो, कि गरिबको छाप्रोभित्र पसीपसी अनाज खाइदिने मुसाहरू थिए । चम्पक त रूखको हाँगो समातेर बसेकाले लड्न पाएन । मुसाहरू भने हल्लीखल्ली हुनासाथ दुलाभित्र छिरिहाले ।

हेलिकप्टरबाट ओर्लिएर उज्याला अनुहारका प्रधानमन्त्रीले चारैतिर हेरे र आफ्ना सल्लाहकारसित सोधे, "यहाँका रैतीहरू खै ?"

सल्लाहकारले झूटो जवाफ दिए, "हामीले सत्ता कब्जा गरेदेखि यहाँका मानिसको जीवनस्तर निकै बढेको छ । यहाँको प्रतिव्यक्ति आय त एसियामै सबैभन्दा बढी छ । यहाँ हरेकले दुई छाक नै दूधभात खान्छन् । शनिबार मोमो र आइतबार पिज्जा खान्छन् । अहिले सबै आन्तरिक पर्यटक भएर हिमालयतिर गएका छन् ।"

प्रधानमन्त्रीले पत्याए र सेतो रूमालले निधारमा उम्रिएको पसिना पुछे । अनुहारको चिल्लो पनि पुछे । उनको अनुहार झन् गोरो, सफा र मुलायम देखियो ।

चम्पक रूँदै रूखबाट ओर्लियो । मुसाहरू पनि प्रधानमन्त्रीलाई हेर्न दुलादुलाबाट निस्किए ।

चम्पकको हातमा सुनको मुट्ठ देखेर प्रधानमन्त्री खुसी भए । उसलाई आफूनेर बोलाए । चम्पक डराउँदै उनीनिर गयो । उसले प्रधानमन्त्रीको हातमा सुनको मुट्ठ राखिदियो ।

बल्ल चम्पकलाई होस आए जस्तो भयो । ऊ रूँदै प्रधानमन्त्रीको पाउमा पसारियो र कहालिँदै बिन्ती गर्न थाल्यो, "माईबाप, हामीहरूको बोली कसैले बुझ्दैन । सरकारसित हामीलाई बोल्न सिकाउने किताब छ भने हामीलाई त्यो किताब चाहियो । अनि हामी पनि बोल्न पाउँछौं ।"

प्रधानमन्त्रीले चम्पकको कुरा त बुझेनन् । तर उनले थपक्क उसको हातमा हालसालै गाता फेरिएको *बृहत् नेपाली शब्दकोश* राखिदिए ।

प्रधानमन्त्री निधारमा फेरि उम्रिएको पसिना सेतो रूमालले पुछ्दै सुनको मुट्ठ लिएर हेलिकप्टरमा सवार भए ।

हेलिकप्टरका पङ्खा घुमेसँगै फेरि हावाहुरी चल्न थाल्यो । फेरि धूलो र पतकरहरू उड्न थाले ।

चम्पक फेरि रूखचढवा भूत बस्ने त्यही बरगदकै रूखमा चपक्कै टाँस्सियो ।

हेलिकप्टरले बिस्तारै जमिन छोड्यो । एकैछिनमा आकाशमा पुग्यो र ओझेल भयो । हावाहुरी मत्थर भएपछि बेपत्ता भएका आफ्ना सामान फेरि बटुलबाटुल पारेर गाउँलेहरू हतारहतार चम्पकनिर आए र खुसी हुँदै उसको हातको किताब खोले ।

यस पटक पनि गाउँलेहरू ठगिएका थिए ।

दिक्दारीले उनीहरूको अनुहार गिल्टीको कचौरा झैं कुच्चिएको थियो । मन कुनैन (क्विनाइन)को गोली खाए जस्तै तीतो भएको थियो । उनीहरूले निराश भएर भने, "यस पटक पनि हामीले समयलाई अगाडिबाट समात्ने मौका पाएनौं । समयले फेरि हाम्रो पिछुवाडामा दुलत्ती लगायो । हामीहरू त अझै पुरानै समय र पुरानै दुनियाँमा रहेछौं । हामीहरूका लागि प्रजातन्त्र पनि आएको रहेनछ, गणतन्त्र पनि आएको रहेनछ ।"

१५

धरिछनको मुटु काम लाग्यो । त्यही मुटु पगालेर प्राप्त भएको मुलायम सुनले परमाणु बमको बटन तयार भयो । त्यो बटन प्रधानमन्त्रीको शयनकक्षमै जडान गरिएको थियो । एक बिहान पशुपतिनाथ कब्जा गरेको तान्त्रिक प्रधानमन्त्री निवासमा आयो र भन्यो, "तपाईं बहुत भाग्यशाली हुनुहुन्छ । अर्को जुनीमा तपाईं यो मुलुकको सम्राट् बन्नुहुनेछ ।"

प्रधानमन्त्रीको महत्त्वाकाङ्क्षा तत्काल जागृत भइहाल्यो । सम्राट् बन्ने उनको पुरानै रहर थियो ।

"हो, मलाई यो दलाल पुँजीपतिको दुनियाँ हैन, सर्वहारावर्गको दुनियाँको सम्राट् हुन मन छ । त्यो संसारमा मार्क्सले मेरो भाषण लेख्नेछन् । लेनिन मेरो ड्राइभर बन्नेछन् । माओले मेरो भान्सामा मेरा लागि परिकार तयार गर्नेछन् ।"

उनको कुरा सुनेर बैठकमा क्यालेन्डर बनेर झुन्डिरहेका नोम चोम्स्की हाँसे । अमर्त्य सेन पनि हाँसे । त्यो अभद्रताका लागि चोम्स्की र सेनलाई क्यालेन्डरबाट झारेर उनले तुरून्तै फाँसी दिए । अब उनको कोठामा उनको कुरामा ताली बजाउने र उनलाई देवतुल्य ठानेर उनको भजन गाउने समूह मात्र बाँकी थियो ।

सम्राट् बन्ने रहर पालेका प्रधानमन्त्रीलाई अर्को जन्म लिने हतार भयो । उनी तत्काल आफ्नो शयनकक्षमा गए र एक्लै फतफताए, "यो सारा संसार दक्षिणपन्थी भयो । यसलाई अन्त्य गर्नु नै ठीक हुन्छ । त्यसपछि बन्ने संसार पूरै वामपन्थी हुनेछ । गज्जब हुनेछ ।"

उनले फूर्तिसाथ परमाणु बमको बटन थिचिदिए ।

तर परमाणु कार्यक्रमसित जोडिएका वैज्ञानिकहरू यही देशको प्रयोगशालामा बसीबसी विदेशीका लागि काम गरिरहेको कुरा प्रधानमन्त्रीलाई थाहै थिएन । त्यसैले परमाणु बमको निशाना ठीक ठाउँमा थिएन । न त्यो दिल्लीसम्म पुग्न सक्यो, न बेइजिङसम्म । त्यो त धरिछनको गाउँतिर उड्न थाल्यो ।

उता, नेपालले परमाणु बमको स्विच थिचिसकेको थाहा पाएको भारतले यो कार्यमा नेपाललाई चीनले उक्साएको आरोप लगाउँदै चीन सखाप पार्ने परमाणु बम प्रहार गरिहाल्यो । चीनले पनि भारततिर बम प्रहार गऱ्यो । अमेरिकालाई यसैउसै झोक चलिहाल्यो । उसले पनि स्विच थिचिदियो । अमेरिकी कदमले रूस रिसाइहाल्यो । उसले पनि बम प्रहार गऱ्यो । उत्तर कोरियाले पनि दक्षिण कोरियातिर परमाणु बम प्रहार गरिहाल्यो । शक्तिराष्ट्रका प्रयोगशालाबाट निस्किए सबै खालका परमाणु हतियारहरू र धमाधम प्रहार हुन थाले । रिस त सबैले एकअर्कामाथि पोखिरहेका थिए । तर सबैले आफ्नै खुट्टामा बन्चरो प्रहार गरिरहेका थिए । आफू बसेकै हाँगो काटिरहेका थिए । यसरी मान्छे भएर मान्छेले नै आफ्नो सभ्यता नामेट गर्ने पागलपन देखाइरहेको थियो र मर्दामर्दै पनि ऊ यसलाई यो युगकै महान् कार्य भनेर मक्ख परिरहेको थियो । किनभने सबैलाई तिनका धर्मगुरूहरूले होली वाइनका नाममा आआफ्नो मुत ख्वाउँदै भनेका थिए, "अर्को सृष्टिमा तिमी नै यो संसारको सर्वेसर्वा हुनेछौ । तिमी नै सम्राट् हुनेछौ ।"

यता गाउँभरिका बालकहरू धरिछनको चिहानमाथि बसेर चिठी लेख्दै छन्, "सोस्ती सिरी उपमा जोगे । सरकारलाई हामी सबैको जयरामजी की पहुँचे । हाम्रो बोली कहिले अरूले बुझ्छन्, हजुर ? हामीलाई कहिलेसम्म अकिलका आन्हर बनाइरहन्छौ ?"

तर यी अबोध बालकहरूलाई के थाहा ? धरिछनको मुटुको मुलायम सुनबाट बनेको परमाणु बमको बटन प्रधानमन्त्रीले थिचिसकेका छन् र त्यो बम उनीहरूको गाउँमै खस्दै छ । ठीक धरिछनको चिहानमाथि नै । ठीक उनीहरूको टाउको माथि नै ।

यो संसारमा अब बाँकी कथा भन्ने सम्भवतः कोही रहनेछैन, धरिछनबाहेक ।

१६

म सुनको मुटु गुमाएको एउटा सोझो गाउँले धरिछन आज फेरि आफ्नो चिहानबाट ब्युँतिएको छु । मेरो गाउँ अब सखाप भइसकेको छ ।

मेरो चिहानमाथि बसेर चिठी लेखिरहेका र आफ्नो भाषामा सरकारलाई आफ्नो पीडाहरू बताउन खोजिरहेका गेदहरनहरू पनि सखाप भइसकेका छन् । मेरो पैतालामुनि अहिले माटो छैन, खरानी मात्र छ । म खरानीको थुप्रोमाथि हिँडिरहेछु । मैले कतै पनि मानव बस्ती देख्न सकेको छैन । बमको रापले गलेका लास मात्र चारैतिर देखिरहेछु । धूवाँ भरिएको आकाशमा चराहरू उडिरहेका छैनन् । आगो बलिरहेको नदीमा माछाहरू जलिरहेछन् । रूखबिरूवाहरू पनि डढेर खरानी भइसकेका छन् । कतै बगैंचा छैन र कतै फूलहरू फुलिरहेका छैनन् ।

यस्तोमा खरानी उडिरहेको वायुमण्डलमा कताकताबाट उड्दै आए केही पानाहरू र थपक्क खसे मेरा वरिपरि । मैले ती सबै पाना बटुलें । तिनमा देवनागरी लिपिमा केही लेखिएको थियो । पहिलो पानाको पहिलो वाक्य थियो– सिरी उपमा जोगे । मैले ती पातीहरूमा के लेखिएको छ भनेर राम्ररी बुझिनँ । किनभने यसमा मैले बुझ्ने भाषामा लेखिएको थिएन र त्यसका बाँकी अरू पानाहरू बेपत्ता थिए । पानामा लेखिएका सुन्दर अक्षरहरूलाई छाम्नासाथ मलाई जशोदाको मुलायम मुहारलाई स्पर्श गरेको आभास भयो । त्यसैले मलाई विश्वास छ, यी कागजहरूमा पक्कै मेरो र जशोदाको प्रेमकथा लेखिएको छ ।

कोही त भेटिएला, यो अधुरो प्रेमकथा पढ्ने । म यो ध्वस्त भएको सृष्टिमा त्यही अर्को मान्छेको खोजीमा हिँडिरहेछु ।

सयौं साल हिँडिसकेपछि म थाकेर खरानीको थुप्रोमाथि थुचुक्क बसें र सयौं वर्ष त्यसरी नै बसिरहें ।

एक दिन अचानक मैले कतै टाढाबाट कसैलाई मतिरै आइरहेको देखें ।

झनै नजिक आएपछि पो थाहा पाएँ, ती त जशोदा पो रहिछन् । मेरी घरनी जशोदा । उनी उस्तै जवान र उस्तै सुन्दर थिइन् । अझै पनि उनको देह उस्तै कसिलो थियो । भर्खर ब्याएको गाईको पेउस दूध खाएर हुर्किए जस्तो । उनको हल्का कत्थई रोगन र बडेबडे बिल्लौरी आँखाले फेरि टोना मारे जस्तै भयो मलाई । उनको हातमा सायद हाम्रो प्रेमकथाका बाँकी पाना थिए ।

हामीले भावावेशमा अङ्कमाल गऱ्यौं । एकअर्कालाई प्रगाढ चुम्बन गऱ्यौं । दिल खोलेर हाँस्यौं । मन हल्का हुने गरी रोयौं पनि ।

जशोदाले भनिन्, "धरिछन, यो संसार नष्ट भइसकेछ । तर मैले अघि बाटोमा केही मौरीहरू भुनभुन गर्दै उडिरहेको देखें । यसको मतलब हो, यो सृष्टिमा केही फूलहरू अझै बाँकी छन् ।"

म जशोदाको आवाज सुनेर मुग्ध भएँ । मैले भनें, "तिम्रो बोली त अझै उस्तै सुरिलो रहेछ । तिम्रो सुरमा अझै इस्सर बसेका रहेछन् ।"

उनले पनि लाज मान्दै भनिन्, "तिम्रो आवाज पनि उस्तै छ । तिम्रो सुरमा पनि इस्सर बसेका छन् ।"

यसरी प्रेमका कुराहरू गर्दै हजारौं दिन निरन्तर हिँडेपछि हामीले अन्ततः एउटा सानो बिरूवा देख्यौं । त्यो बिरूवा विशाल चट्टानको कापमा उम्रिएको थियो । त्यसमा दुइटा अति सुन्दर फूल पनि फुलेका थिए । केही मौरीहरू त्यही फूल वरिपरि भुनभुन गरिरहेका थिए । फूल देखेर जशोदा मुस्कुराइन् । म पनि मुस्कुराएँ ।

हामीले हामीसित भएका सबै पाना त्यही बिरूवाकै मुनि छाडेर हिँड्यौं । के थाहा, हामी जस्तै भट्किँदै कोही युगल जोडी त्यहाँ पुगी पो हाल्छन् कि ! पुगेछन् भने तिनले यी पाती अवश्य भेट्नेछन् । तिनले यसमा लेखिएका सुन्दर अक्षरहरूलाई पक्कै स्पर्श गर्नेछन् र देख्नेछन् आफ्नो प्रेमी या प्रेमिकाको मुलायम मुहार ।

जशोदा र मैले कामना गऱ्यौं– ती युगल जोडीले यो पातीको भाषा बुझून् र भेटून् यसमा आफ्नो प्रेमकथा ।

या देवी !

एक

सर्जिकल लाइटहरू बलिरहेका थिए । नजिकै टेबलमा सुत्केरी गराउन चाहिने विभिन्न कैंची, स्पन्ज, पन्जा, ब्यान्डेज, सिरिन्ज, भ्याकुम, अक्सिजन सिलिन्डर जस्ता उपकरण तयारी अवस्थामा थिए । अचानक सिनियर डाक्टरले दुर्गादेवीको टाउकोमाथिको हेडलाइट झ्याप्प निभाइन् र सहयोगीहरूलाई अपरेसनका सबै काम रोक्ने सङ्केत गरिन् । एनेस्थेसिया दिन ठिक्क परेकी जुनियर डाक्टरको हात मेसिननिरै टक्क रोकियो । सर्जिकल टेबलमा सुतेकी दुर्गादेवीले आँखा खोलिन् र अपरेसन थिएटरको परिवेश नियाल्ने प्रयास गरिन् । डाक्टर र नर्सहरूको अनुहारमा आश्चर्य, डर र जिज्ञासामिश्रित भाव थियो । दुर्गादेवीलाई अलिक संशय भयो । डराइन् पनि । सिनियर डाक्टरले उनको निधारमा हातले स्पर्श गरिन् र अत्यन्त स्नेहसाथ भनिन्, "अचम्म भयो । बिहान अल्ट्रासाउन्ड गर्दासम्म तपाईंको गर्भमा नौ जना बच्चा देखिएका थिए । ती सबै सकुशल थिए । ती सबैको मुटुको चाल र अरू गतिविधि पनि ठीक थियो । हामीले त तिनीहरूको लिङ्ग पनि पहिचान गरिसकेका थियौं र एकसाथ नौ ओटा देवी जन्मिने भए भनेर उत्साहित थियौं । यो मेडिकल साइन्सका लागि पनि अद्‌भुत कुरा थियो । तपाईं र तपाईंको कोखबाट जन्मिने नौ जना शिशुप्रति सारा विश्व समुदायको ध्यान आकृष्ट भइसकेको थियो । तर जसै हामीले

तपाईंलाई यहाँ अपरेसन थिएटरको सर्जिकल टेबलमा राखेर अन्तिम एक्सरे लियौं, हामीले तपाईंको गर्भमा बच्चाहरू नै देखेनौं । तपाईंको गर्भका ती सारा शिशु एकाएक बेपत्ता भए । यो के भएको हो, कसरी भएको हो र किन भएको हो भन्ने कुरा हामीले बुझ्नै सकेका छैनौं । हामी स्तब्ध छौं ।"

अप्रत्याशित कुरा सुनेर दुर्गादेवीका आँखाबाट बरर्र आँसु बगे । मसिनो आवाजमा भनिन्, "बाहिर मेरो खसम हुनुहुन्छ । उहाँलाई भित्र पठाइदिनुस् ।"

सबैले मुखामुख गरे । जुनियर डाक्टरले भद्र आवाजमा भनिन्, "दुर्गादेवीजी, तपाईं त एक्लै अस्पताल आउनुभएको थियो ।"

डाक्टरको यस्तो कुराले अझ बढी अत्यायो उनलाई ।

"कस्तो कुरा गर्नुहुन्छ तपाईंहरू ? मेरा खसम हिजो मसितै यहाँ आउनुभएको थियो । मेरा ननद र भौजाइहरू पनि आएका थिए । पार्वती पनि आएकी थिइन् । मलाई यहाँ कोठामा जनाई गर्न ल्याउँदासम्म उनीहरू ढोकाबाहिरै थिए ।"

"तपाईंलाई भ्रम भएको हो, दुर्गादेवीजी । तपाईंसित कोही आएका थिएनन् । आएको भए अपरेसन गर्ने कागजमा हामीले तपाईंको श्रीमान्को सहीछाप पनि लिने थियौं । तपाईंका आफन्तहरू कोही नभएको थाहा पाएर अस्पताल व्यवस्थापनको निर्णयअनुसार हामीले आफ्नै रिस्कमा तपाईंको अपरेसन गर्न तयार भएका थियौं ।"

दुर्गादेवीको आवाज घाँटीमै रोकियो । डाक्टर एकोहोरो बोलिरहिन्, "तपाईं कमजोर हुनुभएको छ । एकाएक नौ ओटै शिशुहरू गर्भबाटै गायब भएकोले तपाईंको मनमा चोट पनि परेको छ । यस्तोमा दिमागमा अनेक किसिमका भ्रम उत्पन्न हुन्छन् ।"

दुर्गादेवीको जिब्रो तालुमै टाँसिए जस्तो भयो । उनी केही बोल्नै सकिनन् ।

यतिन्जेल नौ जना शिशु एकाएक महिलाको गर्भभित्रै बेपत्ता भएको खबर नेपालगन्जस्थित एउटा अस्पतालको प्रसूति वार्डबाट विभिन्न सञ्चारमाध्यममार्फत विश्वभरि फैलिसकेको थियो ।

दुई

निरन्तर सय वर्षसम्म युद्ध गर्दा पनि देवताहरूले चण्डमुण्ड, शुम्भनिशुम्भ र महिषासुरहरूलाई पराजित गर्न सकेनन् । महिषासुरले सूर्य, चन्द्र, इन्द्र, वायु, अग्नि, यम, वरूणलगायत सबैलाई आफ्नो नियन्त्रणमा लियो । देवताहरू पृथ्वीमा आम मान्छे झैं भट्किन विवश भए । अन्ततः दैत्यको सर्वनाश गर्न शङ्कर, विष्णुलगायत सबै देवताहरूको शरीरबाट तेजपुञ्ज निस्कियो । सबै देवताको तेजपुञ्ज एक ठाउँमा मिसिएपछि त्यसबाट एउटा नारीरूप उत्पन्न भयो । त्यो नारीरूपबाट फेरि अनेक नारी स्वरूपको निर्माण भयो ।

त्यसपछि देवताहरूले प्रार्थना गरे, "हे प्रेतमा चढेकी चामुण्डा देवी ! हे राँगोमा चढेकी बाराही ! हे हात्तीमा चढेकी इन्द्राणी ! हे गरूढमा चढेकी वैष्णवी ! हे साँढेमा चढेकी माहेश्वरी ! हे मयूरमा चढेकी कौमारी ! हे हरिकी भार्या लक्ष्मी ! हे श्वेतवर्णकी ईश्वरी ! हे हंसमा चढेकी ब्राह्मी ! हजुरहरू नानाथरीका आभूषण र अनेकअनेक रत्नले शोभायमान हुनुहुन्छ । हजुरहरूका हातमा शङ्ख, चक्र, गदा, शूल, हलो, मुसल आदि नाना हतियार छन् । हजुरहरूले मात्र यी दैत्यको नाश गरेर भक्तहरूलाई अभय दिन सक्नुहुन्छ । किनभने हजुरहरूले नै हामी देउताहरूको हितका लागि गदा, दण्ड, बन्चरो, पाश, भाला, त्रिशूल र हतियारमा उत्तम शाङ्गर धनु आदि नाना हतियार बाहुमा धारण गर्नुभएको छ । अत्यन्त घोर पराक्रमले युक्त भएकी, आपत्तिको नाश गर्ने हजुरहरू जस्ता देवीलाई बारम्बार नमस्कार छ ।"

देवताहरूले देवीहरूका कामको बाँडफाँट पनि गरिदिए ।

"हामीलाई पूर्व दिशामा इन्द्रायणीले र आग्नेय दिशामा अग्निशक्तिले रक्षा गरून् । दक्षिणतिर बाराही र नैर्ऋत्य दिशातिर खड्गधारिणी देवीले रक्षा गरून् । पश्चिम दिशामा वारूणी देवीले र वायव्य दिशातिर मृगवाहिनी देवीले रक्षा गरून् । उत्तर दिशातिर कौमारी र ईशानतिर शूलधारिणीले रक्षा गरून् । माथितिर ब्राह्मी र तलतिर वैष्णवी देवीले रक्षा गरून् । जया देवीले हाम्रा अगाडितिर रक्षा गरून् र विजयाले

हाम्रो पछाडितिर रक्षा गरून् । द्योतिनी देवीले हाम्रो टुप्पीको रक्षा गरून् । शिरको रक्षा उमादेवीले र मालाधारी देवीले निधारको रक्षा गरून् । यशस्विनी देवीले आँखीभौँको रक्षा गरून् र यमघण्टा देवीले हाम्रो नाकको रक्षा गरून् । द्वारवासिनी देवीले दुई कानको, कालिका देवीले दुई कन्चटको रक्षा गरून् । चर्चिका देवीले माथिल्लो ओठको, अमृतकला देवीले तल्लो ओठको र सरस्वती देवीले जिब्रोको रक्षा गरून् । घाँटीको चण्डिका देवीले, रूद्रघण्टीको चित्रघण्टा देवीले र तालुको रक्षा महादेवीले गरून् । चिउँडाको कामाक्षी देवीले र सम्पूर्ण नसाहरूको नलकुबरी देवीले रक्षा गरून् । हाम्रा बाहुको व्रजधारिणी देवीले, दुई हातको दण्डिनी देवीले र औंलाहरूको अम्बिका देवीले रक्षा गरून् । नङहरूको शूलेश्वरी देवीले, दुई स्तनको महादेवीले, हृदयको ललिता देवीले र पेटको रक्षा शूलधारिणी देवीले गरून् । हाम्रा नाभिको कामिका देवीले, गुदद्वारको महिषवाहिनी देवीले, घुँडाको विन्ध्यवासिनी देवीले, तिघ्राको महाबला देवीले, गोलीगाँठाको नारसिंही देवीले, छालाको वागीश्वरी देवीले, रगत मासी, बोसो, मासु, हाड र मेदाको रक्षा पार्वती देवीले गरून् । हाम्रो नङका चमकको ज्वालामुखी देवीले र सम्पूर्ण जोर्नीजोर्नीको अभेद्या देवीले रक्षा गरून् । हाम्रो शुक्रकीटको रक्षा ब्राह्मी देवीले र हाम्रो छायाको रक्षा छत्रेश्वरी देवीले गरून् । हाम्रा छोराहरूको रक्षा महालक्ष्मीले र पत्नीहरूको रक्षा भैरवीले गरून् ।"

स्तुति सकिएपछि देवताहरूले देवीहरूलाई अनेक शस्त्रअस्त्र र आभूषण दिए । शङ्करले शूल, विष्णुले चक्र, वरूणले शङ्ख, अग्निले शक्ति, वायुले धनुष र बाणहरू दिए । इन्द्रले वज्र र ऐरावत हात्तीले लगाउने घण्टा पनि दिए । यमराजले दण्ड, वरूणले पाश, प्रजापतिले स्फटिकको माला र ब्रह्माले कमण्डलु दिए । सूर्यले तेज दिए । कालले ढाल र तरबार दिए । क्षीरसमुद्रले उज्ज्वल हार र कहिल्यै जीर्ण नहुने दिव्य वस्त्र दिए । उनैले दुइटा कुण्डल, कडा र उज्ज्वल अर्धचन्द्र र सय बाहुहरूमा लगाउने आभूषण, नूपुर, गलामा सुन्दर हँसुली र

सबै औंलाहरूमा लगाउन विभिन्न रत्नले बनेका औंठी पनि दिए । विश्वकर्माले कलात्मक र धारिलो फर्सा र अरू अनेक अस्त्र अनि अभेद्य कवचहरू दिए । वक्षस्थल र मस्तकमा धारण गर्न कहिल्यै नओइलाउने कमलको माला पनि दिए । हिमालयले सिंह र कुबेरले महले भरिएको पानपात्र दिए । शेषनागले बहुमूल्य मणिको नागहार दिए ।

यी सबै पाएर देवीहरू मुग्ध भए । आफूलाई सर्वशक्तिमान् ठाने । उनीहरूले अट्टहास गर्न थाले । अट्टहासले आकाश काँप्यो । समुद्र हल्लियो । पृथ्वी थर्थराउन थाल्यो । अन्ततः देवीहरूको शक्तिका सामु दैत्यहरू निरीह भए । देवीहरूले अनेक युद्ध गरेर चण्डमुण्ड, शुम्भनिशुम्भ र महिषासुर जस्ता दैत्यको नाश गरेर देवताहरूको जीवन, शरीर, सम्पत्ति र साम्राज्यको रक्षा गरिदिइन् । देवताहरूले उनको भजन गाए–

या देवी सर्वभूतेषु शक्तिरूपेण संस्थिता ।
नमस्तस्यै नमस्तस्यै नमस्तस्यै नमो नमः ॥

तीन

दैत्यहरूबाट देवताहरूको रक्षा गरेकी दुर्गादेवीको मन युद्धपछि भने एकतमासको भयो । उनले पछि पो थाहा पाइन्, देवताहरूले त काला वर्णका गरिब र सोझा जनतालाई पो दैत्यको रूपमा चित्रित गरेका रहेछन् । खासमा देवताहरूको उद्देश्य ती सोझा जनताहरूसित रहेका सबै स्रोतसाधनमाथि कब्जा गर्दै संसारबाट समाजवाद हटाएर आफूअनुकूलको अर्थव्यवस्था लागू गर्नु पो रहेछ । चण्डमुण्ड, शुम्भनिशुम्भ र महिषासुरहरू त दुर्गादेवीहरूलाई उत्तेजित पारेर दैत्यका नाममा सामान्यजनको हत्या गर्न तयार पारिएका भ्रम पो रहेछन् । ती त देवताहरूले तयार पारेका काल्पनिक कथाका काल्पनिक पात्र पो रहेछन् । काल्पनिक दैत्यका नाममा उनीबाट असङ्ख्य गरिबगुरूवाको हत्या पो भएको रहेछ ।

त्यसपछि उनी विरक्त भइन् ।

उनले आफूलाई देवताहरूले दिएका शूल, चक्र, धनुष, बाण, वज्र, पाश, फरसालगायत सबै अस्त्र र अभेद्य कवचहरू जमिनमा गाडिदिइन् । आफूले पहिरिएको स्फटिकको माला, आफ्ना सय बाहुमा धारण गरेका आभूषण र शेषनागले दिएको नागमणि पनि उतारिदिइन् । क्षीरसमुद्रले दिएको उज्ज्वल हार र कहिल्यै जीर्ण नहुने दिव्य वस्त्र पनि मिल्काइदिएपछि उनी आभूषण र हतियारहरूको बोझबाट मुक्त भइन् । उनले आफ्नो चोला फेरिन् र नेपालगन्ज नजिकको एउटा गरिब गाउँमा जन्म लिइन् । बप्पा र महतारीले उनको नाम दुर्गादेवी राखिदिए ।

चार

बजार गएका बेला रामललीले सडकमा कसैले पुरानो ठानेर मिल्काएको एउटा गुलाफी अङ्गिया फेला पारेकी थिइन् । त्यो मैलो भए पनि धोएर लगाउन मिल्ने थियो । त्यसको ग्याटिस र हुक पनि दुरूस्त थियो । फित्ता पनि चुँडिएको थिएन । स्तन ढाक्ने दुवैतिरका कपमा बाक्ला स्पन्ज पनि थिए ।

रामललीको घाँटीको दाहिनेतिर बडेमानको गलगाँड आएको थियो । सबैले "घेंघी" भनेर जिस्क्याउँथे । उनी प्रतिकार गर्थिन् । यसरी प्रतिकार गर्दागर्दा उनीभित्र झगडालु स्वभाव विकास भएको थियो । त्यसैले गाउँमा हरेक दिन कसै न कसैसित उनको झगडा परिरहेकै हुन्थ्यो ।

उनको खास नाम भने गाउँमा कसैलाई थाहा थिएन । रामलालकी स्वास्नी भएर यो गाउँमा आएको दिनदेखि नै सबैले उनलाई रामलली भन्न थालेका थिए ।

रामलाल दिहाडी मजदुर भएर दिल्लीमा काम गर्न गएका थिए । बेलाबेलामा अलिअलि पैसा पठाइरहन्थे । त्यसैले रामललीले अरूलाई मान्छे गन्दैनथिन् । अझ अरूका लोग्नेलाई त नामर्द नै ठान्थिन् । कसैले उनका अगाडि केही भन्न नसके पनि उनका पछाडि भने श्लोक

भट्याउँदै कुरा काट्थे, "*मैं सुनरी, मोर पिया सुनरा, गउँवा के लोग, बनरी बनरा*। घेंघीले आफूलाई मात्र सुन्दरी, आफ्नो खसमलाई मात्र सुन्दर देख्छे। उसका लागि त अरू सब बाँदर र बाँदर्नी मात्र हुन्। अरूको बदगोई नगरे त उसलाई खाएको पनि हजम हुन्न।"

रामललीको घमन्ड मात्र ठूलो, शरीरले त उनी असाध्यै लिखुरी थिइन्। खसम रामलाल वर्षमा एकाधपल्ट दिल्लीबाट आउँथे र रामललीलाई पेट बोकाएर फर्किन्थे। यसरी बिहे गरेको १२ वर्षमा रामललीले छ ओटा सन्तान जन्माइसकेकी थिइन्। तिनलाई दूध चुसाउँदाचुसाउँदै उनका स्तन पनि सपक्कै सुकेर पोलिथिनको रित्तो झोला झैं झुन्डिएका थिए। २७-२८ वर्षको उमेरमै उनी ५०-५५ की देखिन्थिन्। खण्डहर झैं जीर्ण र असहाय। त्यसैले त्यो अङ्गिया उनको छातीमा फिट भएन। गाउँका अरू जनानीहरूको पनि त्यही ताल थियो। सबैले त्यो अङ्गिया हातमा लिए। ग्याटिस तन्काएर हेरे। हुक ठीक छ कि छैन भनेर जाँचे। एकपल्ट आफ्नो चोलो बाहिरबाटै मापतौल गरे र ओठ लेप्र्याएर रामललीकै हातमा फिर्ता गरिदिए।

त्यसपछि उनी त्यो अङ्गिया लिएर दुर्गादेवीको घर पुगेकी थिइन्।

पाँच

सबै दुखियारी दुब्लापातला हुन्छन् भन्ने कहाँ हो र! कोही त खानै नपाए पनि खाइलाग्दा देखिन्छन्। ब्रह्मदेवकी छोरी दुर्गादेवीको शरीर भर्खर मात्र छल्लाहरू कसेको ढोलक जस्तै कसिलो न कसिलो थियो। छाती पनि बडेमानको थियो। यताउता हिँड्दा उनी आफैँलाई पनि छाती हल्लिएर निकै गाह्रो हुन्थ्यो। काम नभएर बरालिएका, दिनरात सुलफेबाजी गरिरहने गाउँभरिका उचक्का र चौसरवाज मर्दका भोका आँखा भने त्यहीँ गाडिन्थे।

"दुर्गादेवीले छातीमा दुईदुई ओटा बन्दागोभी फलाएर गजगौनी जस्तै लचकलचक हिँड्छे।"

आफूलाई लक्ष्य गरी भनिएका यस्ता व्यङ्ग्यबाण सुनेर दुर्गादेवी हिँड्दाहिँड्दै असहज अनुभव गर्थिन् ।

राम्रो अङ्गिया लगायो भने छातीलाई आराम हुन्छ भन्ने कुरा उनले बजारका महिलाहरूले भनेको सुनेकी थिइन् । त्यसैले राम्रो अङ्गिया लगाउन पाए आफ्नो छातीलाई चोलोभित्र अलिक सम्हालेर राख्न सकिन्थ्यो भन्ने उनलाई पनि लागेको थियो । तर एउटै अङ्गियालाई दुईतीन सय पर्दो रहेछ । त्यति धेरै पैसा तिरेर छाती छोप्ने उनको सामर्थ्य कहिल्यै भएन । उनी मन मारेर बसिन् ।

उनको बिहे कारकाँदोमा साइकल दुकान चलाउने घनश्यामसित भएको थियो । बिहे हुँदा उनी १२ वर्षकी थिइन् । गौना गरेर घनश्यामको घर जाँदा जम्मा १५ वर्षकी थिइन् ।

बिहेमा बरियाँतीलाई पेटभरि मासु र दारू नखुवाएको र दाइजो पनि थोरै ल्याएको भनेर ससुराली खलक उनीसित रूष्ट थियो । अझ बिहे गरेको चार वर्षसम्म बच्चा नभएपछि खसमले मात्र हैन, सासू, ससुरा र देवरले पनि बाँझ र निपुते भन्दै दिनहुँ पिट्न थालका थिए उनलाई । ससुरा दशरथले त बेलाबेलामा उनको छातीतिर हेरेर ठाडै भन्थे, "चुची ठूलो भएर के काम ! जनानीको त किस्मत ठूलो हुनुपर्छ । किस्मत राम्रो हुने जनानीको चुची सन्तानले चुस्छन्, खराब हुनेको चुची भतारको खेलौना मात्र हुन्छ ।"

ससुराले पनि यस्तो भन्न थालेपछि उनलाई आफ्नो छाती काटेर फाल्न पाए हुन्थ्यो जस्तो लाग्थ्यो ।

अन्ततः घनश्यामले अर्को बिहे गर्ने भए । दुर्गादेवीले केही भनिनन् । घनश्याम नयाँ दुलही लिन गएका दिन दुर्गादेवी चुपचाप माइती फर्किन् । उनका दाजुभाउजू असल थिए । उनीहरूले दुर्गादेवीलाई आश्रय दिए ।

घनश्यामले दोस्रो बिहे गरेको पाँच वर्ष भइसकेको थियो । तर उनकी दोस्री श्रीमती पार्वतीले पनि बच्चा पाउन सकिनन् । उनले पनि बिहेमा जन्तीलाई पेटभरि मासु र दारू खान नदिएको, दाइजो पनि नल्याएको र बाँझी पनि भएको आरोप खेप्दै खसम, सासूससुरा

र देवरको पिटाइ खान थालिन् । पोहोर रामलीलामा दुर्गादेवीसित भेट हुँदा उनले भनेकी थिइन्, "दिदी, तिम्रो सराप लाग्यो मलाई । म पनि निपुते भएँ । बाँझ भएँ ।"

दुर्गादेवीले सम्झाइन्, "तिमी त मेरी बहिनी जस्ती हौ । मेरो मनमा तिमीप्रति सौतिया डाहा छैन । मेरै लिलारमा सुख लेखेको थिएन ।"

छ

रामललीले ल्याएको अङ्गिया देखेर दुर्गादेवीको मनमा त्यसप्रतिको आकर्षण फेरि जागृत भयो । उनले ५० रूपैयाँमा त्यो अङ्गिया किनिन् । तर भनिन्, "अहिले त मसित पैसा छैन । केही महिनापछि बारीमा गोभी फल्छ । त्यही बेचेर यसको पैसा तिर्छु ।"

रामललीले नाइँ भनिनन् । कसैलाई फिट नभएको अङ्गिया उधारोमा भए पनि बिक्यो । सित्तैमा पाएको मालको ५० रूपैयाँ भए पनि आउने भयो । यही नै ठूलो कुरा भयो उनलाई ।

अङ्गिया लगाउन थालेदेखि दुर्गादेवीको छाती टमक्क भयो । उनलाई हिँड्न पनि सजिलो भयो । तर निरन्तरको वर्षाले गर्दा बारीको सबै गोभी कुहियो । उनले रामललीलाई समयमै ५० रूपैयाँ तिर्न नसक्ने भइन् । हुन त अरूले सम्झाएका पनि थिए उनलाई, "रामललीसित कुनै लेवा-देई नगर् । अघिल्लो दिनसम्म जोसित गलबहियाँ गरेर हिँड्छे, भोलिपल्ट उसैसित लफडा गर्छे । कुन दिन रार मच्चाएर सारा गाउँलाई कुरूक्षेत बनाइदिन्छे ।"

तर अरूसित जति लफडा भए पनि दुर्गादेवीसित रामललीको राम्रो मिल्ती थियो । साँझबिहान चुलो बाल्न रामलली सधैं उनकै घरमा हातमा गुइँठा लिएर आगो माग्न आउँथिन् । हिजो साँझ मात्र त्यति ज्ञानी भई आगो लिएर गएकी रामलली एकाबिहानै फसादी भएर आउँछिन् भन्ने उनले चिताएकी थिइनन् ।

"हरामिन, दु दु महिनासम्म पनि पैसा नदिने ? सेंतमेतको माल ठानेर पचाउन खोजेकी ?" रामललीले उनको जगल्टा समातेपछि पो दुर्गादेवी जिल्ल परिन् ।

"ए रामलली, कतै तैंले भिनसारै तुरन्ता (गाँजा) खाएर त आइनस् ? हिजोसम्म त ठीक थिइस् । अहिले किन यस्तो फसादी भएर निस्केकी ?" दुर्गादेवीले नम्र भएर सोधिन् ।

रामलली झन् उग्र भइन् र उनलाई जमिनमा पछारिदिइन् । अब भने दुर्गादेवी पनि आवेशमा आइन् । उनले पनि त्यसरी नै रामललीको जगल्टा समातेर पछारिन् । ओसाराबाट सुरू भएको उनीहरूको धौलधप्पड सडकसम्मै पुग्यो । जनाना कुस्ती हेर्न गाउँलेहरूको मेला लाग्यो ।

रामललीले दुर्गादेवीमाथि गरेको व्यवहार गाउँका अरू महिलाहरूलाई मन परेकै थिएन । उनीहरूले प्रतिकार गर्न पनि खोजे । तर तिनका खसमहरूले रोके, "कुम्हारको गधा मऱ्यो त मऱ्यो, धोबिन किन सती जाने ? अर्काको झगडामा बेमतलबमा तिमीहरूलाई किन हायहाय गर्दै रून्नुपऱ्यो ?"

सात

पञ्चैती बस्यो । जाति बिरादरी, पञ्च सरपञ्च सबै भेला भए । सबै पुरूष थिए र सबै गँजेडी । त्यसैले सबैले चिलिममा गाँजा भरे र बुङबुङ धूवाँ उडाउँदै छलफल गरे । पञ्च सरपञ्च सबैका लागि यो रोचक मुद्दा थियो । मुद्दाको छिनोफानो गर्नुभन्दा पनि उनीहरू सबै दुर्गादेवीले लगाइरहेको अङ्गिया हेर्न लालायित थिए । उनीहरू सबैका आँखामा कामुकताको सुर्मा लागेको थियो । त्यसैले पञ्चैतीले चलाखीपूर्ण निर्णय गऱ्यो, "दुर्गादेवीले कि अहिल्यै ५० रूपियाँ तिर्नुपऱ्यो कि हाम्रै अगाडि आफूले लगाइरहेको अङ्गिया फुकालेर रामललीलाई फिर्ता दिनुपऱ्यो ।"

यस्तो अस्वाभाविक फैसला सुनेर दुर्गादेवी रन्थनिइन् । उनले कम्मरमा हात राखेर चिच्याइन्, "तिमीहरू पञ्च भलादमी होइनौ । आफ्ना महतारी र बिटियाहरूलाई पनि पुतखौकी भनेर गु ख्वाउने हरामी हौ । हामीलाई पतुरिया बनाएर अनि हाम्रो धोतीमा आगो

लगाएर आफ्नो गाँड सेक्ने लिर्लज्ज पुरूष हौ तिमीहरू । आफू छुट्टा साँड भएर जनानाहरूलाई मरजादमा बस्नुपर्छ भन्ने अनि चोकचोकमा मेरो दूधको कुरा गरेर बस्ने भौंसडीहरू हौ तिमीहरू । तिमीहरू सबको दिमागको बोल्टु ढिल भैसकेको छ ।"

उनले सारा भलादमीहरूकै अगाडि चोलो फुकालिन् । चोलोभित्रको अङ्गिया पनि फुकालेर रामललीको हातैमा राखिदिइन् र पञ्च भलादमीतिर हेरेर फेरि आक्रोश पोखिन्, "तिमीहरू सबका सब देवराज इन्द्र हौ । परस्त्री देख्नासाथ तिमीहरूको लँगोट ढिला भैहाल्छ । सबलाई अहिलिया देख्छौ तिमीहरू । अहिले भने सबका सब जडभरत भएर बसेको नौटङ्की किन देखाउँछौ ? एक हातले आफ्नो नुनी खेलाएर अर्को हातले जपनी घुमाउने आडम्बरी हौ तिमीहरू । आओ सबै ! चुस मेरो ढिपुली ! दूध नआए पनि रगत त आउला नि ।"

अर्धनग्न दुर्गादेवीको उग्रचण्डी जस्तो रूप देखेर जाति बिरादरीका भाइभलादमी र पञ्च सरपञ्च भनाउँदाहरू अतालिए । गाँजाको नशा चढ्न नपाउँदै उत्रियो । पञ्चैतीमा रमिता हेर्न आएका बूढा भरथरीले ग्लानिपूर्वक भने, "आज दुर्गादेवी हैन, हामी पञ्चहरू नङ्ग उघाडा भयौं । उस्को आबरू गएन । बरू हाम्रो इज्जत छेछालेदर भयो ।"

पञ्च भलादमीहरू मुखबाट आगो ओकल्ने अगिया बेतालले लखेटे झैं पञ्चैती छाडेर पाइजामा र धोती सम्हाल्दै रफरेट भए । रमिता हेर्न आएका गाउँलेहरूमा कचरधान मच्चियो । उनीहरू पनि पुच्छर लुकाएर भागे ।

पञ्चैती बोलाएपछि दुर्गादेवीले खोजखाज गरेर पनि पैसा दिन्छिन् भन्ने सोचेकी थिइन् रामललीले । तर दुर्गादेवीले यसरी सबैका अगाडि नाङ्गै भएर हिम्मतसाथ अङ्गिया फुकाल्छिन् भन्ने रामललीले चिताएकै थिइनन् । ५० रूपैयाँका लागि आफूले यत्रो उधुम मच्चाएकोमा उनलाई निकै ग्लानि भयो । उनलाई त्यो अङ्गियाको काम पनि थिएन ! बाटैमा फ्याँकेर हिँडिन् ।

साँझ फेरि चुल्हो बाल्न आगो चाहियो रामललीलाई । उनी गुइँठा लिएर दुर्गादेवीकहाँ पुगिन् र नरम भएर भनिन्, "मेरो बुद्धि भरभ्रष्ट भएको थियो । एउटा अङ्गियाको लागि बेकारमा त्यत्रो वितण्डा मच्चाएँ । मलाई माफी दे, दुर्गादेवी ।"

दुर्गादेवीको रिस मरिसकेको थियो । उनले रामललीले ल्याएको गुइँठामाथि आफ्नो चुल्होको आगो राखिदिइन् । छतमा फलेको एउटा लौका पनि दिएर पठाइन् ।

आठ

अचम्मको कुरा के भयो भने, दिउँसो पञ्चैतीमा दुर्गादेवीको उग्ररूप देखेर रफरेट भएका पञ्च भलादमी र गाउँलेहरू गाउँबाटै एकाएक बेपत्ता भए । गाउँ पुरूषविहीन भयो । महिलाहरू मात्र बाँकी रहे ।

दुर्गादेवीले राति सपना देखिन् ।

सपनामा नौ जना देवी आए र भने, "दुर्गादेवी, किन चिन्ता गरेकी ? गाउँबाट जो भागे, ती त हामीलाई युद्धमा फसाएर दैत्यको नाममा गरिबगुरूवालाई मार्न लगाएका देउताहरू पो थिए । तिम्रो रूप देखेर उनीहरूले तिमीलाई चिनिहाले र भागे गाउँबाट । तर ती अजम्बरी छन् । रूप बदलेर फेरि आउँछन् र फेरि रच्छन् नयाँ प्रपञ्च ।"

दुर्गादेवीले ती नौ जना देवीले भनेका कुरा पटक्कै बुझिनन् । वाल्ल परेर सुनिरहिन् । देवीहरूले एकै स्वरमा भने, "अब हामी पनि देउताको आदेश मानेर बस्दैनौं । कहिले उनीहरूका लागि युद्ध गरिदिने देवी, कहिले उनीहरूको मनोरञ्जन गर्ने अप्सरा र कहिले उनीहरूको षड्यन्त्रमा सामेल हुने विषकन्या भएर बस्दैनौं । हामीले देउताहरूले दिएका शस्त्रअस्त्र, परिधान, आभूषण र कवचहरू त्यागिसक्यौं । अब हामी तिम्रै कोखबाट जन्मिन्छौं ।"

सपनाबाट ब्युँझिएलगत्तै दुर्गादेवीको पेटमा हलचल हुन थाल्यो । जलोदर भए झैं पेट फुल्न थाल्यो । एक दिन उनकी सौता पार्वती

उनलाई भेट्न आएका बेला दुर्गादेवीलाई सिकिस्त भएर जमिनमा लडिरहेको देखिन् । उनले तुरून्त घनश्यामलाई बोलाएर दुर्गादेवीलाई नेपालगन्ज लगेर अस्पतालमा पुऱ्याइन् ।

डाक्टरहरूले उनको पेटको एक्सरे गरे र भने, "दुर्गादेवीको पेटमा एकसाथ नौवटा भ्रूणहरू हुर्किँदै छन् ।"

ती भ्रूणहरू घनश्यामको डिएनएसित मेल खाए । सम्बन्धविच्छेद भएको यतिका वर्षपछि र शारीरिक सम्पर्कबिनै गर्भधारण गरेकाले स्थानीय पत्रपत्रिकामा दुर्गादेवीको चर्चा भयो । त्यो चर्चा राष्ट्रिय स्तरका मिडियाहरूमा छायो र तुरून्तै विश्वका सबै सञ्चारमाध्यमबाट पनि प्रसारित भयो ।

पार्वती र घनश्याम दुवै खुसी भए । पार्वतीका नन्द, भौजाइ, सासूससुरा, देवर, देवरानी पनि खुसी भए । दुर्गादेवीलाई भने आफ्नो कोखबाट सामान्य शिशुहरूले होइन, नवदुर्गाले जन्म लिँदै छन् भन्ने विश्वास भइसकेको थियो ।

गर्भ रहेको नवौं महिनाको पहिलो आइतबार दुर्गादेवीलाई प्रसव वेदना सुरू भयो । उनी पीडाले बेहोस भइन् । होस खुल्दा उनी अस्पतालमा थिइन् । गर्भमा सबै शिशु पूर्ण स्वस्थ रहेकाले डाक्टरहरू पनि खुसी भए । ती शिशुहरूलाई सुरक्षित जन्माउनु त्यो अस्पताल, अस्पतालका ती चिकित्सकहरूको मात्र होइन, सिङ्गै चिकित्साविज्ञानका लागि ठूलै चुनौतीको विषय थियो । किनभने एकसाथ नौ ओटा शिशुको जन्म यो संसारकै लागि अचम्मको कुरा हुनेवाला थियो ।

तर अपरेसनअगाडि गरिएको गर्भको अन्तिम परीक्षणमा अनौठो भयो । दिउँसोसम्म अल्ट्रासाउन्ड स्क्यानमा टड्कारै देखिएका शिशुहरू एकाएक गर्भबाट गायब भएका थिए । यो खबर पनि तुरून्तै विश्वव्यापी भयो । नेपालगन्जको एउटा अस्पतालमा घटेको यो अद्‌भुत घटनाबाट विश्वको चिकित्सा जगत् थप चकित र स्तब्ध भयो ।

नौ

आफ्नो गर्भमा नौ महिनासम्म हुर्किएका शिशु यो संसारमा आइसकेका छन् भनेर दुर्गादेवी विश्वस्त थिइन् । उनलाई आफ्नो सपनामाथि विश्वास थियो । उनी एक बिहान कसैलाई थाहै नदिई अस्पतालबाट बाहिरिइन् । उनी सबैभन्दा पहिला घनश्याम र पार्वतीलाई भेट्न कारकाँदो गइन् । तर त्यहाँ उनीहरूलाई चिन्ने कोही थिएन । सबैले भने, "यहाँ घनश्याम र पार्वती भन्ने कोही छैन ।"

उनी आफ्नो गाउँ फर्किन् । तर गाउँमा उनले चिनेका कोही पनि थिएनन् । उनलाई पनि त्यहाँ कसैले चिनेन । उल्टो सोधे, "तिमी को हौ ? तिमीलाई त हामी पहिलो मर्तबा देख्दै छौं ।"

उनले आफ्ना महतारी, बप्पा, भैया र भौजीहरूका बारे पनि सोधिन् । उनीहरूको हुलिया पनि बताइन् । तिनीहरूका दादा, परदादाको नाम पनि बताइन् । तर जवाफ आयो, "त्यस्तो नामका र हुलियाका यो गाउँमा न पहिला कोही थिए, न अहिले छन् ।"

अनौठो खालको द्विविधामा परिन् दुर्गादेवी । के यो उनको गाउँ नै थिएन ? के उनी यो गाउँमा जन्मेकै थिइनन् ? उनका आफन्तहरू के छँदै थिएनन् ? के उनको घनश्यामसित बिहे भएकै थिएन ? के पार्वती उनकी सौता छँदै थिइनन् ? के उनी आफ्नै कल्पनाको संसारमा जन्मिएकी थिइन् ? अथवा उनी आफैं कुनै कथाको पात्र मात्र थिइन् ?

उनलाई अझै आफ्ना नौ जना छोरी जन्मिएकै हुन् भन्ने कुरामा पूरै विश्वास थियो । तर ती कहाँ छन् ? कसले स्याहार गरिरहेछ उनीहरूको ? कसले दूध खुवाइरहेको छ उनीहरूलाई ? अब उनलाई यी सबै कुरा पत्ता लगाउनु थियो । त्यसैले उनी आफ्ना बेपत्ता भएका सन्तानहरूको खोजीमा हिँडिरहिन् । लगातार । महिनौंसम्म ।

अन्ततः एक दिन उनी त्यही ठाउँमा पुगिन्, जहाँ उनले उतारेकी थिइन्, शङ्करले दिएको शूल र विष्णुले दिएको चक्र । जहाँ छाडेकी थिइन्, उनले वरूणले दिएको शङ्ख र अग्निले प्रदान गरेको शक्ति ।

उनी पुगिन्, वायुले उनलाई दिएको धनुष र बाणहरू छाडेको ठाउँमा । त्यहाँ वरिपरि अझै छरिएर रहेका थिए, इन्द्रले उनलाई दिएका वज्र र ऐरावत हात्तीको घण्टा अनि यमराजले दिएको दण्ड र वरूणले दिएको पाश । उनले त्यहीँ भेटिन्, आफूले त्यागेका स्फटिकका माला र कमलका हारहरू । उनले त्यहीँ भेटिन्, आफूले छाडेको सूर्यको तेज र कालले उनलाई दिएका ढाल र तरबारहरू । क्षीरसमुद्रले दिएको उज्ज्वल हार र कहिल्यै जीर्ण नहुने दिव्य वस्त्र पनि उनले भेटिन् । उनले भेटिन्, सबै अस्त्र अनि अभेद्य कवचहरू । शेषनागले दिएको नागहार पनि फेला पारिन् ।

उनको अतीतसित टुटेको सम्बन्ध फेरि गाँसियो । उनले ती सबै अस्त्र र आभूषणहरू फेरि धारण गरिन् । अस्त्र र आभूषणहरू धारण गर्नासाथ उनका सामु शङ्कर, विष्णु, ब्रह्मा, इन्द्र, नागराज वासुकी, यमराज, वरूण र सूर्य आदि देवताहरू प्रकट भए । त्यो सुख, सुविधा र ऐसआरामका सबै सामग्री पाइने विशाल सहर थियो र तेत्तीसकोटी देवताहरू यत्रतत्र मोजमस्ती गरिरहेका थिए । जताततै खुलेका थिए, सुपरमार्केटहरू, व्यापारिक मलहरू र सिटी सेन्टरहरू । जताततै थिए, मल्टिप्लेक्स र आइम्याक्स सिनेमा घरहरू । जताततै खुलेका थिए, डोमिनो पिज्जा, बर्गर किङ, केएफसी र म्याकडोनाल्ड, जहाँ बनिरहेको थियो भोक र भोजनको रणनीति । देवताहरूले साझेदारीमा खोलेका थिए, स्टारबक्स र द ग्लोब जस्ता बियर बारहरू, जहाँ उनीहरू कफी र बियरको चुस्की लिइरहेका थिए ।

उनले देखिन्, उनले जन्माएका नाबालक नवदुर्गाहरूलाई सोमरस पिइरहेका देवताहरूले कब्जामा राखेका छन् । र तिनीहरूलाई एउटा विशाल नाइट क्लबमा *या देवी सर्वभूतेषु मातृरूपेण संस्थिता*को धुनमा पोल डान्स गराइरहेका छन् ।

शैलपुत्री र ब्रह्मचारिणीले दुर्गादेवीसित रूँदै भने, "माता, हामीले जसलाई पहिला देवता ठानेका थियौं, ती त खासमा दैत्यहरू नै रहेछन् । सुकिला अनुहारका दैत्यहरू ।"

आँसु झार्दै चन्द्रघण्टा र कुष्माण्डाले भने, "माता, हामीलाई उहिले पनि देउताहरूले झुक्याए र अझै झुक्याइरहेका छन् ।"

मातेका देवताहरूको बाहुपाशमा छटपटाइरहेका लाचार स्कन्दमाता, सिद्धिदात्री, कात्यायनी, महागौरी र कालरात्रिहरूलाई देखेर आहत भइन् दुर्गादेवी । उनले त्यो दृश्य धेरै बेरसम्म हेर्नै सकिनन् र निस्किइन् त्यहाँबाट । उनको सुन्दरताबाट मुग्ध भएका कामुक देवताहरू उनलाई "खडी रह ! खडी रह !" भन्दै निरन्तर लखेटिरहेका थिए ।

१०

दुर्गादेवीले अर्को संसार देखेकै थिइनन् । त्यसैले उनी लाचार भएर आफूले चिनेकै भूगोलमा फेरि फर्किइन् । त्यो उनकै गाउँ थियो, जहाँ उनलाई चिन्ने कोही थिएन । उनी त्यहाँ आउँदा अहिल्या भर्खरभर्खर पत्थरको मूर्तिमा परिणत भएकी थिइन् र आफूलाई शिलाबाट फेरि स्त्री बनाइदिन तथाकथित मर्यादापुरूष श्रीरामको चरणस्पर्शको प्रतीक्षा गरिरहेकी थिइन् ।

यो युग लक्ष्मणरेखाको त पक्कै थिएन । तर राम भने आफ्नी जहान सीताका लागि आफैंले रामरेखा कोर्दै थिए । अहिल्यालाई पत्थरबाट स्त्री बनाइदिएर उनलाई देवराज इन्द्रसितको व्यापारिक साझेदारी तोड्नु थिएन । त्यसैले रामको गाउँमा पनि अहिल्या पत्थर बनेर बस्न विवश भइन् ।

उनी पुगेकै बेला उनको गाउँमा कौरव र पाण्डवबीच जुवाको खाल जमिरहेको थियो । र द्रौपदीलाई दाउमा राख्ने योजना बनिरहेको थियो । नजिकै कुन्तीले दिइरहेकी थिइन्, आफ्नो पवित्रताको सबुत । लक्ष्मणले काटिरहेका थिए, शूर्पणखाको नाक । विचित्रवीर्य, राजा शाल्व र भीष्म तीनै जनाबाट घोर अपमानित अम्बा लाचार रोइरहेकी थिइन् ।

अलिक पर पुगेपछि उनले देखिन्, देवताहरूको पञ्चैती बसेको छ । तिनीहरूका बीचमा उनी जस्तै थुप्रै दुर्गादेवीहरू अपराधी झैं

उभिएका छन् । र फुकाल्न विवश छन्, आफ्ना कटीवस्त्रहरू र अङ्गियाहरू । उनले थाहा पाइन्, केही बेरमै अरू देवताहरू आएर तिनका प्रत्येक अङ्गको नाप लिनेछन् र विश्वको सौन्दर्य बजारमा भारी मूल्यमा ती अङ्गप्रत्यङ्ग लिलाम गर्नेछन् ।

अझै पर पुगेपछि उनले देवताहरूको कब्जाबाट फुत्किने प्रयास गरिरहेका हजारौं देवीलाई देखिन् । देवताहरू तिनीहरूलाई फकाउन मन्त्र पढिरहेका थिए, "जयन्ती, मङ्गला, काली, भद्रकाली, कपालिनी, दुर्गा, क्षमा शिवा, धात्री, स्वाहा र स्वधा नामले प्रसिद्ध हे देवीहरू ! हजुर हरूलाई हाम्रो कोटीकोटी नमस्कार छ । आउनुस्, धर्मयुद्धमा सामेल हुनुस् र काला, फोहोरी, गरिब र असभ्य दैत्यहरूबाट हामी समस्त देवपुरूषहरूको रक्षा गर्नुस् ! हामी हजुरहरूलाई आफूसँग भएका सबै बहुमूल्य आभूषण, हतियार र कवचहरू दिनेछौं ।"

यो दृश्य धेरै बेरसम्म हेर्नै सकिनन् दुर्गादेवीले । उनले आवेशयुक्त अट्टहास गर्न थालिन् । उनको अट्टहासले काँप्न थाल्यो पृथ्वी र हल्लिन थाल्यो देवसत्ता । उनी चिच्याइन्, "पापी देउताहरू ! कहिलेसम्म हामीहरूले तिमीहरूको रक्षा गरिरहनुपर्ने ? कहिलेसम्म हामीले तिमीहरूको टुप्पी, तिम्रा नङ, नङको चमक, तिम्रा औंलाहरू र तिम्रा अङ्गअङ्गको रक्षा गरिरहनुपर्ने ? कहिलेसम्म हामीले तिम्रो छाला, रगतमासी, बोसो र हाडमासुको रक्षा गरिरहनुपर्ने ? कहिलेसम्म गरिरहने हामीले तिम्रो गुदद्वार, लिङ्ग र शुक्रकिटको रक्षा ? किन गर्ने हामीले अब तिम्रो शिर, छाती र बाहुहरूको रक्षा ? कहिलेसम्म प्रयोग भइरहने हामी तिमीहरूबाट ?"

देवताहरू रिसाउँदै दुर्गादेवीतिर औंला ठड्याएर भन्न थाले, "चण्डाल स्त्री, हामी देउतासामु यस्तो बोल्ने हिम्मत कसरी गरिस् ? तँलाई हामी देउताहरूले नै निर्माण गरेका हौं । भगवान् शङ्करको तेजले तेरो अनुहार बनेको हो । यमराजको तेजले तेरो शिरमा कपाल उम्रिएको हो । चन्द्रमाको तेजले तेरा यी दुई स्तन बनेका हुन् । इन्द्रको तेजले तेरो कम्मर र पृथ्वीको तेजले तेरो नितम्ब बनेको हो । वरूणको

तेजले तेरो तिघ्रा बनेको हो । ब्रह्माको तेजले तेरा खुट्टा र सूर्यको तेजले औंला पलाएका हुन् । तेरा आँखा अग्निको तेजले बनेका हुन् । तँ हाम्रो सम्पत्ति पो होस् । तैंले सधैं हाम्रो आज्ञापालन गरिरहनुपर्छ । त्यसैले खडी रह ! खडी रह ! पख् ! पख् ! हामी तेरो केश समातेर तँलाई जमिनमा पछारेर तेरो भोग गर्नेछौं ।"

तर अब के डराउँथिन् दुर्गादेवी ! सर्वाङ्ग नग्न भएर उनी चिच्याइन्, "हे देवताहरू हो, अब तिम्रो मरजादमा बस्नु छैन । लैजाओ आफ्ना अस्त्र, आभूषण र कवचहरू ! म अब तिमीहरूविरूद्ध मल्लयुद्धको घोषणा गर्दछु ।"

सोअत हिये

एक

हालसालैको एक रात । म मस्त निद्रामा थिएँ । अचानक मेरो घरबाहिरबाट महिला रोइरहेको आवाज आयो र म निद्राबाट ब्युँझिएँ । एकछिन ओछ्यानमै बसेर आवाज ठम्याउने प्रयास गरिरहें । मैले मेरा कुनै आफन्त या छिमेकी महिलाको आवाज हो भनेर निर्क्योल गर्न सकिनँ । आवाजलाई बेवास्ता गरेर फेरि सुत्न पनि सकिनँ । म उठें र घरबाहिर आएँ । गेट खोलें र बायाँतिरको गल्ली हुँदै आवाज आएको दिशातर्फ लागें । यो गल्ली करिब दुई सय मिटर पर मूल सडकमा जोडिन्छ । त्यही चोकमा रहेको सीताराम मन्दिरबाहिर मैले एक जना महिलालाई निरीह मुद्रामा बलिन्द्रधारा आँसु खसाल्दै रोइरहेको देखें । मैले देख्नासाथ उनीसित किन रोइरहेको भनेर प्रश्न गर्न सकिनँ । मैले सबैभन्दा पहिला उनको हुलिया नियालें । उनको शिरमा सुनको मुकुट थियो । गलामा सुन्दर माला पनि थियो । निधारमा ठूलो रातो टीका । अनुहारमा बाक्लो शृङ्गार र ओठमा रातो लिपस्टिक पनि थियो । उनले रातै धोती लगाएकी थिइन् । उनका पाउमा पाउजु पनि थिए । हातमा राता चुरा पनि थिए । तर ती महिलाको करूण क्रन्दनबीच ती पाउजु र चुरा बजिरहेका थिएनन् । मौन थिए ।

"हे नारी, के तिमी बहुरूपिया स्त्री हौ र कुनै पौराणिक पात्रको भेष धारण गरेर बसेकी हौ ?" अन्ततः मैले विनम्र भएर सोधें ।

उनले रूँदैरूँदै जवाफ दिइन्, "हे मानव, म सहरबजारमा स्वाङ देखाएर जीविकोपार्जन गर्ने बहुरूपिया होइन । म पौराणिककालकी नारी अहिल्या हुँ, गौतम ऋषिकी पत्नी । देउताका राजा इन्द्र मसित आसक्त रहेछ । एक दिन मेरा पति स्नान गर्न नदी गएका बेलामा देवराज इन्द्र मेरै पतिको रूप धारण गरेर मेरो कोठामा आयो र मसित सम्भोग गर्‍यो । मेरा पतिले थाहा पाएपछि उनले मलाई श्राप दिएर शिलामा परिणत गरिदिए । त्रेतायुगका रामको चरणस्पर्शले म श्रापमुक्त भई पुनः नारीमा परिणत त भएँ । तर त्यसपछि पनि मेरो पीडा कहाँ कम भयो र ! आज पनि इन्द्रले पटकपटक आफ्नो स्वरूप परिणत गरिरहन्छ र मसित सम्भोग गरिरहन्छ । म पुनःपुनः श्रापित भैरहन्छु । त्यसैले म युगौंदेखि यसरी रोइरहन विवश छु ।"

मैले अहिल्याको समस्या समाधान गर्न सक्ने कुरै थिएन । उनी चुपचाप अन्तर्ध्यान भइन् ।

अहिले पनि बेलाबेलामा म उनी सुँक्कसुँक्क रोएको आवाज सुनिरहन्छु । मैले यो कुरा मेरा निकट केही मित्रहरूलाई सुनाएको पनि थिएँ । कसैले पत्याएनन् । मेरो कुरालाई सबैले हाँसोमा उडाइदिए । भन्न थाले, "अनिद्राले गर्दा तँलाई यस्तो भएको हो ।"

केही दिनपछि फेरि मैले उसैगरी सीताराम मन्दिरअगाडि रोइरहेकी अहिल्यालाई भेटें । यस पटक उनको हातमा एउटा नीलकण्ठ थियो । उनले रूँदैरूँदै भनिन्, "भोलि या पर्सि फेरि इन्द्रले मेरो बलात्कार गर्नेछ । त्यसपछि युगौंसम्म मैले मलाई शिलाबाट फेरि स्त्री बनाइदिने रामको प्रतीक्षा गरिरहनुपर्नेछ । त्यसैले यही साउनको सोमबार तिमी यो नीलकण्ठ उडाइदेऊ । यसले मेरो व्यथा रामजीलाई भनिदिनेछ र रामजी मलाई चाँडै मुक्ति दिलाउन आउनेछन् ।"

यति भनेर उनले नीलकण्ठ मेरो हातमा राखिदिइन् र अन्तर्ध्यान भइन् ।

साउनको सोमबार मैले नीलकण्ठ उडाइदिएँ । मैले उडाएको नीलकण्ठ तुरून्तै आकाशमा पुग्यो र अरू हजारौं नीलकण्ठका साथ उड्दैउड्दै क्षितिजतिर विलीन भयो ।

के ती सबै नीलकण्ठ गरिब र असहायहरूका दुःखका कथा सुनाउन रामजीकहाँ जाँदै थिए ?

दुई

नीलकण्ठ तुम नीले रहियो
दूधभात के भोजन करियो
हमार बात रामजी से कहियो ।
जागत हिये तो जोर से कहियो
सोअत हिये तो धीरे से कहियो
हमारी बात रामजी से कहियो ॥

आकाशमा नीलकण्ठका बथानलाई पश्चिमतिर उड्दै गरेको देखेर दुर्गाले गुनगुनाई । उसकी माई सीताले भनेकी थिइन्, "नीलकण्ठलाई देख्यो भने प्रार्थना गरिहाल्नुपर्छ । नीलकण्ठले सुतिरहेका रामजीलाई उठाएर भए पनि हाम्रो दुःख बताइदिन्छ । अनि रामजीले दया गरेर हाम्रो दुःखदर्द कम गरिदिन्छन् ।"

दुर्गाले काँडादार झाडीमा लटरम्मै फलेका जङ्गली बयर टिपेर डलियामा राखिरहेकी थिई । त्यही बेला उसले आकाशमा नीलकण्ठहरूका बथान उड्दै गरेको देखेकी थिई । उसलाई लाग्यो, त्यो एकअर्काको हात समातेर कतै जाँदै गरेका मान्छेहरूको समूह हो ।

दुर्गाको ध्यान उडिरहेका नीलकण्ठतिर धेरै बेरसम्म केन्द्रित हुन पाएन । किनभने त्यही बेला उसलाई आफूले टेकिरहेको बलौटे जमिनमुनि हलचल भएको अनुभव भयो । उसले गाउँका ठूलाबडाबाट सुनेकी थिई, "यो दुनियाँ बहुत बडवार कछुवाको ढाडमाथि बसेको छ । जब कछुवाको ढाड दुख्छ, ऊ चलमलाउन थाल्छ । अनि दुनियाँमा हलचल हुन्छ ।"

उसले यताउता हेरी । अरू कतै हलचल भइरहेको थिएन । नजिकैको बरगद र पीपलका रूख पनि हल्लिएका थिएनन् । बस्, ऊ उभिइरहेको जमिन मात्र हलचल भइरहेको थियो । ऊ डराइन । उसलाई जमिनमुनि चलमलाइरहेको कछुवा हेर्ने उत्सुकता भयो । उसले बडो होसियारीपूर्वक बालुवा खोस्रिन थाली । खोस्रिँदाखोस्रिँदै उसले बालुवामुनि कछुवा हैन, आफ्नै उमेरको एउटा बालक घुँडा टेकेर कुत्रुक्क परेर बसिरहेको पो देखी । बालक सुँक्कसुँक्क रोइरहेको थियो ।

उसले बालकलाई खाल्डोबाट निकाली । उसको शरीरमा लागेको बालुवा टकटक्याइदिई । अनुहार पोछेर सफा बनाइदिई । बालकले विचित्र मान्दै दुर्गालाई हेरिरह्यो ।

उसले सोधी, "तेरो नाम के हो ?"

"बबलु," बालकले जवाफ दियो । अनि उसले दुर्गाको वेशभूषा देखेर जिल्ल पर्दै सोध्यो, "तिमी को हौ ?"

ऊ फेरि खितित्त हाँसी, "म त दुर्गा हुँ । तँलाई कौनो आशीर्वाद चाहिएको छ भने भन्, म जुरतै तथास्तु भनिहाल्छु ।"

"मेरो माई र बप्पालाई ल्याइदेऊ," बबलुले तुरून्तै वरदान मागिहाल्यो ।

"कहाँ गए तेरा बप्पा र माई ?"

"तिनीहरू सबै रामजीलाई भेट्न नीलकण्ठ बनेर उडे । उड्नुअगाडि माईले मलाई बालुवामा लुकाइदिइन् । नत्र बप्पाले मलाई पनि नीलकण्ठ बनाएर लैजान्थे र मैले हजारौं साल आकाशमा उडिरहनुपर्थ्यो ।"

पहिला यही बयरको झाडी वरपर चरा सिकारीहरूको बस्ती थियो । बस्तीका सिकारीहरू गरिबीले आजित भएपछि रामजीलाई भेट्न नीलकण्ठ बनेर उडेर गएको कथा दुर्गाले पनि सुनेकी थिई । त्यसैले सोधी, "त्यो त बहुत साल पहिलेको बात हो । म पैदा हुनुभन्दा पनि पहिलेको ।"

"हो, बहुत साल पहिलेको बात हो । म त्यो बेलादेखि यहीं जमिनभित्र बसिरहेछु ।"

दुर्गा जिल्ल परी । मान्छे वर्षौंसम्म यसरी जमिनभित्र पुरिएर बस्न या बाँच्न सक्छ भन्ने कुरामा उसलाई विश्वास त थिएन । तर उसले अविश्वास पनि गर्न सकिन ।

बबलुले कमजोर आवाजमा भन्यो, "मलाई भोक लाग्यो । तेरो चँगेरीमा कति धेरै बयर रहेछ । अलिकति मलाई पनि खान दे न !"

दुर्गाले डालोबाट भर्खर टिपेको केही बयर बबलुको हातमा राखिदिँदै भनी, "हाम्रो मडैयामा हिँड् । तँलाई सतुवा पनि खान दिन्छु ।"

उसले मुन्टो हल्लायो र दुर्गाको पछिपछि गाउँतिर लाग्यो ।

बन्जर जमिनको माझमा थियो, फुसका ससाना छाप्राले बनेको दुर्गाको गाउँ ।

दुर्गाले बबलुलाई आफ्नो छाप्रोभित्र ल्याई । उसले टिनको बट्टाबाट दुई मुठी सातु झिकेर गिल्टीको बट्टुकोमा राखी । त्यसमा अलिकति पानी हाली । एक चिम्टी नुन पनि हालेर घोली र बबुललाई दिई । बबलुले हतारहतार खान थालिहाल्यो ।

"तिम्रो बप्पा र माई खै ? के तिनीहरू पनि नीलकण्ठ बनेर उडे ?" बबलुले मुखमा लागेको सातु पुछ्दै सोध्यो ।

"दुवै स्वाङ देखाउन बजारमा गएका छन् । मेरो बप्पा राम बनेर, मेरी आमा सीता बनेर गएका छन् । दिनभरि कमाएको पैसाले उनीहरूले सौदा किनेर ल्याउँछन् ।"

"अनि तिमीले किन यस्तो कपडा लगाएको ?" बबलुले सोध्यो ।

"हाम्रो बिरादरीमा सबको रोल बच्चैदेखि पक्का हुन्छ । मैले पनि बारहो मास चौसठ घडी नै दुर्गाको शृङ्गार गरेर बस्नुपर्छ । नत्र देउताले श्राप दिन्छन् ।"

तीन

साथीहरूका अनुसार म भ्रमग्रस्त भएको छु । यो रोगकै रूपमा मभित्र विकास भइरहेको छ । तर म साथीहरूको कुरा पत्याउन तयार छैन । अचेल भने अर्को समस्या पनि थपिएको छ । मैले हरेक मान्छेलाई

दुइटा देख्न थालेको छु । अस्ति एक जना मित्र मेरो घरमा आएका थिए । मैले उनलाई पनि दुइटा देखेको थिएँ । उनकै एउटा शरीर मेरो कोठाभित्र पसेको थियो र अर्को बार्दलीतिर गएर चुरोट खान थालेको थियो । केही दिनअघि बाटोमा अर्का पुराना मित्र भेट भएका थिए । उनलाई पनि दुइटा देखेको थिएँ । एउटाले मसित हात मिलाएको थियो, अर्कोले मलाई आँखा तर्दै अलि टाढा बसेर खैनी मोलेको थियो ।

म एक जना खगोलशास्त्रका विद्वान्लाई राम्ररी चिन्दछु । एक दिन म उनको निर्माणाधीन घरमा गएको थिएँ । उनी एकातिर ल्यापटपमा खगोलविद्हरूको विश्वव्यापी सम्मेलनका लागि कार्यपत्र तयार गर्दै थिए । त्यही समयमा उनको अर्को छवि भने घरमा पूजाकोठा र किचन कताकता राख्न उपयुक्त हुन्छ भनेर एक जना वास्तुशास्त्रीसित परामर्श लिँदै थियो ।

मैले प्रोग्रेसिभ लेन्सवाला बाइफोकल चस्मा लगाउन थालेको छु । यति हुँदाहुँदै पनि अचेल दृष्टिमा भयानक समस्या देखापरेपछि मैले चिकित्सकलाई जँचाउनु आवश्यक थियो । म नेत्र विशेषज्ञकहाँ गएँ । मैले उनलाई पनि दुइटा देखेँ । उनको एउटा शरीरले मेरो आँखाको रक्तचाप नाप्दै थियो र अर्को शरीर आफ्नो क्लिनिकको भित्तामा रहेको देवताको तस्बिरमा धूपबत्ती गर्दै थियो । आँखा जाँचिसकेपछि तिनै चिकित्सक महोदयले भनेका थिए, "यो चस्माको समस्या होइन ।"

के उसो भए अचेल म हरेक मान्छेभित्र लुकेर बसेको डाक्टर ज्याकिल र मिस्टर हाइडहरूलाई एकसाथ अनुभूत गर्दै छु ? कतै म विशेष खालको अप्टिकल इल्युजनको स्थितिबीच भौतारिइरहेको त छैन ?

अचेल यस्ता प्रश्नहरू मेरा अगाडि महाभारत पर्वतशृङ्खला बनेर उभिएका छन् । तर मेरो ताल हेर्नुस्, केही हजार शब्दको यो वाहियात कथा लेखेर म त्यो पर्वतशृङ्खलालाई छिचोल्ने जमर्को गरिरहेको छु । मान्नुस्, म उपल्लो दर्जाको हरिलट्ठक हुँ ।

सानो छँदा आमाले भन्नुभएको थियो, "सर्पको जस्तै मान्छेको पनि काँचुली हुन्छ । आफूले काँचुली फेरेको सर्प आफैंले देख्दैन । आफूले काँचुली फेरेको पनि मान्छेले थाहा पाउँदैन । तर मान्छेले सर्पले काँचुली फेरेको देखे जस्तै सर्पले पनि मान्छेले काँचुली फेरेको देख्छ ।"

आमाले सुनाएका यस्ता कुराले मनमा अनौठो जिज्ञासा उत्पन्न हुन्थ्यो । एउटा काँचुली जस्तै आवरणभित्र छु भन्ने आभासले म डराउँथें । तर आज यतिका वर्षपछि पनि मलाई आमाको कुरालाई गलत साबित गर्न मन लागेको छैन । बरू भन्न मन लाग्छ, "हो, आमा, मान्छेले पनि सर्पले जस्तै काँचुली फेर्दो रहेछ ।"

अचेल घाँटीमा अनेक सर्प बेरेर भगवान् शङ्कर मलाई भेट्न आउँछन् । शङ्कर त मलाई मित्र जस्तै लाग्छन् । तर म सर्पहरूसित भने डराउँछु । म ठम्याउनै सक्दिनँ, तीमध्ये कति सर्प विषालु हुन् र कति विषहीन छन् । शङ्कर भगवान्को गलाबाट निस्किएका ती बहुरूपिया सर्पहरू मेरो घरको ढोकाबाट फुत्तफुत्त बाहिर निस्कन्छन् । मेरो घर नजिकको सीताराम मन्दिरनिर पुगेर ती सर्पहरूले मान्छेको भेष धारण गर्छन् र मान्छेको बस्तीमा प्रवेश गर्छन् ।

सिङ्गो बस्ती अचेल अलमलमा छ । कसैलाई थाहै छैन, मान्छे को हो र सर्प कुन हो !

चार

राम र सीता बजारबाट फर्केर आउँदा छाप्रोमा बबलुलाई देखेर छक्क परे ।

दुर्गाले राम र सीताको वेशभूषामा रहेका आफ्ना बाबुआमालाई निकै उत्साहसाथ सुनाई, "अरे, यो त जमिनभित्र उकडु बसेको थियो । मैले बडा मसक्कत गरेर यसलाई बाहिर निकालें । देहीभरि गरदा लागेको थियो । सचसच बताएको मैले । गाउँमा मैले सबैलाई यो कुरा बताएँ । तर कौनोले बिसुवास गरेन ।"

राम र सीताको अनुहारमा आश्चर्यको भाव देखिएन । उनीहरूले यो कुरालाई अत्यन्त सहजतासाथ लिए ।

त्यति गर्मी त थिएन । तर राम पसिनाले निथ्रुक्क थिए । कन्चटतिरबाट बगेको पसिनाको धारा उनको गर्धन हुँदै कम्मरमा पुगेर उनले बेरेको धोतीमा बिलाइरहेको थियो । तैपनि उनको अनुहारमा पोतिएको गुलाफी रङ पसिनाले बगाएको थिएन । निकै बेर उनले एकोहोरो बबलुतिर हेरे र अनौठो प्रश्न गरे, "तँलाई थाहा छ बे, म कसरी जन्मिएको हुँ ?"

"नाइँ, थाहा छैन ।"

"एक दिन बिहानै मेरा बाप र महतारीले आँगनमा गड्ढा खने । म त्यहीँ जमिनमुनि उहाँउहाँ रोएर बसिरहेको रहेछु । उनीहरूले मलाई गड्ढाबाट निकाले । मेरो शरीरमा लागेको माटो पुछे र मलाई छातीमा टाँसेर आफ्नो छोरा बनाए । त्यसपछि मेरो चेहरा र शरीरमा रङ लगाइदिए । आँखामा गाजल र ओठमा लाल रङ पनि लगाइदिए र मलाई राम बनाइदिए । अलिक बडवार भएपछि मैले धनुष र तरकसमा तीर पनि बोकें ।"

रामको कुरा जिल्ल परेर सुन्दै थियो बबलु ।

"मेरो दादाले खेतमा आलु रोपेका थिए । त्यो साल आलु खूब फल्यो । आलु खन्न लाग्दा आलुसँगै मेरा बप्पा पनि निस्किए । उनलाई पनि बिरादरीका बहुरूपियाहरूले रङ लगाइदिए । उनी जिन्नगीभर दशरथ भए । उता माई चाहिँ प्याजसँगै फलेकी थिइन् । खेतमा छोरी फलेपछि "बिटिया फल्नुभन्दा १० किलो प्याज बढी फलेको भए हामीलाई कति फाइदा हुन्थ्यो" भनेर माईका बाबुआमा बहुत रोएका थिए । यो गाउँका सबै त्यसरी नै जन्मिएका हुन् । कोही घुइयासँगै जमिनमुनि फले । कोही मूलीसित फले । कोही गाजर उखेल्दा निस्किए । कोही टमाटर भएर खसे । कोही मकईका बिनादानाका घोघा भएर फले । कोही घाँससँगै उम्रिए । कोही पटुआ, कुल्फा र चौलाईको साग भएर फले । कोही मडैयाको छतमा फर्सी भएर फले । कोही लौकी भएर झुन्डिए । त्यसैले त हामी गरिबको हैसियत धनवान्हरूको भान्सामा पाक्ने सागसब्जी बराबर पनि हुँदैन ।"

राम त अरू पनि केके फतफताइरहेका थिए । तर बबलुको ध्यान भने अर्कैतिर थियो । उसको मनमा अर्कै जिज्ञासा पलाएको थियो । अन्ततः उसले धेरै बेरसम्म मनमा कुरा राख्न सकेन । सोधिहाल्यो, "दुर्गा कसरी जन्मिएकी हो ?"

"ऊ पनि सखरखण्डसँगै जमिनभित्र फलेकी हो । उसलाई पनि मैले फरूवाले खनेरै निकालेको हुँ ।"

बबलुले रामको यो कुरा भने अलिक पत्याएन । उसले त दुर्गा करौंदाको बोटमा फलेकी हो भन्ने ठानेको थियो । त्यसैले त उसको अनुहारमा पाकेको करौंदाको गाढा रातो सरेको थियो ।

बबलुले दुर्गाको शरीर सुँघ्यो । उसको शरीरबाट माटोको गन्ध आइरहेको थियो । आफ्नो हात पनि सुँघ्यो उसले । माटोकै गन्ध आइरहेको थियो । अब भने रामले भनेकै कुरा ठीक लाग्यो उसलाई ।

सीताले पनि भनी, "हो, दुर्गा जमिनबाटै पैदा भएकी हो । ऊ जन्मँदै राम्री थिई । उसको उनहार चँदरमा जस्तै थियो । त्यसैले करौंदाले उसलाई आफ्नो रङ दिएको हो । फिरीमा ।"

बबलुले उसको पनि कुरा पत्यायो ।

रामले भने, "हामी सबै धरतीपुत्र हौं । तर यो धरतीको लालपुर्जा अरूहरूले लिएर बसेका छन् । बहुरूपिया भनेर सबले हेप्छन् हामीलाई । हामीलाई देखेर हाँस्छन् । हामी रोएको कसैले देख्दैन । हाम्रो हियामा बलेको अग्नि कसैले देख्दैन । सबले भाँड र नक्काल भनेर गरियाउँछन् । सबले हाम्रो पिछुवाडामा लात लगाउँछन् ।"

पाँच

मैले सुनेको छु, केही मान्छेहरू मल्टिपल पर्सनालिटी डिसअर्डरबाट पीडित हुन्छन् । त्यस्ता व्यक्तिहरूभित्र एकभन्दा बढी व्यक्तित्व लुकेको हुँदो रहेछ । यस्ता व्यक्तिहरूमा कुन बेला, कुन परिस्थितिमा कुन व्यक्तित्व प्रकट हुन्छ भन्न गाह्रो हुँदो रहेछ । त्यस्ता व्यक्तिहरूलाई अतीतका केही न केही गाँठागुठी र लहराले बेरेको हुँदो रहेछ । त्यसैले

तिनीहरूका उटपट्याङ खालका गतिविधि देखेर हाँस्नु र जिस्क्याउनु नहुने रहेछ ।

मैले अचेल पाइलैपिच्छे त्यस्ता व्यक्तिहरूलाई भेटिरहेछु । तिनीहरूसित निरन्तर संवाद पनि गरिरहेछु । तीमध्ये कति मेरा आत्मीय मित्र नै छन् । रूप त एउटै हुन्छ । तर बोली फेरिइरहन्छ उनीहरूको । तिनका अगाडि पर्दा हामीलाई सावरबाट प्रशंसाको बर्सात भइरहने आकर्षक बाथटबमा उभ्याएर श्रीखण्डको बास्ना आउने साबुनले मिचीमिची नुहाइदिन्छन् । तर अलिकति आँखा झिमिक्क गऱ्यो कि हामीलाई अग्घोर गन्हाउने आहालमा चुर्लुम्म डुबाइदिने गर्छन् ।

"तपाईंको लेखनमा दम छ ।"

अगाडि पर्दा यही हो उनीहरूले भन्ने मलाई । अनि मेरो अनुपस्थितिमा उनीहरूले अरूलाई भन्ने वाक्य हो– "त्यसले खत्तम लेख्छ ।"

मलाई लाग्छ, अचेल मेरा वरिपरिका प्रायः मान्छेहरू एउटा हातमा प्रशंसाको र अर्को हातमा घृणाको शब्दकोश बोकेर हिँडिरहेछन् । नेपाली साहित्यमा पनि यस्ता बहुरूपियाहरू भरमार छन् । तिनीहरूको एउटा रूपले कवितामा ईश्वरलाई तथानाम गाली गर्छ र अर्को रूप बिहान सुटुक्क नजिकैको मन्दिरमा पूजाआजा गर्न जान्छ । एउटा रूपले अमेरिकालाई भरमार गाली गरेर कविता लेख्छ । र अर्को रूपले अमेरिकी भिसाका लागि आवेदन भर्छ ।

छ

छोरा बाँचुन्जेल राम र सीताले उसलाई पनि आफूसँगै बजार लैजान्थे । ओठ वरिपरि रातो दलिदिएर, कछाडमा पुच्छर लगाइदिएर र एउटा कुटको गदा बोकाइदिएर उनीहरूले छोरालाई बालहनुमान बनाएका थिए । उसको जीउ मसिनो तर पेट पुड्ड फुलेर ठूलो देखिएको थियो । गाउँकै वैद्यले भनेपछि पो उसको पेटमा पानी भरिएको रहेछ भन्ने थाहा पाए । तर पैसा नभएर राम र सीताले हनुमानको राम्ररी उपचार गराउन सकेनन् ।

त्यो दिन किनकिन दुर्गालाई आफ्नो भाइ हनुमानको असाध्यै माया लागेको थियो । बिहानै उसले तोरीको तेलमा मेथी फुराएर "तेलवा जाय सोते सोते, भैया बाढे गोते गोते" भन्दै भाइको शिरमा तेल ठोकिदिएकी थिई ।

दिउँसोतिर उनीहरूले गाउँका साथीहरूसित रूमाल लुकाउने खेल पनि खेलेका थिए । हनुमानले पनि असाध्यै रमाएर खेलेको थियो । तर खेल्दाखेल्दै जठरशूलले समात्यो उसलाई । पेट समातेर थचक्कै भुइँमा बस्यो । खेल बीचमै छाडेर दुर्गाले हनुमानलाई जसोतसो घर लिएर आई ।

रातभरि पनि साह्रै छटपटायो हनुमान । असह्य दुखाइले होला, उसले तारन्तार उल्टी पनि गर्न थाल्यो । मध्यरातदेखि हनहनी ज्वरो पनि थपियो ।

वैद्यले भनेको थियो, "यो जरूर तिजरा बुखार हो । तीनतीन दिनमा बहुरीबहुरी आउँछ ।" त्यस्तै भयो । तीन दिन हनहनी ज्वरो आउँथ्यो । ज्वरो रोकिए पेट दुख्न थाल्थ्यो । पेट दुख्न छाडे, ज्वरो सुरू हुन्थ्यो । १० दिनसम्म यस्तै भइरह्यो । एघारौं दिन बिहानै उसले आँखा पल्टाउन थालेपछि राम र सीताको सातो गयो । उनीहरूले अब छोरो बाँच्दैन भन्ने बुझिहाले । रामले भने, "दुर्गा, तेरो भैया अब बाँच्दैन । अब आँगनमा गोनरी बिछाइदे ।"

दुर्गाले हतारहतार आँगनमा परालको गुन्द्री ओछ्याइदिई । हनुमानलाई त्यसमै सुताइयो । सीताले तुलसीलाई छुवाएको एक मुठी जल उसको मुखमा हालिदिइन् र भनिन्, "यो जुनीमा यस्तै भयो, बेटा । राम्रो डाग्डरको पर्ची बनाएर, राम्रो दबाई गरेर तँलाई ठीक पार्न सकेनौं । अर्को जुनीमा तँलाई धेरै माया गरूँला । मीठोमीठो खान दिउँला ।"

मर्ने बेला भगवान्को नाम लिए अर्को जुनीमा भाग्यमानी भएर जन्मिएला भनेर रामले हनुमानको सिरानैनिर गएर भने, "जै सिरीराम भन्, बेटा ।"

काँचो धागो झैं चुँडिनै लागेको स्वरमा हनुमानले उच्चारण गऱ्यो, "जै सिरीराम ।"

त्यसपछि बिस्तारै उसको सास रोकियो । बाँकी सपनाहरूसहित उसका आँखा बिस्तारै आकाशतिर स्थिर भए ।

दुर्गा, राम र सीता निकै दिनसम्म हनुमानलाई सम्झिँदै रोए । तर भोकले उनीहरूलाई धेरै दिन शोक मनाउन दिएन । राम र सीताको शृङ्गार र परिधानमा स्वाङ देखाएर पेट भर्नेबाहेक उनीहरूसित अरू उपाय पनि थिएन ।

यस्तो बेला बबलुलाई अचानक आफ्नो घरमा देख्दा राम र सीता खुसी नै भएका थिए ।

रामले त बबलुलाई नै हनुमान बनाउने कुरा पनि सोचेका थिए । तर सीताले मानिनन् ।

"अहँ, हुँदैन । यो हाम्रो बिरादरीको होइन । यसलाई बहुरूपिया बनाउन मिल्दैन । पाप लाग्छ । भगवान् रिसाउँछन् हामीसित । दुर्गत हुन्छ हाम्रो ।"

त्यसपछि सीताले नै उपाय बताएकी थिइन्, "घरमा अरू पनि अनेक काम हुन्छ । हामी काममा गएका बेला यसले खानावाना पकाएर राखिदिन सक्छ । हाम्रा लागि केर्मुआ र गडहनी साग खोजेर ल्याइदिन सक्छ । ठूलो भयो भने मेहनत मजुरी पनि गर्ला ।"

सात

थिए एक राजा र थियो एक बहुरूपिया ।

एक दिन त्यो बहुरूपिया भगवान् शङ्करको रूप धारण गरेर राजाको दरबारमा पुग्यो र प्रार्थना गऱ्यो, "महाराज, म बहुरूपिया हुँ । स्वाङ देखाएर पेट पाल्छु । तर यसपालि अनिकाल परेकाले कसैले पनि मलाई पैसा दिएनन् । मलाई रोजीरोटीको समस्या परेको छ । महाराजले मलाई पाँच ओटा असर्फी दिनुभयो भने म बहुत आभारी हुने थिएँ ।"

राजाले भने, "म कलाकारलाई पुरस्कार दिन्छु, दान दिन्नँ ।"

राजाको कुरा सुनेर बहुरूपिया चुपचाप दरबारबाट निस्कियो ।

त्यसको केही दिनपछि घना जङ्गलमा बाघभालुका माझ तपस्यारत एक जना जटाधारी साधुलाई गाईबस्तु चराइरहेका गोठालाहरूले देखे । उनीहरूले प्रार्थना गरे, "बाबा, हामीले हजुरको के सेवा गरौं ? हजुरलाई जति दूध दही या मक्खनको आवश्यकता छ, हामी दिन तयार छौं ।"

साधुले केही बोलेनन् । केही मागेनन् । उनी उसैगरी ध्यानस्थ भइरहे । साधुको कठोर तपबारे जतातते हल्ला फैलियो । धनीमानीहरू आएर साधुलाई अनेक मरमसला, मिठाई र पैसा चढाउन थाले । तर साधुले आँखा खोलेनन् र ती कुनै कुरा ग्रहण पनि गरेनन् । केही महिनापछि साधुका कठोर तपबारे राजाले पनि थाहा पाए । उनी पनि साधुलाई भेट्न आए र उनले आफूसँग ल्याएका लाखौं असर्फी साधुको चरणकमलमा अर्पित गरे । तर साधुले ती असर्फीतिर हेर्दा पनि हेरेनन् । राजा लाचार भएर ती असर्फी फिर्ता लगे ।

केही समयपछि बहुरूपिया फेरि राजाको दरबारमा आयो र भन्यो, "महाराज, मैले साधुबाबाको भेष धारण गरेर आफ्नो कला देखाएँ । अब मलाई पाँच असर्फी पुरस्कार दिनुहोस् ।"

राजा चकित भए र भने, "बहुरूपिया, मैले लाखौं असर्फी र राज्यको सबै वैभव तेरो चरणमा राख्दा वास्ता गरिनस् र आज जम्मा पाँच असर्फीका लागि याचना गर्दै छस् ? तँ त साह्रै गबरगन्ड रहेछस् ।"

बहुरूपियाले शान्त भएर जवाफ दियो, "महाराज, त्यतिखेर मैले तपस्वीको स्वाङ रचेको थिएँ । त्यसैले मलाई तपस्वीको धर्म र मर्यादा पालन गर्नु थियो । त्यति बेला मेरा लागि सबै वैभव तुच्छ भएका थिए । हामी बहुरूपियाहरू छल गरेर खाँदैनौं । आफ्नो कला देखाएर खान्छौं ।"

स्वाभिमानी बहुरूपियाको कुरा सुनेर राजा खुसी भए र इनाम दिएर बिदा गरे ।

आठ

यसरी दुर्गाको घरमा शरण पाएको बबलु बेलाबेलामा राम र सीताले सुनाउने बहुरूपियाहरूको यस्तै गौरवपूर्ण अतीतको श्रोता पनि भयो ।

कथा सुनाएर गर्वसाथ रामले सधैं भन्थे, "हाम्रो वेशभूषा र रङ्गढङ्ग देखेर सबैले हेलाँ गर्छन् हामीलाई । तर यसरी रूप धर्नु नै हाम्रो खानदानी पेसा हो । हामीले अरू काम गर्नुहुँदैन ।"

त्यसपछि उनी एकछिन मौन बस्थे । लामो सास तान्थे र फेरि भन्थे, "खासमा यो संसार नै बहुरूपियाहरूको हो । तर यसको सम्राट् अर्कै छ । हामी त बस् देउताको भेष धरेका नक्काल मात्र हौं ।"

नौ

एउटा व्यापारी फुटपाथको पसलदेखि *फोर्ब्स* म्यागेजिनको अर्बपतिको सूचीमा सामेल हुँदासम्मको आफ्नो उपलब्धिको आत्मकथा लेख्छ । र राति निजी चार्टर्ड एकाउन्टेन्टसित बसेर भ्याट छलीको योजना बनाउँछ । यहाँ त व्यापारी, उद्योगपति, कर्मचारी, पुलिस, प्रशासक, न्यायमूर्तिहरू सबैले आफूले सक्ने जति फरकफरक व्यक्तित्वको भारी बोकेर हिँडिरहेकै छन् । यसरी मेरो वरिपरिको समग्र समाजले आफ्नै सोच, चिन्तन र विचारहरूको किमा बनाइरहेछ र त्यसैको मःम खाइरहेछ । अचेल हरेक क्षण तिनको मुखबाट किमामा मिसाएको अजिनोमोटोको गन्ध आइरहेको हुन्छ । राम र सीताहरूले भने धेरैपल्ट पेटमा गिलो गम्छा बेरेर भोक खप्नुपर्छ । त्यसैले त उनीहरू भनिरहन्छन्, "जिनिगी त गाडी हो । हुनेखानेले तेल हालेर दौडाउँछन् । हामी जस्ता फक्कडहरूले भने आफैं ठेलठाल गरेर चलाउनुपर्छ ।"

१०

दुर्गा आफ्नै उमेरको साथी पाएर खुसी भएकी थिई । ऊ स्वाङ देखाउन बजार नगएको दिन बबलु पनि खुसी हुन्थ्यो । त्यो दिन ऊ

र दुर्गा आँगनमा *लङ्गडी टाङ* खेल्थे । एक खुट्टाले बुर्लुक्कबुर्लुक्क उफ्रिँदै *एक्खट दुक्खट* पनि खेल्थे । एकअर्काको हातमा मुड्की हानेर "ओक्का बोक्का तीन तिलोक्का, लैया लाठी चन्दन काठी" भन्दै पनि खेल्थे । रूमाल लुकाउने खेल पनि खेल्थे ।

यी सबै खेलमा ऊ दुर्गासित हार्थ्यो । दुर्गा दङ्ग परेर हाँस्थी । ऊ हाँस्दा उसको अनुहारको बाक्लो शृङ्गारमा कनेरको रातो पनि थपिन्थ्यो । दुर्गाको त्यही रङ र त्यही मुस्कान हेर्न बबलु खेलमा हारिदिन्थ्यो । उसले दुर्गालाई भनेको पनि थियो, "तँ नहाँसेको दिन अमावस र हाँसेको दिन पुरनमासी हो ।"

सुरूका एकदुई वर्ष त बबलु र दुर्गा सँगै सुत्थे पनि । सुत्ने बेलामा दुर्गाले सधैं अघिल्लो रात आफूले देखेका सपनाहरू सुनाउँथी बबलुलाई । उसले प्रायः एउटै खालको सपना देख्थी ।

"हिजो राति सपनामा मैले धम्बोझीबाट बस चढेर नेपाल गएको सपना देखें ।"

ऊ चुपचाप दुर्गाको सपनाको कुरा सुनिरहन्थ्यो । ऊ भन्थी, "कोहलपुर पुगेपछि त बस नै उड्न थाल्यो । त्यसपछि एक मिनेटमै बस एउटा ठूलो सहरमा पुग्यो । बहुत ठूलो ठाउँ थियो । त्यहाँ जतातत्तै फूलहरू फुलेका थिए ।"

बबलु यतिन्जेल दुर्गाले देखेका सपनाभित्रका अरू विवरणहरू सुन्न लालायित भइसकेको हुन्थ्यो ।

ऊ भन्थी, "मलाई सबैले दुर्गा मैया भनेर पूजा गरे । पैसा पनि दिए । मैले त्यही पैसाले तेरो लागि एउटा फूल किनें । त्यो फूल कहिल्यै पनि मुर्झाउँदैनथ्यो । बास्ना पनि खुब मीठो थियो ।"

सपनाको यही भाग बबलुलाई मन पर्थ्यो । किनभने सपनाको अन्त्यमा जहिले पनि दुर्गाले उसका लागि कहिल्यै नओइलाउने बास्नादार फूल ल्याइदिन्थी ।

उमेर बढेसँगै दुर्गालाई बबलुसित लाज लाग्न थाल्यो । एक दिन बेसारको धूलोमा फिटकिरी र बोरिक मिसाएर सिन्दूर बनाइरहेकी

सीताले उसलाई सम्झाइन्, "औरत र ककडी उस्तै हो । बढ्न कुनै टेम लाग्दैन । तँ पनि अब बडवार भैसकिस् ।"

दुर्गा बेग्लै सुत्न थाली । उसले बबलुलाई सपना सुनाउने क्रम पनि टुट्यो । एक दिन बबलुले सोध्यो, "तैंले किन सपना नसुनाएकी मलाई ?"

दुर्गाले खुसुक्क ऊसित भनी, "हामी दुवै बडवार भैसक्यौं । जवान भएपछि म तँसितै बियाह गर्छु । बियाहमा लगाउन म मुनियाँ धोबिनसित सेनुर मागेर राख्छु । धोबिनले दिएको सेनुर लगायो भने जिनगीभरि सुहागिन हुन पाइन्छ । माईले पनि आफ्नो बियाहमा मुनियाँ धोबिनले दिएको सेनुर लगाएकी थिइन् । तैंले पनि मेरो सिउँदोमा त्यही सेनुर लगाइदिनू । त्यसपछि हामी सँगै खेल्न मिल्छ । सँगै सुत्न पनि मिल्छ । त्यसपछि म तँलाई फेरि आफ्ना सपना सुनाउन थाल्छु ।"

त्यस दिनदेखि बबलुले दुर्गासित बिहे गरेको सपना देख्न थाल्यो । सपनामा उसले दुर्गाको सिउँदोमा कुमकुम टल्किरहेको देख्थ्यो । उसका हातमा पहेंलै हल्दी लागेको देख्थ्यो । पाउमा लाखले बनाएका राताराता बुट्टा पनि देख्थ्यो । चाँदीका थरीथरीका हारहमेल, गलामा सुनको मटरमाला, निधारमा माथेबेन्दी लगाएर दुर्गालाई डोरीवाला खटियामा आफूसँगै मसक्क मस्किँदै बसेको पनि देख्थ्यो । उसले सुटुक्क दुर्गाको गालामा चुम्मा खाइदिन्थ्यो । सधैं रातो र गाढा शृङ्गारमा भइरहने दुर्गा लाजले पाकेको बयर झैं झनै रातै भइदिन्थी । उसको अनुहारको रातो जमिनमा चुहिन्थ्यो । त्यसपछि उसले पेट बोक्थी । बच्चाका लागि झगला सिएर बस्थी । बबलु भने बजारमा रिक्सा चलाएर कमाइ गर्थ्यो । दुर्गाका लागि कहिले जिलेबी र कहिले बालुसाही ल्याइदिन्थ्यो । सपनामै उसले पार्वतीका लागि खटाइ हालेको चटपटे र मुङको दाल हालेको कचौरी पनि ल्याइदिन्थ्यो ।

त्यसपछि सपनामै ऊ र दुर्गा सँगै बस चढ्थे । कोहलपुर पुगेपछि त्यो बस उड्न थाल्थ्यो । उनीहरू चाँडै एउटा फूलैफूलको सहरमा

पुग्थे । उसले त्यहाँ कहिल्यै पनि नओइलाउने बास्नादार फूल टिपेर दुर्गाको शिरमा सिउरिदिन्थ्यो ।

त्यही बेला जोडजोडले पानी पर्थ्यो । पानीले दुर्गा निथ्रुक्कै हुन्थी र उसको शृङ्गार सबै पखालिन्थ्यो । तर उसले तुरून्तै आफ्नो अनुहार लुकाइहाल्थी । त्यसैले सपनामै पनि कहिल्यै बबलुले दुर्गाको वास्तविक स्वरूप देखेन । तर उसले आफ्नो मनसित भनिरहन्थ्यो, "दुर्गा सफा पानीको तलाउबाट भर्खर नुहाएर निस्किएकी ताजा चँदरमा हो । कुनै ऐब नभएको इस्सरको पवित्र नेमत हो । ऊसर खेतमा फलेकी केशर हो । उसले हिँड्दा उसका खाली पाउबाट पनि छमछम पैजनी बजे जस्तै लाग्छ ।"

बबलु र दुर्गाले कहिल्यै पनि एकअर्कालाई माया गर्छु भनेका थिएनन् । बबलुले कहिल्यै पनि दुर्गाको गालामा म्वाइ खाएको थिएन । उसलाई अङ्कमाल गरेर आफ्नो छातीमा टाँसेको थिएन । अरू त अरू, बबलुले त दुर्गाको हात पनि समातेको थिएन ।

दुर्गाले पनि बबलुलाई कहिल्यै आँखा झिम्क्याएकी थिइन । कहिल्यै उसको बाटो हेरेर बसेकी थिइन । तर उसको सपनामा सधैं आउँथ्यो बबलु र उसलाई फूलैफूलले भरिएको बगैंचामा घुमाउन लैजान्थ्यो ।

दुवैका सपना फरक थिए । तर तिनै सपनाभित्र अटाएको थियो, उनीहरूको अव्यक्त प्रेमको कथा । उनीहरूलाई त्यो कथाको न आदि थाहा थियो, न अन्त्य । उनीहरू त बस्, आफ्नै कथाको मध्यतिर कतै तुर्लुङ्ग झुन्डिएका थिए, जसरी झुन्डिन्छ, कहिलेकाहीँ दलिनमा विषालु कालो साँप या जसरी उल्टो झुन्डिन्छ कहिलेकाहीँ घरभित्र चमेरो !

११

बबलुलाई सुन्दरताको अर्थ थाहै थिएन । कुनै फूल देखेर ऊ मुग्ध हुँदैनथ्यो । तलाउमा हाँसका बथानहरू तैरिरहेको दृश्यले आकर्षित गर्दैनथ्यो उसलाई । चङ्गा उडिरहेको आकाश पनि उसलाई साधारण लाग्थ्यो । पतझडपछि जब रूखमा नयाँ पालुवाहरू पलाउँथे, त्यसले

पनि उसलाई खासै आकर्षित गर्दैनथ्यो । ऊ पलास फुलेको देखेर मुग्ध हुँदैनथ्यो । उसलाई तलाउमा हाँसका बथानहरू पौडी खेलिरहेको दृश्यले आकर्षित गर्दैनथ्यो । रङ्गीचङ्गी चङ्गा उडिरहेको आकाश पनि उसलाई साधारण लाग्थ्यो । र चैती बतासमा मिसिएर आउने पलासको मन्दमन्द सुवासले पनि उसलाई मुग्ध पार्दैनथ्यो । आफ्नो जीवनको विरूपताले उसलाई जगत्को सौन्दर्य अनुभव गर्ने मौकै दिएको थिएन ।

त्यस दिन बिहानैदेखि मन्दमन्द चैती चलिरहेको थियो । मानौं, त्यो बतास मात्र थिएन, आफूसँगै फूलहरूको बास्ना पनि बोकेर बग्ने फुलबसिया हावा थियो । त्यही हावाले कतै टाढाबाट बोकेर ल्याएको मालती फूलको बास्नाले बबलुको मनलाई असाध्यै आनन्दित बनाएको थियो । त्यही बेला कसोकसो उसको नजर दुर्गामाथि परेको थियो । दुर्गा चौखटमा बसेर आफ्नो लट्टा परेको कपाल एकाग्र भएर फुकाउँदै थिई । त्यो दिन उसलाई दुर्गाको अनुहार बलेको गुलुप जस्तै चम्किलो लाग्यो । उसले दुर्गाका लिपस्टिकले रातै भएका रसिला ओठतिर पनि हेऱ्यो । उसलाई लाग्यो, दुर्गाका ओठमा पक्कै पनि महुवाको मिठास लटपटिएको हुनुपर्छ । दुर्गाले गाजल लगाएर ठूलो बनाएका आँखामा पनि हेऱ्यो र चकित भयो । उसको आश्चर्यमा मानौं प्रश्न थियो, "यस्तो गरिबीमा पनि कुन खुसीको सम्भावनाले यति उज्यालो भएको छ दुर्गाको अनुहार ? कुन उत्साहले चञ्चल भएका छन्, उसका आँखा ?"

बबलुको नजर दुर्गाको टुसाउँदै गएको छातीमा पनि गयो । तर त्योभन्दा बढ्ता उसको ध्यान श्रमले पनि खस्रो बनाउन नसकेका दुर्गाका नरम हातमा गयो । गिल्टीको पाउजुले राम्रो देखिएको उसको पाउतिर पनि गयो । उसलाई लाग्यो, दुर्गा मैनले बनेकी मुलायम गुडिया हो । तोरईको नरम फूल हो ।

ओहो ! दुर्गा त बिहानीपखको मीठो सपना जस्तै सुन्दर पो रहिछ भन्ने कुरा उसले बल्ल थाहा पाएको थियो ।

अचानक दुर्गा ऊनिर आई । च्याप्प उसको कान समाती र भनी, "तँ त बडा बेसउर रैछस् । लुकीलुकी तिरपटा आँखाले मलाई किन हेर्छस् ?"

बबलु हाँस्यो । भन्यो, "मैले लुकीलुकी हेरेको तैंले कसरी थाहा पाइस् ?"

"तँलाई थाहा छैन ? जवान लडकीको त खुट्टाको एडीमा पनि आँखा हुन्छ । कसले उसको छातीमा हेरिरहेछ र कसले पीठमा, सब फटाकसित पता लाग्छ । धेरै घुरमुसिया हुनुपर्दैन । हेर्ने भए तिरपटिया नजरले हैन, डैरेक्ट हेर् । सीधासीधा मेरो आँखामा ।"

त्यसपछि के चाहियो ! उसले दुर्गाको आँखामा हेरेको हेर्‍यै गर्‍यो । अनि त त्यति हिम्मतसाथ बबलुको कान समातेकी दुर्गा पनि लाजले भुतुक्कै भई र गाला रातोरातो पारेर भागिहाली ।

त्यो दिन बल्ल कुनै गुप्त रहस्य खुले झैं बबलुको दिमागमा सुन्दरताको अर्थ स्पष्ट भएर आएको थियो । त्यही दिन पहिलोपल्ट उसको दिमागमा प्रेमको अनुभूति गँड्यौला भएर पसेको थियो र उसको नसानसामा सलकसलक सलबलाउन थालेको थियो । त्यही दिन उसले थाहा पाएको थियो, मिठीको मन केराको पात झैं नरम रहेछ । उसको बोली स्वादिलो खुदो जस्तै रहेछ । मिठीको हिँडाइ पनि बिहानै बग्ने शीतल भोरहरिया हावा जस्तै रहेछ ।

त्यो दिन उसले तलाउमा पौडिरहेका हाँसहरू देख्यो । त्यो दृश्यले पनि मुग्ध गरायो उसलाई । त्यही दिन उसले भद्राको घरअगाडि गेंदा पनि फुलिरहेको देख्यो । त्यो फूल पनि साह्रै सुन्दर लाग्यो उसलाई । चङ्गा उडिरहेको आकाशतिर पनि हेर्‍यो । आकाश पनि असाध्यै सुन्दर देख्यो ।

राति सपनामा ऊ देवता खोज्न निस्कियो ।

ऊ बूढो सपेराको घरमा गयो र सोध्यो, "दादाजी, दादाजी, देउता कहाँ बस्छन् ?"

सपेराले भन्यो, "नदी किनारमा बस्छन् ।"

बबलु नदी किनारमा गयो र माछाहरूसित सोध्यो, "मछलीजी, मछलीजी, देउता कहाँ बस्छन् ?"

माछाले फुत्त पानीबाट बाहिर निस्किएर भन्यो, "जङ्गलमा बस्छन् ।"

बबलु जङ्गलमा गयो र चराहरूसित सोध्यो, "चिरैयाजी, चिरैयाजी, देउता कहाँ बस्छन् ?"

चराले उड्दै भन्यो, "पहाडमा बस्छन् ।"

बबलु पहाडमा गयो र बादलसित सोध्यो, "बादलजी, बादलजी, देउता कहाँ बस्छन् ?"

बादलले भन्यो, "हिमालमा बस्छन् ।"

बबलु हिमालमा गयो र तपस्या गर्न बसेको जोगीसित सोध्यो, "बाबाजी, बाबाजी, देउता कहाँ बस्छन् ?"

जोगीले चोर औँलाले देउता बसेको ठाउँ देखाइदियो । बबलु देवतानिर पुग्यो र ढोग्दै भन्यो, "पाउलागी भगवान् ।"

देवता खुसी भए र आपसमा सल्लाह गरे, "यो बालक त्यति टाढाबाट अनेक दुःखकष्ट सहेर यहाँ आइपुगेको छ । यसका कतिकति आवश्यकता होलान् ! यसलाई ती आवश्यकता पूरा हुने आशीर्वाद चाहिएको होला । जीवनभरि सुखी हुने वरदान पनि चाहिएको होला । हामीले यसका सबै आकाङ्क्षा पूरा गरिदिनुपर्छ ।"

आपसमा सल्लाह गरिसकेपछि देवताहरूले बबलुसित सोधे, "तिमी यहाँ किन आएको, बालक ?"

बबलुले सुख पाउने कुनै आशीर्वाद मागेन । धनी हुने कुनै वरदान मागेन । बस्, उसले लाज मानेर सोध्यो, "दुर्गा त्यति राम्री कसरी भई ?"

बबलुको प्रश्न सुनेर विष्णु जोरजोरसित हाँसे । हाँस्दाहाँस्दै उनको हातको सुदर्शन चक्र पनि खस्यो । महादेव हाँसेको देखेर उनको गलामा बेरिएको साँप पनि तर्सियो । पार्वती पनि खित्का छाडेर

हाँसिन् र उनको छाती बेस्सरी हल्लियो । ब्रह्मा हाँसे र उनको हातबाट कमल खस्यो । गणेश मूर्च्छा परेर हाँसे र उनको भुँडी जोडले मडारियो । सीता पनि हाँसिन् र उनको शिरबाट घुम्टो झर्‍यो । राम पनि हाँसे र उनको धोती खुकुलो भयो ।

बबलुको निद्रा खुलिहाल्यो । त्यो दिनदेखि बबलुलाई दुर्गा जति राम्री कोही होला भन्ने लाग्नै छाड्यो । उसले कामना गर्‍यो, "हरेक बिहान यसरी नै मालती फूलको बास्ना मिसिएको हावा चलिरहोस् । दुर्गाको कपालमा सधैं लट्टा परोस् । उसले यसरी नै सधैं एकसुरमा लट्टा फुकाइरहोस् र सधैं सुन्दर देखियोस् ।"

उसले त्यस दिनदेखि अर्को कामना पनि गर्न थाल्यो, "कुनै दिन झमझम बर्सात होस् र मैले देख्दादेख्दै दुर्गाको अनुहारबाट उसको सारा शृङ्गार पखालियोस् । ऊ मेराअगाडि आदमजात देखियोस् र म उसको भिजेको रूपलाई हेरिरहूँ ।"

१२

कति गाह्रो भएको छ अचेल मलाई । कोसित के कुरा गर्ने, के कुरा नगर्ने समस्या उत्पन्न भएको छ । कोसित कति विश्वास गर्ने, कति नगर्ने ? कसलाई मित्र ठान्ने र कसलाई शत्रु ? अन्ततः मेरो मनले निष्कर्ष निकाल्यो, यो मित्र र शत्रु एकअर्काको प्रतिबिम्ब भएको समय हो । समग्र समाज गज्जबको विश्वासहीनता र दोहोरो मापदण्ड लिएर हिंडिरहेको समय हो । बोली र व्यवहारमा आकाशपाताल फरक हुँदै गइरहेको समय हो । यस्तैयस्तै केही सोचिरहेको थिएँ र त्यसैलाई कथामा ढाल्न खोजिरहेको थिएँ, कसैले मेरो अध्ययन कक्षको ढोका जोडजोडले ढकढक्यायो । मैले ढोका खोलें ।

उफ् ! ढोकाबाहिर ठिङ्ग उभिएको थिएँ म । आफैं । र आफैंतिर हात बढाएर कुटिल भावमा सोधिरहेको थिएँ, "डियर राइटर, हाउ आर यू ?"

१३

एक दिन रामको गर्धननिर सानो घाउ देखापऱ्यो । त्यो घाउ बिस्तारै ढाडतिर पनि फैलिन थाल्यो । पहिला त उनले सामान्य ठानें । निम र बेसार दलेर घाउ निको पार्ने प्रयास गरे । भएन । अस्पताल गएपछि डाक्टरले भने, "यो सब तिमीले शरीरभरि दलेको रङले गर्दा भएको घाउ हो । रङ उतारिदिएपछि घाउ चाँडै निको हुन्छ ।"

तर उनले मानेनन् ।

"म जन्मेको केही महिनापछि नै मेरा बप्पा र माईले मेरो शरीरमा रङ दलिदिएर मलाई राम बनाएका थिए । मैले रामको वेशभूषाबाट अब अलग हुनै मिल्दैन । त्यस्तो गऱ्यो भने देउताले मलाई श्राप दिन्छन् र मेरो शरीरमा कोढ हुन्छ ।"

बिस्तारै उनको शरीरभरि घाउ फैलिँदै गयो । घाउबाट सधैं पीप बग्न थाल्यो ।

बप्पाको घाउमा दुर्गाले दिनदिनै हल्दी लगाइदिन्थी । तर घाउ बीसको उन्नाइस भएन । राम बिस्तारै हिँडडुल गर्न नसक्ने भए । उनकै स्याहार गर्दागर्दै सीता र दुर्गाको दिन बित्न थाल्यो । त्यसैले पेटमा गिलो गम्छा बेरेर भोक मार्नुपर्ने स्थिति आउन थालेको थियो ।

घरको यस्तो बिजोग हुँदा पनि आफूले केही गर्न नसकेकोमा साह्रै ग्लानि भइरहेको थियो, बबलुलाई । उसलाई सबैभन्दा पीर त दुर्गाको लागेको थियो । दुर्गाका ओठबाट मुस्कान र आँखाबाट सपनाहरू बेपत्ता भइसकेका थिए ।

बबलु बालिग भइसकेको थियो । पहिला पो बालश्रम उन्मूलनका कारण काम पाएको थिएन उसले । अब त उसले गारामाटोको काम पाउन सक्थ्यो । तर बजारमा मधेस आन्दोलन चर्किरहेको थियो । बन्दहडताल सुरू भएको थियो । बजारका सबै आर्थिक गतिविधि रोकिएका थिए । त्यसैले उसले ज्यालामजदुरी गर्ने काम पनि पाएन ।

असारको अन्तिम साता थियो । बादलहरू अल्छी मानेर दिनभरि आकाशमा जम्मा हुन्थे र साँझतिर चुपचाप कतै कुनाकाप्चातिर लाग्थे ।

बबलुले सम्झियो, यस्तै बेलामा उसका बाबुआमाहरू जङ्गल गएर दुईचार ओटा नीलकण्ठ समातेर ल्याउँथे । उनीहरू साउनको सोमबार तिनै नीलकण्ठ लिएर बजार जान्थे, व्रत बसेका महिलाहरूलाई बेच्न । नीलकण्ठलाई आफ्नो हातमा लिएर महिलाहरूले उडाइदिन्थे र उडिरहेको नीलकण्ठलाई हेरेर प्रार्थना गर्थे, "नीलकण्ठ तुम नीले रहियो ।"

चरा समात्नु सजिलो कहाँ थियो र ! यसमा खर्चिलो साधन नचाहिए पनि मिहिनेत र धैर्य असाध्यै चाहिन्थ्यो । मङ्सिरमा धान काटिसकेपछि खेतमा खसेका दाना खान चराहरू कति आउँथे कति ! त्यस्तो खेतमा जाल बिछ्याएपछि एकसाथ दर्जनौं चरा जालमा फस्थे । खेतमा धान निख्रिसकेपछि भने चराहरू आउन छाड्थे । अनि त चरा सिकारीहरूलाई चरा खोज्न जङ्गल नगई सुखै हुँदैनथ्यो ।

आफूहरू नीलकण्ठ बनेर उड्नुअघि बबलुलाई उसका बाबुले पासो बनाउने तरिका सिकाएका थिए ।

"बाँसको एकडेढ हातका दुइटा पातला छिकुनी चाहिन्छन् । छिकुनीलाई धनुष जस्तै बनाएर एकमाथि अर्को तिर्छा पारेर राख्नुपर्छ । केकडा जस्तै टक्क उभिन्छ त्यो चिलबाँस । त्यसमा सरेस दलेर त्यसको ठीक बीचमा झिँगुर, तिलचट्टा या टिड्डालाई धागोले बाँधेर लटकाइदिनुपर्छ । सरेसले गर्दा त्यो कीरा खान आउने चरा चिलबाँसमा चप्किन्छ । बाँसको लामो लग्गीमा चिलबाँस अड्याएर रूखका टुप्पाटुप्पामा बस्ने चरालाई पनि समात्न सकिन्छ ।"

१४

बिहानै उठ्यो बबलु । राम खटियामा पीडाले "ऐय्या ऐय्या" गरेर सुतिरहेका थिए । सीता गोबरले घरका भित्ता लिप्दै थिइन् । दुर्गा भने आँगन बढार्दै थिई । बबलु बाहिर आयो र दुर्गासित भन्यो, "म आज जङ्गल जान्छु ।"

यति भनेर ऊ हिँडिहाल्यो । गाउँको पुछारतिर थिए केही चरा सिकारीहरू । उनीहरूसित पासोमा लगाउने सरेस माग्यो र जङ्गलतिर लाग्यो ।

जङ्गल लगभग सखाप भइसकेकाले चराहरू साह्रै कम देखिन थालेका थिए । अझ नीलकण्ठ त उसले फाट्टफुट्ट मात्र देख्यो । तर ती पनि पासोमा पर्दैनथे ।

तीन दिन जङ्गलका कुनाकुनामा पसेर पासो थापेपछि बल्लबल्ल उसले दुइटा नीलकण्ठ समात्यो ।

घर आइपुग्दा बबलुले आँगनमा एउटा बहुरूपिया उभिएको देख्यो । त्यसले भगवान् शङ्करको भेष धारण गरेको थियो । राम र शङ्करबीच लेनदेनको कुरा भइरहेको थियो । सीता लोग्ने र शङ्करका कुरा सुन्दै कुनामा टुसुक्क बसिरहेकी थिइन् । राम भन्दै थिए, "अब त म जिन्दा लास भैसकें । कामधाम केही गर्न सक्दिनँ । बबलुले पनि कुनै काम पाएको छैन । सीता पनि बिरामी पर्न थालेकी छ । मेरी बिटिया राम्री छे । उसलाई दुर्गाको रूप खुब सुहाएको छ । उसले स्वाङ देखाएरै तिम्रो गिरहस्ती मज्जाले धान्न सक्छे । त्यसैले १० हजार नभई त तिमीलाई दिन्नँ ।"

शङ्कर भन्दै थियो, "मेरो कमाइधमाइ अच्छा छ । दु कट्ठा खेतीहर जमिन पनि छ । राम्ररी खान पाएपछि दुर्गाको दुबर पातर देही पनि पाँचसात महिनामै रसदार उखु जस्तै गदराइहाल्छ । उनहारमा रौनक पनि आइहाल्छ । आँखामा मतबाली गति र चालढालमा नखरा पनि आइहाल्छ । चिन्ता नगर, बहुत सुखमा राख्छु दुर्गालाई ।"

यही गाउँको बाटो ओहोरदोहोर गरिरहने भएकाले बबलुले पहिलेदेखि नै चिन्थ्यो, शङ्करलाई । उसले यसअघि पनि तीन ओटा बिहे गरिसकेको थियो । कसैलाई काली, कसैलाई लक्ष्मी र कसैलाई सरस्वती बनाएर बजारमा स्वाङ देखाउन लैजान्थ्यो । तर कोही पनि ऊसित धेरै महिना टिक्दैनथे ।

नारदसित भागेकी उसकी अन्तिम दुलहीलाई बजारमा देखेको थियो बबलुले । बबलुले उनीसित सोधेको थियो, "भौजी, किन छोडेर भागेको शङ्करलाई ?"

भौजीले खित्तित्त हाँस्दै भनेकी थिइन्, "रे पगलेट, चाउरको माड ख्वाएर मात्र मेहारूको चित्त कहाँ बुझ्छ ? मर्द मैदाको बोरी जस्तो हैन, दनदनाएर हिर्काउन आउने छुट्टा साँड जस्तो हुनुपर्छ । शङ्कर त मासुको लोथडा हो । पुरानधुरान कपडाको गठरी हो । त्यस्ता कमजोर मर्दको मेहारू भएर को बस्छ ?"

बबलु आफूभित्रको हुरीबतासलाई थामथुम पारेर छाप्रोभित्र पस्यो । दुर्गा चौखटसँगैको भित्तामा अडेस लागेर घिउ मिसाएर गिलो बनाएको बेसारमा आफ्नो दाहिने हत्केला भिजाउँदै थिई । तर उसको अनुहारमा कुनै उत्साह थिएन र आँखामा उज्यालोको सानो धर्सो पनि थिएन । उसको ओठबाट मुस्कान गायब भइसकेको थियो ।

बबलुले एकछिन दुर्गाको अनुहारतिर हेऱ्यो । सोच्यो, "के अब कहिल्यै यो उनहारमा मुस्कान फर्केर आउँदैन ?"

त्यसपछि बबलुले दुर्गाका आँखातिर हेऱ्यो । सोच्यो, "के अब यी आँखाहरूले कहिल्यै पनि सपना देख्नेछैनन् ?"

आत्तियो ऊ । सोध्यो आफैंसित, "किन गरिबका ओठबाट मुस्कान हराएपछि फेरि फर्किन गाह्रो हुन्छ ? किन गरिबका आँखाबाट सपनाहरू झरेपछि फेरि फर्किन गाह्रो हुन्छ ?"

त्यही बेला बाहिरबाट राम चिच्याए, "दुर्गा, आइज बाहिर ।"

जङ्गलबाट ल्याएका दुइटा नीलकण्ठ बबलुले दुर्गाको हातमा राखिदियो ।

"पर्सि सम्मार हो । बजार जानू । नीलकण्ठ बेचेर आफ्नो लागि एउटा नयाँ धोती किन्नू । यस्तो पुरानधुरान धोती लगाएर दुर्गा मैयाको रूप धरेको त भगवान्लाई पनि मन पर्दैन ।"

दुर्गाका आँखाबाट अलिकति आँसु बग्यो र हल्ला नगरीकनै जमिनमा खस्यो । बबलुले त्यसै बेला बुझ्यो, गरिबको आँसुमा आवाज हुन्न । कुनै बर्कत हुन्न । कुनै ताकत हुन्न ।

उसले आफ्नो आँसुलाई रोक्दै भन्यो, "जहाँ गए पनि सुख होस् तँलाई । तेरो सब मनचिती पूरा होस् ।"

दुर्गा केही नबोली कोठाबाट निस्की । मनमा बसेको मान्छे पनि यसरी ढोका खोलेर चुपचाप चौखटबाहिर जान सक्छ भन्ने सोचेकै थिएन बबलुले । तर आज उसले कहिल्यै नचिताएको कुरा भएको थियो । आज उसकै अगाडि दुर्गा चौखटबाट बाहिर गएकी थिई ।

रीतिअनुसार ढोकानिरको भित्तामा उसले दाहिने हत्केला टाँसी । हत्केलाको बेसार भित्तामा सऱ्यो । त्यहाँ हत्केलाको आकृति बन्यो । तर त्यो हत्केलामा न जीवनरेखा थियो, न भाग्यरेखा । उसले आफ्नै हत्केलाको छापलाई एकटक निकै बेरसम्म हेरिरही । सोची, "केही दिनमै मेरो हत्केलाको यो छाप पनि मेटिनेछ र मलाई सबैले बिर्सिदिनेछन् ।"

दुर्गा चौखट नाघेर गएपछि रित्तो भएको ढोकातिर हेर्दै उभिइरह्यो बबलु । ऊ दुर्गाको आँसु खसेकै ठाउँनिर उभिइरहेको थियो । ढोकाभित्रबाटै उसले देख्यो, दुर्गा आँगनदेखि अलिक परको सहजनको रूखनिर एकछिन उभिई । फर्केर घरलाई हेरी । यसरी हेरी, मानौं यो घर, यो परिवेश र यहाँको कुनै दृश्यलाई पनि अब उसले दोहोऱ्याएर हेर्न पाउनेछैन ।

बबलुको मुटु पटुआको डोरी जस्तै परक्क बटारियो । उसको जीवनको सबैभन्दा निर्मम दृश्य यही थियो । उसले हेर्नै सकेन । उसको नजर दुर्गाको आँसु खसेको भुइँतिर गाडियो ।

केही बेरपछि ऊ बाहिर आउँदा दुर्गा सहजनको रूखनिर थिइन । उसले टाढा बाटोतिर हेऱ्यो । उसले दिएका दुइटा नीलकण्ठ काँधमा राखेर दुर्गा त्यो कच्ची बाटोमा शङ्करको पछिपछि जाँदै थिई ।

"ऊ जोसित जाँदै छे, त्यो उसको खसम हो या मासुको लोथडा ? मैदाको बोरी हो या कपडाको गठरी ?"

यस्तो प्रश्न त उब्जियो बबलुको मनभित्र । तर सोध्ने कोसित ? घाँटीको थुकसँगै उसले प्रश्न पनि निलिदियो ।

हेर्दाहेर्दै दुर्गा एउटा कालो थोप्लामा परिणत भई । बबलुलाई लाग्यो, त्यो थोप्ला होइन, निर्दोष मान्छेलाई सधैं कष्ट दिइरहने जखैया भूतको छाया हो, जसले अब जीवनभरि दुर्गाको पिछा गरिरहनेछ ।

बबलुको मुटु तकुआमा फन्फनी घुमिरहेको धागो झैं परक्क बटारियो ।

राम र सीताको अनुहारमा भने चिन्ताको कुनै भाव थिएन । सपाट थियो उनीहरूको अनुहार । उनीहरूका लागि मानौं, दुर्गा यो दुनियाँमै थिइन । यो गाउँमै थिइन । यो घरमै थिइन । बस्, एउटा निर्बल छाया सलबलाउँथ्यो यो घरमा, जसलाई उनीहरूले दुर्गाको नाम र रूप दिएका थिए । उनीहरूका लागि आज केही अनौठो भएकै थिएन । बस्, घरभित्रबाट एउटा छाया मात्र गायब भएको थियो ।

दुर्गा यसरी चुपचाप ओझेल भई । तर ढोकाबाहिर चौखटसँगैको देब्रे भित्तामा उसको दाहिने हत्केलाको छाप बाँकी थियो । बबलु भित्तानिर आएर उभियो । बिस्तारै आफ्नो दाहिने हत्केला दुर्गाको हत्केलाको छापमाथि राख्यो । उसलाई थाहा थियो, दुर्गा उसका लागि छाया मात्र थिइन, एउटा ऐना थिई, जसमा ऊ सधैं आफूलाई नियाल्ने गर्थ्यो ।

हातमा केही पैसा परेकाले राम र सीताले दुर्गा घरबाट गएको दुःख बिर्सिएका थिए । सीताले दिउँसै वनकुखुराको मासु पकाइन् र साँझ कलवार गाउँमा गएर भोजु कलवारले बनाएको देसी दारू ढाई लिटरको जर्किनमा भरेर ल्याइन् । उनीहरूले रातभरि वनकुखुराको मासुसित दारू खाए । दुवै दारू खाएको तीन घण्टापछि बेहोस भए । भोलिपल्ट बिहानसम्म पनि होसमा नआएपछि बबलु आत्तियो । उसले दुवै जनालाई पटकपटक कागती खुवायो । दहीको मट्ठा बनाएर पनि खुवायो । बल्लबल्ल तीन दिनपछि उनीहरूको होस खुलेको थियो । त्यतिन्जेलसम्म उनीहरूले दुर्गालाई पूरै बिर्सिसकेका थिए ।

बस्, बबलुको सम्झना र सपनामा बाँकी रही दुर्गा ।

१५

सम्भवतः कथाको उत्कर्ष आइपुगेको थियो । बबलुले मलाई आफ्नो कहानी बताइरहेको थियो ।

"सर, दुर्गा गएदेखि मेरो मन बहुतै खराब भएको थियो । मलाई कसैसित बातचित गर्न पनि मन लाग्दैनथ्यो । एक दिन म गाउँदेखि अलिक टाढाको त्यही बयरको झाडीनिर आएर उभिएँ, जहाँ जमिनमुनिबाट दुर्गाले मलाई निकालेकी थिई । त्यो दिन बयर टिप्दै गर्दा मलाई आफूले टेकिरहेको बलौटे जमिनमुनि हलचल भएको अनुभव भयो । मलाई दुर्गाले भनेकी थिई, "यो दुनियाँ बहुत बडवार कछुवाको ढाडमाथि बसेको छ । जब कछुवाको ढाड दुख्छ, ऊ चलमलाउन थाल्छ । अनि दुनियाँमा हलचल हुन्छ ।" म जमिनमा बसेर बालुवा खोस्रिन थालेँ । खोस्रँदाखोस्रँदै मैले बालुवामुनि एउटी औरत बसिरहेको देखेँ । मैले उनलाई खाल्डोबाट निकालेँ । उनको शरीरमा लागेको बालुवा टकटक्याइदिएँ । अनुहारबाट पनि बालुवा झारिदिएँ । उनको शिरमा सुन जस्तै देखिने बाक्लो दफ्तीले बनाएको मुकुट थियो । गलामा सुन्दर माला पनि थियो । निधारमा ठूलो रातो टीका । अनुहारमा बाक्लो शृङ्गार थियो र ओठमा रातो लिपस्टिक पनि थियो । उनले रातै धोती लगाएकी थिइन् र पाउमा पाउजु पनि थियो । हातमा राता चुरा पनि छमछम गरिरहेका थिए । उनी हुबहु मेरै दुर्गा जस्तै देखिन्थिन् । मैले चकित भएर उनको नाम सोधेँ । उनी उदास भइन् र भनिन्, "हे मानव, म पौराणिककालकी नारी अहिल्या हुँ । गौतम ऋषिकी पत्नी हुँ म । देउताहरूको राजा इन्द्र मसित आसक्त रहेछ । एक दिन मेरा पति स्नान गर्न नदीतर्फ गएका बेला देवराज इन्द्र मेरै पतिको रूप धारण गरेर मेरो कोठामा आयो र मसित सम्भोग गर्‍यो । मेरा पतिले थाहा पाएपछि मलाई श्राप दिएर पत्थरको शिलामा परिणत गरिदिए । त्रेतायुगका रामको चरणस्पर्शले म श्रापमुक्त भई पुनः नारीमा परिणत त भएँ । तर आज पनि पटकपटक इन्द्रले

आफ्नो रूप बदलिरहन्छ र पटकपटक मलाई हरण गरेर मसित सम्भोग गरिरहन्छ । म पुनःपुनः श्रापित भइरहन्छु । मलाई आफ्नै शरीरसित घृणा लाग्छ । त्यसैले युगौंदेखि म यहाँ जमिनमुनि लुकेर बसिरहेकी छु । मलाई अहिले पनि इन्द्रको भय छ ।"

यति किस्सा सुनाएर बबलु चुप लाग्यो । निकै बेर मौन बसिरह्यो । म पनि प्रश्नहीन भएर उसका सामु बसिरहें ।

एक्कासि झस्किएर मतिर हेऱ्यो बबलुले । लगातार हेरिरह्यो । मेरो एकदमै नजिक आयो र अझै गहिरिएर मलाई हेर्न थाल्यो । उसको अनुहारमा अनेक भाव सलबलाउन थाले । उसका आँखा आश्चर्यले च्यातिन थाले । बिस्तारै बोल्यो, "सर, मेरी दुर्गालाई किनेर लैजाने शङ्करसित तपाईंको अनुहार दुरूस्तै मिल्छ ।"

उसको प्रश्नले म आत्तिएँ । भनन्न रिँगटा चल्यो । टाउको फुट्ला जस्तै भयो । मलाई लाग्यो, म अब धेरै बेरसम्म उसका सामु उभिइरहन सक्दिनँ । मलाई आफ्नो सम्पूर्ण अस्तित्वलाई कता खुम्च्याएर लुकाऊँ जस्तो लाग्न थाल्यो ।

उसले रून्चे स्वरमा मसित सोध्यो, "सर, तपाईंको नाम के हो ?"

म निकै बेर मौन बसें । तर मैले ढाँट्नै सकिनँ । किनभने मैले जवाफ नदिएसम्म यो कथाको अन्त्य हुन सक्दैन । अन्ततः मैले भनिदिएँ, "म इन्द्र हुँ । शङ्करको भेष धारण गरेर आएको थिएँ ।"

मेरो जवाफ सुनेर ऊ निकै बेर अचल ढुङ्गा बनेर उभिइरह्यो । बिस्तारै जमिनमा थचक्क बस्यो र भन्यो, "त्यसैले आजकाल मेरो कानमा कोही रोइरहेको आवाज आइरहन्छ । मलाई थाहा छ, त्यसरी रून्ने अहिलिया हैन, मेरी दुर्गा हो ।"

१६

दुर्गा अझै पनि कतै ढुङ्गा भएर बसिरहेकी छ र आफूलाई मान्छे बनाइदिने रामको प्रतीक्षा गरिरहेकी छ । सम्भवतः उसले आकाशमा उडिरहेका नीलकण्ठहरूसित प्रार्थना पनि गरिरहेकी छ–

नीलकण्ठ तुम नीले रहियो
दूधभात के भोजन करियो
हमार बात रामजी से कहियो ।
जागत हिये तो जोर से कहियो
सोअत हिये तो धीरे से कहियो
हमारी बात रामजी से कहियो ॥

कथाहरूमा अभिव्यक्त केही बिम्बप्रतीक, अन्तर्निहित संवेदना र उठाइएका मुद्दाको तहमा "जियरा", "सलमा सितारा" र "लैला ओ लैला" कतै न कतै जोडिएका छन् । त्यसैले यी कथालाई एउटै क्रममा राखिएको छ ।

जियरा

एक : ब्राकेटभित्रको कथा

(यो गाउँका गुडियाहरू बोल्छन् । रातिराति गीत पनि गाउँछन् । मैले कथामा यो कुरा उल्लेख गरेको छु ।

कथाको पाण्डुलिपि पढेका समालोचक महोदयलाई यसैमा आपत्ति भइदियो । उनले भने, "गुडियाहरू पनि बोल्छन् र ? के यो वैज्ञानिक दृष्टिले सही छ ? लेखकीय दृष्टिले तपाईंले भन्न चाहिँ के खोजेको ? बिम्बको प्रयोग गर्न खोजेको हो भने, योभन्दा सजिलो र बोधगम्य बिम्ब अरू पनि त हुन सक्थे ।"

कथाबारे यसरी मसित असन्तुष्टि पोख्दा उनको अनुहार लाललाल भयो । उनी उच्च रक्तचापका रोगी हुन् । मेरै कथाका कारण उनको रक्तचाप बढ्यो, मुटुको गति अस्वाभाविक भइदियो र उनको जीउज्यानमा दखल पर्‍यो भने समालोचना जगत्मा यो एउटा कलङ्कित कथाका रूपमा स्थापित भइदेला भन्ने खतरा महसुस भयो ।

दमको रोगी झैं एक पटक लामो सास फेरेर उनले फेरि उही प्रश्न दोहोर्‍याए, "के गुडिया पनि बोल्छन् ?"

"जुन गाउँको यो कथा हो, त्यहाँ सबैलाई गुडियाहरू बोल्छन् भन्ने विश्वास छ । त्यहाँको समाजका लागि यो कथा होइन, उनीहरूको भोगाइ हो," मैले भनें ।

मैले त्यस्तो जवाफ नदिएको भए राम्रो हुन्थ्यो । लेखकले आफ्नो रचनाबारे सफाइ दिँदै हिँडेको ठीक पनि होइन । लेखक त सिर्जनामा बोल्नुपर्छ । लेखकले त रचनामा हल्ला गर्नुपर्छ । यसरी सफाइ दिँदै हिँड्न थाल्यो भने एक दिन लेखक, लेखक रहनेछैन, सफाइ कर्मचारी हुनेछ । त्यस्तो लेखक त साहित्यमा भन्दा नगरपालिकाको सफाइ विभागमा जागिरे भएको राम्रो ।

मलाई पछुतो भयो । मेरो मनमा पछुतो धूवाँ झैं पुतपुताइरह्यो ।

"उसो भए एक पटक यो कथा मलाई पढेर सुनाउनुस् । तपाईंको वाचन सुनेर कथाप्रति मेरो दिमागमा बनेको धारणा परिवर्तन भई पो हाल्छ कि," उनले भने ।

मेरा समकालीन लेखक साथी नयनराज पाण्डे मेरो ठाउँमा भएको भए समालोचकको कोठाबाट जुरूक्क उठ्ने थिए । अनि समालोचकको ट्वाइलेटमा एक लट सुसु गरेर उनी समालोचक महोदयसित हात पनि नमिलाई हिँड्ने थिए । मैले त्यसो गर्ने हिम्मत गरिनँ । किनकि ममा अलिकति लोभ थियो– माध्यमिक विद्यालय तहको नेपाली पाठ्यक्रम निर्माणका संयोजक यी समालोचकले पाठ्यक्रममा आफ्नी जहान र जेठानको रचना समावेश गरे जस्तै मेरो रचना पनि सामेल गरिदिन सक्थे ।

उनलाई रिझाउनकै लागि म कथावाचन गर्न तयार भएँ । सबैभन्दा पहिला कथाको शीर्षक भनें– बोल्छन् गुडियाहरू ।

समालोचकले शीर्षक सुनेरै अनुहार विकृत बनाए । मैले कथावाचनलाई निरन्तरता दिइरहें ।)

दुई : ब्राकेटबाहिरको मूल कथा

गुडिया गाउँ । अर्थात् गुडिया बनाउनेहरूको गाउँ । यहाँका व्यक्तिहरूको सुख, दुःख या समस्याबारे कसैलाई खासै जानकारी र सरोकार नभए पनि यहाँको गुडिया भने लोकप्रिय छ । यहाँको गुडिया बेलायती

महारानी एलिजाबेथको शयनकक्षमा सजाएर राखिएको छ भन्ने हल्ला पनि छ ।

कसैले नपत्याए पनि एउटा कुरा भने सत्य हो– यहाँका गुडियाहरू बोल्छन् । यिनीहरू आफ्नो विरहव्यथा पोख्छन् र रून्छन् । हाँसो त गुडियाहरूको नियतिबाट पनि गायब छ ।

पुरूषहरूले रोजगारीका लागि अरू काम गरे पनि महिलाहरूले भने गुडिया बनाउने पेसालाई नै निरन्तरता दिएका छन् । सासूबाट बुहारी, आमाबाट छोरी, दिदीबाट बहिनी या भाउजूबाट नन्दले सिक्छन् यो कला । त्यसपछि त यो गाउँमा जन्मिने हरेक चेली जीवनपर्यन्त यो कलासित जोडिन्छन् ।

गुडिया बनाउने र बेच्ने त भइहाल्यो, यहाँ हरेक महिलाले आफ्ना लागि एउटा खास गुडिया बनाउँछन् । त्यो गुडिया उनीहरूले आफ्नो बिहेपछि खसमको घर जाँदा माइतीको जिम्मा लगाउँदै भन्छन्, "यसमा मेरो आत्मा बसेको छ । पराई भए पनि यो गुडियाका रूपमा म सधैं यही माइतीमै बसिरहेकी हुनेछु । यो गुडियालाई माया गरेर राख्नू है !"

आमा या बहिनीहरूले अक्षयतृतीयाको दिन कुनै सुन्दर, असल र मायालु गुड्डासित त्यो गुडियाको बिहे पनि गरिदिन्छन् ।

यसरी माइतीमै छोडिएका गुडियाहरू बोल्छन् । गीत पनि गाउँछन् ।

तीन : ब्राकेटभित्रको कथा

(यहीँनिर समालोचक महोदयलाई दनदनाएर खोकी लाग्यो । उनले हातले सङ्केत गरेर केही बेरलाई कथावाचन स्थगन गर्न आग्रह गरे र खोकी निखार्न थाले । उनले खोकुन्जेल मैले उनको बैठक कोठा नियालें । केही महिनाअघि आउँदा यो कोठाका चारै भित्तामा उनकी जहानको तस्बिर थियो ।

अहिले ती तस्बिर थिएनन् ।

उनले आफ्नी जहानको तस्बिर किन हटाए होलान् भनेर केही विचार गर्दै मात्र के थिएँ, समालोचकले कथा पुनः सुरू गर्न सङ्केत गरे ।)

चार : ब्राकेटबाहिरको मूल कथा

गाउँका महिला या किशोरीले आफ्नै आकृति झल्किने यस्ता गुडियाहरू नागपञ्चमीको दिनदेखि बनाउन थाल्छन् । चैतको रामनवमीका दिनसम्म गुडिया बनाइसक्नुपर्छ । यसरी लगभग नौ महिनामै जन्मिन्छ यस्तो बोल्ने गुडिया । त्यही दिन यो गुडियालाई गाउँकै कुनै सुत्केरी महिलाको दूधले स्नान गराइन्छ । भनिन्छ, त्यही रात गुडिया बनाउने महिला या किशोरीको आत्माको एउटा अंश यो गुडियाभित्र प्रवेश गर्छ र गीत गाउन थाल्छ– *जबसे देखी तोरे सुरतिया प्यारी । मोरे जियरा पे चलत है आरी ॥*

गाउँभरि सबैलाई थाहा थियो, पार्वतीको गुडियाले रातिराति यही गीत गाउँछे । पार्वतीले धेरै पटक मध्यरातमा गुडियाले गाएको सुनिसकेकी थिई । ऊ भन्थी, "रातिराति मेरी गुडियाले गीत गाउँछे । उसको आवाज मेरी दिदी रेश्माको जस्तै छ ।"

रेश्माले आफ्ना साथीहरूका गौनामा प्रायः यही गीत गाउँथी । रहर, सपना र गुनासोले भरिएको सुन्दर प्रेमगीत । रेश्माको मधुरो आवाज, ऊ आफैँले बजाएको ढोलकको ताल र त्यससँगै बजेका उसका हातका चुराहरूको छमछमले यो गीत पार्वतीका लागि सधैँ स्मरणीय भएको थियो । भर्खर खाँडसारीमा पकाएको उखुको गाढा रस घोलिए जस्तो लाग्ने रेश्माको आवाजले यो साधारण गीतलाई पनि असाधारण बनाइदिएको थियो ।

रेश्मा १८ वर्षकी भइसकेकी थिई । त्यसैले रामअवतार र जानकीलाई उसको बिहेको चिन्ताले सताउन थालेको थियो । रेश्मा भने गाउँकै खबरी लखिरामको छोरा जगतलालसित प्रेम गर्थी । ऊ एकान्तमा जगतलाललाई नै सम्झेर गुनगुनाउँथी– *जबसे देखी तोरे सुरतिया प्यारी । मोरे जियरा पे चलत है आरी ॥*

बाबुआमाले बिहेको कुरा गर्दा रेश्माले सोझै भनेकी थिई, "म जगतलालबाहेक कसैसित बिहाव गर्दिनँ ।"

यस्तो कुरा गर्दा भर्खर खाँडसारीमा पकाएको उखुको गाढा रस मिसिए जस्तो लाग्ने उसको स्वरमा तीतो मिसिएको थियो ।

"के जगतलालको नागिर्ता छ ? छ भने तेरो उसैसित बिहाव गरिदिन्छु । नत्र, प्राण गए पनि हामी तेरो बिहाव त्योसित गर्दिन्नौं । तँ ऊसित भागेर गइस् भने हामी जहर खाएर मरिदिन्छौं ।"

जगतलालसित नेपाली नागरिकता थिएन । रेश्माले बाबुआमाको वचन तोड्न सकिन । यसरी रेश्मा र जगतलालको प्रेम असमयमै समाप्त भयो ।

अन्त्यमा रेश्माका बाबुआमाले धुइँपत्ताल खोजेर राप्तीपारिको गाउँमा नागरिकतावाल केटो फेला पारेका थिए ।

"हाम्रो छोरो पढेलेखेको नभएर के भयो, योसित नेपाली नागिर्ता छ । त्यसैले हामीलाई ५० हजार नगद चाहिन्छ । दुई लाखभन्दा कममा नागिर्ता भएको लड्का आजकल कहीँ मिल्दैन । अहिले चलेको रेट यही हो ।"

अनेक मोलभाउपछि अन्ततः तिलकबापत नगद ५० हजार दिएपछि रेश्माको बिहे भएको थियो । गौना भएर लोग्नेको गाउँ जानुअघि रेश्माले नागफनीको काँडाले बहिनी पार्वतीको कान छेडिदिएकी थिई । घाउ छिटो निको होस् भनेर पार्वतीको कानमा तेलबेसार पनि लगाइदिएकी थिई । तर पनि पार्वतीलाई दुई दिनसम्मै ज्वरो आएको थियो । पिहर अर्थात् पतिको घर फर्कनुअघि रेश्माले बहिनीको चित्त बुझाउन आफूले बनाएको र आफ्नो आत्माको अंश मिसिएको गुडिया पार्वतीको हातमा राखिदिएकी थिई ।

पार्वतीले गुडियाका रूपमा दिदी आफूसितै छ भनेर चित्त बुझाएकी थिई । गुडियाको अनुहारमा पनि रेश्माकै जस्तो करौंदाको फलको जस्तै हल्का रातो रोगन मिसिएको थियो । रेश्मा हाँस्दा त्यो रातो उसको अनुहारबाट बास्नादार रूहअफ्जा सर्वत भएर भुइँमै चुहिएला जस्तो हुन्थ्यो । गुडियाको हाँसो पनि दुरूस्तै त्यस्तै थियो । कपाल

पनि रेश्माकै जस्तै लामालामा । घुँडाघुँडासम्म आउने । गुडियाको नाकमा पनि रेश्माकै जस्तो नथिया थियो । चिउँडोमा उस्तै कालो कोठी । आँखा पनि रेश्माकै जस्तै ठुल्ठूला । परेला उस्तै लामालामा । हँसिला ओठ ।

दिदी बिदा भएकै रात रेश्माले सधैं गाउने गीत गुडियाले गाएको पार्वतीले पहिलोपल्ट सुनिकी थिई– *जबसे देखी तोरे सुरतिया प्यारी । मोरे जियरा पे चलत है आरी ।*

पाँच : ब्राकेटभित्रको कथा

(समालोचक महोदयले फेरि कथावाचन रोक्न सङ्केत गरे । म रोकिएँ ।

जतिसक्दो चाँडो मेरो कथाका माध्यमबाट अभिव्यक्त हुन कथाका पात्रहरूलाई हतार भइरहेको थियो । छिनछिनमा कथा रोक्दै, सुनाउँदै गर्न थालेपछि पात्रहरूलाई मेरो कथाकारितामाथि नै अविश्वास हुन लागेको आभास भयो मलाई । यसले मूल कथाको गति पनि अवरूद्ध गरिरहेको थियो । म पनि दिक्क भएँ र आफ्ना कथाका पात्रहरू जस्तै छटपटिएँ । वास्तवमा कथालाई बीचमा रोक्ने काम कुनै कथाकारले नगरोस् । कथा पो हो, पिसाब त होइन नि ।

यस पटक समालोचकले खोकेनन् । केही बोल्ने सुरसार गरे । मैले ठानें, मेरै कथाबारे टिप्पणी गर्नेछन् र फेरि प्रश्न गर्नेछन्, "के गुडिया पनि बोल्छ ?"

तर उनले अर्कै कुरा गरे । मलाई भित्तातिर देखाए र सोधे, "तिमीलाई थाहा छ, यो कोठाका चारै भित्तामा कसको तस्बिर थियो ?"

मैले जवाफ दिनुअघि नै उनैले भने, "यहाँ एउटी रन्डीको फोटो थियो ।"

म अवाक् भएँ । आफ्नै पत्नीलाई कसरी रन्डी भन्न सकेका यिनले ?

मैले राम्ररी आफ्नो अनुहारमा आश्चर्यका भावहरू एकत्रित गर्न पनि नभ्याउने गरी उनले भने, "कथा भन्नुस् ।")

छ : ब्राकेटबाहिरको मूल कथा

गौना भएर गएको केही दिनमै रेश्मा गाउँ आएकी थिई, हाँस्न बिर्सिएर । उसको अनुहारबाट करौंदाको हल्का रातोपन हराइसकेको थियो । शरीरमा जताततै नीलडाम थिए । पार्वतीले रेश्मासित सोधेकी थिई, "दिदी, तिमीलाई कसरी यति धेरै चोट लागेको ?"

रेश्माले पार्वतीसित ढाँटेकी थिई, "पिहरमा पानी लिन बहुत दूर जानुपर्छ । बाटो बहुतै खराब छ । गगरी पनि बडाबडा छन् । त्यसैले बारबार पैर फिसलिन्छ । त्यही मारे चोट लागेको हो ।"

रेश्माको स्वर पहिले जस्तो थिएन । पार्वतीले प्रश्न गर्न चाहेकी थिई, "मेरी दिदीको आवाजलाई के भयो ? उसको आवाजबाट आउने खाँडसारीमा पकाएको उखुको गाढा रस कता गायब भयो ?"

अहँ, उसले दिदीसित यस्तो प्रश्न गर्न सकेकी थिइन । बरू उसले दिदीका कुरा पत्याएकी थिई । एक रात माईले कर गरेर सोधेपछि रेश्माले रूँदै भनेकी थिई, "दाइजोमा मोटरसाइकल दिएन भनेर उनीहरूले मलाई पिटिरहन्छन् । सासससुरले मट्टीतेल छर्किएर जलाइदिने धम्की दिइरहन्छन् ।"

छोरीको कुरा सुनेर माईलाई करेतले डसे जस्तै भएको थियो । पार्वती पनि स्तब्ध भएकी थिई । बाबु पनि लाचार भएर रोएका थिए ।

माइतीबाट गएको केही दिनमै खबर आइहाल्यो, "रेश्मा ससुरालमा जलेर मरी ।"

माई र बाबु कैयौं दिनसम्मै रोइरहे । पार्वती पनि उनीहरूसितै रोइरही । केही दिनपछि उसले चित्त बुझाई ।

"मेरी रेश्मा दिदी त मसितै गुडिया बनेर बसेकी छ । उसले रातरातभरि मलाई गीत सुनाइरहन्छे । मेरी दिदी जिन्दा छे ।"

बिहे भएर गएका गाउँका चेलीबेटी जलेर मरेको यो पहिलो घटना थिएन । गाउँमा यस्ता दुःखद खबर बेलाबेलामा आइरहन्थे । गएको वर्ष मात्र यो गाउँका आठ जना छोरी लोग्नेको घरमा जलेर मरेका थिए । कतिले नागरिकता भएको केटो भनेर मोटो रकम दाइजोमा

दिए पनि मोटरसाइकल दिन सकेका थिएनन् । कतिले मोटरसाइकल दिए तर थप नगद दिन सकेका थिएनन् । कतिले पम्पसेट या थ्रेसर दिन सकेका थिएनन् ।

यो गाउँ सधैं शोकमै भइरहन्थ्यो । लाग्थ्यो, शोक गाउँलेहरूको अनुहारमा स्थायी रूपमा टाँसिएको छ ।

गाउँका सबै आमा र बहिनीहरूलाई थाहा थियो, छोरी या दिदी मरेर गए पनि उसको आत्मा गुडियामा समाहित छ र त्यसले हरेक रात गीत गुनगुनाइरहन्छ ।

गाउँमा सबैले लोग्नेको घरमा अकालमा मरेका आफ्नी छोरीको सम्झनामा उसले बनाएको गुडियाको बिहे गरिदिन्थे । त्यसो गर्नु गाउँको रीति नै भइसकेको थियो ।

एक दिन पार्वतीले पनि गुडियाको बिहे गरिदिने भई । ऊ चाहन्थी, रेश्माले दुःख पाएर ज्यान गुमाए पनि उसको आत्मा बसेको गुडियाले भने सुख पाओस् । गुडियालाई उसको लोग्नेले माया गरोस् ।

पार्वतीलाई ललिताको गुड्डा मन परेको थियो । ललिताले पनि वाचा गरेकी थिई, "मेरो गुड्डाले तेरो गुडियालाई कहिले पनि दुःख दिनेछैन ।"

पार्वतीको सबैभन्दा मिल्ने साथी हो, ललिता । त्यसैले ललिताको कुरामा उसलाई के शङ्का हुन्थ्यो र !

हिजै पार्वतीले गुडियाको बिहेमा आउने जन्तीहरूलाई खुवाउन जङ्गलबाट सानो डालो जस्तो चँगेरीभरि बयर टिपेर ल्याएकी थिई ।

बिहानै साथीहरू पनि भेला भइसकेका थिए । उनीहरूले जन्ती अर्थात् बरियाँती भएर कोको आउने र केटीको माइती अर्थात् घराती भएर कोको बस्ने भनेर आपसमा छिनोफानो पनि गरेका थिए ।

ललिताले आफ्नो गुड्डालाई रङ्गीचङ्गी टालाटुली गाँसेर बनाएको लुगा लगाइदिएर चिटिक्क पारेकी थिई । पार्वती पनि के कम ! उसले आफ्नी गुडियालाई ललिताको गुडियाभन्दा पनि राम्ररी सिँगारी ।

दिदीको सम्झनामा उसले आफ्नो गुडियाको नामै रेश्मा राखेकी थिई । सिँगारपटार गरिसकेपछि त गुडिया रेश्मा जस्तै देखिई ।

पार्वतीले आफ्ना बुबाको फाटेको गन्जीलाई बेसर्माको लट्ठीमा झोलुङ्गो जस्तो बनाएर डोली तयार गरेकी थिई । त्यही डोलीमा चढेर गुडिया आफ्नो घरबाट बिदा भई । बिदाइका बेला गुडियाको भाकामा पार्वतीले गीत गाई–

एक हि कोखी के भैया बहिनियाँ
एक हि दूध पियायो महतारी ।
भैया जन्मे बाजे आँगन मे बाजा
हमरे जन्मे काहे रोयो महतारी ?

नजिकैको अम्बाको रूखलाई एक फन्को लगाएपछि गुडिया आफ्नो गुड्डासित ससुराल पुगी । एकैछिनमा गुड्डीले पेट बोकी । गुड्डा भने रेल चढेर कमाइ गर्न परदेश लाग्यो । ललिताले रेललाई अर्काको खसमलाई आफ्नो जालमा पारेर टाढा लैजाने सौताका रूपमा कल्पना गरी र गुडियाको भाकामा गाई– *रेलिया होई गै मोर सवतिया, पिया कै लादी लै गे हो ।*

एकैछिनमा हल्ला भयो, "अब गुडियाले बच्चा पाउने बेला आयो ।"

पार्वतीले भनी, "मेरी रश्मि दिदीले अब बेटी पाउँछे ।"

ललिताले भनी, "बेटी भयो भने शादीमा बहुत तिलक दिनुपर्छ । बेटा ठीक हुन्छ ।"

सबैले ललिताको समर्थन गरे । पार्वतीलाई पनि दाइजो दिन नसकेर जलेर मर्नुभन्दा छोरो नै जन्मिएको ठीक लाग्यो । उसले पिहर जाने बेलामा रेश्मालाई बाबुआमाले भनेको पनि सम्झिई, "बिटिया नजन्माउनू ।"

गुड्डा परदेश गइसकेपछि पेट बोकेकी गुड्डीलाई हातमा नचाउँदै पार्वतीहरूले फेरि अर्को गीत गाए– *मोरे पिया हमका आवै ओकाई । मोरे पिया हमका भावै खटाई ॥*

एकछिनपछि नै गुड्डी सुत्केरी भई ।

ललिताहरूले कपडाकै अर्को सानो गुड्डा बनाएर गुड्डीको छेउमा राखिदिए । गुडियाको छातीमा टाँसिदिएर नवजातलाई दूध पनि खुवाउन लगाए ।

सुत्केरीपछि गुड्डीले *पानी भराइ*को परम्परा पूरा गरेर चोखिनुपर्ने भयो । त्यसैले ऊ गाग्री बोकेर कुवानिर गई । उसका पछिपछि गीत गाउँदै बालिकाहरू पनि कुवासम्म गए । गुड्डीको हात समातेर पार्वतीले कुवाको पूजा पनि गरिदिई । टाउकोमा पानी भरिएको गाग्री बोकेर गुड्डी घर आई । परालको जुँगा लगाएर अर्की केटी गुड्डीको देवर बनी । देवर बनेकी केटीले भाउजूको बाटो छेकी । उसले पानी भराइको नेग नलिएसम्म भाउजूको शिरबाट गाग्री उतारिदिइन । तोता छाप दियासलाईको खोलले बनाएको पैसा नेगका रूपमा दिएपछि बल्ल देवर बनेकी बालिकाले गुड्डीको शिरबाट गाग्री उतारिदिई ।

यी सबै प्रक्रिया पार्वती र उसका साथीहरूले कुशल अभिनयमार्फत अभिव्यक्त गरेका थिए ।

केही महिनाअघिको कुरा हो । आमासँग बजार गएका बेला फोहोर फाल्ने ठाउँमा पार्वतीले एउटा खेलौना मोटरगाडी फेला पारेकी थिई । त्यसको अगाडिको पाङ्ग्रा थिएन । पार्वतीले खपडालाई पाङ्ग्राको आकारमा घोटेर त्यसमा फिट गरेकी थिई । पार्वतीले उति बेलै निधो गरेकी थिई, "रश्मि दिदीले बेटवा पाउँछे । अनि त्यही बेटवालाई दिन्छु, यो मोटरगाडी ।"

उसले त्यो खेलौना जतनले राखेकी थिई ।

गएको अक्षयतृतीयामै पार्वतीको गुडियाको बिहे सविनाको गुड्डासित हुने पक्कापक्की भएको थियो । सविनाले दाइजोमा त्यही गाडी मागी । बस्, के थियो, सविना र पार्वतीको झगडा परिहाल्यो । दुवैले एकअर्कालाई भुत्ल्याए । पार्वतीले भनी, "तँ बहुत हुज्जती छेस् । एक्खट दुक्खट खेल्दा पनि बैमानी गर्छेस् । अब तेरो र मेरो बातचित बन्द ।"

सविनाले पनि रिसाएर भनी, "आजदेखि मेरो गुड्डा र तेरी गुडियाको पनि कट्टी भयो ।"

यसरी उनीहरूका गुड्डागुड्डीको बिहे भाँडिएको थियो ।

त्यही इखले पनि पार्वतीले ललिताको गुड्डासित आफ्नो गुडियाको बिहे गरिदिने निर्णय गरेकी थिई । उसले बिहेमा सविनालाई बोलाइन । सविनाले पनि आफ्ना साथीहरूसित कुरा काटी, "पार्वतीको गुडिया छिनार हो । त्यो पतिविरता छैन । त्यसले पहिला मेरो गुड्डालाई भतार बनाउन खोजेकी थिई । अहिले ललिताको गुड्डालाई भतार बनाई । त्यसले दहेज पनि दिन सक्दिनँ ।"

केटाकेटीलाई गुडियाको चरित्रसित मतलब थिएन । उनीहरूलाई त रमाइलो गर्ने बहाना चाहिएको थियो । त्यसैले हिजो सविनाबाहेक गाउँका सबै केटाकेटी बिहेमा सरिक भएका थिए ।

यो सबै खेल सकिँदा झमक्क साँझ परिसकेको थियो ।

गुडियालाई ललिताको जिम्मा लगाएर पार्वती घर फर्किएकी थिई । अलिकति उदास भने थिई ऊ । रेश्माले गाउँ छाडेर जाँदा पनि ऊ यसरी नै उदास भएकी थिई । गए राति पनि अबेरसम्म उसले रेश्मालाई सम्झिरही र रेश्मा जस्तै चिटिक्क पारेको गुडियालाई पनि सम्झिरही ।

सात : ब्राकेटभित्रको कथा

(समालोचकले नभने पनि यस पटक मैले नै कथावाचन रोकेँ । किनभने छेउकै अर्को घरबाट एउटी युवती खित्का छाडीछाडी हाँसिरहेको आवाज आइरहेको थियो । र कुनै पुरूषले उनलाई हकारिरहेका थिए, "हाँस्नु छैन कदापि नारीहरूले, वेश्या हुन्या हाँस्तछन् ।"

युवतीले पुरूषको कुरा टेरिरहेकी थिइनन्, लगातार हाँसिरहेकी थिइन् ।

के ती युवती वेश्या थिइन् ?

समालोचकले गहिरिएर मेरो अनुहारमा हेरे । सम्भवतः उनलाई मेरो मनमा उत्पन्न भएको भयानक प्रश्नबारे जानकारी भयो । उनले भने, "जहाँबाट आवाज आइरहेछ, त्यो मेरी स्वास्नीको माइती हो ।

त्यो वेश्या अहिले मेरो घरको भित्ताबाट त्यो घरको पर्खालमा पुगेकी छ ।"

म चकित भएँ र फेरि प्रश्न गरें, "अनि त्यो पुरूष आवाज कसको हो ?"

उनले सहज किसिमले उत्तर दिए, "महाकवि भानुभक्त आचार्य ।"

मलाई भनन्न रिँगटा लाग्यो । एकछिनलाई जगतै अँध्यारो देखें । तर सोचें, आदिकवि भानुभक्त पो बितिसके । महाकवि भानुभक्तहरू त समाजमा जताततै जीवित छन् ।

मलाई कताकता हराएको देखेर उनले भने– "महाशय, कथा जारी राख्नुस् ।")

आठ : ब्राकेटबाहिरको मूल कथा

राति सपनामा पार्वतीले आफ्नी गुडियालाई सजीव भएको देखी । गुडियाको अनुहारमा करौंदाको रातो मिसिएको थियो । गुडियाले रेश्माकै जस्तो टिकुली लगाएकी थिई । र लगाएकी थिई, रेश्मा बिदा भएर जाँदाकै जस्तो सितारा भरेको चोलो र हरियो धोती । गुडियाको आवाज पनि रेश्माकै जस्तो थियो । तर त्यो आवाजमा खुसी थिएन । गुडियालाई दुःखी देखेर ऊ पनि दुःखी भई । उसले गुडियासित सोधी, "दिदी, तँ किन उदास भएकी ? किन तेरो आवाजमा खुसी छैन ?"

गुडियाले भनी, "बहिनी, तैंले दाइजोमा मोटरकार दिइनस् । त्यसैले मलाई दुलहाले पिटिरहन्छ । उसका बप्पा र महतारीले पनि मलाई पिटिरहन्छन् । मलाई मिट्टीको तेल हालेर जलाइदिन्छु भनिरहन्छन् । यस्तो माहोलमा म कसरी खुसी हुन सक्छु ? कसरी हाँस्न सक्छु ?"

पार्वती सपनाबाट ब्युँझिई । तर उसले सपना हो भनेर चित्त बुझाउन सकिनँ । उसको मन अस्थिर भइरह्यो ।

ऊ घाम नउदाउँदै उठी । मुख पनि धोइन । रेश्माको छोराका लागि भनेर काठको सन्दुकमा लुकाएर राखेको खेलौना मोटरगाडी

झिकी । उसलाई कति बेला ललिताको घर पुग्नु जस्तो भइरह्यो । ऊ हतारहतार घरबाट निस्किई ।

बाटोमा उसले गाउँको पुछारमा रहेको कुवामा पानी लिन गाग्री लिएर गइरहेका रेश्माकै उमेरका गाउँले दिदीहरू देखी । ती सबै माइती आएका थिए । कसैको अनुहार पनि उज्यालो थिएन । कसैको ओठमा पनि मुस्कान थिएन । सबैको अनुहार र शरीरमा चोटका दागहरू थिए । उसले कराएर सोधी सबैसित, "ओ पनिहारिन दिदीहरू, तिमीहरूको उनहार र देहीमा कसरी चोट लाग्यो ?"

सबैले एक स्वरमा जवाफ दिए, "ससुरालमा पानी लिन दूरदूर जानुपर्छ । डगर बहुतै खराब छ । गगरी पनि भारी छ । पैर बारबार फिसलिन्छ । त्यही मारे हाम्रो उनहार र देहीमा चोट लागेको हो ।"

ऊ ललिताको घर पुगी । बाहिरैबाट ललितालाई कराएर बोलाई । धेरै बेरसम्मै बोलाउँदा पनि कोही ननिस्किएपछि बिस्तारै घरको ढोका खोली । भित्र ललिता थिइन । ललिताका बाबुआमा पनि थिएनन् । ऊ आत्तिई । अचानक कोठाको एउटा अँध्यारो कुनामा उसले कसैलाई सुँक्कसुँक्क रोइरहेको देखी । नजिक गई । त्यो ललिताकी बहिनी सीता थिई ।

"तँ किन रोइरहेकी, सीता ? ललिता खै ? अनि तेरो बप्पा र माई खै ?"

"मेरी दिदीलाई उसको खसम र साससससुरले जलाएर मारेछन् । सबै उसलाई माटी दिन गएका छन् ।"

सीताको जवाफ सुनेर पार्वतीको मन आगोले पोले जस्तो भयो । ऊ अझ आत्तिई ।

सीता सुँक्कसुँक्क रोई नै रही ।

पार्वतीलाई ललिताले टिनको बक्सामा आफ्नो गुड्डासँगै बिहा गरेर ल्याएको उसकी गुडिया पनि राखेकी छ भन्ने थाहा थियो । सीता बसेकै ठाउँनिर थियो त्यो बक्सा । पार्वतीले हतारहतार बाकस खोली ।

उसले बाकसभित्र भेटी ललिताको गुड्डा र आफन्त बनेर बिहेमा आएका गुड्डाका आमाबुबाहरू । ललिताले बनाएका अरू धेरै गुड्डा पनि भेटी उसले । रेश्मालाई भेटिनँ । पार्वती आत्तिई । उसले सीतासित रून्चे स्वरमा सोधी, "तैंले रातो टिकुली, सितारा जडेको चोली र हरियो धोती लगाएकी मेरी गुडियालाई देखिस् ? त्यसको उनहार करौंदा जस्तो हल्का रातो थियो ।"

"राति यहाँ सविना आएकी थिई । गुडियाको शादीमा उसलाई नबोलाएकोमा बहुत गुस्साएकी थिई । बिनादहेज आफ्नो गुड्डाको तिम्रो गुड्डीसित बिहाव गराएको भनेर ललितालाई भड्काई । अनि ललिताको पनि दिमाग खराब भैहाल्यो ।"

सीताको कुरा सुनेर पार्वतीको मन झनै आत्तियो । रेश्मालाई भेट्न ऊ अझ व्यग्र भई । उसले सोधी, "खै, मेरी रेश्मा ? मलाई उसलाई जसरी भए पनि भेट्नु छ ।"

सीताले अप्ठ्यारो मानीमानी जवाफ दिई, "तेरी गुड्डीलाई त ललिताले राति नै जलाएर खतम गरिदिई ।"

पार्वती हेरेको हेर्‍यै भई । उसको नशाभित्र शीतलहर चल्यो । मुखभित्र थुक सुक्यो र जिब्रो तालुमा टाँस्सियो । आँखामा पानीवाला बादल फैलियो । जियरामा आरी चल्यो ।

उसको हातबाट मोटरगाडी खस्यो ।

उसलाई लाग्यो, उसकी दिदी रेश्मा दोस्रो चोटि मरी ।

पार्वती खुब रोई । तर गाउँलेहरू कोही पनि ऊसँग रोएनन् । किनभने सबैलाई थाहा छ, जति रोए पनि यो गाउँमा जन्मने हरेक केटीहरू दुई चोटि मर्नैपर्छ । एक चोटि आफैं, एक चोटि गुडियाका रूपमा । त्यसैले त गाउँलेहरू छोरी जन्मनेबित्तिकै रून्छन् र तिनको मृत्युमा भने मौन हुन्छन् ।

अचेल घरमा पार्वतीको पनि बिहेको कुरो चल्न थालेको छ । यसपालि नागपञ्चमीको दिनदेखि उसले पनि बनाउन थालेकी छ, रङ्गीचङ्गी कपडाको एउटा गुडिया । आफू जस्तै देखिने गुडिया ।

चैतको रामनवमीका दिन उसको गुडिया तयार हुन्छ । त्यही रात कुनै सुत्केरीको दूधले नुहाइदिएपछि गुडियामा उसको आत्माको अंश पस्छ । त्यसपछि उसले रातिराति एकान्तमा गुडियालाई रेश्मा दिदीले जस्तै गीत सिकाउनेछे । किनभने पार्वतीलाई थाहा छ, बिहे गरेर पिहर जाँदा त्यो गीत उसको ओठबाट छुट्नेछ । त्यसपछि नैहरमा यही गुडियाले नै खाँडसारीमा भर्खर पकाएको उखुको गाढा रस मिसिए जस्तो आवाजमा हरेक रात गीत गाउनेछ । आफूलाई माया गर्ने प्रेमी या पतिको सम्झनामा आफ्ना सबै रहर, आशा र सपनाहरूले भरिएको त्यही गीत– *जब से देखी तोरे सुरतिया प्यारी । मोरे जियरा पे चलत है आरी ।*

नौ : ब्राकेटभित्रको बाँकी कथा, जसलाई ब्राकेटमा राख्न सकिएन

कथा सुनिसकेपछि समालोचक महोदय करिब एक शताब्दी मौन भए । त्यसपछि उनले नजिकैको टेबलबाट सादा कागज टिपे र केही लेख्न थाले । एकैछिनपछि उनले त्यो कागज मलाई दिए ।

"यसमा तपाईंको यो ताजा कथाबारे मेरा केही धारणाहरू छन् । एक पटक घर गएर राम्ररी मनन गर्नुहोला ।"

म कागजसहित घर आएँ । आउनासाथ मैले कागजमा लेखिएका टिप्पणीहरू पढ्न थालें । टिप्पणी लामै थियो । मेरो ध्यान सोझै उनले लेखेका अन्तिम दुई टिप्पणीमा पुग्यो–

१. कथामा गुडियालाई बोल्न नदिनुस् । गुडियाहरू बोल्दैनन् । बोल्न दिनु पनि हुन्न । कथा अस्वाभाविक हुन्छ ।
२. यस्तो कथा लेख्नुभन्दा उखु खेतीमा लाग्नुस् । किनभने तपाईंलाई खाँडसारीमा पकाएको उखुको गाढा रसप्रति विशेष मोह रहेछ ।

मलाई त्यसपछि अगाडिका टिप्पणीहरू पढ्न मन लागेन । मैले अनिच्छापूर्वक कागज पल्टाएँ । पछाडि पनि केही लेखिएको थियो ।

त्यो मेरो कथाबारे लेखिएको टिप्पणी थिएन । त्यो उनकी पत्नीको चिठी थियो ।

चिठीमा लेखिएको थियो– समालोचकज्यू, अब म तपाईंलाई पतिपरमेश्वर मानेर तपाईंको पाउमा पसारिन त्यो घरमा फर्केर आउँदिनँ । त्यो घर मेरा लागि घर होइन, मेरो रहर, सपना र आशाहरूको चिहान हो । मलाई चिहानमा बस्नु छैन । भोग्नु छैन, मलाई रेश्मा र पार्वतीको नियति । सहनु छैन, मलाई तपाईंको अत्याचार र बलात्कार । चलाउनु छैन मलाई जियरामा आरी । मलाई बाँच्नु छ । मलाई स्वतन्त्र हुनु छ । मलाई गुडिया बनेर जल्नु छैन ।

सलमा सितारा

एक

लबरू हतारिँदै आए र आँगनको अरगनीमा भर्खरै धोएको गम्छा सुकाइरहेका रामधनसित स्याँस्याँ गर्दै सोधिहाले, "अरे, रामधन भैया, यो बताऊ, तिम्रो बिटिया सपनाको उम्र कति भयो ?"

हरेक दिन छोरीको उमेरको हिसाब गरिरहने रामधनलाई यो प्रश्नको उत्तर दिन के गाह्रो हुन्थ्यो ! तुरून्तै जवाफ दिए, "आसौं साउनमा इक्किस पूरा हुन्छे । अब बियाहको ठीक टेम भयो । कौनो अच्छा लरिका कहीँ देखेका छौ भने जरूर बताउनू ।"

लबरूको अनुहार उज्यालो भइहाल्यो । रामधनले बिहेको कुरा चुहाउनेबित्तिकै उनले एकोहोरो बोल्न थालिहाले, "म तिमीकहाँ अहिले किन बेकहे बुलाए आएँ भनेर तिम्रो माथा ठन्क्यो होला । खासमखास बात के हो भने, मैले एउटा लरिका देखेर आएको छु । अम्बापुरका शिवदासको बेटा । नाम लछमन हो । तिमीले आँख मुदेर बिटियालाई त्यो घरमा दिए पनि कौनो फरक पर्दैन । लरिकाका बाप महतारी पनि भलमानस छन् । शिवदास त माछमसली पनि नखाने कण्ठीधारी हुन् । महतारी लीलावतीमा बस्, एकै कसर छ । पारसाल उनको आँखामा गुहेरीको दाना आएको थियो । बजार गएर ठीकसित दवाइउवाइ गरेको भए ठीक भइहाल्थ्यो । तर गाउँमा कच्चा निम हकिमको चक्करमा

फसेर आँखमा अन्टसन्ट दबाई लगाइन् । ओकर बाद उनको आँखको रोशनी पनि बुतिहाल्यो । पहिला दायाँ आँखको बत्ती गुल भयो, बादमा बायाँमा पनि बादल लागिहाल्यो । आजकल दिनभर ओसारामा सुत कातेर बसिरहन्छिन् । तर सुत भने बहुत अच्छा कात्छिन् । बजारमा उनले कातेको सुतको बहुत डिमान्ड छ । बडा बेटा कमासुत छ । मुन्सिपाल्टीमा मेहतरको परमानेन्ट नुकरी गर्छ । उसको पार साल सोनारी गाउँको रामनरेशकी बिटियासित बिहाव भइसक्यो । छोटकुको पनि उडरापुरमा बिहाव फिक्स भइसकेको छ । बस्, मझला लरिकाको बात सल्टियो भने आगे साल उसको पनि बिहाव गरिदिन्छन् । मैले मझला बेटाको लागि तिम्रो बिटियाको बात चलाएर आएको छु । त्यो घरमा तिम्रो बिटियाले सौ फिसदी शान्ति पाउँछे । ना-नुकुर केही नगरेर, आँख मुदेर बिटिया बिदा गरिदिए फरक पर्दैन ।"

लबरूको आत्मविश्वासपूर्ण बेलीबिस्तार सुनेपछि रामधन गम्भीर भए ।

"अच्छा तो रामधन भैया, मैले आफ्नो डिप्टी निभाएँ । अब तिम्रो मर्जी । घरमा भौजीसित सलाह मसबिरा गरेर नरसों बिहानसम्म मलाई जवाफ दिनू । त्यो दिन दोपहरीमा मेरो अम्बापुर जाने काम पनि छ । लगे हात सपनाको बियाहको कुरा पनि फैनल गरेर आउँछु ।"

यति भनेर लबरूले गम्छाले निधारको पसिना पुछे, रामराम भने र गइहाले ।

***

रामधनले जस्तो छोरीलाई माया गर्ने गाउँमा अरू को थियो र ! गाउँमा अरूहरूले छोरीहरूलाई पराईधन ठान्ने गरे पनि उनले त्यस्तो कहिल्यै ठानेनन् । गाउँमा उनले कसैकी छोरीलाई पनि सम्मानसहित हुर्किएको देखेकै थिएनन् । छोरी जन्मँदा गाउँमा कोही पनि हाँसेको थाहा थिएन । दाइजोको पीरले छोरी जन्मनासाथ सबैको हियामा पीडा हुन थालिहाल्थ्यो । यस्तोमा छोराछोरीमा भेद गर्नुहुँदैन भनेर खै कसरी रामधनको दिमागमा स्थापित भएको थियो कुन्नि ! शारीरिक

रूपले निकै कमजोर मिहिरालाई मुटु दुख्ने रोग थियो । दिन बिराएर झारफुक गरिरहनुपर्थ्यो । कागतीमा ल्वाङ गाडेर सात चोटि शिरमा उल्टो घुमाउनुपर्थ्यो । त्यसैले रामधनले सन्तान थप्ने रहरै गरेनन् । गाउँघरमा भने यो कुरा पनि चर्चाको विषय भएको थियो ।

"सायद रामधनको हतियारमै दम छैन । पहिलो बच्चा पनि बिटिया भयो । ओकरबाद अरू बच्चा हुँदै भएन ।"

गाउँमा अझै पनि बेलाबखत यस्तो चर्चा हुने गर्थ्यो । धेरैले चाहिँ सारा दोष रामधनकी जनानी मिहिरामाथि नै थोपर्थे, "रामधन त ठीकठाक देखिन्छ । बरू भौजीमै खोट हुनुपर्छ । बेटा पैदा गर्न नसक्ने जनानी त बझिनिया बराबर हो । बिनाबेटाको गिरहस्थी कसरी चल्छ ? बुढौतीमा बहुतै दुःख पाउँछ रामधनले । जस्तो भए पनि एक अदद कमासुत बेटवा त जरूर चाहिन्छ । मिरतुपछि लहासमा माटी दिने पनि त कोही चाहियो । बिनाबेटा त रामको भजन गाउन पनि मजा हुन्न ।"

तर यस्ता कुरा रामधनले सुनेको नसुन्यै गरिदिन्थे । मिहिरालाई पनि सम्झाउँथे, "अब सन्तानको इच्छा नगर् । बिटियालाई नै माया गरेर लालनपालन गर्नुपर्छ । एउटै सन्तान भयो भने बिटियालाई राम्रो इस्कुलमा पढाउन पनि सक्छौं । बाप महतारीलाई बिटियाले जति पिरिम कुनै बेटवाले पनि गर्दैन ।" उनीहरूले छोरीलाई मुटुकै टुक्रा जसरी हुर्काएका थिए । नाम पनि सपना राखेर आफ्ना सबै सपना छोरीका आँखामा थपक्क राखिदिएका थिए । सायद त्यसैले चहकिला थिए, सपनाका आँखा ।

दुई

कृष्णविक्रम अनेकअनेक सपना देख्थे । एक से एक डरलाग्दा सपना । वर्षौंअघि सुरू भएको डरलाग्दो सपनाको यस्तो शृङ्खला आजपर्यन्त जारी थियो । मानौं, सपनाले साँप भएर उनको निरन्तर पिछा गरिरहेछ र उनलाई डसेरै छाड्ने निश्चय गरेको छ ।

भयावह सपनाहरूबाट पिछा छुटाउनकै लागि उनी मधेस छाडेर काठमाडौं आएका थिए । उताको घरखेत बेचेर यतै जमेका थिए । तर सपनामा उनले बनाएको नयाँ घर पनि डरलाग्दो सुरूङमा परिणत हुन्थ्यो । अँध्यारो र आतङ्कित पार्ने सन्नाटाले भरिएको सुरूङ । अचानक सुरूङभित्रको सन्नाटालाई चरक्क चिर्दै कुनै अबोध बालिकाको चिच्याहट सुनिन्थ्यो । त्यो आवाजको आतङ्क उनको मस्तिष्कमा गाडिएको वर्षौं भएको थियो । उनको मस्तिष्कमा बसेर चिच्याइरहेको त्यो बालस्वर उनको सपनाबाट कहिल्यै गायब हुन सकेको थिएन । त्यो आतङ्क अनेक अमूर्त आवाज र डरलाग्दा आख्यानका रूपमा उनका सपनामा प्रकट भई नै रहेको थियो ।

अस्ति सपनामै उनले अँध्यारो सुरूङमा बलियो शरीर र कठोर हेराइ भएको एउटा युवकलाई देखेका थिए । ऊ पूरै नग्न थियो । उत्तेजित लिङ्ग लिएर ऊ नृत्य गरिरहेको थियो । पार्श्वबाट डमरू बजिरहेको थियो । डमरूकै तालमा मन्त्रोच्चारण पनि भइरहेको थियो–

जटाटवीगलज्जलप्रवाहपावितस्थले
गलेऽवलम्ब्य लम्बितां भुजङ्गतुङ्गमालिकाम् ।
डमड्डमड्डमड्डमन्निनादवड्डमर्वयं
चकार चण्डताण्डवं तनोतु नः शिवः शिवम् ॥

रावण झैं ताण्डव नृत्य गरिरहेको त्यो सर्वाङ्ग नग्न युवकका अगाडि टुसुक्क बसेकी थिई, एउटी छसात वर्षकी अबोध बालिका । उसले नृत्य हेर्न सकिरहेकी थिइन । ऊ डराएकी थिई । आँखाबाट आँसु बगिरहेका थिए । उसका ओठ बोल्नै नसकेर काँपिरहेका थिए । ऊ हात जोडेर याचनामय मुद्रामा बसेकी थिई । उसलाई थाहा थिएन, उसको अगाडि यसरी ताण्डव देखाउने भगवान् शिव हुन् या दैत्यराज रावण । ऊ रूँदै निरन्तर याचना गरिरहेकी थिई, "मलाई डरलाग्यो । म घर जान्छु ।"

बालिकाका आँखाबाट बगिरहेको आँसु बिस्तारै नदी बनेको थियो ।

सपनामै कृष्णविक्रम त्यो नदीको बीचमा उभिएका थिए । उनको पाउ आँसुले भतभत पोलिरहेको थियो । उनलाई आँसु होइन, आगोको नदीमा उभिएको आभास भइरहेको थियो । आगोको पीडा सहन नसकेर उनी हठात् आत्तिँदै सपनाबाट ब्युँझिएका थिए ।

छेउमै सुतिरहेकी उनकी श्रीमती सरला पनि ब्युँझिएकी थिइन् । उनलाई श्रीमान्ले फेरि कुनै डरलाग्दो सपना देखे भन्ने थाहा भइहाल्यो । उनी हरेक दिन यसरी नै त अतालिँदै ब्युँझिन्थिन् । बिहे गरेर आएदेखि नै उनी सपनाको यस्तो आतङ्कलाई बेहोर्दै आइरहेकी थिइन् । र उनलाई कुन सपना देख्दा कृष्णविक्रमको शरीर कसरी काँप्छ, उनको घाँटीबाट कस्तो खालको आवाज निस्कन्छ र उनी कसरी ब्युँझिन्छन् भन्ने थाहा भइसकेको थियो ।

उनले सरल किसिमले सोधिकी थिइन्, "आज पनि ताण्डव नृत्य देख्नुभयो ?"

कृष्णविक्रमलाई सरलाको प्रश्न पनि व्यङ्ग्य जस्तो लागेको थियो । उनले केही जवाफ दिएका थिएनन् ।

सुरूसुरूमा कृष्णविक्रमलाई आफ्नै सपनाले यसरी वर्षौंसम्म अत्याइरहला भन्ने थाहा थिएन । उनलाई लाग्थ्यो, केही अन्तरालपछि उनी यस्ता सपनाहरूबाट मुक्त भइहाल्नेछन् र फेरि मीठा सपनाको आनन्दमा उनको निद्रा गाढा हुनेछ । तर अफसोस, स्वप्न आतङ्कको समयसीमा निरन्तर बढ्दै थियो । अनि उनलाई लाग्न थालेको थियो, यस्तो सपनाले उनलाई जीवनपर्यन्त पनि छाड्नेछैन ।

आज बिहानपख पनि उनी हल्का झकाउन मात्र के लागेका थिए, आफ्नो निधारमा पानीका थोपाहरूको स्पर्शले ब्युँझिहाले । भर्खर नुहाएर आएकी सरला पलङनिर उभिएकी थिइन् । उनको अनुहार खुसीले धपक्क थियो । उनलाई आभास भइहाल्यो, आज सरला कुनै नयाँ र सुखद कुरा सुनाउने तरखरमा छिन् ।

"के पार्टी अध्यक्षले म मन्त्री बन्दै छु भनेर फोन गरे ?" कृष्णविक्रमले अल्छी आवाजमा सोधे । मन्त्री त उनी पहिला पनि भइरहेकै हुन् ।

यो उनका लागि कुनै नयाँ कुरा पनि होइन । तर यस पटक उनले चाहेको मन्त्रालय नपाउँदासम्म मन्त्री नबन्ने धारणा पार्टी अध्यक्षसमक्ष व्यक्त गरिसकेका थिए । उनलाई थाहा थियो, ढिलोचाँडो त्यो मौका अवश्य आउँछ । राजनीतिको यो खेलमा कुन गोटीले कति बेला र कसरी काम गर्छ भन्ने उनलाई राम्ररी थाहा थियो । अस्ति भारतीय राजदूतले पनि एउटा पार्टीमा उनलाई हाँस्दै भनेका थिए, "मिस्टर कृष्णविक्रम, तपाईं तगडा खेलाडी हुनुहुन्छ । राजनीतिमा तपाईंको भविष्य उज्ज्वल छ ।"

"मन्त्री बन्ने त ठेगान छैन । तर अब चाँडै तपाईं बाउ भने बन्दै हुनुहुन्छ ।"

सरलाको जवाफले जिल्ल परे कृष्णविक्रम । यो त उनले वर्षौंदेखि सुन्न चाहेको कुरा थियो । बाबु बन्नका लागि उनले केके उपाय गरेनन् ! आफ्नो र सरलाका अनेक उपचार गरे । धेरैपल्ट धामीझाँक्री लगाएर झारफुक पनि गराए । सन्तानेश्वर महादेवमा पूजापाठ पनि लगाए । अब भने बिहे गरेको १५ वर्षपछि बल्ल उनी बाबु बन्न लागेका थिए । मन्त्री त यसअघि नै बनिसकेका थिए । अब भने उनलाई आफू यो पृथ्वीकै चक्रवर्ती सम्राट् बनेको आभास हुन थाल्यो । शिरमा सूर्यधारण गरेर सात ओटा घोडाको रथमा अन्तरिक्षभरि हर्षपूर्वक विचरण गरिरहेको पनि आभास हुन थाल्यो । उनले तत्काललाई सपनाको आतङ्क बिर्सिहाले । सरलालाई भावावेशमा जोडले आफ्नो छातीमा टाँसे र गालामा गाढा चुम्बन गर्दै भने, "धन्यवाद सरला, अब मेरा जीवनका बाँकी सपना मेरो छोरोले पूरा गर्नेछ ।"

सरलाको अनुहारको रौनक अलिकति कम भयो । उनी श्रीमान्‌को छातीबाट हटिन् र सोधिन्, "के छोरीले तपाईंका सपना पूरा गर्दिनन् ?"

कृष्णविक्रमले प्रश्नको जवाफ दिएनन् । सरलाको प्रश्न, एउटा अग्लो पहाड भएर उनकै मनभित्र बस्यो र बसिरह्यो ।

तीन

"हाम्री छोरी सपनाले हामीलाई छोडेर जाने भई ।"

शिवदासको माइलो छोरासित सपनाको बिहेबारी पक्कापक्की गरेर आएको दिनदेखि यही कुरा रामधनले मन्त्र जस्तै पटकपटक मिहिराका सामु दोहऱ्याइरहन्थे । मिहिरा पनि सपनाको अनुपस्थितिको कल्पना गर्दै उदास हुन थालेकी थिइन् । यति हुँदा पनि उनीहरूले "छोरो भइदिएको भए हामी यसरी एक्लाएक्लै हुने थिएनौं" भन्ने कुरा सोचेनन् ।

"अम्बापुर कति टाढा हो र ! एक घण्टामा आउन सकिन्छ । बियाह गरेर गए पनि म बेलाबखत बिहान आफैं त्यहाँ गएर सपनालाई यहाँ लिएर आउँछु । दिनभरि यहीँ राखेर साँझको टेममा फेरि अम्बापुर मै पुऱ्याइदिन्छु । दुईअढाई कोसको दूरी पनि कौनो दूरी हो ?"

रामधनले यति भनेपछि मिहिराको पनि चित्त शान्त भयो ।

बिहान रामधनले सुटुक्क मिहिरासित सोधे, "हामीले बिटियाको बियाह त तय गरिदियौं । तर ऊ खुस छ कि छैन ? कोही अरू नै लरिकासित उसको पिरिमउरिम छ कि ? सोध् ऊसित । बियाह भन्ने कुरा सन्तानको मर्जीअनुसार गर्नुपर्छ । नत्र जीवनभर पछतावा रहन्छ । न लछुमनले सुख पाउँछ, न सपनाले ।"

"चिन्ता नलेऊ, सपना खुस छ," मिहिराले रामधनलाई ढुक्क पार्ने प्रयास गरिन् ।

"सपना खुस छ भनेर तँलाई कसरी पता लाग्यो ? तँ कौनो अन्तरजामी थोडै होस् ?" रामधनले संशय प्रकट गरे ।

"अरे, सपना ककडीको बेल थोडै हो ? ऊ त मेरो गोदीमा खेलीखेली बडवार भएकी चँदरमा हो । उसको उनहारको रौनक देखेरै ऊ खुस छ कि छैन भनेर मलाई पता चलिहाल्छ । मेरो विसुवास छैन भने, झ्यालबाट झाँकेर हेर । सपना कोठामा कसरी मुस्कुराएर बसिरहेकी छ । दुःखी भएर कोही त्यसरी मुस्कुराउन सक्छ ?"

अझै पनि मिहिराको कुरामा संशय नै थियो उनलाई । उनी झ्यालनिर गए । भित्र हेरे । नभन्दै डेहरीनिरको भित्तामा अडेस लागेर उनकी प्राणप्यारी बिटिया मुस्कुराइरहेकी थिई । उसको मुस्कानले कोठा नै जगमगाइरहेको थियो ।

ढुक्क भए रामधन । बाहिरबाटै बिटियालाई जिस्क्याए, "एई सपना, बिदाइको बेलामा पनि यसरी नै खुस भइरहनू । म तँ रोएको देख्न सक्दिनँ । तेरो आँसु त मेरो लागि तेजाब हो । त्यसले त मेरो हियामा आग लगाउँछ ।"

सपनाले केही जवाफ दिइनन् । बस्, एकनासले मुस्कुराइरहिन् ।

"बियाहको दिन अब बहुत टाढा छैन । भोलि घरको दिवालमा चित्र बनाउनुपर्छ ।"

मिहिराले यति भनेपछि रामधन घरबाट हिँडिहाले । साँझसम्म उनले चित्र बनाउन गेरू, गाईको गोबर, हल्दी र अरू रङ पनि ल्याइसकेका थिए ।

भोलिपल्ट बिहानै मिहिराले घरभित्रको पूर्वी भित्तामा गेरूले चौकोर आकार बनाइन् र त्यसभित्र विभिन्न रङले कमलको पात, बाँस र केराको रूख, माछा, नागनागिन, चन्द्रसूर्य र हात्तीघोडाका चित्र पनि बनाइन् । ती सबै चित्र अखण्ड सौभाग्यका प्रतीक थिए । चौकोर चित्रको ठीक बीचभागमा छोरीले सात जन्मसम्मै असल वर पाओस् भन्ने कामनाका साथ मिहिराले गोबरका सात ओटा ससाना थुम्का पनि बनाइन् ।

चित्र साह्रै सुन्दर थियो । रामधन त हेरेका हेर्‍यै भए । उनलाई आफ्नो छाप्रो पनि विशाल महल जस्तै लाग्यो । उनले मक्ख पर्दै छोरीतिर हेरे । सपना उसैगरी भित्तामा अडेर लागेर मुस्कुराइरहेकी थिइन् । उनको अनुहार झनै उज्यालो देखे रामधनले । सोचे, छोरीको उज्यालो मुहार देख्न पाउनुभन्दा ठूलो कुरा आमाबाबुका लागि केही नहुने रहेछ । उनले सपनासित भने, "बिटिया, तँ हामी गरिबको घरमा आएकी साक्षात् देवी होस् ।"

सपना केही बोलिनन् । उसैगरी मुस्काइरहिन् । रामधन र मिहिराले सपनाको मुस्कानसँगै कोठाको आकाशभरि सलमा सिताराहरू झलमल्ल टल्किरहेको देखे ।

चार

सुरूङमाथिको चट्टानहरूको एउटा मसिनो कापबाट छिरेको एक धर्सो उज्यालोमा देखिन्छ– अँध्यारो सुरूङभित्र बालिका मुस्कुराइरहेकी छन् । बिस्तारै उनको मुस्कान हाँसोमा परिणत हुन्छ । हाँसो अट्टहास भएर सुरूङभित्र गुन्जिन थाल्छ । बलियो र कठोर हेराइ भएको सर्वाङ्ग नग्न युवकले उनको हाँसो सहन सक्दैन । ऊ चिच्याउँछ, "स्त्रीहरू पुरूषको भोगका लागि बनेका वस्तु हुन् । ती हाँस्नका लागि बनेकै होइनन् । त्यसैले ए बालिका, तँलाई पनि हाँस्न वर्जित छ ।"

तर बालिकाले युवकको भाषा बुझ्दिनन् । उनी हाँसी नै रहन्छिन् ।

नग्न युवकले क्रुद्ध भएर बालिकाको मुख थुनिदिन्छ । मुस्कान, हाँसो, अट्टहास सबै युवकको बलिष्ठ हत्केलाभित्र गिरफ्तार हुन्छन् । उनी बोल्न खोज्छिन्, सक्दिनन् । उनी प्रतिकार गर्न खोज्छिन्, सक्दिनन् । बालिका निसास्सिन्छिन् । उनको पीडा आँसुमा अनुवाद भएर सुरूङभित्र बग्न थाल्छ ।

आँसु फेरि नदी बन्छ । कृष्णविक्रमका पाउ उसैगरी नदीमा डुब्छन् । आँसुको नदीमा आगो लाग्छ र कृष्णविक्रमको आत्मा आँसुको रापमा डढ्न थाल्छ ।

आत्मा डढेको अजिब गन्ध सुरूङभित्र व्याप्त हुन्छ । गन्धले अत्याउँछ, कृष्णविक्रमलाई । अत्यासकै स्थितिमा उनले देख्छन्, बालिकाको मुख थुन्ने युवक क्रुद्ध भावमा उनैतिर हेरिरहेछ ।

कृष्णविक्रम आत्तिँदै ब्युँझिन्छन् । ब्युँझिएको धेरैबेरसम्म पनि उनी सपनासित डराइरहन्छन् । उनलाई लागिरहन्छ, त्यो कठोर युवक यही कोठाभित्रै कतै छ । उनले बत्ती बाल्छन्, कोठा वरिपरि हेर्छन् । युवक कतै छैन । छेउमा सरला निदाइरहेकी छिन् ।

अचानक उनको ध्यान कोठाको पूर्वी भित्तामा बनेको चित्रमा जान्छ । उनी चकित हुन्छन् । राति सुत्ने बेलासम्म उनले कोठामा त्यो चित्र देखेकै थिएनन् । के राति उनी सुतिरहेकै बेलामा सरलाले बनाएकी हुन्, यो चित्र ?

उनले ध्यानपूर्वक चित्र हेर्छन् ।

गेरूले बनाइएको चौकोर कोठाभित्र कमलको पात, बाँस र केराको रूख, माछा, नाग, चन्द्रसूर्य र हात्तीघोडाका चित्र बनेका छन् । चौकोर चित्रको ठीक बीचभागमा गोबरका सात ओटा ससाना थुम्का पनि छन् ।

उनले सरलालाई झकझक्याएर ब्युँझाउँछन् र सोध्छन्, "भित्तामा यो चित्र किन बनाएको तिमीले ? कति नराम्रो देखियो कोठा ।"

सरला अवाक् भएर कहिले रित्तो भित्तातिर र कहिले कृष्णविक्रमको त्रस्त अनुहारतिर हेर्न थाल्छिन् ।

पाँच

वैशाख पूर्णिमाको दिन थियो । अघिल्लो दिन रातिसम्मै झमझम पानी परे पनि बिहानदेखि घाम लागेको थियो । मिहिरा र सपना भर्खर पीपलको पूजा गरेर फर्केका थिए । आँगनमा पुग्नासाथ सपना खटियामा बसेर चिलिम तानिरहेको रामधनको काखमा बस्न आइन् र पीपलको पूजापछि १० ओटा गाँठो पारेर मिहिराले उनको गलामा लगाइदिएको काँचो सुतको माला दङ्ग पर्दै देखाइन् । अचानक उनले केही सम्झिन् र काखबाट फुत्त ओर्लिएर घरभित्र पसिन् । एकैछिनमा उनले हातमा सलमा सिताराले भरिएको कपडाको सानो टुक्रा ल्याएर रामधनलाई देखाउँदै लाडे पल्टेर भनिन्, "म पनि बियाह गर्छु ।"

अस्ति मात्रै कल्याणी दिदीको घरबाट सपनाले गुडियाको लेहङ्गा बनाउन त्यो कपडा ल्याएकी थिइन् ।

"बियाहमा कल्यानी दिदीले यही कपडाको लेहङ्गा लगाएकी थिइन् । म पनि आफ्नो बियाहमा यस्तै सलमा सितारा भरेको लालराल लेहङ्गा लगाउँछु । अनि जरीवाला चोली पनि लगाउँछु ।"

छवर्षे अबोध छोरीको कुरा सुनेर हाँसेका थिए, रामधन र मिहिरा । केही दिनअघि छिमेकी कल्याणीको बिहेको रमझम देखेदेखि नै सपनाले यस्तो हठ गर्न थालेकी थिइन् । रामधनहरूलाई थाहा थियो, यो बालहठ हो र यसलाई फकाइफुल्याई गरेरै शान्त पार्नुपर्छ ।

"कोसित बियाह गर्छेस्, सपना ?" रामधनले जिस्क्याए ।

"राजकुमारसित गर्छु । बडाबडा आँखा भएको । मुछ पनि भएको । घोडामा चढेर गाउँमा आउँछ । म उसैसित बियाह गर्छु ।"

मिहिराले जिस्क्याइन्, "बियाह गरेपछि त तैंले हामीलाई छोडेर पिहर जानुपर्छ । तँलाई हामीहरूको याद आउन्न ?"

बस्, यसपछि भने सपना निकैबेर घोरिएकी थिइन् । उनलाई बाबुआमाको काखभन्दा प्रिय कुरा केही थिएन । धेरैबेर सोचेपछि भनिन्, "बियाह गरेर गए पनि म सुभ्रेसुभ्रे यहीँ नैहरमा आइहाल्छु । अनि दिनभर यहीँ बसेर फेरि पिहर जान्छु ।"

मिहिराले भर्खर मात्र नयाँ कुचोको पूजा सकेर घरको बाहिरी भित्तामा बेसारको छापा लगाउँदै थिइन् । त्यति बेलै सपनाका गुइयाँहरू आएका थिए । र उनी आफ्नो बिहेको कुरा बिर्सिएर साथीहरूसितै खेल्न गएकी थिइन् । सलमा सिताराले भरिएको एक टुक्रो कपडा उनकै हातमा थियो ।

सपना साँझ अबेरसम्म पनि घर नफर्किएपछि रामधन छोरीलाई खोज्न उसका साथीहरूका घरघरमा गए । तर सपना कसैका घरमा पनि थिइनन् । बिहानदेखि रोकिएको पानी फेरि झमझम दर्किन थालेको थियो । बादल पनि जोडजोडले गर्जिरहेको थियो । अलिक परको जङ्गलमा लगातार चट्याङ परिरहे जस्तो देखिन्थ्यो ।

रामधनलाई यो मौसमले कुनै अनिष्टको सङ्केत गरिरहे जस्तो लाग्न थालेको थियो । मानौं उनीहरूको जीवनमा पनि विपत्तिको कालो बादल फाटेर चट्याङ पर्नेवाला थियो ।

अँध्यारो बढेसँगै रामधनको मन आत्तिन थालेको थियो । गाउँभरिका बेसर्मा र बयरका झाडीमा उनले सपनालाई खोजे । रामधनको घर

आउने बाटोमा एउटा सानो कुलो थियो । कुलोमाथि काठको सानो पुलिया थियो । हिजोदेखि रूकीरूकी भइरहेको वर्षाले गर्दा कुलो गडगडाएर बगिरहेको थियो । घर फर्किने बेला त्यही पुलियाबाट चिप्लिएर सपना कुलोमा पो खसिन् कि भन्ने शङ्का पनि लाग्यो रामधनलाई । उनले कुलोमै पसेर पनि निकै खोजे ।

त्यही बेला बर्सादी ओढेर आएका जगतलालले कुलोमा पसेका रामधनसित भने, "मैले साँझतिर बाबुसाहेबले सपनालाई चकलेट दिएको देखेको थिएँ । त्यसपछि उनले सपना बिटियालाई साइकलमा बसाएर आफ्नो कोठीतिर लगेका थिए ।"

रामधनको छिनिनै आँटेको सास फिर्ता आए जस्तो भयो । कोठीमै गएको भए त छोरी पक्कै सुरक्षित छ भनेर ढुक्क पनि भए । उनी गाउँदेखि अलिक पर एकलासमा बनेको विशाल कोठीतिर लागे ।

कोठीमा पुगेपछि उनी एकछिन बाहिरै रोकिए । उनलाई ठूलाबडाको घरमा बिनाअनुमति पस्नुहुँदैन भन्ने थाहा थियो । त्यसैले फाटक खोलेर भित्र पस्ने आँट आएन । उनले बाहिरैबाट छोरीलाई बोलाए, "मेरी प्यारी बिटिया ! जुरतै आऊ ! म तिमीलाई घर लैजान आएको छु ।"

तर धेरै बेरसम्म बोलाउँदा पनि भित्रबाट कुनै प्रत्युत्तर आएन । उनको मनमा चिसो पस्यो । उनले बिस्तारै कोठीको फाटक धकेले । फाटक खुल्यो । उनी यसो भित्र पसेका मात्र के थिए, सलमा सिताराले भरिएको एक टुक्रा कपडा जमिनमा देखे । हावाले गर्दा त्यो कपडा कहिले यता, कहिले उता बत्तिइरहेको थियो । उनको खुट्टा ठाउँको ठाउँ रोकियो । उनको हंसले ठाउँ छाड्यो । उनले अगाडि बढ्ने हिम्मतै गरेनन् ।

छ

फेरि उस्तै आतङ्कित पार्ने सपना र फेरि उस्तै अत्यासलाग्दो सुरूङ । वर्षौं भयो, कृष्णविक्रमले यस्तो सपना देख्न थालेको ।

के यो सपना नदेख्ने कुनै उपाय हुँदैन ?

अनेक विज्ञ र चिकित्सकसित परामर्श गरिसकेका छन्, कृष्णविक्रमले । तर कुनै उपाय र उपचार फेला पारेनन् । बिस्तारै कृष्णविक्रम रातसित डराउन थाले । उनलाई निदाउनै नपरे हुन्थ्यो भन्ने लाग्न थाल्यो । तर त्यसो हुन सकेन । निद्रा भगाउँदाभगाउँदै पनि उनी निदाइहाल्थे र डरलाग्दो सपनाको शृङ्खला सुरू भइहाल्थ्यो ।

अँध्यारो सुरूङमा पनि झमझम पानी परिरहेको छ । पानीमा निथ्रुक्क भिजिरहेको छ, एक नग्न युवक । त्यही युवक, जुन हरेक दिन उन्मत्त भएर उनको सपनामा आउँछ र तर्साउन थाल्छ, एउटी अबोध बालिकालाई ।

सुरूङबाहिर बादल गर्जिरहेको छ । चट्याङ परिरहेको छ र त्यसको उज्यालो बेलाबेला सुरूङभित्र पनि पसिरहेको छ । त्यही उज्यालोमा देखिन्छिन्, सलमा सिताराले भरिभराउ लेहङ्गामा सजिएकी बालिका । उनी सम्भवतः आफ्नो राजकुमारलाई पर्खिरहेकी छिन् । उनलाई विश्वास छ, झमझम परिरहेको पानी थामिनासाथ उनको राजकुमार सात ओटा घोडाको रथमा सवार भएर आउनेछन् र उनलाई उन्मत्त युवकको आतङ्कबाट मुक्त गराएर लैजानेछन् ।

तर पानी रोकिएको छैन । चट्याङ थामिएको छैन र राजकुमारको आगमनमा विलम्ब भइरहेको छ । त्यसैले बालिकाको मनमा अत्यास बढ्दै गएको छ ।

युवक उन्मत्त भैरव झैं उनको नजिकनजिक आउँदै छ । बालिका डराउँछिन् । उनलाई नग्न युवक देखेर घीन लाग्छ । दिगमिग हुन्छ । ठीक त्यही बेला उन्मत्त युवक उनको कलिलो शरीरभित्र प्रवेश गर्छ र उनको आत्माभित्र अश्लील किसिमले ताण्डव गर्न थाल्छ ।

बाहिरबाट बालिकाका पिताको आवाज आइरहेछ ।

"सपना ! मेरी प्यारी बिटिया ! जुरतै आऊ ! म तिमीलाई घर लैजान आएको छु । तिम्री अम्मा पनि परेसान भइसकेकी छन् । उनी तिमीलाई सम्झीसम्झी रोइरहेकी छन् । म आसौं तिमीले भनेकै जस्तो राजकुमारसित तिम्रो बिहाव गराइदिन्छु । तिमीलाई कल्याणी दिदीले

लगाए जस्तै सलमा सिताराको लेहङ्गा पनि सिलाइदिन्छु । जरीवाला चोली पनि बनाइदिन्छु ।"

बालिका आफ्नो उद्धारका लागि पितालाई सुरूङभित्र बोलाउन चाहन्छिन् । तर युवकले उसको घाँटी अँठ्याइदिन्छ । उनको आवाज घाँटीबाट बाहिर आउन पाउँदैन । उनी बिनाआवाज रून थाल्छिन् । उनका आँखाबाट आँसु बगिरहन्छ ।

फेरि त्यो आँसुको नदी बन्छ । कृष्णविक्रम फेरि त्यही नदीको माझमा उभिन पुग्छन् । नदीको आँसु भकभक उम्लिन थाल्छ । कृष्णविक्रमलाई आगोले पोलेको आभास हुन्छ । उनी नदीबाट बाहिर आउन खोज्छन् । तर जतातते आँसु नै आँसु । उनी आँसुको नदीबाट बाहिर निस्कनै सक्दैनन् । उनी आत्तिँदै यताउता तैरिइरहन्छन् । तैरिँदातैरिँदै उनको हातमा अल्झिन्छ, सलमा सिताराले भरेको रातो कपडा ।

कपडाबाट तपतप चुहिन थाल्छ, आलो रगत ।

कृष्णविक्रम रगतको आहालमा निसास्सिन्छन् र कहालिएर सपनाबाट ब्युँझिन्छन् ।

सरला छेउमै निदाइरहेकी छिन् । उनले सरलाको पुटुक्क उक्सिएको पेटतिर हेर्छन् । पेटभित्र सायद उनको छोरो चलमलाइरहेको छ । तर उनलाई लाग्छ, सरलाको पेटभित्र हुर्किरहेको शिशु उनको होइन । उनको सपनामा बारम्बार देखिने त्यही नग्न र क्रूर युवकको हो ।

सात

सपनाको रक्तरञ्जित देहलाई आफ्नै हातले बोकेको १५ वर्ष पूरा भइसकेको थियो । तर आज पनि रामधनलाई सपनाको लास आनै हातमा छ जस्तो लागिरहन्थ्यो । मुस्किलले १८-२० किलोकी थिइन् । तर उनलाई सय किलोको भारी बोकेको आभास भएको थियो । सायद सपनाको देहमा उनकै अबोध सपना र रहरहरूको भारी पनि

थपिएको थियो। सपनाको देहलाई त उनले माटोमा गाडेका थिए। तर बिटियाका आँखामा हरदम तैरिरहने अनेकअनेक सपना र रहरहरूको भारीले आजपर्यन्त उनको मुटुलाई गह्रौं बनाएको थियो।

छोरी नरहे पनि उनका सपना शेष थिए। ती शेष सपनाका कारण रामधनलाई उनकी छोरी अझै आफ्नै घरभित्र छिन् भन्ने आभास भइरह्यो। मिहिरालाई पनि सधैं त्यही आभास भइरहन्थ्यो।

उनीहरूले सपनाको अकाल मृत्यु भइसक्यो भन्ने मान्दै मानेनन्। मिहिरालाई जहाँ जाँदा पनि छोरी पनि पछिपछि आएकी छिन् भन्ने आभास भइरहन्थ्यो। उनले हरेक पीपल पूर्णिमाको दिन १० ओटा गाँठो बाँधेको काँचो सुतको माला छोरीका लागि पनि बनाउँथिन्। रामधनलाई पनि आँगनको खटियामा बसेर चिलिम तानिरहँदा कुनै बेला पनि सपना आएर उनको काखमा बस्छिन् भन्ने लागिरहन्थ्यो।

मिहिराले सपनाको सम्झनामा उनकै जस्ता ठुल्ठूला आँखा भएको कपडाको गुडिया बनाएकी थिइन्। गुडियालाई सधैं सलमा सिताराको लेहङ्गा लगाएर चिटिक्क पारिरहन्थिन्।

ठीक १५ वर्षपछि लबरूले ल्याएका थिए, अम्बागाउँको लछमनसित सपनाको बिहाको प्रस्ताव। उनले भनेका थिए, "साँपले टोकेर लछुमनको पनि बच्चा बेलामै अकालमा मिरतु भएको थियो। सोरह-सतरह बरसअघि। बाँचेको भएर बाइस-तेइसको लक्का जवान भइसक्थ्यो। मरिसके पनि अब उनीहरूको जातिको परम्पराअनुसार उसको पनि बियाह गर्नुपर्नेछ। त्यसैले शिवदासहरू बेटाको लागि अकालमा मिरतु भएको आफ्नै बिरादरीको कुनै लड्की खोजिरहेका छन्। लछुमन र सपनाको बियाह गरिदियो भने जगत्मा भट्किरहेका दुई आत्माको मिलन हुन्छ। तिमीहरू पनि पितृ रिनबाट उरिन हुन्छौ।"

यसरी शिवदास र रामधन दुवै परिवारले आआफ्नो सन्तान बालिग हुन्जेलसम्म प्रतीक्षा गरेका थिए। बालिग भएपछि पण्डित बोलाएर कुण्डली भिडाए। पूजापाठ गरेर वरवधूका गुणदोष निवारण पनि गरे र विवाहको मुहूर्त पनि निकाले।

निर्धारित मितिमै बरियाँत आयो । बरियाँतसँगै जीउमा सेरवानी र शिरमा पगडी लगाएको कपडाको गुड्डा पनि आयो, सात ओटा घोडाको रथमा सवार भएर । सहनाई पनि बज्यो । डोली लिएर कहारहरू पनि आए ।

शिवदासले कपडाको गुड्डासित रामधनको परिचय गराए र भने, "यही हो मेरो मझला बेटा, लछुमन ।"

रामधनले पनि कपडाकी सपनासित परिचय गराए, "यिनै हुन् मेरी प्यारी बिटिया, सपना ।"

बरियाँतमा आएका छैलछबेलाहरूले रामधनको आँगनमा आउनासाथ नाच्न सुरू गरे । मिहिराले देब्रे हातमा आरती लिइन् । उनको दाहिने हातमा पीपलको पात थियो । त्यही पातले आरतीको राप लिइन् र दुलहाको गाला सेकिदिइन् । त्यसपछि अरू महिलाहरूसँगै उनले दुलहाको परिक्रमा पनि गरिन् ।

त्यसपछि नैहरतिरका जनानाहरूले गीत पनि गाउन थाले–

मैया ! केकर दुआरे बाजा बाजे
केकर होत बियाह ?
बेटी ! तोहरे दुआरे बाजे बाजा
तुहरै होत है बियाह ।

(आमा ! कसको आँगनमा यो बाजा बजिरहेको र कसको बिहे भइरहेको ?

छोरी ! तिम्रो आँगनमा यो बाजा बजिरहेको र तिम्रै बिहे हुन लागेको हो ।)

रामधनले बरियाँतीहरूको राम्ररी अगवानी गरे । भोज पनि गरे । खस र काजुको सर्बत पनि खुवाए । वरपक्षलाई दानदक्षिणा दिए । र कोठामा सधैं मुस्कुराइरहने निर्जीव गुडिया बनेर बसेकी सपनालाई उनको राजकुमारसित बिदाबारी पनि गरे । छोरीको बिदाइमा रामधन र मिहिरा खुब रोए ।

राति रामधन र मिहिरा निदाएनन् । छोरी बिदा गरेको रात कसरी निद्रा लागोस् ! रातभरि उनीहरूले आकाशतिर हेरिरहे । राति

सुँक्कसुँक्क रोइरहेकी मिहिरालाई रामधनले सम्झाए, "किन रून्छेस् मिहिरा ! हाम्रो समाजको संस्कार पनि यही हो । अकालमा मरेको सन्तानको बालिग भएपछि बियाह गरिदिनुपर्छ । हामीले हाम्रो समाजले तोकेको संस्कार पनि पूरा गऱ्यौं । त्यसैले अब हामी बिटियाको रिनबाट उरिन भयौं । सलमा सिताराको लेहङ्गा लगाएर बियाह गर्ने उसको सपना पनि पूरा भयो ।"

रामधनले मिहिरालाई नरून त भनिरहेका थिए । आफैं भने रोइरहेका थिए ।

आठ

कृष्णविक्रम निदाएका थिएनन् । अस्पतालको प्रसूति वार्डको करिडोरमा बेचैन भएर ओहोरदोहोर गरिरहका थिए । भित्र डाक्टर र नर्सले सरलालाई सुत्केरी गराउने तयारी गरिरहेका थिए ।

सरलाले छोरा पाउनेमा कृष्णविक्रम विश्वस्त थिए । उनलाई छोरै चाहिएको थियो । छोराले नै थाम्नेछ, उनको वंश र बिरासत । करिब आधा घण्टापछि अपरेसन थिएटरको ढोका खुल्यो र एक जना नर्सले आएर मुस्कुराउँदै भनिन्, "सर, बधाई छ ।"

उनी हौसिँदै भित्र पसे । सरला बेडमा थिइन् । शरीर कमजोर भए पनि मातृत्वको आभाले उनको अनुहार धपक्क थियो । कृष्णविक्रमलाई देख्नेबित्तिकै उनको अनुहार केही धमिलो भयो ।

"हजुरलाई छोराको रहर थियो । मैले हजुरको रहर पूरा गर्न सकिनँ । तर म आज निकै खुसी छु । किनभने मैले आफ्नो रहर पूरा गरें ।"

कृष्णविक्रमका खुट्टा थर्रर काँपे । यी नौ महिनामा उनले एकपल पनि छोरीको कल्पना गरेका थिएनन् । यो उनका लागि अत्यासलाग्दो कुरा थियो । उनका आँखासामु डम्म बादल लाग्यो । वरिपरि अँध्यारो नै अँध्यारो देखे । त्यही अँध्यारोमा निर्माण भयो, एउटा कहालीलाग्दो सुरूङ, जहाँ सर्वाङ्ग नग्न र उन्मत्त युवक अझै उभिइरहेको छ ।

युवककै खुट्टानिर छ, एक अबोध बालिकाको लास, जसको जाँघबाट निरन्तर रगत बगिरहेको छ ।

"मैले छोरीको नाम सपना नै राखें ।"

सरलाको कमजोर आवाजमा पनि गजबको ओज थियो । कृष्णविक्रम केही बोल्न सकेनन् । उनलाई अब विश्वास भइसकेको थियो, सरलाले नौ महिनासम्म गर्भमा शिशु होइन, उनकै विरूद्ध प्रतिशोध हुर्काइरहेकी थिइन् ।

अँध्यारो सुरूङमा मौन उभिएको कृष्णविक्रमसित सरलाले सोधिन्, "के अब छोरीको पनि बलात्कार गर्नुहुन्छ ?"

सरलाले सोधेको प्रश्न सुरूङभित्र नग्न र उन्मत्त उभिइरहेको युवकको रगत लतपतिएको जाँघको ठीक बीचमा चट्याङ भएर खस्यो ।

नजिकै अबोध सपनाको लास थियो । र उनको शरीरबाट बगिरहेको रगतमा टल्किरहेका थिए, आकाशबाट भर्खरभर्खर झरेका सलमा सिताराहरू ।

लैला ओ लैला

एक

शकुन्तला बेचैन थिइन् । केही दिनदेखि मध्यरातमा सडकतिरबाट कसैले निरन्तर "लैला लैला" भनेर बोलाएको आवाज आइरहन्थ्यो । मानौं, कसैले वर्षौंदेखि हराएकी आफ्नी लैलालाई खोजिरहेछ ।

त्यो सडकको पुलमा बसेर राति अबेरसम्मै केही केटा हल्ला गरिरहन्थे । कहिले एकदमै ठूलो स्वरमा अट्टहास गर्थे; कहिले एकअर्कालाई एकदमै अश्लील गाली गरेर झगडा गर्न थाल्थे । उनीहरूले उडाएको गाँजा मिसिएको चुरोटको धूवाँ उनको कोठासम्मै आइपुग्थ्यो । उनलाई त्यो धूवाँसित पनि दिगमिग लाग्थ्यो । उनलाई लाग्थ्यो, धूवाँमा केटाहरूको अश्लील शब्द, सोच र हाँसो पनि मिसिएर आउँछ । उनलाई सडकमा त्यसरी बेकाममा गफिँदै बस्ने पुरूषहरू मन पर्दैनथे । त्यहाँबाट आउने पुरूष आवाज पनि मन पर्दैनथ्यो । कानमा पर्दा लगाउन सकिँदैनथ्यो र झ्यालमा लगाएको पर्दाले ती दिगमिग लाग्ने पुरूष आवाजलाई छेक्न सकिँदैनथ्यो । नत्र उनले दुवै लगाउँथिन् । करिब दस सवा दस बजेपछि भने ती सबै आआफ्नो घरतिर लाग्थे । आवाजहरू बिस्तारै सेलाउँदै जान्थे र ११ बजेपछि त सडकमा चकमन्न शून्यता व्याप्त हुन्थ्यो । अनि आउन थाल्थ्यो आवाज– "लैला ! ओ लैला !"

यो प्रेमकथामा पढिएको लैलाको प्रेमी मजनुको आवाज थिएन । कुनै पुरूषको आवाज पनि थिएन । यो स्त्री आवाज थियो । आवाजमा अलिकति डर र अलिकति अत्यास मिसिएको थियो । गहिरो व्यथा र हताश पनि मिसिएको थियो । शकुन्तलालाई कहिलेकाहीँ लाग्थ्यो, त्यो आवाज अहिलेको होइन, युगौंअघिको हो, जो समयका अनगन्ती फलामे ढोका पार गर्दैगर्दै बल्लबल्ल उनको कानसम्म आइपुगेको हो । उनले आफैंसँग भन्थिन्, "केही आवाज यसैयसै हराउँछन् । केही आवाज ढिलो सुनिन्छन् र केही आवाज ढिलो बुझिन्छन् । यो ब्रह्माण्ड हल्लाहरूको विशाल तर अस्तव्यस्त लाइब्रेरी हो । यतैकतै मेरो हाँसो, मेरा सुस्केरा र रूवाइ पनि त हावा झैं बहिरहेका होलान् ।"

सुरूसुरूमा उनले त्यो आवाजको उपेक्षा गरिकी थिइन् । तर सधैं आइरहेपछि उनलाई उपेक्षा गर्न गाह्रो भएको थियो । उनलाई लागेको थियो, कसैले वर्षौंदेखि हराएकी आफ्नी सबैभन्दा प्यारी सखीलाई खोजिरहेकी छ । उनले एक पटक वीरबल दाइलाई सोधेकी पनि थिइन्, "के यही टोलमा कतै, कुनै लैला बस्छिन् ?"

उनले हाँसीहाँसी जवाफ दिएका थिए, "के थाहा, लैला पनि कुनै ऐय्यास महाराजका ढल्न लागेका यस्तै कुनै दरबारका भित्ताहरूमा पुरिएकी पो छन् कि !"

उनले एक रात आँटै गरेर झ्यालको पर्दा हटाएर हेरिन् । सबैभन्दा पहिले उनको ध्यान पुलमा बसिरहेका पुरूषहरूतिरै गयो । उनको अनुमान थियो, कसैले स्त्री आवाज निकालेर उनलाई जिस्क्याएको हुन सक्छ । तर सधैं पुलमा बसेर होहल्ला गरिरहने र धूवाँको दुनियाँमा मस्त रहने पुरूषहरू सबै आआफ्नो घर फर्किसकेका थिए । उनले आफूलाई लैला लैला भनेर बोलाउने आवाज कसको हो; कताबाट आएको हो भनेर पहिल्याउनै सकिनन् । अर्को रात उनले पुलभन्दा वरै, उनको झ्यालबाट देखिने सडकको ठीक पारितिर शिरीषका लहरै उभिएका तीन रूखमध्ये बीचको रूखनिर एउटा छाया सलबलाएको देखिन् । तर त्यो छाया उनलाई कुनै स्त्री आकृति जस्तो लागेन । थुप्रै

रङ्गीचङ्गी कपडा गाँसगुँस पारेर बनाइएको पर्दा जस्तो लाग्यो, जो शिरीषको रूखको एउटा हाँगोमा अल्झिएर झन्डा झैं फर्फराइरहेछ ।

अर्को दिन पनि त्यतैबाट त्यस्तै आवाज आएपछि उनले फेरि पर्दा हटाएर हेरिन् । उनले बीचको शिरीषको रूखको हाँगामा त्यही रङ्गीन पर्दा हावाको गतिसँगै हल्लिरहेको देखिन् । उनलाई लाग्यो, आवाज त्यतै कतैबाट आएको हो । उनले त्यो रङ्गीन पर्दालाई झनै ध्यान दिएर हेरिन् । अँध्यारो त उस्तै गाढा थियो । तर गहिरिएर हेरेपछि उनलाई कताकता त्यो आकृति अनेक थरीका रङ्गीचङ्गी कपडा गाँसेर बनाएको मान्छेकै कदकाठीको गुडिया जस्तो लाग्यो । उनलाई त्यही गुडियाले हात हल्लाउँदै "लैला लैला" भनेर बोलाए जस्तै लाग्यो ।

तर उनलाई थाहा थियो, गुडियाहरू बोल्दैनन् ।

दुई

कुरा युगौंअघिको हो ।

बादशाह अकबरलाई निद्रा पर्न छाडेको थियो । निदाइहाले पनि अप्रिय सपनाले तर्साउन थालिहाल्थ्यो । उनी हरेक रात पसिनाले निथ्रुक्क हुन्थे । महलमा चारैतिर अनारकली नाचिरहेको देख्थे र बेलाबेला बर्बराउँथे, "के भित्तामा पुरिएकी अनारकली अझै जिउँदै छिन् ? यो कसरी सम्भव छ ? उनलाई त मैले मेरै अगाडि महलको भित्तामा पुर्न लगाएको थिएँ ।"

आफ्नो विशाल सल्तनतका वारिस सलिमले एक जना नर्तकीलाई प्रेम गरेको उनी कसरी सहन सक्थे ? उनी सोच्थे, "प्रेम त समान हैसियतवालासित पो हुन्छ । त्यसैले मेरो नजरमा सलिम र अनारकलीको प्रेम अपराध हो । अझ अनारकलीले त राज्यद्रोह नै गरेकी हो । उसको यो अपराध कुनै हालतमा क्षम्य थिएन । त्यसैले अनारकलीको हत्या गरेर मैले कुनै नकाम गरेको थिइनँ ।"

तर उनको मन फेरि पनि अज्ञात भयले आक्रान्त थियो । लगातार उनको कानमा अनारकलीका पाउजुको छमछम प्रतिध्वनित

भइरहन्थ्यो । महलका कुनाकुनामा अनारकली नृत्यमय मुद्रामा उभिए जस्तो लागिरहन्थ्यो । उनले महलका भित्ताबाट निरन्तर ढकढक ढकढकको आवाज आइरहन्थ्यो । मानौं, अनारकली आफू पुरिएको भित्ताबाट बाहिर निस्कन चाहन्थिन् ।

उनी सोच्थे, "के अनारकली भित्तामा पुरिएर पनि जीवित छिन् ?"

अनारकलीको हत्या भएका दिनबाट निदाउन नसकेका बादशाह अकबर जीवनभर अनिदो रहे ।

मृत्युको सयौं वर्षपछि पनि बादशाह अकबरको आत्मा चैनमा थिएन । त्यो अझै भट्किरहेको थियो ।

शकुन्तलाले यसै दरबारको लाइब्रेरीमा युगौंदेखि नपढिएको र धूलोमा लतपतिएको इतिहासको एउटा किताबको अन्तिम अनुच्छेद पढिन्, "जहाजहाँ महल या दरबार छन्, बादशाह अकबरको आत्मा त्यहाँत्यहाँ मडारिइरहेको छ । मानौं, बादशाहको आत्माले भित्तामा कान थापेर यकिन गर्न चाहन्छ, अनारकलीको पाउजुको छमछम बन्द भएको छ कि छैन ? उनको नृत्य रोकिएको छ कि छैन ? भित्ताभित्र अनारकली जिउँदै छिन् कि छैनन् ? उनले भित्ताबाट बाहिर आउने प्रयास गरिरहेकी छिन् कि छैनन् ?"

तीन

कुनै बेला परीहरूको साम्राज्य थियो, बकावली गाउँ । यहाँ चाँदीका रूखमा सुनका फूल फुल्ने बगैंचा थियो । हरदम दूधको झरना बगिरहन्थ्यो । फूलहरूमा अल्झिएका शीतका थोपा मोती बन्थे । यहीँ थिइन्, सबै परीहरूकी प्यारी शाहजादी, जो फूलकै ओछ्यानमा बसेर शीतका गहना बनाइरहन्थिन् । तर समयसँगै त्यो साम्राज्य समाप्त भयो र बाँकी रह्यो एउटा कथा– गुल बकावलीको कथा ।

यो गाउँबारे हल्ला थियो– यहाँ स्त्रीहरू जन्मिँदैनन् । उनीहरूलाई कठपुतली या गुडियाका रूपमा निर्माण गरिन्छ र आवश्यकता परेका बेला अनुष्ठान गरेर त्यसैलाई नै प्राणवान् स्त्रीमा परिणत गरिन्छ । तिनै

स्त्रीहरू कसैकी छोरी, कसैकी जहान बन्छन् र मर्दहरूको इसारामा जीवनका यावत् लीला गर्न थाल्छन् । हाँस्छन्, बोल्छन्, खेल्छन् र विवाहित भएर अर्को गाउँमा पनि पुग्छन् । उनीहरूको काम, कर्तव्य र नियति सबै पूर्वनिर्धारित छ । उनीहरूको ओठको हाँसोको मात्रा र दुःखका बेला आँखाबाट झर्ने आँसुको मात्रा पनि निर्धारित छ । उनीहरूका सुस्केराहरू निर्धारित छन् र उनीहरूले हिँड्न पाउने जमिनको क्षेत्रफल पनि निर्धारित छ । कठपुतली न हुन् । त्यसैले मर्दहरूले युगौंअघि बनाएका नीतिनियमका फलामे सिक्रीमा बाँधिएका हुन्छन्, बकावलीका जनानाहरू ।

यस्तो हल्ला जग्गुले पनि सुनेका थिए । तर त्यसमा उनलाई विश्वास थिएन । उनले बकावल गाउँबाटै लैलालाई बिहे गरेर ल्याएका थिए । ल्याएकै रात उनले लैलासित सोधेका थिए, "लैला, के तैँ पनि कठपुतलीबाट जनाना बनेकी होस् ?"

लैलाले खितित्त हाँसेर भनेकी थिइन्, "सबै मर्दहरू यही त चाहन्छन् नि । उसकी जनानी कठपुतली होस् र जीवनभर उसकै इसारामा नाचिरहोस् । अब त तिमीले पनि मलाई आफ्नो इसारामा नचाउने होला ।"

लैलाको त्यो रातको हाँसो र उनले भनेका एकएक शब्द जग्गुलाई अझै याद छन् ।

लैलालाई पहिलोपल्ट देख्नासाथै भुइँमै ढलुँला जसरी भुतुक्क भएका थिए, जग्गु । नीलानीला आँखा । मानौं, सिङ्गै नीलो आकाश या समुद्र उनका आँखाभित्र अटाएका छन् । बाढीमा बौलाएको विशाल राप्तीलाई पनि खर्लप्प निल्न सक्ने प्यासा तर मुलायम ओठ । उनले हाँस्नासाथ आकाशबाट देवताहरूले मोतीका अक्षता नै बर्साउँछन् जस्तो लाग्ने । उनले बोल्नासाथ आवाजलाई भुइँमा खस्नै नदिएर हत्केलामै थापूँ थापूँ लाग्ने । जग्गुले त्यति बेलै कसम खाएका थिए, "बियाह गरे लैलासितै गर्छु । नत्र जिन्दगी बिनामेहरारूको बिताइदिन्छु ।"

तर अहिले बस्, यादमा मात्र बाँकी थिइन् लैला । तर पनि उनलाई लाग्थ्यो, लैलाको हाँसो अझै यो मडैयाभरि रङमगिएको छ । उनका नीला आँखाबाट निस्किएको उज्यालो अझै यो घरभित्र इन्द्रधनुष भएर फैलिएको छ । यही घरका भुइँमा यत्रतत्र पुखराज बनेर पोखिएका छन्, लैलाका रेसमी आवाज ।

लैला कहाँ हराइन्, जग्गुलाई थाहा थिएन । आकाशमा बिलाइन् या धरतीले निल्यो भन्ने पनि थाहा थिएन । उनी कतै स्त्री नै भएर बसेकी छन् या कसैको इसारामा कठपुतली बनेर कुनै बजारमा नाचिरहेकी छन् भन्ने पनि थाहा थिएन ।

लैला र शिरी दुवै हराएपछि जग्गुलाई नयाँ कठपुतली बनाउन समस्या भयो । फेरि लैला बेपत्ता भएदेखि उनको उत्साह पनि मऱ्यो । त्यसैले उनले बजार गएर कठपुतलीको खेल देखाउन छाडिदिए ।

"यो त तैंले जानेबुझेको पेसा हो । फेरि खेला देखाएर अरूलाई खुसी पार्नु पुण्यको काम पनि त हो नि," उनलाई भैयाद र साथीभाइहरूले भन्थे ।

"पहिला कठपुतली बोल्दैनथे, हामी बोल्थ्यौं । हाम्रो इसारामा नाच्थे गुडियाहरू । तर आजकाल जमाना खराब भइसक्यो । अब तिनीहरू मेरो औंलाको इसारा मान्दैनन् । अब यो खेलामा मज्जा छैन," जग्गु भन्थे ।

अझै पनि बेलाबखत उनी खटियामा पल्टिएर आफ्नो रामझुपडीको छततिर हेर्दै आनै जीवनको विगत र वर्तमानको समीक्षा गर्थे । तर जति पटक उनी आफ्नाबारे सोच्न थाल्थे, बकावली गाउँकी लैला थपक्क उनको दिमागमा आएर बसिदिन्थिन् ।

जग्गुका केही गुनासा थिए, "उसले मसित जान्छु पनि भनिन । मसित बस्न नसक्ने कारण पनि बताइन । नत्र म आफैंले उसलाई बिदा गर्थें । ऊ जहाँ जान चाहन्थी, त्यहीँ पुऱ्याइदिन्थें ।"

"उसले मलाई आफ्नो खसम मानेकै रहिनछ । मसित बियाह गरेर आफ्नो जिन्दगी त बर्बाद गरी गरी, मलाई पनि तीन न तेह्रको बनाई ।"

लैलाका बाबुहरू कठपुतली नचाउने खेला देखाउँथे । त्यस्ता थुप्रै खेला लैलालाई पनि थाहा थियो । आफूसँगै माइतीबाट केही गुड्डा र गुडिया लिएर आएकी थिइन्, लैलाले । गुड्डा र गुड्डीसँगै तिनलाई सुहाउँदा कथा पनि लिएर आएकी थिइन् । बिहेपछि उनैले बेरोजगार जग्गुलाई मिहीन तारले बाँधिएका कठपुतलीहरूलाई औंलाको इसारामा नचाउने तरिका सिकाएकी थिइन् । अनि सिकाएकी थिइन्, नचाउँदा भन्ने सुनका फूल फुल्ने बकावलीको बगैंचामा बस्ने शाहजादीको कथा, जहाँको फूलको स्पर्शले बादशाह आँखा देख्ने भएका थिए; माछा हाँसेको कारण पत्ता लगाउने झेलम नदीको पानी खाएर हुर्किएकी काश्मीरकी गुलनारको कथा; प्रेममा ज्यान गुमाएका हीर राँझा र सोहनी महिबालको कथा, नल र दमयन्तीको कथा, शिरी र फरहादको कथा र सधैं झगडा गरिरहने गुलाबो र सिताबो नामका दुई सौताको कथा । ती कथा रोचक थिए । रमाइला थिए । उत्सुकता जगाउने खालका थिए । दर्शकलाई ती कथाले पूरै एकडेढ घण्टा मन्त्रमुग्ध बनाएर राख्न सक्थे । तिनै गुड्डागुड्डी र कठपुतलीको खेला देखाएर आरामले आफ्नो र लैलाको पेट पाल्न सक्ने भएका थिए, जग्गु ।

तर काठका ससाना टुक्रामा कपडाका रङ्गीचङ्गी टुक्राटाक्री गाँसगुँस पारेर बनाइएका ती गुडिया दुईचार महिनामै थोत्रा, मैला र जीर्ण हुन्थे । दर्शकहरूका लागि ती आकर्षक देखिँदैनथे । यस्तोमा नयाँ गुडियाहरूको आवश्यकता पर्थ्यो । तर लैलालाई कथा त आउँथ्यो, गुडिया बनाउन आउँदैनथ्यो । जग्गुले कताकताबाट जसोतसो पुरूष आकृतिको गुड्डा बनाउन त सिके । तर खेला देखाउन आकर्षक स्त्री गुडिया पनि चाहिन्थ्यो ।

एक दिन लैलाले माइती गाउँबाट आफ्नी साथी शिरीलाई घर लिएर आएर भनेकी थिइन्, "शिरीका बप्पाहरू पनि कठपुतली नचाउँछन् । त्यसैले शिरीलाई गुडिया बनाउन आउँछ ।"

शिरी पनि उस्तै राम्री । उस्तै बोलक्कड आँखा । उस्तै तिर्खाएका मुलायम ओठ । सर्वत्र उज्यालो फैलने चहकिलो मुस्कान । जग्गुले

थाम्नै सकेनन् आफूलाई । सोधिहाले, "के तिमी पनि बकावली गाउँकी शाहजादी हौ ?"

शिरीले मोती झर्ने अल्हड हाँसो हाँस्दै भनेकी थिइन्, "होइन, म त आर्मेनियाकी शाहजादी हुँ । मेरै हुस्नमा फिदा भएका थिए पर्सियाका बादशाह । अनि मेरै लागि बनाएका थिए, फरहादले दूधको नदी । तर यो त कहानी हो । दुनियाँले शिरी र फरहादको यही कहानीलाई अमर बनाएको छ । मेरो खास कहानी भने आजसम्म पनि मैसँग बाँकी छ । तर यो कहानी कोही सुन्न चाहन्न ।"

शिरीका गोलगोल कुरा जग्गुले अलिकति पनि बुझेका थिएनन् ।

शिरीले आफूसँगै कपडाका अनेक रङ्गीचङ्गी टुक्राटाक्री, काठ र मसिनो तार पनि लिएर आएकी थिइन् । गुडिया बनाइरहँदा शिरी साह्रै एकाग्र हुन्थिन् । उनको अनुहारमा अथाह सन्तुष्टि झल्किन्थ्यो । मानौं, उनी कुनै उत्कृष्ट कलाको निर्माणमा तल्लीन छन् । उनका मुलायम हात कुनै अलौकिक साधनामा लीन छन् । उनी यो संसारमा भएर पनि यहाँ हुँदैनथिन् । मानौं, उनको आत्मा कुनै आराधना या कुनै पूजामा व्यस्त छ ।

उनले जग्गुकहाँ तीन दिन बसेर स्त्री आकृतिको एउटा अत्यन्त सुन्दर गुडिया बनाइदिएकी थिइन् । गुडिया सजीव देखिन्थी । मानौं, खेलाको बेला गुडियाको आवाजमा जग्गुले बोल्नैपर्दैन, गुडिया आफैंले आफ्नो संवाद बोल्छे । मानौं, जग्गुले गुडियाको हात र खुट्टाहरूमा बाँधेको तारलाई आफ्ना औंलाको इसारामा गतिशील बनाउनै पर्दैन, गुडियाले आफ्नो भागको अभिनय आफैं गर्छे ।

लैलाले शिरीसित अनुरोध गरेकी थिइन्, "बेलाबेला यहाँ आएर यस्तै राम्री गुडिया बनाइदिनू है ?"

शिरीले नाइँ किन भन्थिन् ।

त्यसपछि घरमा गुडियाहरूको कमी भएको थिएन ।

तर पनि घरमा एउटा कमी थियो । बिहे गरेदेखि नै लैला र जग्गुबीच शारीरिक सम्बन्ध भएको थिएन । राति जबजब उनले

उत्तेजनामा लैलालाई स्पर्श गर्न खोज्थे, कोठामा एउटा अदृश्य सैतान आइपुग्थ्यो । सैतान आउनेबित्तिक्कै लैलाको पेटमा अचम्मको हरकत हुन थाल्थ्यो । लैला अथाह वेदनामा भन्थिन्, "मेरो पेटमा सैतान पस्यो ।"

सैतान पसेपछि लैलाको पेट असह्य भएर उमेठिन थाल्थ्यो । उनको अनुहार रगत चुहिएला झैं रातो न रातो हुन्थ्यो । सास लोहारको धौंकनी झैं चल्न थाल्थ्यो । उनी पसिनाले निथ्रुक्क भिज्थिन् । उनी भन्थिन्, "सैतानले तिमी नभएका बेला पनि मलाई लैला लैला भनेर बोलाइरहन्छ ।"

सैतानको आगमन रोक्न जग्गुले अनेक उपाय गरे । अघोरी बोलाएर हल्दिया मसानको मन्त्र पनि पढ्न लगाएका थिए । भगतहरू आएर घरका चारै सुरमा मन्त्र पढेर फलामका किला पनि गाडिदिएका थिए । उनले ढोकामा कागती पनि झुन्ड्याएका थिए । घरमा कहिले रातो खुर्सानी र कहिले लोबानको धुनी पनि बालेका थिए । तर जति उपाय गर्दा पनि सैतानले उनलाई लैलासित कहिल्यै सम्भोग गर्न दिएको थिएन ।

"तिमीले मलाई प्यारले छोएको सैतानलाई मन पर्दैन," लैलाले एक पटक भनेकी थिइन् । त्यसपछि जग्गुको मनमा सैतानको डर गहिरो गरी गाडिएको थियो । उनले लैलालाई छुने हिम्मतै गरेका थिएनन् ।

सधैं त बजारमा कठपुतलीको खेला देखाएर साँझ घाम अस्ताउने बेलातिर घर आउँथे । त्यो दिन भने जग्गु दिउँसै घर फर्किएका थिए । घरमा लैला थिइनन् । गाउँमै कसैको शादीब्याहमा कहाँ गएकी होलिन् भनेर उनले निकै बेर पर्खिएका थिए । तर साँझसम्म पनि नआएपछि गाउँको गल्लीगल्ली चहारेर लैलालाई खोजेका थिए ।

अघिल्लो राति पनि उनको शरीरमा सैतान पसेको थियो । सैतानबाट आजित भएर झारफुक गराउन गाउँको सबैभन्दा पुछारमा बस्ने ओझाकहाँ पो गइन् होली भनेर जग्गु त्यहाँ पनि पुगेका थिए ।

लैला त्यहाँ पनि थिइनन् । भोलिपल्ट बिहानै लैलाको माइती गाउँ गएका थिए । त्यहाँ पनि थिइनन् लैला । निराश जग्गुले अचानक सम्झिएका थिए, शिरीलाई । शिरी त लैलाको सबैभन्दा मिल्ने साथी थिइन् । "पक्कै उनी दुःखसुखको कुरा गर्न शिरीकहाँ आएकी हुनुपर्छ," उनले सोचेका थिए । अनि ससुरासित सोधेका थिए, "शिरीको घर कहाँ छ ?"

सासू र ससुरा शिरीको नाम सुनेर आत्तिएका थिए । उनीहरूको अनुहार डरले सेतै भएको थियो । सासूको त बक नै खुलेको थिएन । ससुराले भने चुपचाप शिरीको घर देखाइदिएका थिए । जग्गु शिरीको घरमा पुगेका थिए । उनलाई लैला त्यहीँ छ भन्ने विश्वास थियो । उनले बाहिरबाटै चिच्याएका थिए, "लैला ! ओ लैला !"

घरभित्रबाट एक जना बूढी महिला निस्किएकी थिइन् । सायद शिरीकी हजुरआमा थिइन् । उनले जग्गुलाई हकारेकी थिइन्, "आफ्नी जनानीलाई मरजादमा राख्न सक्दैनस्, दुनियाँभरि लैला लैला भनेर रमझल्ला मच्चाउँदै हिँड्छस् ? तेरी लैला यहाँ आएकी छैन ।"

जग्गुले हातै जोडेर बिन्ती गरेका थिए, "दादी, चार महिनाअघि शिरी मकहाँ आएकी थिइन् । उनैले मेरा लागि कपडाको गुडिया दिएकी थिइन् । त्यस बखत लैला र शिरीले सँगै जोगागाउँको मेला हेर्न जाने सल्लाह पनि गरेका थिए । शिरीलाई लैलाको बारेमा थाहा हुन सक्छ । एक पटक उनलाई बोलाइदिनुस् न ! म आफैं उनीसित कुरा गर्छु ।"

जग्गुको कुरा सुनेर शिरीकी हजुरआमालाई रिँगटा लागे जस्तै भएको थियो । उनले दुवै हातले आफ्नो टाउको समातेकी थिइन् । अनि थचक्क भुइँमा बस्दै भनेकी थिइन्, "जग्गु, तँ पगलाइ गएको छस् । शिरी त तेरो र लैलाको बियाह हुनुअघि नै मरिसकेकी थिई ।"

जग्गुलाई एकसाथ हजार फेटाराहरूले डसे जस्तै भएको थियो । उनी डरले नीलै भएका थिए । उनका ओठमुख सुकेका थिए । जिब्रो

तालुमा टाँसिएको थियो । हजुरआमा अझै रून्दै भनिरहेकी थिइन्, "शिरीलाई उसको बप्पा जागेश्वरले यही घरको दिवालमा जिन्दा चुनवाइदिएको थियो ।"

किन ? शिरीले के अपराध गरेकी थिइन् ?

अहँ, केही सोध्नै सकेका थिएनन् जग्गुले ।

चार

शकुन्तलाले हाँडीगाउँको यो घरमा डेरा लिएर बस्न लागेको तीन वर्ष भएको थियो । काँचो चुन, सुर्खी र बालुवा मिसाएको मसलाले जोडिएको तेलिया इँटाले बनाइएको करिब सय वर्ष पुरानो घर थियो, यो । झट्ट हेर्दा कुनै भग्न दरबारको ढल्न बाँकी भाग जस्तो देखिन्थ्यो । अग्राखका भऱ्याङ र अग्राखकै बडेमानका झ्यालढोका । ढोकामा काठकै चुकुल । घरमा जताततै फलामका बार । फलामको गेट । मूल ढोकापछि फेरि फलामको अर्को ढोका । भऱ्याङमुनि पनि फलामको अर्को गेट र भऱ्याङमाथि पनि फेरि अर्को फलामकै गेट । कोठामा पनि काठको ढोकापछि फेरि फलामको अर्को ढोका । झ्यालबाहिर पनि फलामको अर्को बार । यस्तो लाग्थ्यो, यो बस्न बनाइएको घरै होइन, कसैलाई कैद गर्न बनाइएको हो ।

पहिलो पटक यो घरभित्र पस्दा शकुन्तलालाई सैतानको साम्राज्यमा पसेको आभास भएको थियो । डर पनि लागेको थियो । तर शकुन्तला एक्लै थिइनन् । जगदीश पनि सँगै थिए । जगदीशको कुरै बेग्लै । उनी यस्ता कुरामा पटक्कै विश्वास गर्दैनथे । डराउँदैनथे पनि । भन्थे, "डर भन्ने कुरा बाहिर हुँदैन । यो त हामीभित्र हाम्रो कमजोरी बनेर बसेको हुन्छ । हामीलाई हाम्रो कमजोरीले तर्साउने हो, भूतले होइन ।"

जगदीशले यस्तो भनेपछि शकुन्तलाको मनभित्रको डर भागेको थियो । उनीहरू यही दरबार जस्तो घरको माथिल्लो तलामा बस्न थालेका थिए । काठको भुइँ र माथि मोटामोटा काठका दलिन । बैठक कोठा असाध्यै फराकिलो । बैठकका लागि भनेर नयाँ सामान

ल्याउनैपरेन । पुरानै भए पनि त्यहाँ पहिलेदेखि नै नक्कासी गरिएका फर्निचर थिए । भित्तामा अमूर्त पेन्टिङका ठुल्ठूला क्यानभास पनि थिए । दक्षिणी भित्तामा फायर प्लेस पनि थियो । अझ रोचक कुरा के भने, बैठकको एउटा कुनामा नबज्ने पियानो र ग्रामोफोन पनि थिए । ग्रामोफोन राखिएको टेबलनिरैको भित्ते दराजमा ढ्वाङ जस्तो स्पिकरतिर जिल्ल परेर फर्केको कुकुरको चित्र भएको हिज मास्टर्स भ्वाइसको चिह्न भएका मेलवादेवी, नुरजहाँ र मुबारक बेगमका डिस्क रेकर्ड पनि थिए । टेबुलमुनि भित्तामा अडेस लगाएर तार चुँडिएको तानपुरा पनि राखिएको थियो । भित्तामा ठाउँठाउँमा खोपी बनाइएका थिए ।

त्यो घरमा लगभग बैठक जत्रै ठूलो बेडरूम र एउटा ठिक्कको भान्साकोठा थिए । त्यससँगै सानो स्टोर कोठा पनि थियो । ट्वाइलेट बेडरूमसँगै जोडिएको थिएन । कोठाबाहिर करिडोरको साइडमा भए पनि त्यो उनीहरूले मात्र प्रयोग गर्ने भएकाले खासै असहज थिएन । वास्तवमा तल पनि केही कोठा अझै खाली थिए । तर त्यो भुताहा जस्तो देखिने घरमा डेरा बस्न आउने हिम्मत कसले गर्ने ? सबैको मुटु जगदीशको जस्तो दह्रो कहाँ हुन्छ ? त्यसैले त्यो घरको माथिल्लो तला भाडामा लिएको भए पनि त्यो सिङ्गै घर उनीहरूकै एकलौटी भएको थियो । भुइँतलामा भऱ्याङसँगैको एउटा कोठामा भने बडेमानको भोटेताल्चा लगाइएको थियो । वीरबल दाइले भनेका थिए, "यो महाराज जगतविक्रमको शयनकक्ष हो ।"

तर महाराजबारे अनेक सोधपुछ गर्दा पनि वीरबल दाइले जगदीशहरूलाई केही बताएनन् । यताउताका गोलगोल कुरा गरेर टारे । बढ्ता खोजनिती गर्नु ठीक पनि लागेन जगदीशहरूलाई । महाराज हुनु र नहुनुले उनीहरूलाई केही फरक पर्नेवाला पनि त थिएन ।

यी तीन वर्षमा शकुन्तला एक पटक पनि घरबाट बाहिर निस्केकी थिइनन् । बाहिरबाट किनेर ल्याउनुपर्ने कुराको लिस्ट

बनाएर दिएपछि वीरबल दाइले नै ल्याइदिन्थे । वीरबल दाइले एकदुईपल्ट भनेका पनि थिए, "बैनी, यताउति घुम्न पनि निस्कनुस् न । कति घरमै कोच्चिएर बस्नुहुन्छ । यसरी त ज्यान पनि कुँजिन्छ ।"

"यो कुँजिएकै ज्यान हो, वीरबल दाइ । हेर्दा मात्र दुरूस्त देखिन्छ । भित्र केही छैन । खोक्रो छु । जब मान्छेका चाहना दमित हुन्छन्, ऊ शरीरभन्दा बढ्ता केही बाँकी रहन्न । म त शरीर मात्र हुँ । आफ्नै आत्मा खोजिरहेको शरीर ।"

शकुन्तलाको कुरा अचम्म मानेर सुनेका थिए, वीरबल दाइले । तर उनले थप सोधखोज गरेका थिएनन् । फेरि कसैको निजी जीवनमा प्रवेश गर्नु उचित पनि होइन ।

यो भग्न घर अहिले शकुन्तलाका लागि अथाह शान्ति दिने प्रार्थनागृह जस्तो भएको थियो । उनलाई लाग्थ्यो, यो घरले युगौंदेखि उनकै उपस्थिति पर्खिरहेको थियो । यो घरका भित्ताभित्ता र हरेक वस्तुसित उनको आत्मीय साइनो स्थापित भइसकेको थियो । उनी भित्तासित बोल्थिन्, हाँस्थिन् र रून्थिन् । वीरबल दाइ छक्क पर्थे, मध्यराततिर शकुन्तलाको बैठकमा रहेको बिग्रेको ग्रामोफोन कसरी बज्छ ? मेलवा देवीको स्वरमा मिसिएर आउने शकुन्तलासँगैको अर्को आवाज कसको हो ? ग्रामोफोनका गीतहरूको तालमा शकुन्तलासित नृत्य गर्ने छाया कसको हो ?

वीरबल दाइ यो घरका पाले थिए । उमेर ७० वर्ष भयो । त्यति नै वर्षदेखि उनी यही घरको गेटसँगैको पाले घरमा बसिरहेका थिए । उनी यही पाले घरमा जन्मिएका थिए । उनी जन्मिएकै साल बाबु बेपत्ता भएका थिए र १० वर्षपछि आमा बितेकी थिइन् । मालिकहरूले घरबाट निकालेनन् । त्यसैले १० वर्षको उमेरदेखि स्वावलम्बी बनेका थिए उनी । घरको रेखदेख गर्थे । भाडा उठाउँथे र केही रकम आफूसँग राखेर बाँकी मालिकको कोठामा गएर उनको सिरानीमुनि राखिदिन्थे । साठी वर्षदेखि उनले यो घरको मालिकलाई देखेका थिएनन् । तर उनलाई

थाहा थियो, मालिक राति कुनै बेला सुटुक्क आउँछन् र सिरानीमुनिबाट पैसा झिकेर लैजान्छन् । यो घरमा शकुन्तलाहरूलाई कोठामा भाडामा बसाउने पनि वीरबल दाइ नै थिए । घर सय वर्ष पुरानो भनेर के गर्ने, यो घरमा कहिल्यै बत्ती या पानीको समस्या भएको थिएन । कहिल्यै झ्यालढोकाको चुकुल फेर्नुपरेको थिएन । यो घर जीर्ण अवश्य थियो । तर यो अझै ढल्नेवाला थिएन ।

"यस्ता घरहरू यो सहरमा कति छन् कति !" वीरबल दाइले बडो गम्भीर भएर भनेका थिए ।

शकुन्तलालाई वीरबल दाइले नै सुनाएका हुन्, यहाँका भित्ताहरूको कथा । यहाँका विशाल भित्ताहरूमै कतै पुरिएकी एक अथाह सुन्दरीको कथा, जो सधैं कपडाका रङ्गीचङ्गी टुक्राटाक्री गाँसेर बनाइरहन्थिन्, स्त्री आकृतिका अनेकअनेक गुडियाहरू । उनी मुकुट गुमाएका अधबैंसे महाराज जगतविक्रमकी ल्याइते बनेर यो घरमा भित्रिएकी थिइन् ।

वीरबल दाइले भनेका थिए, "मधेसको कुनै बकावली गाउँबाट ल्याइएको थियो रे शिरी भन्ने असाध्यै सुन्दरी केटीलाई । दरबारमा ल्याएपछि महाराजले उनको नाम फेरेर अनारकली राखिदिए ।"

"अनि अनारकलीका छोराछोरी भएनन् ?" शकुन्तलाले सोधेकी थिइन् ।

"कसरी हुनु ! महाराजले छोयो कि अनारकलीको शरीरभित्र सैतानले कब्जा जमाउँथ्यो रे ! एक दिन रिसैरिसले महाराजले अनारकलीलाई जिउँदै भित्तामा पुरिदिए ।"

वीरबल दाइले यसो भन्दा उनको अनुहार पूरै अँध्यारो भएको थियो । उनी निकै बेर मौन भएका थिए । तर वीरबल दाइले अझै केही भन्न बाँकी थियो । उनले शकुन्तलाले मात्र सुन्ने गरी भनेका थिए, "अनारकलीलाई भित्तामा पुरेका दिनदेखि महाराजको चित्त झनै भ्रमित भयो । उनले जताततै अनारकलीलाई देख्न थाले । उनी हरदम भित्तामा कान टाँसेर सुनिरहन्थे ।"

"के सुनिरहन्थे ?" शकुन्तलाले सोधेकी थिइन् ।

"उनलाई लाग्थ्यो, अनारकली भित्ताभित्र अझै जिउँदै छिन् र ढोका ढकढक्याए झैं भित्ता ढकढक्याइरहेकी छिन् । तान्त्रिकहरूले भनेका थिए– महाराजको शरीरमा बादशाह अकबरको आत्माको प्रवेश भएको छ ।"

पाँच

गजबको थियो, शिरीको प्रेमकहानी । यो कहानीमा शिरीलाई मन पराउने फारसका बादशाह खुसरो पनि थिएनन् । र थिएनन्, शिरीका लागि दूधको नहर खन्ने फरहाद पनि । यो केटा र केटीले एकअर्कालाई अप्सरा र राजकुमार देख्ने खालको प्रेमकहानी पनि थिएन । त्योभन्दा बिल्कुलै फरक खालको प्रेमकहानी थियो । यो गाउँका लागि अजिब र अप्रिय कहानी ।

शिरी पनि कठपुतली नै थिइन् । उनलाई पनि उनका मालिक जागेश्वरले फरहाद भन्ने कठपुतलीसँगै नचाउँथे । शिरी र फरहादकै खेल देखाएर उनी प्रख्यात भएका थिए । बजारका हुनेखानेहरू आफ्ना छोराछोरीको बिहेमा पाहुनाहरूलाई यही कहानीमा कठपुतलीको खेला देखाउन जागेश्वरलाई बोलाउँथे । केही समयपछि जागेश्वरले शिरीलाई छोरी बनाए । उनी हाड र मासुको सुकोमल र अत्यन्त सुन्दर स्त्री भइन् ।

गाउँको चलनअनुसार उनको बिहे गर्ने उमेर भइसकेको थियो । उनलाई बिहे गर्न चाहने थुप्रै थिए । गाउँमा किस्सा नै बनेको थियो, "शिरी जस्ती सुन्दरीसित बियाह रचाउन चाहनेको लाइन लगाउने हो भने यो गाउँबाट बाबागन्जसम्मै ट्राफिक जाम हुन्छ ।"

तर शिरी भने बिहे गर्ने कुरामा कहिल्यै उत्साहित भइनन् । उनी बिहेका प्रस्तावहरूलाई अनेकअनेक बहाना गरेर टारिदिन्थिन् । जागेश्वरले सम्झाए, "हेर बिटिया, फरहादलाई भुलिदे । त्यो त बस् कहानी थियो । कहानी र जीवनमा बहुत फरक हुन्छ । त्यसैले हामीले खोजेको लरिकासँग बियाह गर् ।"

महतारीले सोधिन् पनि, "कौनोसित प्यारमोबत छ भने बता । जातभात मिल्ने छ भने हामी उसैसँग तेरो बियाह गराइदिन्छौं ।"

आमाले नै यसरी सोधिसकेपछि शिरीले आफ्ना प्रेमीको नाम भनिदिएको भए पनि त हुन्थ्यो । उनले भनिनन् र समस्या यहीँबाट सुरू भयो । शिरी दिनभर घरमा सुतिरहन्थिन् । र राति भएपछि आफ्नो प्रेमको साम्राज्यमा उनको आउजाउ सुरू हुन्थ्यो । उनको प्रेमको साम्राज्य अनौठो थियो, यो संसारभन्दा बेग्लै थियो । यहाँका र त्यहाँका प्रेमका नियम फरक थिए । त्यहाँका मर्यादा यहाँभन्दा पृथक् थिए । यहाँ वर्जित ठानिएका कुरा त्यहाँ सम्मानित थिए । त्यहाँको रौनक बेग्लै थियो । त्यहाँको उमङ्ग बेग्लै थियो । त्यहाँका सपना बेग्लै थिए । उनको नजरमा त्यो संसार जति सुन्दर कुरा केही थिएन ।

शिरी आफैंले पनि साह्रै राम्रो गुडिया बनाउँथिन् । हेर्दै जीवन्त । लाग्थ्यो, उनले आफ्ना सबै आग्रह, आवेग र रहर आफूले बनाएको गुडियाको अनुहारमा स्थापित गरिदिन्थिन् । उनी अरूसित पोख्न नसकेको बह त्यही गुडियासित पोख्थिन् । अरूसित बोल्न वर्जित संवाद त्यही गुडियासित बोल्थिन् । आफैंले बनाएको काठ र रङ्गीचङ्गी कपडाको गुडियालाई आफ्ना औंलाको इसारामा नचाउन पाउँदा उनका मनका अनेक सुषुप्त कामना जागृत हुन्थे । उनका आँखामा उन्माद चढ्थ्यो । उनका गालामा लाली पोतिन्थ्यो । उनको हृदय वेगवान् हुन्थ्यो । उनका ओठ वाचाल बन्थे । उनका लागि यो सबैभन्दा शान्तिको पल हुन्थ्यो । त्यति बेला उनका कामनाहरूले निकास पाउँथे । र उनले युगौंदेखिको प्यास मेटिए झैं असीम तृप्तिको अनुभव गर्थिन् ।

गाउँभन्दा करिब पाँच सय मिटर पर एकान्तमा एउटा मुन्डा घर थियो । भनिन्थ्यो, वर्षौंअघि त्यो घरमा राँझा भन्ने व्यक्तिले तन्त्रसाधना गर्थे । तन्त्रसिद्धिका लागि उनले आफ्नी प्रेमिका हीरलाई जिउँदै त्यो घरको भित्तामा पुरिदिएका थिए । राँझा त भागिहाले । अकालमा ज्यान गुमाएकी हीर भने चुडैल भएर यही घरमा भौंतारिन थालिन् । गाउँलेहरू भन्थे, "चुडैलका खुट्टाहरू उल्टो फर्किएका छन् । उसले

भुइँसम्म झोलिएको आफ्नो स्तनलाई झोला झैं ढाडमा बोकेर हिँड्छे । ऊ दुई हात लामा आफ्नो नङको काइँयोले कपालको लट्टा फुकाउँछे ।"

चुडैलको डरले गाउँलेहरू वर्षौंदेखि त्यो घरमा पसेका थिएनन् । दिउँसै पनि त्यो घरको बाटो हिँड्नुपर्दा गाउँलेहरूको सातो जान्थ्यो । पछि गाउँमा हल्ला फैलियो, "शिरी रातिराति भुताहा घरमा जान्छे । ऊ गएपछि त्यहाँ ऊ जस्तै जवान एउटी चुडैलको छाया परगट हुन्छ । चुडैल र शिरी रातभरि चुम्माचाटी गर्छन् ।"

त्यो हल्ला शिरीको घरसम्म पनि आइपुग्यो । त्यसले उनका बप्पा जागेश्वर र महतारीको मुटुमा आगो बाल्यो । उनीहरू आक्रोशमा शिरीको कोठामा पसे । शिरीको हातमा उनले भर्खर बनाएको गुडिया थियो । बप्पा र महतारीले त्यो गुडियाको अनुहारतिर हेरे । उनीहरूले त्यो अनुहार चिने । त्यो चुडैल बनेकी हीरको अनुहार थिएन । अरू नै कसैको थियो । उनीहरूले शिरीको वर्जित प्रेमकथा थाहा पाइहाले । उनीहरूले तत्काल त्यो प्रेमकथाको अन्त्य गरिदिने निर्णय गरे ।

तर प्रेमकथा यसरी कहिल्यै पनि समाप्त हुँदैन भन्ने उनीहरूलाई के थाहा ! प्रेमले वर्जना रूचाउँदैन भन्ने उनीहरूलाई के थाहा ! प्रेम त पानी हो र यसले आफू बग्ने बाटो आफैं निर्माण गर्छ भन्ने पनि उनीहरूलाई के थाहा !

जग्गु शिरीको घरबाट बडो बेस्वादको अनुभूति लिएर फर्किए । बेचैन मनमा झन् ठूलो बेचैनी लिएर फर्किए ।

"के अब लैला यो घरमा कहिल्यै पनि आउँदिनन् ?"

यो प्रश्नले उनको आत्मालाई चिथोरिरहेको थियो ।

"यसरी छाडेरै जानु थियो भने मलाई यतिका दिनसम्म उसले किन मायामोहमा भुलाएकी ?"

जग्गु पूरै बौलाएका त थिएनन् । तर उनलाई दिमागमा रमझल्ला मच्चाइरहेका प्रश्नहरूको जवाफ पाइनँ भने म पक्का बौलाउन पनि सक्छु भन्ने आभास थियो । तर जवाफ उनको कोठैमा थियो । शिरीले

बनाएर छाडेको गुडियामा । उनले निकै नियालेर हेरे गुडियाको अनुहार ।

उफ् ! उनी आत्तिए । रनथनिए । आफूले मायाले स्पर्श गर्न खोज्दा किन सैतानले लैलाको देहमा प्रवेश गर्छ र उत्पात मच्चाउँछ भन्ने थाहा पाए । उनले बुझे, लैलाले उनलाई कहिल्यै पनि प्रेम गरेकै रहिनछिन् ।

जग्गुलाई शिरीले बनाएको गुडियामा देखिएको लैलाको अनुहारसित घृणा भयो । उनी क्रुद्ध भए र गुडियालाई भित्तामा पुरिदिए ।

छ

सहरमा किचकन्नीहरूको बिगबिगी बढेको हल्ला व्यापक भएको थियो । केही प्रत्यक्षदर्शी पनि फेला परेका थिए । तिनीहरूले दिने किचकन्नीको विवरणमा गजबको समानता थियो । सबैले भनेका थिए, "उनीहरूका आँखामा हामीले देख्ने खालका सपना थिएनन् । उनीहरूको ओठमा वर्जित खालका रहर छचल्किरहेका थिए । उनीहरू हाम्रै संसारमा भएर पनि हामी जस्ता थिएनन् ।"

त्यसपछि अर्को हल्ला पनि फैलियो ।

"किचकन्नीहरू झट्ट हेर्दा कसैले कपडाको रङ्गीचङ्गी टालाटुली गाँसेर बनाएका सुन्दर कठपुतली जस्ता देखिन्छन् ।"

यस्तोमा कठपुतली र गुडियाहरूको व्यवसाय गर्ने जगदीशलाई पर्नु पीर परेको थियो । नभन्दै एक दिन अप्रत्याशित घटना भइछाड्यो । उन्मादी भीडले जगदीशको गुडिया कारखानामा तोडफोड गऱ्यो । बनिसकेका गुडियाहरूलाई भाँचकुच पारिदियो । धेरै ठूलो आर्थिक नोक्सानीको कुरा नभए पनि यो उनको मन बिथोल्ने घटना थियो । तर उनले हिम्मत हारेनन् । उनैले खोजेको हो, हाँडीगाउँको एकान्तमा रहेको भुताहा घर । विशाल कम्पाउन्डभित्र भएको र फलामका अनेकअनेक छेकबार भएकाले यो घर सुरक्षित थियो । भाडा पनि निकै सस्तो थियो ।

"तपाईंहरूको पेसा के हो ?" वीरबल दाइले प्रश्न गरेका थिए ।

"म कठपुतलीहरू बनाउँछु र बेच्छु," जगदीशले नै जवाफ दिएका थिए ।

"रङ्गीचङ्गी कपडा गाँसेर औंलाको इसारामा नचाउन मिल्ने कठपुतली ?" वीरबल दाइले सोधेका थिए ।

"हामीले बनाउने गुडियाहरू मान्छे जस्तै हुन्छन् । काठमाडौंका धेरै घरानियाँहरूको बैठकमा हामीले बनाएका कठपुतली र गुडिया सजाएर राखिएका छन् ।"

जगदीशको कुरा सुनेर वीरबल दाइ कताकता हराएका थिए । सम्भवतः उनी यो भग्न दरबारको भित्तामा पुरिएकी अनारकलीलाई सम्झिरहेका थिए, जसले सधैं रङ्गीचङ्गी टालाटुली गाँसेर आफू जस्तै सुन्दर गुडिया बनाइरहन्थिन् । रातिराति महाराज आउँथे र ती गुडियालाई नचाउँथे ।

***

"नढाँटी भन्छु, शकुन्तला, म तिमीलाई तिम्रो रूपका कारण प्रेम गर्छु ।"

जगदीशले दोस्रो या तेस्रो भेटमा यस्तो भनेका थिए । जगदीशको कुरालाई सामान्य रूपमा लिएकी थिइन्, शकुन्तलाले । उनले सोचिन्, "यति चाँडै मान्छेको मन कहाँ देखिन्छ ? देखिने त रूप नै हो । सबैभन्दा पहिलो प्रेम त रूपसितै हुने हो ।"

उनले पनि जगदीशलाई गहिरिएर हेरेकी थिइन् । उनले पनि उस्तै बिन्दास भएर भनेकी थिइन्, "मैले पनि खुब हेरें तिमीलाई । अहँ, मेरो मनभित्र प्रेमको महासागर नै त उर्लिएन । तर मलाई लाग्यो, यत्तिको मान्छेसित एउटै डेरामा बस्न सकिन्छ । त्यसभन्दा बढ्ता अहिले नै के सोच्नु ! समयले जे भन्ला, त्यही गरौंला ।"

जगदीशले यसैलाई प्रेम भन्ठाने । तर शकुन्तलाले सर्त राखिन्, "सम्भोगको प्रस्ताव नराख्नू ! जुन दिन मलाई आवश्यकता महसुस

हुन्छ, म आफैं तिम्रो अगाडि नाङ्गिएर उपस्थित हुनेछु र तिमीलाई आमन्त्रण गर्दै भन्नेछु, जग्गु मलाई सम्भोग गर !"

जगदीशले माने । सोचे, "अहिलेलाई यो महँगो सहरमा डेरा सेयर गर्ने मान्छे नै पर्याप्त छ ।"

यहाँ आएदेखि जगदीशलाई फलिफाप नै भयो । शकुन्तला उनकी व्यावसायिक साझेदार पनि भइन् । दुवैले एकसाथ कठपुतली र गुडिया बनाउने तालिम लिएका थिए । त्यसैले यो कलाले पनि उनीहरूबीचको सम्बन्धलाई नयाँ आयाम दियो । तर बिस्तारै समस्या सुरू भए । जगदीशले बनाएका कठपुतली र गुडिया बजारबाट फिर्ता आउन थाले । बजारमा शकुन्तलाको कलाको माग बढ्दै गयो । यसले शकुन्तलालाई आत्मविश्वासी बनाउँदै लग्यो । तर जगदीशको मनमा भने शकुन्तलाप्रति प्रतिस्पर्धाको भावना उम्रँदै गयो । त्यो भावना ईर्ष्यामा परिणत हुन समय लागेन ।

सात

रातको करिब ११ बजेको थियो । जगदीश उन्मादमा थिए । उनी शकुन्तलाका सामु सर्वाङ्ग नग्न भएर अत्यन्त चर्को आवाजमा कराए, "म पुरूष हुँ । आइज, मसित सम्भोग गर् !"

उनको आवाज बाहिर पालेघरमा निदाइरहेका वीरबल दाइसम्म पनि पुग्यो । जिल्ल पर्दै उनले सोचे, "ओहो, यो आवाज त महाराज जगतविक्रमको हो ।"

शकुन्तलाले आफूलाई सम्हाल्नुअघि नै जगदीशले शकुन्तलाका लुगा च्यातिदिए र बाघ झैं झम्टिएर उनको शरीर गिजोल्न थाले । त्यो सम्भोग थिएन । बस्, दुई देहबीचको बेमोजको झडप मात्र थियो । शकुन्तलाले त्यसपछि सोचिन्, "के प्रेम यही हो ? के प्रेम यत्ति हो ? के प्रेममा योभन्दा बढ्ता आवेग र रोमाञ्च हुँदैन ? के प्रेममा योभन्दा बढ्ता उन्माद र समर्पण हुँदैन ?"

शकुन्तलाले धेरै सोचेपछि जगदीशसित भनिन्, "यदि यो प्रेम हो भने यो हाम्रो प्रेमको सुरूवात हैन, अन्त्य हो ।"

"तर हामीले सम्भोग गरिसक्यौं," कुटिल भएर बोले जगदीश ।

"सम्भोग त तिमीले मात्र गऱ्यौ । म यसमा सामेल थिइनँ । मैले तिमीलाई मान्छेका रूपमा अनुभव नै गरिनँ । लाग्यो, पीठोको डल्लोसित चलिरहेछु ।"

जगदीशले जिल्ल परेर निर्विकार भावमा नाङ्गै उभिएकी शकुन्तलातिर हेरे । उनले शकुन्तलालाई देखेनन् । शकुन्तलाको भेषमा अरू नै कोही विद्रोही स्त्री उभिएको देखे ।

कपडाका अनेक रङ्गीचङ्गी टालाटुली गाँसेर गुडिया बनाउन थालेदेखि शकुन्तलाको मनमा अनौठो खालको सन्तुष्टि व्याप्त भएको थियो । त्यो सन्तुष्टि उनको अनुहारमा पनि देखिन्थ्यो । उनको चम्किलो अनुहार झनै चहकिलो बनेको थियो । उनको गरिमापूर्ण व्यक्तित्व झनै आभायुक्त भएको थियो ।

उनका मुलायम हातले बडो सूक्ष्मतासाथ गुडिया बनाउँथे । उनले अन्तिम स्पर्श गर्दासम्म त्यो गुडिया अहिले नै बोल्ला जस्तो हुन्थ्यो । तर उनी जिल्ल पर्थिन्, जुन उत्साहसाथ उनले गुडियालाई स्त्री रूप दिन्थिन्, त्यति नै उत्साहसाथ उनी पुरूष आकृति निर्माण गर्न सक्दिनथिन् । प्रयास त गर्थिन् । तर उनलाई लाग्थ्यो, उनको कल्पनामा त्यस्तो कुनै पुरूषको आकृति स्थापित हुँदै हुँदैन, जसको रूपरङलाई उनी गुडियामा समाहित गर्न सकून् । तर जब स्त्री आकृति बनाउने बेला हुन्थ्यो, उनको मनमा गजबको रोमाञ्च हुन्थ्यो । लाग्थ्यो, मनभित्र एकसाथ हजार जलतरङ्ग बजिरहेका छन् ।

जगदीशले पाइन्टको जिपर लगाउँदै गर्दा शकुन्तलाले भर्खर आफूले बनाएको गुडियालाई गहिरिएर नियाल्दै भनेकी थिइन्, "जगदीश, नढाँटी भन्छु है । यो गुडिया बनाउँदा मैले जुन तृप्ति अनुभूत गरेकी थिएँ, त्यसको शतांश पनि म तिमीबाट तृप्त हुन सकिनँ । मलाई माफ गरिदेऊ ।"

जगदीश खुट्टा बजार्दै कोठाबाट निस्किए । शकुन्तलालाई लाग्यो, कोठाबाट बादशाह अकबर बाहिरियो । सोचिन्, "यो मैले खोजेको प्रेम होइन । म अब हरेक पुरूषभित्र लुकी बस्ने कुनै बादशाहको अधीनमा छैन । आफ्नो देहको प्रयोगमा म स्वतन्त्र छु ।"

उनले आफूलाई कपास झैं हलुङ्गो अनुभूत गरिन् । उनी सरासर महाराजको कोठानिर पुगिन् र ड्याम्म ढोका खोलेरभित्र पसिन् । भित्ताभित्रबाट कसैले ढकढक्यायो । शकुन्तला मुस्कुराइन् र मादक आवाजमा बोलिन्, "अनारकली, महाराजा यहाँबाट गैसके । तिमी भित्तामा पुरिएर नबस । बाहिर आऊ ! बादशाहको आत्मा धारण गरेका मर्दहरूले बनाएका प्रेमका नियमहरूलाई अस्वीकार गरौं ।"

नभन्दै त्यस्तै भयो । अचानक भित्ता भत्कियो र अनारकली बाहिर आइन् । उनले मुग्ध भएर हेरिन्, शकुन्तलालाई । उनीहरू दुवैको आत्मामा प्रेमको अथाह सागर उर्लियो । उनीहरू आलिङ्गनबद्ध भए । एकअर्काको ओठमा पुगेर उनीहरूको चुम्बन पवित्र भयो । एकअर्काको देहको स्पर्शले उनीहरूको व्यक्तित्व झनै उज्यालो भयो । आत्मीय र प्रगाढ चुम्बनबाट छुट्टिएपछि अनारकलीले शकुन्तलासित भनिन्, "तिमी त उस्तै रहिछ्यौ । मानौं, युगौंदेखि समयलाई रोकेर बसिरहेकी छ्यौ ।"

मध्यरातमा शकुन्तला मुस्कुराइन् । अनारकलीले उनको निधारमा चुम्बन गर्दै मायालु स्वरमा भनिन्, "तिमीलाई सबैले शकुन्तला भन्थे । दरबारमा तिमीलाई लैला भनेर बोलाउने त मै मात्र थिएँ ।"

त्यही बेला झ्यालबाहिरबाट फेरि आवाज आयो, "लैला ! ओ लैला !"

अनारकली र शकुन्तलाले सँगै झ्यालबाहिर हेरे । यस पटक शिरीषको रूखमुनि अनेक रङ्गीचङ्गी टालाटुलीहरूको पर्दा हल्लिरहेको थिएन । त्यहाँ शिरी उभिएकी थिइन् । सम्भवतः उनी पनि युगौंदेखि आफ्नी लैलाको खोजीमा भौंतारिइरहेकी थिइन् । तर उनलाई थाहा थिएन, उनकी लैलालाई पनि जग्गुले भित्तामा पुरिदिएको छ ।

टाढा धमिलो आकृति भएर उभिएकी शिरीतिर हेर्दै अनारकलीले भनिन्, "बकावली गाउँका लैला र शिरीको प्रेमकथा पो अहिले लेखिएको हो । उनीहरूलाई मर्दहरूले भित्तामा पुरिदिएको त युगौंअघि हो ।"

घण्टाघरले रातिको १२ बजेको जनाउ दियो । केही बेरअघि निस्किएका जगदीश बादशाह अकबरको हुलियामा फेरि फर्किएका थिए । उनी यस पटक शकुन्तलालाई जिउँदै भित्तामा पुर्न आएका थिए । वीरबल दाइले ससम्मान फलामे गेट खोलिदिए । अनारकलीले झ्यालबाटै यो दृश्य देखिहालिन् । भित्तामा म्यान झुन्डिएकै थियो । उनले म्यानबाट तरबार झिकेर शकुन्तलाको हातमा थमाइदिइन् ।

थोरै कुरा

साहित्यको राजमार्गमा हिँड्न थालेको पनि झन्डै चार दशक हुन लागिसकेछ । तर हिँडेर मात्र जानकार भइन्छ भन्ने रहेनछ । लेखन त निरन्तरको सिकाइ पनि रहेछ । लगातारको अभ्यास पनि रहेछ । म आज पनि मैले लेख्न खोजेको आख्यान, गैरआख्यान या लेखनका अरू विधामा आफ्ना कुरालाई कसरी उत्तम ढङ्गले अभिव्यक्त गर्ने भन्ने चिन्तामै छु । विषय र मुद्दासँगै मेरो सरोकार अभिव्यक्तिको शिल्प पनि हो । *जियरा*भित्रका कथा मेरा तिनै चिन्ता र सरोकारका प्रस्तुति हुन् ।

यस पटक फेरि मधेस फर्किएको छु । फेरि तराईको तातोमा पुगेको छु । त्यहाँका मुद्दा, प्रश्न र उकुसमुकुस सकिएका छैनन् । त्यहाँका मनमा कतै सुषुप्त र कतै आलै रहेका घाउ पनि निको भइसकेका छैनन् । त्यसैले तराई-मधेसबारे लेख्ने मेरो चाहना सकिएको छैन ।

***

*जियरा*का कथा मित्र अजित बरालको कठोर सम्पादन र सुझावले यो रूपमा आउन सकेका हुन् । उहाँको सम्पादन कौशलको खुलेरै प्रशंसा गर्न मन लाग्छ । कमजोरी भने नितान्त मेरा हुन् । गएको वर्ष खर्लप्पै कोरोनाको सन्त्रासमा बित्यो । जीवनका यावत् गतिविधि ठाउँका ठाउँ रोकिए । तर नीरज भारीले मेरा रोकिएका सिर्जनात्मक

गतिविधिलाई चलायमान बनाउन कहिले प्रकाशक त कहिले मित्रका रूपमा उत्साह दिइरहनुभयो । उहाँहरू दुवैलाई धन्यवाद । यस सङ्ग्रहको भाषिक शुद्धताका लागि मिलनसार भूमीश्वर पौडेल र भित्री पृष्ठहरूको लेआउटका लागि मञ्जु पौडेललाई पनि धन्यवाद । फाइनप्रिन्ट परिसरभित्र पस्नासाथ एउटा ऊर्जा पस्छ, मनमा । त्यो ऊर्जाका स्रोत भनेकै फाइनप्रिन्टसित आबद्ध त्यहाँका मिलनसार साथीहरू हुन् । उहाँहरू सबैमा आभार ।

प्रिय पाठक ! अब यो सङ्ग्रह तपाईंको हातमा छ । किताब पढेर तपाईंहरू मौन बसिदिनुभयो भने लेखक अल्छी हुने खतरा त हुन्छ नै, विचार र बहसका बाटा पनि अवरूद्ध हुन्छन् । त्यसैले सङ्ग्रहका कथाबारे तपाईंहरूको मनमा लागेका कुरा कुनै माध्यमबाट मसम्म आइपुगे भने मेरो आगामी लेखनका लागि पनि ती उपयोगी हुनेछन् । र तपाईंहरूप्रति आभारी भइरहने सौभाग्य पाउनेछु ।

नयनराज पाण्डे
Email: nayanrajpandey@gmail.com
Twitter: @NayanRajPandey

www.ingramcontent.com/pod-product-compliance
Lightning Source LLC
LaVergne TN
LVHW060221051026
849517LV00005B/1477
* 9 7 8 9 9 3 7 7 4 6 8 9 2 *